文春文庫

王家の風日

宮城谷昌光

文藝春秋

王家の風日

目次

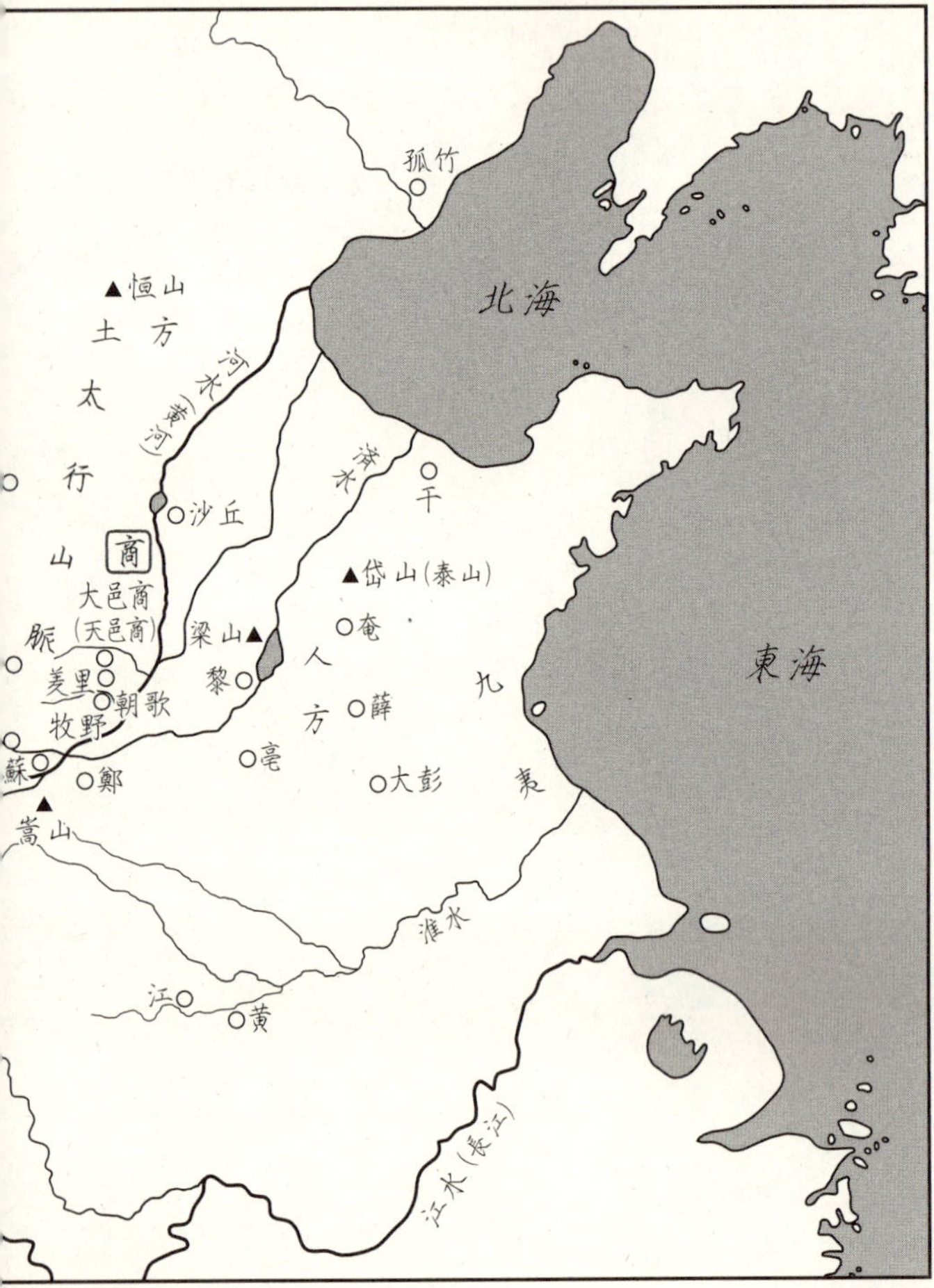
孤竹
恒山
土方
北海
河水(黄河)
太行山
済水
干
沙丘
商
岱山(泰山)
大邑商
(天邑商)
梁山
奄
東海
人方
九夷
黎
羑里
朝歌
薛
牧野
亳
大彭
蘇
鄭
嵩山
淮水
江
黄
江水(長江)

商代末期概念図

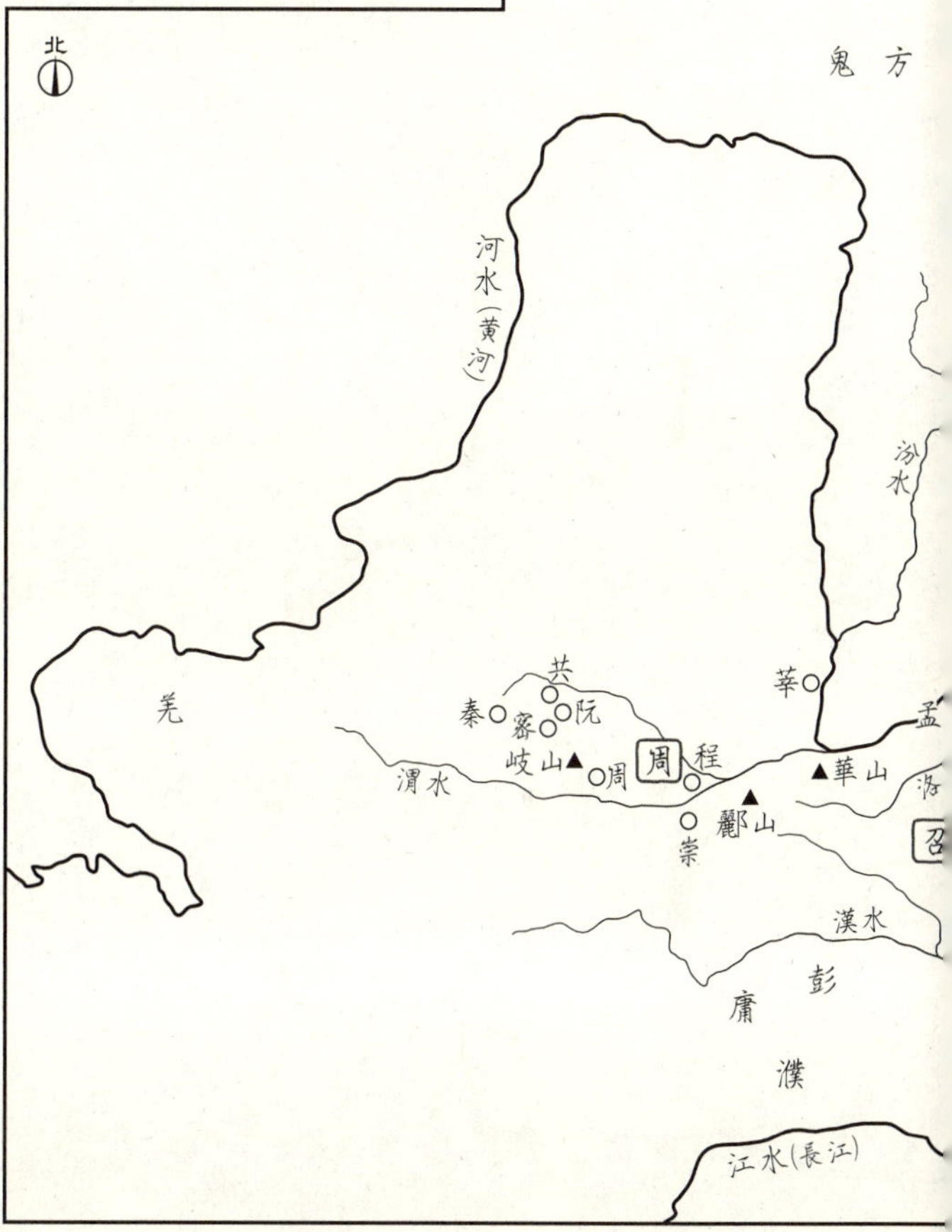

王家の風日

商《しょう》王朝

ここに「商《しょう》」とよばれるひとつの王朝がある。商はのちに「殷《いん》」ともよばれる。

中国はその王朝時代にはじめて文字をもった。うらないのために亀の甲や獣の骨に彫《ほ》られた文字、いわゆる甲骨文字《こうこつもんじ》がそれである。ところで、時代がはるかにさがった北宋《ほくそう》時代の文雄《ぶんゆう》である、蘇軾《そしょく》の詩に、

——人生字を識《し》るは憂患《ゆうかん》の始め……

とあるように、商王朝は文字を識るというよりも創《つく》ったがために、かえって苦悩を深めはじめたのかもしれない。

古代の蒙《くら》さのなかで、ひとり屹立《きつりつ》して陽光をあびたように、卓抜した文化をもっていた商の人民は、後世にさまざまなものを遺《のこ》した。そのなかに青銅器がある。

——これがほんとうに紀元前十一世紀につくられたものか。

時空を超《こ》えて眼のあたりに厳然とある商の青銅器を視《み》る人は、めまいにさえ襲われるかもしれない。それでなくとも商の青銅器には比類ない美しさと神秘とがあり、その器が悠久と宿してきた鬼気《きき》にうたれることはありうる。というのは青銅器——そのなかでもとくに酒器——は、その容積の大小にかかわらず、商の人民が信仰していた神霊を、宿止させる聖域にほかならないからである。

筆者はかつて、東京の国立博物館に付属する東洋美術館に陳列されている商の青銅器を、いくつか視たことがあるが、ついさきごろ思い立って訪ねてみた。銅は当時「金《きん》」とよばれていたように、いま我々が見るものとはちがう色の輝光をもっていたのであろうが、ある器を嘱目《しょくもく》しているうちに、

——これは、商の人々の眼に映った、天の色ではあるまいか。

と、あえて空想してみたい青色があった。より正確にいえばタークワーズ（トルコ石の色）にちかい。それとおなじ色をした天空の下に、白旗を翻す商の首都「大《たい》邑商《ゆうしょう》」があったとしたらどうであろう。

商は、幾多の興替《こうたい》があったとはいえ、永寿の王朝である。商王朝の六百年という時間は、驚異にあたいする。

どういうわけか、ひとつの王朝は、三百年が区切りである。

この三百年という時間の尺度を、商王朝にあてはめてみると、上限を初代の王の

成湯《せいとう》とすれば、下限は十九代の王の盤庚《ばんこう》にあたる。盤庚のころに、大乱があったか大洪水があったか、まさに商は滅びようとしていたのではないだろうか。このときの商の首都は黄河《こうが》より南におかれていた。盤庚は商民族の存亡を賭《と》して西北へむけて大移動を敢行した。商の民は咨《なげ》き怨みつつ黄河を渉《わた》った。当然のことながら、この移住民族と西北の原住民族とのあいだに、軋轢《あつれき》が生じることとなった。そこで二十二代目の王である高宗武丁《こうそうぶてい》は、北からの脅威を一掃するために、大規模な北伐《ほくばつ》をおこなった。さらにかれは一転して南蛮《なんばん》まで親征したらしく、その結果として王の威令は、北は現在の山西省北部から、南はなんと長江《ちょうこう》（揚子江《ようすこう》）以南にまでおよんだ。あるいは商の時代史が最大の版図《はんと》を有したのは、この時期かもしれない。高宗がはなはだ精力的な王であったことはまちがいない。

こういう偉大な王のあとは、とかくやりにくい。その上、王位継承に円滑を欠くところがあったようで、高宗の死後、しだいに南方の経紀はおろそかになり、西方では周《しゅう》という国の興隆をゆるすことになった。

二十八代目の王である文丁《ぶんてい》は、綱紀粛正の意図を含めてか、周の国主である季歴《きれき》を謀殺した。このいきさつはあとでふれてみる。

箕子《きし》と干子《かんし》

文丁《ぶんてい》王に「箕子《きし》」という子がいる。

ただし箕子というのは本名ではない。本名は「胥余《しょよ》」というらしいが、あるいは「余《よ》」というだけかもしれない。またかれは文丁王の長男ではない。

文丁は気性の烈しい王である。しだいに商《しょう》の版図が縮小してゆくことに憤慨し、苦慮したすえに、いままでのように近畿《きんき》（王都の周辺）にばかりでなく、遠く辺地にも王子を分封すればよいということを思いついた。

——おなじ血がなによりもたしかだ。

商の庇護《ひご》をねがって入朝してきた諸族が血族でない場合、かれらを封建しても、その向背はさだかではない。

余は父の文丁に呼ばれ、

「北の箕《き》へ徂《ゆ》け」

と、命じられた。このときから余は封地の名をとって箕子とよばれる。「子《し》」はふつう「王子」のことだとおもえばよい。

これを聞いた箕子の一族は、悪夢に襲われたような表情をした。

箕はいったいどこにあったか、――現代の地図で、ここ、と指すことはできない。おそらく山西省の中部――太原《たいげん》市の近く――にあったのであろうが、そこは文丁王のころの商の版図においては、北の僻境《へききょう》にあったと考えられ、土方《どほう》、鬼方《きほう》といった商にはけっして屈服せぬ剽悍《ひょうかん》な異民族を、抑退《よくたい》するための要地であったにちがいない。いわば箕は敵中へ放たれた矢のような邑《ゆう》になるはずである。

ところで、邑は「むら」とも「くに」とも読むように、人の集落地をあらわすが、「むら」にはまた鄙《ひ》という字があり、「くに」には邦や國（国）という字があとからあらわれたため、ここでの邑は町または都市のようなものだと想ってよい。

さて文丁王のころには、昔ひとあばれした土方と鬼方とはおとなしくなっていたが、それでも箕子にすれば、商王朝にとって最大の敵であるそのふたつの異族をひとつの邑だけで陵斥《りょうせき》せよ、といわれているにひとしい受命である。

「王は余さまを殺すつもりではあるまいか」

そんなささやきがどこかでかわされても不思議ではない。

——死ねばよい。

箕子は覚悟した。かれは一族をひきつれ、父の文丁王に見送られて、大邑商《たいゆうしょう》（河南省・安陽市《あんようし》）を出発した。

封授といってもそのじつ建国とかわりはない。また封地はほとんど独立国といってよい。たれもたすけてはくれず、一国の盛衰は国主の才徳にかかっているのである。

かれは任地の水源をしらべ、原住民を収攬《しゅうらん》して邑をつくり、民とともにやせた荒地をたがやした。箕子が北方をすみやかに撫定《ぶてい》できたのは、かれが王の子であったという理由だけではない。あえて異風に昵狎《じっこう》する適応のはやさと柔軟さとが、行政面で実をむすんだからである。

箕子の君主としての急速な成長に、おどろきよろこんだのは、大邑商からつきしたがってきた余の一族である。かれらは、

——わが君が王の長子であられたなら。

と、ついでにくやしがった。

青年国主である箕子が遠国で政教に心をかたむけているあいだに、父の文丁王は崩御《ほうぎょ》し、長子である羨《えん》（本名は「乙《いつ》」）が王位をついだ。北方の安定はたもたれ、その治績によって、箕子は兄にまねかれて王都で常勤することになった。

箕子の子はまだおさない。邑を去るまえにかれはそのおさないわが子にむかって、

「わざわいによって邑が滅びんとするときは、おのれの身を犠牲として祖霊にささげよ。されば邑の民は祖霊によってすくわれよう」

と、矯激《きょうげき》にもいいきかせた。

商王は羨で二十九代をかぞえる。羨はいままで西北へむいていた王朝の目を正反対の東南へむけようとした。それはかつて黄河の北へ遷都《せんと》してからはじまった西北の経略が、十代（およそ二百年）かかって完成したあとの、余裕の望見《ぼうけん》といえる。あるいは、商は黄河の南に失った地を回復する悲願を、はたす時期にきていたのかもしれない。

羨王はめったに不機嫌な顔をみせない。

――それがすくいだ。

いや、それだけがすくいかもしれぬ、とさえ箕子は思う。英明な王をいただいて沸きたっているような朝廷のなかに、ひとりおくれてはいってきた箕子だけが辛辣《しんらつ》であった。箕子がなにもいわなくても、そうした感情は相手につたわるものらしく、羨王のほうでも箕子を信倚《しんい》することを避けた。

――これではなんのために都にきたのか。

箕子は年少のころから羨とは合性が悪い。羨王にたいする印象の悪さはそのせいばかりではない。羨王は宮室にこもってなにかを捏造《ねつぞう》している、そんな気配を敏感に察した。それがなんであるのか、諮議《しぎ》の席からはずされている箕子にはわからない。

羨王にはすくなくとも三人の息子があった。すくなくともといういいかたは曖昧《あいまい》だが、羨王にかぎらず、累代《るいだい》の商王には何人の子供があったのか、はっきりしない。たとえば高宗武丁《こうそうぶてい》という王は、六十四人の妃をもっていたというから、そのことだけからでも子は驚異的な人数になろう。さらに商王室では、王の兄弟の息子でもひとしく「子《し》」と呼ぶならわしがあったらしく、王子の数は想像を超《こ》えたところにあったといわねばならない。

箕子は羨王の三人の子を観察した。

長男の啓《けい》は父である羨王の陰影、次男の衍《えん》は兄の啓の反映、三男の受《じゅ》は、――

「これは……」

と、箕子は目を瞠《みは》った。

――ひとりで輝いている。太陽の子だ。

受は孌童《れんどう》だった。その涼やかな眼で仰ぎ視《み》られたとき、箕子は不可解な戦慄《せんりつ》に襲われた。

父親よりましかもしれぬ、いやましどころか、もしもこの子が王になったならば、商は未曾有《みぞう》の繁栄をむかえるようになるのかもしれぬ。でなければ、この全身をつらぬいた予感は、何なのか、……。箕子は思いめぐらした。

——内乱になるかもしれぬ。

それは容易に予想できそうだ。しかし、ありえない、とかれは心のなかで断定した。

その理由はこうである。——受は三男であるとはいえ、他の王子とはちがい、生母は貴門出自の正妃である。王がはやばやと受を後継に決定すれば、王室内の動揺は防げようし、啓も衍も父の決定に叛《そむ》くほど暗昧《あんまい》にはみえない。むしろ啓が王になった場合に受がどうでるかのほうが気がかりだ。ところが王は受を鍾愛《しょうあい》している。それに母方の家格のこともあり、王妃によほどのあやまちがないかぎり、啓や衍に王座がまわってゆくとは予想しにくい。まず、まちがいなく、受が王になる。

ここで箕子は微妙な心理になった。

かりに後継の件で、王の諮詢《しじゅん》にあずかったならば、おのれは長兄相続の筋目から、受ではなく啓を推《お》すだろうということである。さらに箕子は自身にも王位継承権があることに、いまさらながら気がついて愕然とした。弟が兄のあとを継ぐということはままある。

かれには御筵《ぎょえん》を跂足《きそく》する心はない。

――ない腹をさぐられては、たまらぬ。

箕子は以後いっさい受胙《じゅそ》の件にはかかわるまいと決心した。

朝会で、羨王がめずらしく不快な顔つきをしている。なにかあるな、と箕子が思っていると、

――卜《ぼく》ができぬ。

と、突然いいだした。南方の諸族から大亀《たいき》の献納がないため、祭祀《さいし》に支障をきたすというのである。商王朝は、先々代の王の武乙《ぶいつ》のときに、南方からの朝貢が杜絶《とぜつ》した。おなじ状態は羨王までつづいている。

卜はうらないの一種で熱した獣の骨や亀の甲に水をうち、できたひびで吉凶を判断するものである。卜は亀甲《きこう》でなくてもできるわけになるが、獣骨での卜は伝統的な儀式とのむすびつきが牢《かた》く、日常おこなえるというものではない。

またこのころから羨王は自身を「天子」とよばせることをこのんだ。

――王はなにをなさろうというのであろう。

王室では四、五十年間ほど亀でうらなう亀卜《きぼく》はおこなわれていない。であるのになぜ急に、王というより天子は亀卜がしたいと仰せ出されたのか、とたれもが理解

にくるしんだ。

——たれかが王に智慧をつけている。

羨王とその側近たちが宮室にこもって考えていたことがそろそろでてきた、と箕子はおもった。箕子は亀卜に反対をとなえる者ではない。むしろ励志《れいし》したいほうの人間だが、このさいどうすることもできない。箕のような北の山野には亀はいないのである。

近畿の国主たちは畏《おそ》れいるばかりでなにもできない。亀卜につかえるほどの大形の亀は近畿では捞《と》れなかった。ところがここに、

——天子は亀が欲しいと仰せあったのに、この朝廷には聾者《ろうしゃ》しかつかえていないのか、よし、それならばわしがなんとかしよう。

と、義憤を感じた男がいる。かれは箕子の異腹の弟で、

「干子《かんし》」

と、よばれている。干《かん》の国の君主である。名を「比《ひ》」という。かれは後世、義臣「比干《ひかん》」としてあまねくしられるようになる。

干国の首邑《しゅゆう》である干邑《かんゆう》はいまの山東省の臨淄《りんし》県にあったとおもわれる。東のはずれにあった邑だとおもえばよいだろう。文丁王の子としては、比はもっとも遠方に封ぜられたことになる。

干子は清心廉直《せいしんれんちょく》の人として王族のなかでもその存在は異香を放っている。かれはおもったことを腹のなかにためておけないたちだ。義憤は声となってでた。その声をどこで伝え聞いたのか、ある男が私《ひそ》かに、

――鄭《てい》(いまの鄭州《ていしゅう》)の大賈《たいこ》(豪商)に心やすき者がおります。舟ならいつでもご用だてできましょう。

と、補益《ほえき》を申しこんできた。費中《ひちゅう》という官人である。

「おぼえておこう」

帰国した干子は、重臣たちをあつめると、

「亀はないか」

と、さっそく詢《と》うた。

重臣たちは干《たて》のように顔をならべて、

「亀の奉納は、近畿の諸侯におまかせあればよろしいのです」

と、異口同音にいった。かれらは近畿には大亀のないことくらいわかっていながら、王室にたいする主人の古くさい忠誠がまねく難儀は、ごめんこうむりたいという意を諷《ふう》しているのである。

――よかろう。

干子は断然として立って、

「予がひとりで南へさがしにゆく」

と、大声を発した。かれは冗談のいえる性格ではない。重臣たちは主人の大声にはなれていたが、さすがにうろたえて、背面をみせた干子の裳《もすそ》をつかまんばかりに、

「殺されます」

と、これも異口同音にとめた。干子がきかぬとわかると、――せめて旅《りょ》を従えなさいませ、といった。

戦闘集団をあらわす字には、「軍《ぐん》」と「師《し》」と「旅《りょ》」とがあって、旅は旗をおしたててゆく兵士の集団をいう。兵車（戦車）ができて、それを兵士がとりかこんで前進する戦法が普及すると、この軍という一万人をこえる大編成の戦闘集団にたいして、師は二千五百人、旅は五百人ほどの兵士で構成される部隊をいうようになった。ただしこれは後世の数字で、商王朝の時代にはそれほど明確な区別はなかったろう。

旅をともなってゆけば、かえって異族を刺激する。

――それこそ、殺されるであろう。

干子は負販者（行商人）に変装し、勇者ひとりを従えて、東南の異域を巡ることにした。

東南の諸族の消長はつかみにくい。

紡毛《ぼうもう》のような川が情報の流通をさまたげている。

結果として東南の諸族の動向を見聞するだけにおわってもよいではないか。干子は心の荷を軽くしてから出発した。従者は冥府まで随行しそうな面魂をしていた。

干邑をあとにしたこの勇気ある主従はまず西へ足をむけた。済水《せいすい》をさかのぼってから南へむかい、「薛《せつ》」といって商に服属している国を経て大彭《たいほう》へ――、という迂路をとるつもりである。大彭はいまの徐州《じよしゆう》である。薛へゆくには「奄《えん》」という異族の国を通らねばならない。奄邑《えんゆう》（のちの曲阜《きよくふ》）にはいるまえに、従者は、素通りしたがっているような主人の気色をみて、

「奄君にお逢いになってはいかがですか」

と、すすめたが、干子がこたえるまでもなく、どうしてしられたのか、二人は邑の門で奄の君主に出迎えられた。そこでかれらは異常なまでの歓待をうけた。

干子は奄邑を去って薛にむかう舟中で、

「あの男をどう謂《おも》うか」

と、鬱々《うつうつ》とした口調で従者に感想をもとめた。干子の従者も過日のおもいがけない待遇に浮かれつづけているような男ではない。

「奄君はお若いのに、容儀は重くるしくなく、処事《しょじ》にすぐれた君だとおもわれますが……」

「そのとおりだ」

が、すぐれすぎている、と干子は思う。それにこちらの素性をあばくだけの、恐ろしい目と耳とを、国内ばかりでなく国外にも、もっているらしい。

従者は奄君についての感想をつけくわえた。

「欲望と自信とでふくらんだ腹のなかは、どなたにもおみせにならないお人のようでございますな」

それをきいた干子は突如として呵々大笑《かかたいしょう》した。舟が揺れた。乗り合った他の者たちは、この尊大な負販者を、あきれたように睨《み》た。

のち奄の君主は、商が周《しゅう》に敗れたあと、商王の遺子を使嗾《しそう》し、天下を狙って挙兵することになるが、この物語にはさして関係ない。

このとき干子は、

——還《かえ》ったら、こやつを車右《しゃゆう》にしよう。

と、背後にいる家子の抜擢《ばってき》をきめた。車右は馬車の陪乗者をいう。

「さて、薛だが、薛侯は参朝していても諸事に熱意をみせぬ。どういうつもりか。ひとつおどろかしてやろう」

干子は薛邑《せつゆう》にはいるや、寝門《しんもん》をめざして歩を速めた。門衛の矛《ほこ》が二人の眼前で交差した。

「干子です。薛の君におめにかかるよ」

と、かれは微妙な気息で、ひょいと矛の下をくぐった。わが庭を闊歩《かっぽ》するような呑気さである。門衛の怒号をききつけて、ばらばらと衛士が飛びだしてきた。二人はたちまち矛にとりかこまれた。

「無礼するな。王室の干子さまぞ」

と、干子の従者は主人をかばって短刀に手をかけた。

そのことばに衛士たちはややひるんだ。が、矛先はあいかわらず、二人の胸板を突貫できる位置にある。衛士の長らしき男が、のたりとした動作で、矛をすこし退かせると、

「干子さまであられるあかしが、ござろうか」

と、ぶ厚い唇をうごかした。

「ああ、ありますよ。この顔がそうです。これは天下に二つとはありませんからな」

と、干子は相手の顔を舐《な》めんばかりに、おのれの顔をつき出した。

男はむっとしつつ、配下のひとりを頤指《いし》した。高官の判断を仰ごうというのであ

ろう。

そのあいだ干子は、――薛というところはむさくるしいところじゃなあ、と傍若無人であった。

衛士に先導されてきたのは、高官をしたがえた薛侯自身である。なにしろ干子は長身だ。いやでも一目でわかる。薛侯は小走りになった。この異様な貴賓をとりかこんでいた矛先の輪が、さあっとひろがると、そのなかで薛侯は、額を地面にすりつけんばかりにあやまった。

夕《よる》、――薛侯は干子の真意をさぐりたがった。干子があっさりと、亀をあつめにきたといっても、薛侯は信じなかった。天子は南征を企図《きと》なさっているのではないか、としきりに念をおした。これだけ南からの朝貢がとだえれば、南征もやむをえないかもしれぬ、という干子のことばに、ようやく納得したふうだったが、浮かない顔になった。

干子は薛侯から妙なことをきいた。

――東南をおさえているのは、九公《きゆう》という人物かもしれませんよ。

というのだ。

――九公とはなにものだ。

干子がたずねても、さあ、それは……、と薛侯は首をひねるばかりだった。

公とよばれているくらいだから、九公は東南の諸族のあいだで、王のように尊崇されているにちがいないことくらい、干子でなくともわかる。九公は商王をはばかって、王と自称しないだけである。異族の首長が王を自称すれば、それだけで商王朝では討伐の対象になる。対象になるだけではない、ぜひとも征服せねば、商王の権威は地に墜《お》ちるのである。天下に王は一人いればよいのである。故事にくわしい干子はここで、

――もしかして、九公とは九夷《きゅうい》の子孫ではないのか。ならば話のしようがある。

と、急にこころいきおいがでた。

九夷は夏《か》王朝のころから、東海沿岸より淮水《わいすい》にかけての広域を有土していた大族である。ただし統一の民族であったのか、九つ、あるいはそれ以上の数の、異民族の総称であったのか、はよくわからない。

夏が盛んなころは、多くの民族がそうしたように、九夷も夏の朝廷に入貢し、夏王に順服した。それが夏王朝の衰退とともに離反し、商と結んだ。九夷は商の中原《ちゅうげん》進出のための、資用と人役とを、提供したとも考えられる。商民族にとってはいわば盟友の族であったはずである。

だがなにしろ古昔のことだ。そこに干子は不安をおぼえる。しかし九公に逢ってみたい。逢いたいと思うかぎりはかならず逢えるものだ、というのが干子の信念で

ある。

かれは薛侯に舟の用意をせまって大彭へ急行南上した。この時代、南へは上るという。南にある太陽がもっともあかるいからである。

舟を降りた干子は、薛邑のほうにむかって、

「あの狡兎《こうと》めが」

と、吐きすてた。薛侯はどこかの異族に通じている、それが干子のかいだ臭いであった。かれはそこでつぶやくように、

「このあたりは昔から治めにくいところだ。薛はふるくは邳《ひ》といってな、わが王朝にそむいて討たれ、また大彭は高宗武丁王にほろぼされた邑だよ。商が河をわたって北へ遷《うつ》るまえは、すこし前に通ってきたあの奄邑に商の王宮があり、むろんこのあたりは近畿であったのに、いまは異族の住処《すみか》になろうとしている。かわればかわるものだ」

といい、空濛《くうもう》とした前途に目をやった。

かれらは東へゆく。いちおう干国へかえる方向ではある。

もとめる九公の所在がわからぬまま、かれらは飢えはじめた。やがてその従者をして、――臣《わたし》の肉を食せられよ、といわしめるほど惨刻《さんこく》な行程となった。

ついにある海辺で二人は気を失った。

なかば死んだようなこの二人を発見したのは、漁夫たちであった。干子は鄙《むら》へはこばれるとき、九公に逢わせろ、とうわごとをいったらしい。それをきいた鄙人《むらびと》たちは、めくばせをして、袱《ふく》をほどいてしらべた。帛《きぬ》がでてきた。帛には文字が書かれてある。

文字を書けるということは、このうすぎたない男が特殊な階級の人間である、ということを指している。

——商の呪術者だ。

ということになった。

鄙人たちは戦慄した。その戦慄が近隣の鄙を動揺させた。さらにその動揺がたちまち流言をうんだ。

商が呪術者をおくりこんできたということは、はやければ数か月後に、商の軍が攻めてくるはずだということを、このころの異邦の民はよくしっていた。

商は敵地を攻めるときは、かならずそれ以前に偵諜《ていちょう》を派遣する。偵諜は、敵の様子をさぐるだけではない。敵地を祓《はら》い清めておく任務もおびているのである。

この時代の戦争は、双方、敵軍と戦うのはもちろん、敵の祖霊または神とも戦わなければならない。したがって戦闘以前に、敵の霊力を衰弱させ無力にしておく必要があった。

鄙人たちは、――いつ商は攻めてくるのか、と二人に拷問した。気のみじかい連類は、どうせ商は攻めてくるのだ、訊《と》うまでもない、

「はやばやと殺戮《さつりく》せよ」

と、血走った眼をして、嗷《さわ》ぎたてた。

偵人を殺してその屍体をはずかしめれば、敵によって無力にされた祖先の霊を興復し、敵の霊をけがすこともできるのである。

――いばった偵の者で、九公にあわせろとわめいているそうでございます。

と、一件は九公にしらされた。干子にとって幸運であったのは、同時に帛書《はくしょ》が九公の手にわたったことである。

帛書は――商の通例として――祝《いの》りの文にみちていたが、記名に「干子」とあった。九公はまさかとおもいつつ、

――予の客だ。粗略にするな。

と、厳命した。干子の盛名はここまできこえていた。干の主従の待遇は一変した。

干子はむちでうたれて腫《は》れあがった体膚をさすりながら苦笑した。かれの従者は護身のための玉《ぎょく》をなでながら自家の祖霊にひそかに感謝した。干子は九公について、海に近い蛮人のことゆえ猛々《たけだけ》しい異相の男を想像していたが、見たところ常人とか

わりなかった。

「干子といわれると、王の叔《おとうと》であられるか」

という九公の問いに、干子はこたえず、

「九公というと、九夷の末か」

と、ぎゃくに問うた。

「……ということになっている」

べつだん九公はいやな顔はしなかった。

——正直そうな男だ。

はじめから干子は九公に好意をもった。

「なぜ商に朝貢せぬ」

すると九公は首に手刀をあてて、

「これですからな」

と、いった。商王朝は重要な祭祀のたびに南人を殺してきた。商のあがめる神霊への犠牲《いけにえ》にしたのである。九公にすればむざむざ殺されるための人口を貢献するわけにはいかないのである。

——商は血なまぐさい。

と、九公はまっすぐにいった。

干子は大喝《たいかつ》しそうになった。が、かろうじて呼気をのみこんだ。商人《しょうひと》がもっている神への感情は異族人にはわかるまい。もしも神勅《しんちょく》にさからって犠牲をささげなければ、商はもちろんのこと、中華、――ひいては異国をふくめた世界にどんな大禍《たいか》がくだるかわからない。いわば全世界の人民になりかわって、穹天《きゅうてん》のおちるのを商がふせいでやっているといってよい。

それが商の思いあがりにすぎない、と、九公にかぎらず、商に服属していない異族の君主たちは、すこしながら事理の蒙《くら》さを啓《ひら》きはじめている。

それよりも、である。

「なにゆえ、敝邑《へいゆう》へまいられた。朝貢のことならば、ならぬ話です。またそのことで敝邑を伐《う》たれるというのならば、いつでもお手向かいいたすでありましょう」

干子は二兎を追うつもりはない。冷静に本旨へもどった。

「大亀が欲しい。ただそれだけだ」

九公は愕《おどろ》いた。亀だけのことで、王の叔ともあろうお人が、それも単身同然で他郷を必死に奔走するなぞは、怪疑すべきことである。が、九公は干子を狡詐《こうさ》の人とは観《み》ていない。

「あなたは狂だ――」

九公は思わずいってしまった。これが狂でなくてなんであろうか。あるいは、干子を矜《あわ》れむ気持が、そう九公にいわせたのかもしれない。

もはや干子は激怒しなかった。

——あるいは、そうかもしれぬ。

と、寥《さび》しく反省していた。さびしさは自己にたいしてではない。商王朝の衰微を痛切に感じはじめたのである。

「亀のかわりになにをいただけますかな」

「なにが欲しい」

「矢、いや……鏃《やじり》だけでもかまいません。そのぶんの金《きん》もこちらからだしましょう」

金とは銅のことであることはさきに述べた。金属に関する商の製造技術は特絶である。

だが、敵国に武器を付《わた》すほどの愚佻《ぐちょう》があろうか。九公ははじめから無理を承知でいっているのだ。干子はこれ以上のあなどりは堪えがたくなった。

「やめよう。亀はあきらめた」

といいすてて、外へでた。暗い波濤のうえに、黄色い繊月《せんげつ》が、小舟のように浮かんでいる。干子の胸に郷愁が寄せてきた。

いつのまにか九公がかたわらに立っている。

――大亀を彙《あつ》めてみましょう。

ただし、と九公はひと呼吸おいて、

「商の王室にさしあげるのではない。あなたの狂にさしあげるのだ。しかるべき人をおよこしください。いうまでもないことですが、師旅《しりょ》つきでない人をです」

干子に反応はなかった。

「あまりお欣《よろこ》びになられないようですな」

干子はきいていなかったわけではない。微動だにしなかったのは、涙を九公にみられたくなかったせいもある。

「九公どの、内心では、いまここであなたに頓首《とんしゅ》したいほどよろこんでいるのです。が、それができぬ。……礼をしらぬ男だと、さげすまれるがよい」

と、はげしく自分の胸をたたいた。

干子は帰国した。重臣たちにかぎらず、国民のすべてが、亡霊をみるような目で二人を迎えた。しかしたちまち拭目《しょくもく》したかれらによって、干邑は万歳が唱和される坩堝《るつぼ》と化した。

干子からの使いをうけた費中は、小肥りしたからだを雀躍《じゃくやく》させて、干子の欣ばなかったぶんまで喜んだようであった。

大亀を奉献して、おおいに面目をほどこしたのは、しかしながら干子ではなかった。鄭《てい》侯であった。

鄭侯や費中が横奪したわけではない。

九公のあつめた海亀は費中の手にわたった。ところが干子はそれから手をひいてしまった。費中の問いあわせにたいして干子は、

——鄭の君にたてまつらせればよかろう。

と、淡白な返答をした。

このたびの亀は朝貢物ではない。したがってそれの運送に関して、民財を損亡させることになったのである。鄭の庶民が舟をまわし人役をはしらせたのなら、せめて鄭の国主がかれらの代表として名誉をあたえられるべきだ、と干子はおもっただけである。かれにすれば、たれが大亀を献上してもおなじことだ。

あとで干子は費中から、

——もったいないことでございましたな。

と、いわれたが、意に介《かい》さなかった。

干子が南方で粉骨しているあいだに、羑王は祭祀について稽古し、暦を整理し、その実施は、大亀の献納を須《ま》つばかりになっていた。

羑王が多数の亀甲を瞰《み》たとき、まさに剴備《がいび》を意《おも》い、朕《わ》が事成れり、とあたりを睥《へい》

睨《げい》して、やがて側近と哄笑したことであろう。亀甲が天空から降ってくるわけはなく、人の手を経なければとどかぬくらいはわかっていながら、羨王の心の奥底のしくみは、

――祖の霊が、朕《わ》が意気に感動なさって、亀をお授《さず》けくださったのだ。

としか考えられないところにきていた。

はじめ羨というきまじめな王は純粋な宗教人たろうとつとめたのかもしれない。廟堂《びょうどう》で霊と語りあっていたほうが性にあっていたにちがいない。

商王朝は大きな宗教団体だと想えばよい。商は異民族を征服するたびに、その民族が信仰している神を、まず奪った。――われらがかわりに拝んでやろう、とその祭祀権を包有した。異民族を伏拝させるにはそれが近道であったからである。

「神を得ることは人民を得ることだ」

という古代独特の原理を適用することによって、商は太ってきた。そのため祭壇は異族の神で盈《み》ちた。羨王はそうした神々の混和をきらった。異姓の神は棄てるべきだと思った。極言すれば祖先だけを祀《まつ》ればよいということである。

羨王は歴代の王とその妃とを祀ることにした。王と妃とはべつべつに祀り、それも一回祀っておわりというのではなく、一人につき五種類の祀りをおこなうというものである。そうやって祖先を祀りおわると、一年がすぎるという按配《あんばい》にした。そ

れゆえ商では一年のことを「一祀《し》」という。

が、この祀りかた――「五祀周祭《ごししゅうさい》」という――は羨王の独創ではない。第二十五代の王である廩辛《りんしん》まではおこなわれていたやりかたらしい。羨王は祭礼を改革したのではない、復古したのである。

こうして一年間のほとんどは祭祀で埋まった。祭祀の名称をきけば何月何日かわかるようになった。暦が完成したのである。さらに一日の時間にも復古の精神は活《い》かされ、たとえば夜明けのことは、先代の文丁王のころは「旦《たん》」と呼ばれていたが、それを「妹《まい》」と呼びかえ、朝明けのことは「明《めい》」から「朝《ちょう》」に呼称をかえた。

商ほど森羅万象《しんらばんしょう》をこわがった民族はいない。恐怖は聡明からくる。恐怖心は想像力が招くものといってよい。恐ろしいということは、恐ろしがるであろう自己を意識する恐ろしさである。だから商民族は恐怖心を打ち消すために、さらに見ようとした、さらに知ろうとした、さらに分《わか》ろうとした。占いはその重要な手段である。亀甲はそのために必要であった。

ここに亀甲が奉納されたことで、毎日卜がおこなわれることになった。王の側近である貞人《ていじん》（卜師《ぼくし》）は、王が外出すれば占い、王が夢を見れば占い、雨が降れば占い、毎夕の安全を占った。

このころの指導者たちは、正しい祭事《まつりごと》こそが政治であると信じて疑わない。箕子

もそのひとりであるにちがいないが、羲王の暦の作成を、ひとまず、

——犀利《さいり》にもいたされたことよ。

と、賛辞を吝《お》しまなかったものの、これでは一祀のあいだ天子は祖霊にむかって祈っているばかりだ、人民に背をむけたままではたして政治はできるものなのか、と狐疑にもにたものをすっかり棄てることはできないでいる。人民は神の声よりも、王の、あるいは君主の肉声をききたがっている時代になっているのではないか。箕の国を建てた経験がかれにそう謂《おも》わせるのである。

もちろん王の側近たちは、

——これほどみごとな祀りは、累代の王のどなたもできなかったでありましょう。

と、天子をしきりに頌《たた》えたことであろう。

祭祀がふえて豪華になったため、祭具の生産が活発になった。とくに酒器の鋳造が盛んになった。工人の腕のふるいどきがきたといえよう。祭祀用の銅器は、銅五にたいして錫《すず》が一、と銅の含有率が銅器のなかではもっとも高い。そのため銅の需要が急増した。銅山を開発しなければその需要に応えることはできない。そうした要請をうけて王室は、採掘のための労働力の提供を諸国に命じるほかに、奴隷の獲得に本腰をいれることになった。

師旅が四方へ発せられることがしげくなった。それは奴隷狩り、または犠牲狩り

ともよぶべきものである。

この恐怖の投網にかかるのはおおかた羌族《きょう》である。かれらは中国全土に散在していた。羌族は、羌という字のなかに羊がふくまれているように、たけだけしい野生の羊をとらえて飼いならし、草と水とをもとめて移動してゆく、どちらかといえばおとなしい遊牧民族で、ほとんど武装していない。それに反して南人は、抵抗が烈しく、南方へいった師旅は不漁のまま帰着することが多かった。

大邑商につれてこられた異族人は、奴隷組と犠牲組とにふりわけられた。女でも子供でも容赦はされない。家族でもそこで析別《せきべつ》させられたことだろう。奴隷組にいれられた人々は畜生とかわりない扱いをうけ、犠牲組にいれられた人々は、祭祀のたびに卯《ぼう》――二つ裂き――されたりして、殺されていった。

この行為が異民族の感情にどういう棘《とげ》を突き刺しているか、天子をはじめとして大邑商の人々にはまったくといってよいほどわかっていない。

恪敏《かくびん》な箕子の危惧《きぐ》はあたったといえる。

羨王は先祖の汗と血との上に端厳と坐っている。かれほど先祖をありがたがった王はいないであろう。そのゆきすぎがひとつの妄想をうんだ。

かれはこう考えた。

先祖をぬきにしては、自分はありえない。国もまたありえない。王とはなにか。

王とは、過去と現在、霊界と現世とをむすぶかけがえのない、聖なる梁《はし》なのだ。だがぎゃくに、王たる自分をぬきにしては、先祖の恩恵は国にほどこされることはなく、国がなければ、祖霊は虚空をさまようほかはない。ということは、……朕《わたし》こそが祖霊と国民とを支配しているのではあるまいか。では、祖霊より上にいる朕とはなんであろう。

「それこそ帝《てい》でありましょう」

と、貞人のひとりが、いったのかもしれない。

ついに羨は、帝という最高の神の旒冕《りゅうべん》を、自分の本名である「乙《いっ》」に冠《かぶ》せたのである。

「帝乙」

それが羨王のあたらしい名である。

——狂われたか。

と、箕子は思った。思っただけではない、会場のなかで、ひとり仰首して、大胆にもそれを口にした。このときの満場の表情はどう形容したらよいのであろう。時が停止したような息ぐるしい静粛……がそれであろうか。

ところが帝乙は嚇怒《かくど》しなかった。箕子を無視した。衆中で兄弟の不和をさらけだすほどかれは愚かではなかったか、または、すでに帝になったつもりのかれの耳には、箕子の暴言も犬が吠えたくらいにしかきこえなかったのかもしれない。そうした廟廷《びょうてい》にあつまった人々は、箕子とはちがい、昏倒するほどにおびえた。

疑惑にこたえるように、帝乙は廟を背にして、

「先考《なきちち》のご命名である。祖霊も祝福なさっておる」

と、肩をそびやかしていい放った。

「おお、みよ」

廟のうらあたりから飛びたった一羽の大きな鳥が、おりしも白くきらめきながら天翔《あまが》けようとしている。鳥は祖霊の使者である。

「まさに奇瑞《きずい》じゃ」

会同のほおっとした喊声《かんせい》のなかで、箕子だけは、

——拙劣にもたくらんだことよ。

と、あらぬほうをむいていた。おそらくさきほどまで、天子の近侍が廟のうらにひそみ、樊《とりかご》といっしょに汗をにぎっていたことであろう。だがこれほどまでにまことの帝をあなどって、商にたたりはあるまいか。箕子におびえがあるとすればそれである。

帝は万能である。雨を降らせ、風を吹かせ、旱《ひでり》をもたらし、いくさに祐《たす》けをもたらすことさえできる。いまごろまことの帝はわが名をかたられて、不愉快なおもい

をなさっていることであろう。王は得てはならぬものを得た。それをだまってゆるしたことになる諸侯をはじめ下民にも、とがめがあることになろう。

――もっとおびえるべきだ。

天子の悔悟《かいご》をねがうほどのおびえを万人がもってくれたら、帝は商の民衆をゆるしてくださるであろう。でなければ、いつの日か震怒する帝によって、商は地上から消滅させられるかもしれぬ。箕子は心をまっ暗にしながら自宅へ帰って謹慎していたが、天子からはなんの譴責《けんせき》もなかった。それゆえかれは日をおいて帰国を申請したが許可されなかった。

箕子は虚空を漂いはじめた自分を感じた。

箕子の発言が朝議で問題にされなかったわけではない。しかしながらそこで帝乙は、――箕子は昔から驚くとわけのわからぬことをいうくせがあってな、あれもそれであったろう、となぜかとりあげなかった。

天子が生前に帝を名告《なの》ったのが前代未聞であるならば、天子を面罵《めんば》した箕子の発言も前代未聞である。

箕子の発言がべつの場所に昂奮の種をまいたことは、箕子自身はまるでしらない。

あれだけの暴言でありながら、天子は箕子さまをどうすることもできなかったそうだ、と、ひそひそと、しかしいかにも小気味よげに語られたということは、箕子に同情する者がすくなからずいたということである。

噂は東国の干へも流れついた。それを聞いた干子は慍色《うんしょく》をあらわして、

「すみやかに箕子の首を刎《は》ねるべきであった。天子がなさろうとしなかったならば、なぜ近侍のたれかがそれをしなかったのか。箕子こそ宮闕《きゅうけつ》に巣くう鼠である」

と、箕子を名指して批難した。

そのように箕子に関しての世評は褒貶《ほうへん》なかばしたが、箕子の存在が宮中で重みをましたのはそのときからである。

王が帝になったことで、下民のあいだにも動揺はたしかにあった。かれらは生活を防衛するという本能的な目で天子の称号の変更を瞻《み》たが、烈しくなにかがかわってくるという予感はない。もともと商王は、甲《こう》、乙《いつ》、丙《へい》、丁《てい》、……といった十干《じっかん》名をもっていて、じつはそれは太陽の名のことであるから、商王はすなわち、

「太陽王」

であったということになる。王が太陽名をもったまま帝の資格をも得たことは、古代人の感覚ではどの程度の衝撃としてうけとめたのかはかりしれないが、庶民としては、天上のできごとが下を脅かさないとわかれば、寄せた波がたちまち引いてゆくように、そのことに興味を失ったことであろう。

そんなことよりもむしろかれらは、帝乙が督励《とくれい》した奴隷獲得による労働力の大量

導入によって、農工の生産力が向上しはじめたことを喜んだかもしれない。

帝乙は帝を体現した。祀るものが祀られるものになったということである。それゆえ農作物について朝廷の発意から、

「四方の豊凶は帝がおきめになるのだ。以後、各邑《ゆう》での祭祀は無用のことである」

と、なった。

――なにをいいやがる。

胆気のある箕子ではあっても、さすがに今度はそこまでは口にできなかった。が、あいかわらず不服であった。それでは、ある邑が旱災《かんさい》になりそうなとき、その地で天に降雨を祈願するのではなく、君主がいちいち大邑商までできて、天子に天水をいただけませんか、とかけあわねばならぬということになる。かんたんにいえば、地方の自主権を中央が否認したのである。暴君の代表ともいうべき夏の桀《けつ》王もここまではしなかっただろう。

――窮屈な世になってきた。

と思いながら、箕子は黙ってみているほかはない。

帝乙は専制を志向している。

帝乙はまた足下に目をむけて、帝が治めている邑が大邑ではものたりぬ、天邑とあらためよう、と首都を「天邑商《てんゆうしょう》」と呼ばせようとした。

箕子はそうした帝乙の誇耀《こよう》の身ぶりが気にいらない。箕子に視えるのは、花だけがさきばしって、実をともなっていないあやうさである。頭首だけが遠ざかって、治体が冷えるおそれである。――わしはこんなに苦労性であったか、と箕子は苦笑で口をゆがめざるをえない。

油然《ゆうぜん》と雲がおこるような帝乙の時代の彼方を透視したような箕子の愴々《そうそう》たる予見は、かれの頭脳が群衆のそれからぬきんでていた、というところからきている。かれはたんに国典を批判するという皮相にとどまらなかった。ひとり陰隲《いんしつ》を考えはじめた。箕子は政治家であり宗教人であったにはちがいなく、もしかしたらもっとも哲学者に資質としてはむいていたのかもしれない。

ついでながら、中国の諸族が宗教的民族であったのはこの商王朝の時代までで、つぎの周、秦《しん》を経て形成されていった漢民族が、哲学的民族であったことを想えば、中国人の頭脳の原型はたぶんに箕子のそれであったといわねばなるまい。

天邑商は鬧熱《どうねつ》でみちはじめた。それをみはるかすことのできる王宮で、帝乙はまさしく玄奥《げんおう》の主となった。

歳月がたった。

王子受《じゅ》の日日

帝乙《いつ》がもっともかわいがっている受《じゅ》は叔父の箕子《きし》が好きである。

——この人はなにが哀しいのか。

箕子が自分をみる目になんとなく慈愛が感じられ、ときとしてそれは哀愁のようなものとまじって、受の胸に沁《し》みてくる。大人のそうした情懐の機微をさっするだけ、受は早熟であったといえる。また受がおどろくのは箕子の該博《がいはく》さである。

受は聡明であった。記憶力にすぐれ、それだけに知識欲は旺盛で、知らぬことがあるという自分をゆるせない。この脳髄の化物のような青年は、しかし箕子のまえではまるで小童のように素直になった。

受は頭ばかり大きくなったわけではない。美少年であった面影をどこかに残しながら、精悍《せいかん》な容姿にかわりつつある。

このころ「学《がく》」とよばれる子弟のための教育機関があり、受は学なんぞへかようよりも、箕子一人について教育をうけたほうがましだとおもっている。学はのちの大学にあたる。

学がどこにあって、入学についてどんな規定があったのかよくわからないが、学の場所は王宮からはなれていたことはまちがいない。その場所で、すくなくとも貴家の子弟は、祭祀《さいし》や儀制についての講義と演習の指導とをうけた。かれらは呪詛《じゆそ》はもちろんのこと、ときには妖蠱《ようこ》（妖術）のたぐいまで修行させられた。軍事教練をもうけた。軍事教練は狩りである。

受は知識を愛したが、それよりも愛したのは狩りである。

――これがなかったら、たいくつでたまらぬ。

と、かれは友人の祖伊《そい》によくいう。

祖伊の家は臣籍であるとはいえ、宗主は高宗武丁《こうそうぶてい》王の子、祖己《そき》だといわれている。祖伊は血統もよいが性格もよい。篤厚《とつこう》の青年である。狩りではこの二人はそろって行動する。

森林や原野に躍《おど》りこみ、

――なにがあらわれるか。

と、禽獣《きんじゆう》が飛びだしてくるのをまつ緊張した時間が、受に身ぶるいするほどの快感をあたえてくれる。想像力が刺激され、想像が現実となったときおのれの軀幹《くかん》がどれほど的確に対応できるか、それをまた想像するといういわば想像の相乗積のような自己から、地を蹴って動物と直面したときに、脱出し飛躍できる——まるで自己をおきざりにしたような——爽快さは、ほかのなにからも得られるものではない。また狩りのおわったあと肉体を襲うここちよい疲労も受は好きである。

王族が捕獲にむかうのは獣ばかりではない。人間もである。受ははじめこれにはすくなからず嫌悪を懐《いだ》いていた。人間をとらえることにではなく、配下の統御が紛《みだ》れることを嫌った。女性をとらえた場合、兵卒らはぎらついて、監督のすきをぬすんで、かの女どもを自分のものにするという淫行がしばしばおこなわれる。

——獣とかわりない、けがらわしきこと。

という受の意味あいはすこしちがったところにある。商《しょう》の上層階級にいるたれもがそうであるように、かれも異族人を蔑視している。むしろ獣とおなじだとしか思えない。その牝の獣と神聖な商の民とが交わることは、おのれのからだがけがれることになるとはおもわんか、というのが受の忿々《ふんぷん》の心である。

受は直属の部下に、女と子供には暴行するな、と厳達した。ところがあるとき、四散した異族人を追って叢莽《そうもう》に踏みこんでいったときに、白々と暴肌された女の腿《もも》をみた。ひとりの兵卒が肉塊の上に怡々《いい》として搭《の》っている。

「おい——」

受は男の頸領《けいりょう》をぐいとひきあげると、剣を一閃《いっせん》させた。

女はいままで自分の胸に吸いついていた男の首が、つぎの瞬間にはかたわらで血まみれになって虚しく自分を睨《にら》んでいるのがわかると、気絶した。

受は立ち去らなかった。

——女のからだとはこういうものか。

と、足下の裸身を凝視した。受の奇妙なところは、その眼が対象を解剖学的に観察する眼にちかいということである。

受を追ってきた祖伊はぎょっとした。生首がころがっていたこともあるが、なによりも受の異常な様態がかれに生唾《なまつば》をのませた。受はなにかを剔出《てきしゅつ》するのかとおもわれるほど顔を女体に接近させ、はいずりまわり、突如立ちあがっては独語している。

受は祖伊を認めると、詮釈《せんしゃく》をもとめるように、

「夷戎《いじゅう》の女でも、なんらかわったところはないようだが……」

と、いった。それに、と受は困惑したようにことばをつづけて、

——予はこの女と交わった。

祖伊は愕《おどろ》いた。よく訊《と》うてみると、実際は交わったわけではなく、受はただ女を

見たにすぎなかった。このころ、見ることは征すること、という考えかたがあり、受はそれをいったらしい。そうとわかって祖伊はひとまずほっとした。やっかいなのは生首である。これが受の配下のそれならば問題はないが、受はこんな下人《かじん》なぞ識《し》らぬという。祖伊は屍体をかたづけようとした。

「なにをする」

受は心外な表情で祖伊の行動を掣肘《せいちゅう》した。

「あとあと面倒なことになりまする」

「かまわぬ」

「そうですか」

祖伊はさからわなかった。たぶん受の行為は黙許されるであろうことはわかる。ただ受が天子の寵子《ちょうし》ゆえに、こうした越権行為が不問にふされると、殺された兵の主人が、受をあとまで恨むことになりはしないか。すなわち王子受にひとりでも多くの敵をつくりたくない、というのが祖伊の配慮であったのだが、受がそこまでいうのならばしかたがない。祖伊は女を肩にかついで幕営にもどった。

受は、ことを隠匿《いんとく》するつもりはなく、師長に委細を報告した。さらに声を大にしていうには、およそ犠牲にする、牛、羊、豚などでさえ、祖霊にたてまつるためには、清らかに畜《やしな》うものなのである。であるのに牛よりもさらに尊い犠牲である人間を、粗暴にあつかっておいて、祖霊にたてまつるなんぞもってのほかのことである、と例の処決の理由を説明し、師長の裁定をもとめた。

はっと顔色をかえた師長は、王子のたかぶりをなだめるように、おってなにがしかを通告いたす、ひとまずおひきとりあれ、と王子にそれ以上の贅弁《ぜいべん》を封じた。

——まずいことになった。

祖伊とおなじことを師長もおもったが、事態は好転した。受の毅然とした言動は、たちまち衆口にのり、あたかも秋霜《しゅうそう》がおりたように師旅《しりょ》ぜんたいを粛然とさせたのである。けっきょく受にむかってどこからも抗言はだされず、受の処罰は訓戒だけですんだ。祖伊が開眉したことはいうまでもない。

それでも、訓戒される理由がどこにある、と受は不満であったけれど、耆老《きろう》のご決定にはしたがいなさいませと祖伊にいわれて、しぶしぶ自我を折った。

受は古代の人としては、めずらしい合理主義者である。受の合理をもとめる眼に蒙《くら》くたちふさがる時代の神秘が、かれを好奇心のかたまりのようにさせたといえる。受が一兵卒を斬ったというきわめてはげしい行為は、王位継承に関心のある人々の心証に、あらたな波紋をなげかけた。

すでにこの時期には、

——嗣王《しおう》には、子受《しじゅ》さまこそふさわしい。

という意見が内廷で大勢を占めている。受を順奉する与党ともいうべきかれらでさえ、そのことですくなからず動揺した。いつかあの秋霜が自分たちにもおりてくるかもしれぬ、と肝胆寒くなったからである。まして受が世子《せいし》になることを反対する連類は、このたびの事件でわかるように王子受は自己が法であると思っているふしがある、ああいう王子こそもっともいまわしい王になるかもしれぬ、と受への警戒をつよめるとともに、穏健な王子啓《けい》を推輓《すいばん》して気炎をあげた。

干子《かんし》も受を嫌うひとりである。かれはこのころ入府している。

ぎゃくに箕子の姿が内廷から消えた。

箕子の不参は佯病《ようびょう》である。

かれはそろそろ世子が決定されるその噪《さわ》がしさにいや気がさした。かつて受祚《じゅそ》の件にはかかわるまいと決心したそれを実行したにすぎない。

箕子が自宅にこもっているころ、西北の天空に怪しげな雲がでた。太陽はかくれ、風がぬるく宮室の帳《とばり》を揺らす日がつづいた。

「不吉である。卜《うらな》ってみよ」

帝乙は卜問《ぼくもん》を受に命じた。受がかしこまって亀卜《きぼく》したところ、該当する亀兆《きちょう》はないようであった。亀裂の型はかねて百数十種に分類されてあって、あらたに卜って

でた亀兆はそのどれかに属するはずである。吉か凶かはそれできまる。受がだまっているので、帝乙は、

「いかがいたした」

と、うながすと、陪侍していた貞人《ていじん》があわてて、

「吉でございます」

と、容喙《ようかい》した。黙考していた受はすかさず、

「かもしれませぬ。ただし、これをごらんください」

と、亀坼《きたく》をゆびさして、

「糸のようにかすかに曳いて、中央を侵《おか》しておりましょう。これが不可解でございます」

「いや、よく見えぬが……」

受のゆびさしているところに、顔を近づけようとした帝乙は、たちまち興ざめたように、吉ならば気にすることはあるまい、といいすてた。それでもやはり落ち着かずに、

――このときに西北になにかがあってはこまる。

と、思った。というのは帝乙の脳裡にはすでに南征の企画《きと》ができていたからである。銅と亀と人とが欠乏してきたためである。その三者がそろってあるのは南方し

かない。主力を出師《すいし》させるまえに、慣例により望乗《ぼうじょう》（偵察隊）などを遣《や》らねばならないが、その指揮をどの王子に委《まか》せようか考えているときである。

――そのまえに箕子を帰国させて、北の守りをかためておいたほうがよかろう。

箕子は帝乙が右といえば左とさからいかねぬところのある男だが、じつは帝乙ほど箕子を高く評価している人はいない。なによりも箕子のすぐれているところは無私無欲である、と帝乙はみている。残念ながらむるいに使いにくい。

「ところで箕子はいかがいたした」

「疾《やまい》がながびいているようでございます」

「では、朕《わし》が見舞おう」

「いえ、その儀、受にお命じくださいますよう。ひさしぶりに叔父上のお顔が拝見しとうございます」

「おお、それもよかろう。やまいがこのうえながびきそうならば、医人をつかわそう」

箕子を見舞う日、受はまわり路をとって祖伊の宅へ寄った。例の亀兆をひそかに見せるためである。

――わたくしごときに……。

と、いいながら祖伊は凝視する間もみじかく、顔をあげて、

「なるほど、怪異な兆でございます」

「であろう――」

「それで天子はごらんになったのですか」

「見たことは見られたが、ここのところだけはやめられた」

「ということは、ごらんにならなかった」

「よく見えなかったのだろう」

「おなじことでございます」

祖伊は語を咀嚼《そしやく》するかのように、

「よろしゅうございますか。この奇なる兆は、うわべは細い糸のようですが、どうやら深いようでございます。天子がごらんにならなかったということは、天子には見えなかった。それが子受さまには見えた。すなわちこの兆は、天子にではなく、子受さまにかかわりがあるということでございます」

「祖伊よ、そういうお前も見ているではないか」

「さようです。やがてわたくしにもかかわりがあることになりましょう。それには子受さまが、あるなにかを都にもたらすことによってです」

「あるなにかとは、なんだ」

「わかりません」

「日を累《かさ》ねればわかるのか」

「かもしれません」

祖伊の家は占いにも長じた系統である。王室とはちがう文献があるにちがいない。

「ならば、あずけておく。これから叔父上を見舞わねばならぬ」

「ああ、さようで……。箕子さまはずいぶんとお悪いのでしょうか」

「なあに――」

と、いいかけて受は口をつぐんだ。

――叔父上のやまいはすでになおっている。

受は二、三日まえに箕子の宅辺を通りかかった。そのとき琴の音を聞いたような気がして馬車をとめさせた。すると琴の音はやんだ。箕子は琴の名手である。瞬間だが、あの音色は病人では出せないと受は思った。が、琴心に曇りがある、とも思った。

父と叔父とは暗同するところがない。性が合わないとは、そういうことなのだろう。だから叔父は朝廷で生殺しにされているようなものだ。ことばをかえれば、父は叔父を活《い》かしきれない。王としての父の器量は意外に小さいといえる。父にもよく叔父にもよい在《あ》りかたはないのか。――二人を離せばよい、と受は単純に考えた。近いから反撥しあうのである。遠ければ援《ひ》きあうのが兄弟というものではないか。

そうするには容易である。王は箕子を帰国させたがっているらしいから、受としては、叔父のやまいが快癒《かいゆ》したことを、復命すればよいのである。

受の突然の訪問をうけた箕子は、

――よりによってこのようなときにみえるとは、こまったお人だ。

と、顰蹙《ひんしゅく》したが、今夕の受は天子からつかわされた見舞いのための使者だという。むげに謝絶するわけにはいかない。箕子は肚《はら》を据えて受のための席を設けた。

受は箕子の答礼がおわるのを待ちかねたように、

「なぜ、つくりやまいを、おつかいになるのです」

「はあ……」

箕子はわざと弱々しい咳をしてみせてから、ここが受のいやなところだ、と思った。

受は深くは追及せず、

「ところで叔父上、西母《せいぼ》をごらんになりましたか」

「西母――」

それは西からやってきた雲の呼び名である。連日雲が垂れ籠めて晴れるということがないくらいは、外にでない箕子でもしっている。

「天をさげているようなこの雲は、はじめ北西にみえたのです。北か西かになにか不吉なことがあったのではないでしょうか」

「かもしれぬが……」

どうも受にさきまわりされているようで、箕子は話しづらい。

「子受よ、いま後継であれこれとりざたされているときだ。こんなときにわが宅にくれば、わしとよからぬことをたくらんでいると邪推されよう」

「いいたい者には、いわせておけばよいのです。わたしは王になる気はありませんから」

と、受は澄んだ声でいった。その気色にいつわりはなさそうである。

また、そう思うのはわたしばかりではありません、と受は中宮《ちゅうきゅう》の実情をうちあけた。受の生母である王妃も、わが子を措《お》いて、長子の啓を帝儲《ていちょ》にと推称している、というのである。ひごろ賢婦とうたわれている女性でも、いざ冑子《ちゅうし》をえらぶという切所《せっしょ》にあたるときは、私情にうろたえるものなのである。正妃の態度はなまなかな人にできることではない。

もともと箕子は正妃を佞険《ねいけん》な性格とはみていない。あのご正室はご気格がちがう、とかねがね思っているくらいである。受のいうことが事実ならば、それは受のための人気とりの態色ではあるまい。

――王妃は心のはだえも美しいおかただ。

と、箕子ははれやかに感佩《かんぱい》した。そのはれやかさも、つぎの受のことばで曇った。

「わたしは南へ征《ゆ》くかもしれません」

それは箕子のもっとも兇《おそ》れていたことである。いまさら祭祀を簡素にとはたれも敢諫《かんかん》できない必然から、天子の霊師が南へむけて出撃するのは時間の問題である。

——南は商にとって鬼門だ。

第十一代の商王外壬《がいじん》のときに泗水《しすい》あたりの諸族が叛乱をおこし、その鎮定に十五年間もかかっている。ついでにいうならばその乱逆が終熄《しゅうそく》したのは、外壬王の代ではなくつぎの河亶甲《かたんこう》王のときにである。商がうまくいっているのは、黄河より北へ遷《うつ》ってから、南方の掌統《しょうとう》を手びかえたためである。歴史から学ぶべきだ、と箕子は思う。王という人境の頂上に立つと、なにかが見えなくなるものらしい、それが箕子にはこわい。

いまはほとんどたれも帝乙に面謁することはできない。なぜならかれは帝——すなわち神——であり、汚染のおよばぬ祓《きよ》められた空間にいるからである。御座までは人の声はとどかない。天子の決定にはなんぴとも違背することはできず、そうなれば箕子としては不本意ながらも、くるべきときがきた、と与えられた情況のなかで最善をつくすほかないが、できることならば南征が宣下されるまえに、天子に拝謁し、ご再考を願うことはできぬものか、と焦燥にもにたものを感じはじめた。そ

のうち箕子はふと、

——下国《かこく》へ帰るべきときがきた。

と、感じた。するとかれの通身を甘酸っぱいものがつらぬいた。

階前にある松明《たいまつ》のはじける音がした。

翌日箕子の宅のまえに立ったのは勅使《ちょくし》である。天子に拝謁できることになった。

——またしても受にさきまわりされた。

と、箕子は苦笑した。が、悪い気はしない。箕子は沐浴《もくよく》しながら、めったにないことだが、なんどとなく顫《ふる》えた。仮病とはいえ病痾《びょうあ》の垢を洗いおとしてから参内せねば無礼である。

宮中にはいってかれは、——箕子がまいりましたと言上くだされ、と伝奏の者にいうと、折り返し、

「天子は、ご伴食されたい、とのことでございます」

「なに、いまご伴食と申されたか……」

「さようでございます」

——ふむ、すると今日のわしは賓客《ひんきゃく》というわけか。風向きがかわったな。天の気で、風向きは十五日たつとかわるといわれているが、わしのは十五祀《し》（年）以上もかかったわい。これは食咽《しょくえつ》せねばよいが……。

箕子はわれながら皮肉な気分になった。

かれは傾斜のある路をのぼってゆく。宮中には五十三の宮室がある。門が異常に多い。鳥居のようなかっこうをした門はそれぞれの宮室の入口にむかってつらなっている。門の多いものは百ちかい。通路は門でできたトンネルを想えばよい。帝乙は門の外で箕子を出迎えていた。ますます賓のあつかいである。

——今日の天機《てんき》はことのほかおよろしい。

と、箕子は拝礼しながら感じた。

「箕子の疾《やまい》が、ながびくことなきか、トってみた」

と、帝乙にいわれて箕子はにわかに熱いものが胸にきた。

「受は受で、箕子の回復をいのったのであろう、水牛を獲《え》てきて祭壇に供えておった」

「それは……」

箕子はことばにつまった。

「ともあれ、快癒はよろこばしい。今日はその祝いじゃ」

室にはいってしばらくするとあたりがあかるくなった。陽がさしてきた。——日じゃ、日じゃ、と帝乙は児童のようにはしゃぎ、箕子が日をもたらしてくれたといった。肉が薫灼《くんしゃく》される匂いが室に盈《み》ちた。ふたりは王子であったころにもなかった

ほどうちとけて歓語した。食事がおわろうとするころ、帝乙は急に口調をあらためて、謎をかけるように、

「商はいまや希革《きかく》のときとは思わぬか」

きたな、と箕子はおもった。が、そらとぼけて、

「希革とおっしゃいますと――」

「うむ、南へ征きたいが、どうであろう」

鳥獣でも夏になれば毛が希《すく》なくなりぬけ革《かわ》る。動物の衣がえを希革というわけだが、商とておなじではないか、と帝乙はいうわけである。箕子はそれをさえぎるように、辞気鋭く、

「南征でなく、巡狩《じゅんしゅ》でございますな」

天子が諸国の国情を視察して巡ることを巡狩という。帝乙はやや気圧《けお》されたように、

「ま、そういってもよかろう」

「それから、交易《こうえき》でございますか」

すでに鄭《てい》あたりの賈人《こじん》（売買人）は商と国交のない南方諸族と交易しているのである。

「いや、あくまで朝貢でなくてはならぬ」

ここは帝乙としてはゆずれない。南蛮《なんばん》が商と対等であるはずがない。だからむこうが敬順の意をあらわして来朝し、貢物を奉献するのが、あたりまえである。それが帝乙にかぎらず中華の人のふつうの意識である。にもかかわらず現在もなお南方諸族の来朝はない。ゆえにその不敬を叱りにゆく、というのが南征というか巡狩の理由である。朝貢を復活させることによって、賈人たちが随意にひらいた交易の私道のうえに、国単位の公道を架《か》けようというわけである。

ところでこの時代、商のある人々は、物を動かすことによって利が生じる、ということに着眼し実行した。それを専業とする賈人は、他国ではただたんに「商」と呼ばれ、――商がきた、といって好奇の目で迎えられた。やがて商王朝が滅んでから、そのやりかたを模倣する人々が続出するようになるが、かれらはすべて「商のごとき人」という意味で、

「商人《しょうひと》」

と、呼ばれるようになった。

帝乙はこれから交易や賈――商業――を重視するという。

「それでは百姓《ひゃくせい》、農をすて、賈にはしりましょう」

と、箕子は当然のことをいった。

百姓といっても農夫のことではない。文字どおり百の姓をもった人民のことであ

る。ただし商が農業国である以上は、大多数の人民は農業に従事していることになる。かれらは八人が一組となり、ある農地を九等分する。すると一人分の農地があまることになる。そのあまった農地は公田《こうでん》とよばれる。かれらは自分の田ではたらくまえに、公田で共同作業をする。公田で収穫された穀物が賦《ふ》として上納されるしくみである。これを「助法《じょほう》」という。王法が資本と売買とに重心をうつすと、助法は有名無実になってしまうおそれがある。箕子はそれをいうのである。

「そこだ」

と、帝乙は膝をゆりうごかして、

「百姓、世襲にいたせば、かたよりはふせぐことができよう」

「世襲……」

箕子はしばらく沈思した。帝乙は黙止をきらって、

「堂上では、すでにおこなわれていることではないか。それを下々におよぼすまでのことである」

「……さようなれば、もはや賈にしたがっている者は、財を独擅《どくせん》いたすことになりましょう」

「ふむ、……それでだが……」

帝乙はひと息いれて、

ばう。賈人を人間として認めないというにひとしい。
める。農にしたがう者が庶人であるならば、賈にしたがう者からは庶人の資格をう
と、いった。身分を制度とし、農にしたがう者よりも、賈にしたがう者をいやし
「百姓に、分《けじめ》をつけたい」

と、いった。身分を制度とし、農にしたがう者よりも、賈にしたがう者をいやしめる。農にしたがう者が庶人であるならば、賈にしたがう者からは庶人の資格をうばう。賈人を人間として認めないというにひとしい。

箕子は暗澹《あんたん》となった。かれは容《すがた》をあらためて、

「昔日、盤庚《ばんこう》王は、常旧《じょうきゅう》の服を以て、法度《ほうど》を正さしむ、と仰せあったそうでございます。なにも古い法ばかりが良いとは申しませんが、ご改革はゆるゆると、小人《しょうじん》の声にもお耳を傾けられて、慎重にいたされるのが肝要かと存じます。それに、綱《あみ》は綱《つな》にある、といわれますように、綱がしっかりはられていませんと、綱にみだれが生じましょう。綱が王法であるならば、綱をはるのは大衆黎民《れいみん》でございます。また、南方へ向かわれることにつきましては、それが巡狩とあればいたしかたありませんが、巡狩ならば……」

箕子め、わしに諫言《かんげん》する気か、とむらむらしはじめた帝乙は、箕子の口をふさぐように、

「おお、箕子よ。朕が帝であることを忘れてもらってはこまる。帝は命ずるだけでよいのじゃ」

と、めずらしく怒号した。

「……」

箕子は眼をつむりなにかを必死に耐えた。ここで自分がくずれたら、商王朝はずるずると臨深にむかって転下してゆくのみではあるまいか。箕子の心の底には天があり、天の下ではもろびとが平《たいら》でありたい、というのがかれの理想である。王といえども天には謙虚であるべきなのである。かつての商はそうであった。卜占《ぼくせん》は謙抑《けんよく》のためにうまれたともいえる。占いは人民の上に立つ者のわがままを掣肘《せいちゅう》する。それが商の祖先の智慧である。帝乙はそれを遺落しようとしている。

――あやういかな、商よ。

さらに逆鱗《げきりん》にふれても、ここは王に国粋を熟省してもらわねばならぬ、と箕子がひらきなおったとき、かれが視《み》た帝乙は、容態をさみしげにやわらげて、

「箕子よ、よういうてくれた。……なにごともひとり、いそいでは決せぬよう、いたすであろう」

箕子の顔にさっと赤みがさし、席をすべりおりると、涕《な》きながら王を敬した。帝乙は箕子の手をとると、

「商のためにも、長生きしてくれよ」

と、しみじみといい、そのおなじ声はつづいて、

「すみやかに帰邑いたすよう」

と、箕子に命じた。

箕子とその家族が旅立つ前日に、祖伊の手もとにあった亀甲《きこう》は、箕子宅にうつった。

箕子の帰国は内旨によるものであったため、なにもしらない祖伊がたずねてきたのである。祖伊は騒々とした家中にまずおどろき、明日箕子が都から去ることをしってさらにおどろいた。

「じつは子受さまからおあずかりしました亀甲につきまして、箕子さまのお智慧を拝借いたすつもりでございました」

祖伊はさっそく詫びねばならない。

箕子は祖伊にたいして好感を懐《いだ》いているが、ときがときだけに迷惑がった。

卜占につかわれる亀甲は、王室のものゆえ、宮中から外へだされるようなことがあってはならない。それを受はひそかに持ちだしてきたのだな、と箕子はあきれながらも、

「はて、受の身に、なにか不吉なことがおこるというのか」

「と、思われますが……。たしかではありません」

「ふうむ、いまは戦場のごとしで、首も目もしかとすわらぬ。明日これは家子にと

どけさせるゆえ、ここにおいてゆけ。今夕、心をしずめて判じてみよう」

と、箕子はいった。

祖伊はあわただしく退出していった。

「ものども、急げや――」

箕子は指図することに忙殺されているうちに、亀甲のことを忘れてしまった。いつのまにか亀甲が納められた櫝《はこ》も消えていた。家人がかたづけてしまったのである。

ひさしく希望していた帰国が実現するとはいえ、箕子はなまなか霽《は》れぬきもちで、夜更けてから外にでて夜空をふり仰いだ。白堊《はくあ》の王室のある黒々とした阜垤《ふてつ》の上空に、月の暈《かさ》が紫霞《しか》の華を咲かせている。

――いったいなんのために都にきたのか。

往時、声なくつぶやいたとおなじつぶやきが、いままたしずくのように心の底で鳴った。明日は都をはなれるというのに、なにをおもいなやむことがある、出立から雨にたたられないよう祝《いの》るだけの自分にどうしてなれぬのか。箕子は離京を目前にしてその感悔は複雑だった。

翌朝は曇りであった。箕子の一行は足早《あしばや》に都をはなれた。中日《ちゅうじつ》（正午）のころ、うす陽がさしはじめ、郭兮《かくけい》といって午後四時ころには、ぬぐわれたように雲がすっかりきえた。

前方に帷幄《いあく》があった。一行は立ち止まった。

「干子さまがあちらで、おまちになっておられます」

「どうしたのだ」

「ほう――」

あの男が見送ってくれるとは……、箕子は思いがけなかった。

干子はどろどろとした権詐《けんさ》にはかかわらない男のはずだが、なにを血迷ったか、どうやら王子啓を強硬に推《お》す連類にかつがれているらしい。干子はつまらぬ躁擾《そうじょう》に首をつっこんでいる、というのが箕子の感懐である。それにもまして箕子が心外なのは、自分が王子受を擁立《ようりつ》せんとする首謀であるかのように、かれらから白い眼でにらまれているらしいということである。

――干子ほどの男が真影を見ぬけぬはずはないが……。

と、おもいつつも、ついに親展の機を逸したまま、ここまできてしまったのである。

――これでふたりだけで話しあえる。

箕子は素直に喜んだ。

干子は箕子をみとめると、白皙《はくせき》の顔をふせ、長身をかがめた。箕子もまた拝手した。

「天子から賜《たまわ》るものです」

干子は表情をくずさずに箕子へ胙余《そよ》（肉片）をさずけた。古代のならわしである。祖霊へそなえた肉をわけあい、その肉に宿った祖霊の威力で、ゆくてをふさいでいるかもしれない邪気を、排除してゆこうというものである。これは帝乙のこころづかいといえなくはないが、肉をいただいたかぎり、一行は師旅（軍隊）の一種にかわったようなものだから、旅《りょ》のごとく速くゆけ、とひそかに催促されているとも考えられる。使者として干子をえらんだ帝乙の真意はどこにあったのであろうか。

箕子の拝受の礼がすむと、干子は、

「わたしはまわりくどい話はこのみません。箕子どのの匿情《とくじょう》なきところをおうかがいしたい。そのために早朝より馬車を駆《か》っておまちしておりました」

そういう干子の笑わない眼をみつめて、箕子は、この人はあいかわらず気密だ、気孔のない人ほどつきあいにくい人はない、と思った。干子は顔色がすぐれないようである。

箕子と干子とは幼少のころから親しく対話をしたことはない。余人をまじえず対面するのはこれがはじめてだといってよい。

「箕子どのはなにゆえ渾沌《こんとん》のなかにおられるのか」

と、干子はさぐりをいれた。

宇宙開闢《かいびゃく》の話からはじめるわけではあるまいに、と不覚ながら箕子の唇のあたりに哂《わら》いがただよった。干子の目の色がかわった。憤の色がでた。

——この男、気孔はないことはない。

箕子はかえって安心した。目の色は心の気孔である。その気孔にことばを流しこめば、相手の心に達するのである。ただし干子の気孔というのは、孔《あな》をこちらからあけるのでなければ、気が通じないというのではやっかいだ。箕子は肩が凝りそうな気がした。

「ご世子のことです。まさか箕子どのは、それは天子がおきめになることゆえ、われ関せず、ではございますまいな」

「それではいけませんか」

箕子の冷えたことばが、干子の癇《かん》にさわったのか、かれの透き徹りそうな皮膚に蒼みが加わり、目だけが血走ってきた。

箕子はべつに干子を揶揄《やゆ》したつもりはない。たれが王になろうと、商が栄え、兆民が恬愉《てんゆ》すれば、それでよいというふてぶてしさが箕子にはある。いまここでそんなことをいえばますます干子を逆上させるばかりであろう。また現在の啓と受とがどうあれ、王になればけっして寛容ではなくなることは、今代の帝乙をみればよくわかる。王になることは、人でなくなることだからである。商王朝のしくみをかえないかぎりたれが王になってもおなじだ。むろん干子にその理屈は通らない。

「それに、下国へ帰る身に、いったいなにができましょう」

と、箕子はいった。

干子は箕子の逃げ路をふさぐように、もちまえの大声で、

「そんなことはどうでもよろしいのです。まずご世子には、子啓《しけい》さまか子受さまか、どちらがよろしいのか、しかとしたご意見をおうかがいしたい」

まるで脅迫だな、と箕子は思った。この口調でやられた相手は干子をさか怨みするかもしれぬ、と箕子はかえって干子のために心配した。

「子啓さまがよろしい」

「ほっ――」

干子はすこし気勢をそがれた。

「ではなぜ、子啓さまにいちどもお会いくださらなかったのです」

「わたしはたれにも会いにいっていない」

「そんなはずはない。子受さまとはご懇談がかさなったはず」

「干子どの、あれは子受さまが訪ねてみえたからです。かりに子啓さまがいらっしゃれば、やはりこばみはいたさなかったはず。わたしのほうからは、どなたにもお目にかかりにいったことはありません。ま、それはそれとして、ご世子には子啓さ

まがよろしいが、嗣王には子受さまがなられましょう」

干子は虚を衝《つ》かれたように、

「すでに御意をおききおよびか」

と、膝行した。

「いや、それはわたしの臆断にすぎません」

「おお、子受さまはその性暴恣《ぼうし》、——そのような王子をご世子にえらばれるほど、天子は迷罔《めいもう》でいらっしゃるはずはない」

と、干子はなぜか苦しげにいった。

では子啓はどうかというと、その性は明允《めいいん》にして、水のよどみなく流れるごとし、かのお人に接しているとすがすがしさを覚えると干子はいうのである。ずいぶん自分のほうに枉《ま》げた話しぶりだが、箕子は、この男愛すべし、と思うようになった。が、遺憾ながら、干子は人を観《み》る目は高すぎ、朝廷のような組織を観る目は低すぎるようだ。それだけに、

——純粋な魂だが、早晩傷つく。

ということが箕子にはありありと見える。このとき箕子はみずからの失意をも見ていたのかもしれない。かれはなにを思い立ったのか、干子に、

「天と地とはわかれねばなりませんかな」

と、謎をかけた。

　干子はそれごときで臆するような男ではない。天は天子、地は庶人、あるいは天は子啓、地は子受だとも思われるので、

「いかにも、わかれねばなりますまい」

「では、天と地とは、どちらが尊いのであろう」

「なんと、――わたしを愚弄なさるおつもりか」

「ほほう、天といわれるか」

「天が天であり、地が地であってこそ、四序は乱れず、祭祀は絶えず、九族は親しむものです。それを、地が天にかわるなぞ、天邑商《てんゆうしょう》がさかさ吊りになるようなもので、有生はことごとくほろびましょう」

　いままでその大声の主へおだやかな顔をむけていた箕子は、このとき眼光を炯々《けいけい》とさせた。干子のように肝のふとい男でも、箕子の眼光に射られたとき、嵐気のようなものを感じてさすがに心を寒くした。

　箕子はすっくと立ち、

「干子よ。すみやかにここから去られよ。ふたたび、貴殿と話すことはあるまい」

　干子はむっとした。つぎに御者《ぎょしゃ》にむかって喚声を発し、馬車を近づけさせると、怒りをあらわすように駆け去った。

このにわかな景気の変化に、箕子の従者たちは、のぞかせていた頭を急にひっこめた亀のように、驚惑した。

それよりも驚惑したのは、干子の従者たちであったろう。今夕はここで箕子の一行とともに止舎《ししゃ》するであろうとおもい、柴薪《さいしん》をとりに四方へ散っていたところ、かえってくると主人と乗物のかげもかたちもないのである。かれらはうでのなかの枯木を抛りだして、ころがるようにはしりはじめたが、たちまちかえってきて、帷幄をたたみかかった。


腹だちまぎれに都へむかって馬車をはしらせた干子であったが、日没までにとても都にはいれそうもなく、野宿せざるをえない。

当然のことながらかれはすこぶる機嫌が悪い。が、それは今日にかぎったことではなかった。

干子が都へのぼってきたころ、帝乙は三軍を組織した。干子は軍の編成に参画した。また朝廷はひろく祭資を徴集した。これは庶人の負担になった。天上の御座周辺は下界の感情の悪化にまで想いはおよんでいないようである。干子は帝乙のもとめる理想にはじめは激しく共鳴した。ところが都にきて、祭礼から賦役《ふえき》の細則にいたるまで厳格に実施されている現状を目のあたりにすると、

——これではいけないのではないか。

と、かれの心中に憂悩が生じた。また干子は王の直属の軍へ自国の兵員を割譲せねばならない。約束してしまったのである。そのうえ王室の祭資をたすけるとなると、自国の庶人へは二重の負担をかけることになる。

国もとの重臣たちの渋面がみえるようである。

帝乙はたしかに凡庸《ぼんよう》ではなかった。しかし王の知能の優劣は政治の良悪とはかならずしも比例しないらしい。そこのところから干子は目をそむけた。これは一時的なことだと思いこもうとした。干子はどこまでも天子の英邁《えいまい》を信じたかったのである。おのれの憂悩の源がそこにあるとは、かれは認めたがらない。

だが、干子にひとつ救いはあった。王子の啓を知ったことである。干子は子啓の温厚な丰貌《ふうぼう》が気にいった。

——この若君が王になることによって、商は立ち直ることができる。

このとき干子は現実から逃避した。むろん無意識にである。

ところで子啓の周囲は王位継承に関しては腹だたしいほど悲観的である。母子ともに天子から愛されていないという悲哀が、子啓を憫《あわれ》む人々の口を、寒々しく重いものにしている。子啓そのものに諸侯の人気がないわけではない。もうすこし気を強くもたれたらどうだ、と干子がいっても、子啓の家臣はさきの理由のほかに、子

受さまは箕子さまにかわいがられている、と元気がない。それがなんだと干子は鼻先で哈《わら》うと、その家臣がこたえるには、

――箕子さまは商の良識である。

という。

――またあの鼠の化物か。

長子を措《お》いて少子を立てる良識がどこにあろう。干子にとって箕子は権横《けんおう》の人という印象しかない。そのうちに、

――箕子さまが天子をおいさめなさったらしい。

という噂がさっと宮中にながれた。干子は動揺した。批難すべき箕子に羨望を感じた自分に動揺したといってよい。さらに「箕子を見送るように」という下命を拝したとき、

――箕子はしりぞけられた。

と、直感した。干子には複雑な衝撃だった。もっとも会いたくないがもっとも会いたい男に会う、ということもそのひとつであった。

箕子にあってみて、干子は大汗をながした。あのときあの場にはとてもいたたまれず、怒ってみせるほかなかったといえる。みるみる箕子が巨大になってゆくような幻覚に畏怖《いふ》したのである。

いま干子の眼のなかに星がひろがっている。

――すごい星だ。

鼻さきにまで星が垂れてきそうな澄空である。おなじ星彩を箕子も見ているにちがいない。

翌朝、干子の従者たちは、主人の姿が消えていることに気がついて立ち騒いだ。

――箕子さまを追われたに相違ない。

と、右《ゆう》は速断した。かれは干子の亀さがしに扈従《こしょう》してから、ずっと主人の身辺からはなれないでいる。それだけに主人の心緒を読むのもはやい。

中日をすぎてから、箕子の行列の後尾から、

――なに者かが追ってくるようです。

と、報告があった。箕子はうなずいて、

「わかっている。あの岡で休息してまつことにしよう。途中に清水があれば挹《く》んでおくように」

箕子の従者たちはいわれた場所でけげんな面持をたもったまま停止した。

「干子どのがおみえだ。席を設けなさい」

はたして追尾の者は干子であった。かれは汗でくらくらする顔を箕子の足下にふせた。生まれてこのかた人に頭をさげたのは天子のほかにはなかった男なのである。

「よくみえられた。これにて涼まれよ」

と、箕子は手ずから清水を切った巾《きれ》を干子にわたした。干子はうめくような声とともに双肩を戦《ふる》わせた。かれには意外な迎接だったのだ。

「もういらっしゃるころだとおもっていました。先を急ぎますゆえ、このようなところでおまちすることになりました。昨日の無礼もあわせて肯《ゆる》されよ」

「ご無礼……は……、わたくしです」

それをきいて箕子は柔和な色を表情から消した。干子はその突然の気色の静厳にとまどったが、よく箕子の眼光を堪《た》えた。

「顧《おも》われましたな、干子どの。この箕子のような妄人の言をよくぞ斟酌《しんしゃく》くださった」

「いえ、なにもわからない、というほかはございません。ただどうしてもおめにかからねばならぬ、それだけ懐《おも》ってまいったにすぎません」

「ああ――」

箕子は長吁《ちょうく》した。それがなにゆえの長吁か、箕子自身にもはっきりとした知覚はなかった。

「天は高く、地は低い、――わたしがまちがっているのかもしれぬ。のう、干子どの」

干子は箕子の心情を察しようとした。そのうちにふうっと虚懐になった。ただ思考することをやめただけである。ところがその虚懐に箕子の歎きがなんとなまなましくうつりはじめたことか。干子の耳にはじめて風の音がきこえた。

「干子どのにはおわかりであろう。わたしは都ではなにもできなかった。それを慙《は》じているのです。それゆえこのとおり無為のまま帰邑するが、商の永久をねがうひとりとして、せめてわが妄言をきいてはくださるまいか」

と、箕子は語気を斉《ととの》えた。

むろん干子に否はない。端粛して箕子の言に心をそなえた。

箕子はいう。

天の果ては円《まる》いというが、天とは形ではなく気です。その気を吸引して人は生きている。いわば天は人のなかにあるといってよい。人はまた地の上に立っている。したがって裸身にとっては天と地との隔《へだ》たりはないといえる。天を高しとするのが人ならば、地を低しとするのも人である。天があまりに高ければ、いくら誠直を陳《つら》ねても、けっしてとどきはしない。商はいまそうなろうとしている。だがそれは雲上のご一人がわるいわけではなく、堂上や地上の百姓《ひゃくせい》がそうしているにすぎない。上を怨む者はまずわが身を慙じなければならない。

――失礼ながら先日の貴殿からは、その心がうかがえなかった。

貴殿も推輓なさっている王子啓に、たとえいくら名望があっても、仕えるかたがたがそれでは、いつしか庸劣《ようれつ》な天子になるほかなくなるだろう。

——また、ひとつ。

上に仕えるに忠をもってし、人間《じんかん》におのれを処するに清をもってするも、忠は押しつければ傲《ごう》になり、清は過ぎれば狂になりましょう、と箕子は強調した。落莫《らくばく》と山径になげかけられた雲のかげが、うつろって、ふたりを明暗のなかにおいた。

干子は起立して、——きっと肝銘《かんめい》いたします、と拝手した。が、干子にとって箕子が強調した末尾の語はかえって肝銘としては浅かったかもしれない。ことばというものは強調されたがゆえに、かえって相手の注意をそらすということは、往々にしてあるものだ。

箕子は揖《ゆう》して干子の復席をうながした。

——ここで、ひとつ。

干子にもいいたいことがある。

「もともと王室におかれては、王婦《おうふ》に位序《いじょ》はなかったはずではありませんか。それを子啓さまのご生母が、賤族のご出自ということで、母子ともに次位のごとく定分されているのは、心外でございます」

「干子どののご恨憤、わからぬではないが、ことは王婦だけの位序にかぎらなくなってまいった」

「と、申されますと」

「百姓にまで序次はおよぶかもしれません」

「なんたること——」

「さらに気がかりなのは、主上の御意には南方を征伐する希望がおありのようです」

干子は息を呑んだ。かれは九《きゅう》公の容姿を想い浮かべた。

——九公だけは攻めたくない。

彼方を伐てば恩を仇でかえすことになる。干子は土を喰《くら》ったような重苦しさを感じた。干子の深刻に、異様なものを覚えた箕子は、

「主上の御意をおとどめすることでさえ惶《おそ》れおおいのに、まして僭越《せんえつ》するようなことは、あってはなりません。是非《ぜひ》にそれをいたすときは、みずからの生《いのち》とひきかえる覚悟が要りましょう。したがって、人としておこない易きことを天にまかせてはいけませんが、人としておこない難きことは天にまかせられたらいかがでしょうかな」

干子はしきりになにかと暗闘しているように無言であった。

いつのまにか干子の従者たちが主人の後方にひかえていた。いまや別れのときである。箕子は「天」といったとき、なにかが頭のなかでひっかかったようだった。

——おお、そうだ。

ここにきてはじめて箕子は先日祖伊にたずねられた亀甲のことをおもいだした。かれはこころあたりの者に命じて苞《つつみ》をひらかせた。見おぼえのある櫝《はこ》がでてきた。その櫝のなかからさらにある匣《はこ》をとりだして、

「干子どの。難路ご苦労ですが、これを祖伊の宅までおとどけいただけまいか」

「たやすいことです。ご口伝は——」

といいながら、ふりかえった干子は目で従者をまねきよせた。

「いや、なにもござらぬ」

箕子にはあらためて例の亀甲を覈《しら》べる気はないのである。

干子は匣の内容についてはたずねることをせず、

「酒饌《しゅせん》でもお餞《おく》りいたすつもりでしたが、あいにくのことになりまして、おはずかしいかぎりです。せめてここで見送らせていただきます」

「ああ、お心づかい、いたみいります。主上にはよしなに——」

箕子は出発の合図をしたが、くるりとふりかえって、

「まえまえから考えていることがありましてな。それは、なにゆえ子啓さまは啓と

ご命名されたのか、ということです。――では、他日お会いしましょうぞ」

のち商の命運を担《にな》うことになるこの二人は、このときは心契を深めるひまなく、再会を約して、ひとまず別れることになった。

箕子の本体が見えた、と思ったのは一瞬だったようだ。あとはまた韜晦《とうかい》の人となった。

――箕子は天使なるか。

箕子という人物は、人では使いこなせないのではないか。というよりむしろ、恐ろしい空想だが、箕子は王として尊顕《そんけん》すべきなのかもしれぬ。箕子の一行が蒼莽《そうもう》のなかにすいこまれるのを、まなじりを決してみとどけつつ、干子はそんな感慨にふけった。

――この匣には箕子の眼が光っている。

ひとにたのむほどのものだから、たいして貴重ではあるまいが、禁呪《きんしゅう》のようなものを感じてぶきみだった。ひらけば龍がでるか、蠱《こ》がでるか。干子は自分の想像をうるさく感じながらいそぐ必要のない帰路をいそいだ。妖術がおおまじめで信じられている時代である。四夷《えびす》の妖術を迎撃するための妖術が商では熱心に工夫されている。敵の呪いをはらう儀法である。匣のなかみは祓除《ふつじょ》のまじないにつかうなにか

であろうともおもったが、それがどうしてこんなに気にかかるのか、干子自身でも説明がつかない。また、

――啓《けい》がなぜ啓か。

その問いが箕子の口から発せられたのでなければ、たわけたことを、と一喝するところである。名は父親または祖霊がつけるものだが、現在を生きるのは自己である。現在とは自分で啓《ひら》く以外なにものでもない。干子は今をそうとらえはじめている。啓とは、戸を手でひらく、ことであるから、啓みずから開運せよ、と箕子はいおうとしたのだろうか。――それはありうる、と干子は自分なりに納得した。

つぎの日、馬車に乗った干子は、風に美髯《びぜん》をなぶらせながら、右《ゆう》にむかって、

――車は少々の悪路でも駆馳《くち》できねば、いざというときもののやくにはたたぬ。

であるのに、阪路ものぼれぬとはなさけない。なんとか改造できぬものか。

と、こぼした。箕子にさんざんふりまわされたあとの弱音が、車上の人となってからでた。右乗《ゆうじょう》は笑ってとりあわなかった。

二頭の馬を駢列《へんれつ》させている車には三人乗る。主人と馬をあつかう御《ぎょ》（御者）と右《ゆう》（右乗）とよばれる護衛の武士とである、御と右とは主人にとって股肱《ここう》の臣にあたり、主人の死に遭遇した場合のかれらは、殉死して冥府まで供をすることになる。中原《ちゅうげん》はうそのように平和なのである。兵車改造の意欲などたれも湧こうはずがな

い。車は貴族の象徴としての役目をはたせばよく、他の用途としては、せいぜい狩りのための遊衍《ゆうえん》用具になるだけである。

　都内にはいると、干子は従者を宅にかえして、御者とふたりだけで祖伊の宅へむかった。むこうから馬車がくる。皮肉にも車上の人は受である。干子は無視したくなった。が、目礼してすれちがった。背後を遠ざかってゆく輪蹄の音をききながら、

　――いい気なものだ。

と、にがにがしかった。子啓が天子から車馬を賜ろうとしたとき、いまだなんの勲《いさお》をもたてていませんので、と辞退したというのに、子受は弟の分際で恥じる色もなく車を乗りまわしている。

　その受の車だが、去ったとばかり思っていたのに、どうやら追ってくるらしい。あの軽薄子を相手にしなければならないのかと想うと、干子は車を駐《と》めさせるまえからうんざりした。

　大樹がある。そこで待っておれ、と干子は御者にいいおいて、受の車のほうへ歩いていった。受は車から降りてくるなり、

「箕の叔父上は発《た》たれたようですね」

「さようです。小子《わたし》が祖送させていただきました」

「ああ、王から箕の叔父上へ胙《そ》をおとどけするお役目でしたね。で、もはや王には

復命なさったのですか」

干子はひやりとした。いやなことをきく王子だ。

「いえ、これからでございます」

「この路を通って王宮へゆかれるのか」

と、いかにも愕いたふうな受の顔に、ことばを圧《お》しあてるように、

「いけませんかな」

と、干子はいった。むろん王宮は前方にはない。そういう高圧的な口ぶりが、干子のどういう感情からもたらされているものか、受は鋭敏に感じとった。意外でもあった。干の叔父から憎まれるすじあいはないはずなのである。もしもあるとすれば嗣《し》子《し》の件だが、王位に欲のない受からすると、干子は啓を推すという口実のかげで、権力を志向して右往左往しているようにみえる。笑事である。その蔑《さげす》みが受の表情に恚《いか》りの色がでるのをさまたげた。受はことばをただして、

「ひとつ、どうしても、おたずねしたいことがございましたので、お車をおとめするような無礼をいたしました。おゆるしを――」

「ほお――」

すこしはましな口がきけるものとみえる。干子は口端で哂《わら》った。

「周《しゆう》とさきの君主、季《き》歴《れき》のことでございます。商のためにはたいそう忠勤を励んだ

君主らしゅうございますが、いったいどのような理由で、文丁王《ぶんていおう》に誅《ころ》されることになったのでしょうか」

干子はこたえるのをやめようかと迷った。このようなところで昔話をせよというのは、やはりこの王子はどこか思慮がたりぬわい。

干子の意《おも》ったとおりであろう。たしかにそれは路傍で問うようなことではない。が、受には識りたいと念《おも》うと矢も楯もたまらないという悁急《えんきゅう》さがあり、それが車上で干子の姿をみとめたときにでた。

干子は考えなおした。突然受が周の話をするのはおかしなことだ。

「あの巨人国になにかありましたか」

「巨人国とは周のことですか」

「さよう、軀《からだ》ばかり実って頭が虚《から》の西戎《せいじゅう》の国のことです」

「叔父上だから申し上げますが、今日、周の隣国である崇《すう》から申報があり、どうも周の動きが不穏であるとのことらしいのです」

「なるほど――」

それで朝廷では季歴の名が口舌に凴《の》ったというわけか。周はいつまで経っても、こうるさい国だ、と干子は思った。

こうるさいのは眼前にいる王子受もおなじである。諸侯のあいだでは子啓の評判はよい。が、子受の評判はさらによい。この王子のどこがよいのか、干子は理解に苦しまざるをえない。干子は草の上に腰をすえた。

「周の季歴は有能であったことはまちがいない。むしろ有能でありすぎたといえる」

「有能でありすぎてはいけませんか」

有能な臣を収攬《しゅうらん》してこそ聖王ではないか。臣下が有能でありすぎれば、王はそれよりさらに有能であればよい、と受は思う。

「よろしいかな、王子。西方の人には用心めされよ」

なぜなら、と干子はいう。西方の人はうわべは欽《つつし》み深くてもその本性は貪婪《たんらん》である。西方は流沙千里、ほかにいったいなにがあろう。かれらが生きるということは、他国のものを奪いとることでしかない。周は商とおなじ帝嚳《こく》のながれであるなんぞとその血脈を自称しているが、いったいどこの夷方《いほう》の出であるかわかったものではない。ただし剽悍《ひょうかん》さは南人にまさるともおとらない。それはそうであろう。明けても暮れてもいくさばかりしているような族人であるからだ。だがそこを賞《め》でて、沙から岐《は》いだしてきたような周人《しゅうひと》を、諸侯の一人にまでひきたてたのは、われらが先王というわけである。干子は受にむかって話していることを忘れかけている。

「先王とはどなたのことです」

「はっきりとはわからぬが、それほどの度量のあられた王といえば、高宗武丁王のことであろう」

　にもかかわらず、周は叛《そむ》きおった、と声を高めた干子は、いきなり手もとの草を指で剪《き》った。受は眼を細めた。

　干子の口がまたひらいた。向背は四夷のつねとはいいながら、暗《おろ》かなことだ。その後疇《むく》いとしてかれらは邑をすてることになった。その商王が亡くなられると、周は掌をかえすように入朝してきたことはあるらしいが、やがて鬼方《きほう》か犬戎《けんじゅう》かに攻められて、流亡せざるをえなくなったという。かれらは岐《き》山の山足にある莽々《ぼうぼう》とした野原にたどりつき、そこに邑をつくった。ところがどういうわけか、周はまたたくまにあたりを平定したらしく、またもや商に来朝してきた。

「その君主が季歴ですね」

「さよう。だが末子を季《き》とよぶように、周の季歴は歴だけが名かもしれぬ。周の姓をご存じか」

「姫《き》、でしょう」

「いかにも、季歴は姫歴であろう。この周君は戦いにかけては、天の才があった。生涯のうちで大敗したのは、ただいちど、燕京《えんけい》の族を攻めたときだといわれている。ただし、王子よ、このことは覚えておかれるがよい。武というものは、やむをえざるときにだけもちいるものであって、みせびらかすものではない、ということです。その操行にけじめを失うときは、みずからが滅ぶことになるということを、銘刻なさるべきだ」

話をしてくれるのはよいが、もうすこし声を抑えてくれぬものか、と受は内心辟易《へきえき》した。

干子は高調を保ったまま、

「夷戎のかなしさというべきか、周君はそこが暗い。季歴は武乙《ぶいつ》と文丁との二王に仕えたわけだが、とくに文丁王は周君季歴の縦横無尽の活躍にいたく心を動かされ、希有《けう》なことながら、王室からご令愛《れいあい》を降嫁させるほどの嘉賞《かしょう》ぶりであった」

「ああ、それで周は商と親戚になったわけですか」

「ところがそれからの季歴がいけない。驍名《ぎょうめい》をほしいままにしたかれは、無用の戦争をはじめた。無用であるということは、私欲であるということだ。ここにおいて文丁王は激怒され、季歴がある戎族を伐《う》って、そのときとらえた敵の大夫《たいふ》を、朝廷に献上にきたとき、王はぎゃくに季歴をとらえて庫《くら》にとじこめてしまわれた」

王は周君を欺いたのではないか、とも勘のよい受は思ったが、表情は動かさず、

「周君はどうなったのです」

「むろん死んだ。いわば自得の死です」

「庫のなかでですか」

「そうです」

受は衝撃をうけた。

――周君季歴は餓死したのか。たれか王に讒言《ざんげん》したな。

と、直感した。かれほどの武勇の者をむざむざ殺すとは、讒言というやつは毒よりも恐ろしい。あのまま周君を従えておれば、おそらく商の版図はいまの倍ほどに膨《ふく》らんでいたろうに、と受は思った。受は無能力者を軽蔑している。憎悪しているといってよい。賢者と勇者とのみで王朝の機能はみたされるべきであり、王というものは人情の機微になぞ深入りせぬ存在であったほうがよい、という非情の感懐をもっていた。

「いまの周の君主は、小子《わたし》の外兄になるとききましたが……」

と、受がいったとき、干子にはべつな意《おも》いがあったらしく、にぶい応えで、

「姫昌《きしょう》のことですか。任《じん》が生んだ子ですからな……」

と、なぜか天を仰いだ。嫋々《じょうじょう》とした風に干子のひげがかすかにゆれて光った。

商の王室から周の季歴へ下嫁《かか》した王女は「任」という名で呼ばれている。この婚姻は商邑ではかなりの話題になったらしく、そのため商が滅亡したあとも、それは伝承されて、『易《えき》』のなかに残ったと考えられる。『易』の「泰《たい》六五」と「帰《き》妹《まい》六

五」に、

——帝乙妹を帰《とつ》がしむ。

と、ある。

ただし、帝乙の時代には、周はすでに王女任が生んだ昌《しょう》が君主になっていたわけだから、帝乙が妹を帰がしたのではなく、帝乙の妹にあたる女《むすめ》を文丁王がとつがしたと解釈しないと意味が通じない。

周でもこれは話題になった。というよりむしろ大歓迎した。それはその商都からきた王女を大任《たいじん》と呼び尊んだことからでもわかる。そうした国民感情が『詩《し》』の「大雅・大明」に編入された。

摯仲氏任　（摯《し》国の仲《ちゅう》女　氏は任）
自彼殷商　（かの殷商《いんしょう》より）
来嫁于周　（来たりて周に嫁す）
〈中略〉
大任有身　（大任有身《みごも》りて）
生此文王　（この文《ぶん》王を生みたまえり）

文王とは昌の諡号《しごう》である。この詩からわかるように、昌の生母である任の生国は摯という国である。摯国は汝水《じょすい》（淮水《わいすい》の支流）の中流を臨《のぞ》むいまの汝南県《じょなん》にあったらしい。また任は、詩では氏となっているが、族名であるのが本当だ。かの女は任族の首長の次女であった。

——帝乙の妹が、任族の君主の女である。

これはいったいどういうことだろう。春秋時代に左丘明《さきゅうめい》によって編纂《へんさん》されたとつたえられる『国語』、つまり各国の語《はなし》のなかに、

——摯疇《しちゅう》の国や大任に由《よ》る。

とあって、任族の国としては、摯国のほかに疇国というのがあったことがわかる。疇は商の湯《とう》王の天下平定を左《たす》けた仲虺《ちゅうき》（中䖍《ちゅうき》とも書かれる）の後生の国であるといわれている。すなわち任は商王朝の名族なのである。とすると王女降嫁の件は、

——西戎ごときに王室の女をやることはないから、任の女をいったん王室に入れ、文丁王が養父となって、季歴にさげわたした、と想像したいところだ。

ただしこの王女降嫁と季歴の謀殺とが、間接的に商の滅亡の原因になろうとは、商人《しょうひと》は夢想だにしなかったことである。天邑商の人民は天帝にもっとも近いところにいるといえる。その意識の眼から周辺を見まわせば、見下げることはあっても、見上げることはない。その見下げた眼中にあるかなきかの国が周なのである。

干子はそうした商の自尊が、異民族の自意識の高揚との相対において、地盤沈下をおこしていることを自覚している数すくない貴族のひとりだが、そのかれですら、季歴と任女とのあいだに生まれた昌について、

「あの西戎を、ことさら兄だなぞと憶わなくてもよろしいのですぞ」

といういいかたしかできない。かれは相手が受でなく啓であってもおなじことをいっただろう。

「そういえば季歴が誅殺されるとき昌は、たまたま父につれられて、外孫として文丁王に拝謁した。昌の父はああいうことになっても、子には辜《つみ》はないということで、王のおなさけにより助命されたのである」

と、干子がいったときに、かれの視界をかすめたものがあった。

干子の馬車は樹下に駐めてあり、御者は休息させてある。その大樹からするすると人影が降りてきて、車中の匣をかかえると、やにわに走りだした。

「あ、これ――」

と、干子が叫ぶよりもはやく、受は自分の馬車に飛び乗って、その遁走者を追った。馬車に追われているとわかった盗人は、小路に逃げこもうと踵《かかと》をひねったとき、傾倒しそうになり匣をとりおとした。その匣は疾走してきた馬車の輪蹄にかかって破裂した。

——しまった。

跳身の受は逃げ去る影には目もくれず、散乱した破片にむかって直行した。その破片の一部が亀甲であり、きざまれた文字に見おぼえがあるとわかったとき、

——これは、あの奇怪な兆の亀甲ではないか。

受は破片を手にしたまま、もはや原形に復《かえ》らない亀甲を、しばらく凝視せざるをえなかった。

土方の襲来

太陽は、ひときわあかるい黄金色の細い糸を無数にはなちながら、西方へ落ちていった。

東の山々から、いま紫色の雲をはらって、青白い月がのぼろうとしている。他国の月ではない。箕邑《きゆう》はまぢかである。その月をみる箕子《きし》の一行のどの顔にもなごみがある。

箕子は、兕《じ》とよばれる珍獣の角《つの》でつくられた觥《さかずき》を、だまって月にむかってささげた。そのとき、たれともなく、

——あれに炬《きよ》が見えます。

迎えの家臣団の炬火《きよか》であろう。すでに家子ひとりを箕邑に先行させてある。昏暗の底に浮きあがってきた玉《ぎよく》のようなその炬火は、みるみるふえて、光の川になった。

家臣団の炬火にしてはおびただしい。うつくしいというより異様である。箕子の一行は呪縛《じゅばく》されたように佇立《ちょりつ》して、その光の奔流をまった。

むこうから襲ってくるような炬火が、こちらの行列の先頭に接触した、と見えたとき、わっと歓声があがった。その歓声が波及して、箕子のあたりにまでとどいたとき、かれはなにがおこったのか領解《りょうかい》した。たちまち箕子は炬火の渦中の人となった。

箕邑の老若男女が、君主と家族との到着を須《ま》ちきれず、あらそうように押しだしてきたのである。

腹の底から熱くなった箕子は、邑民の歓呼に応えるように、おう、おう、と咆哮《ほうこう》にもにた声を発した。その間、かれにしてはめずらしく、自分を忘れている。

人垣がひらいた。どよめきはやんだ。

箕子はその静けさのなかで、炬火にてらしだされた、わが子をみた。

――よい顔になった。

すでに二十歳をすぎた長子《ちょうし》のその顔は、ややうつむきかげんに、箕子にむかって近づいてきた。長子は跽《ひざまず》いた。それにならって家臣たちがいっせいにひざまずくと、邑民もことごとく腰をおろした。長子は、

「道中、ごぶじは、なによりでございました。おすこやかなご帰還を、家臣と邑民

とになりかわって、御慶祝申しあげます」

「うむ、なんじも……、長いあいだ、よく邑を守ってくれた」

父子のあいだにかわされたことばは、それだけであったが、深く黙契《もくけい》するところを感じとった人々は、みな涙ぐんだ。

箕子《みな》は眉をあげて、

「僉よ――」

と、感動にふるえる声で呼びかけた。

「予が都にいるあいだ、下邑《かゆう》には、天変もなければ地異もなく、また異方による寇《こう》攘《じょう》もうけなかったときく。これはただみなが、不穀《ふこく》の息子の教えにさからうことなく、上に立つ者をもりたててくれたおかげだ。予は懇謝《こんしゃ》したい。それゆえ、二日たってから昇る日《じつ》とおなじ日がつぎに昇るまで、天地に拝謝し、祖霊を娯《たの》しませようではないか。邑からはなれて野を耕している者まで、すべてよりあつまって、盛大に祭りし、武技をきそい、呑み、歌い、舞おうではないか」

おなじ日がつぎに昇るまでとは、十日間《しょうひと》のことである。このころ十日間を「旬《じゅん》」とよぶ。太陽は十個あり、それぞれを商人は、
甲《こう》　乙《いつ》　丙《へい》　丁《てい》　戊《ぼ》　己《き》　庚《こう》　辛《しん》　壬《じん》　癸《き》

と、よんでいたことはさきにふれた。「甲《こう》」という太陽が昇り「癸《き》」という太陽が沈む、このひとめぐりの時間を掌統《しょうとう》するのが「旬」という神であったようだ。とにかく箕子は一旬のあいだ、野で働く民ばかりでなく、祖先の霊や天神地祇《ちぎ》をも邑に招いて、どんちゃんさわぎをやろうと提唱したのである。

それをきいたこの場の邑民のすべては、尻を浮かし、爪先立ち、かっと火を吐くように叫び、喜躍した。いきおい、炬火は箕邑にむかって、波動するように進みはじめた。

箕子は歩きながら、なにげなさそうに、留守《りゅうしゅ》の家老のひとりをさしまねき、

「土方《どほう》の公《きみ》が、死んだか代ったか、そういう噂はないか」

と、急にひきしまった表情できいた。

この家老は、十日間も喧噪《けんそう》で満ちる邑内を想像して、渋面をつくっていた。

「いえ、ございません」

「ならば、よい」

箕子はまたにこやかな顔をあたりにむけた。

——土方がくる。

それは確信ではない。予感である。わしが帰ってきたから、かれはくる。おそらく旬のうちにだ。あれはそういう男だ、と箕子は土方の首長を自尊心のかたまりと

みている。土方にまともに襲来されれば、箕邑なぞひとたまりもないかもしれぬ。であるのに来寇《らいこう》はなかった。なぜか……。

――わしがいなかったからではないか。

土公は君主のいない邑を滅ぼしても自慢にはならぬと考える男であろう。かれはそれだけわしを高く評してくれているのかもしれない、と思うと、箕邑を造ったばかりのころ、たった一度――それも遠目で――見たことのある敵手に、奇妙ななつかしさを覚えた。

邑にはいるまえに箕子は、小水のあたりで歩みをとめると、みずからその流れに足をひたして、

「商都からつき従ってきた者は、足を洗え、足を洗え」

と、やかましくいった。異土を踏んできた足である。足にこびりついた泥土のなかに、どんな邪霊がまぎれこんでいるかもしれないのである。水はそれを浄拭《じょうしょく》することができる。

箕子は長子だけを肩随《けんずい》させてまっすぐ宗室にむかった。天子からたまわった胙《そ》を祭壇にそなえ、祖霊に帰還を報告し、安堵を虔祈《けんき》するのである。そこならなにを話しても、聴いているのは祖霊だけだ、ということもある。

箕子は祭壇にむかって容儀をただしたあと、長子にむかって、

「よいか、これから話すことは、けっして他言してはならぬ。健脚の者を、それも口の堅い者を、四人、日のでるまえに、堂に集めておくように」

「かしこまりました」

と、こたえたものの、長子は不審で、

「ではありますが、父上、先日お申し越しの北へは、様態をさぐらせる者を放ちまして、そのなかですでにもどってまいった者どもは、みな北には不穏な動きはないと申しておりますが……」

「いや、北へではない、西へだ。西の様態が識《し》りたい。それに土方がくる——」

「まさか、……と存じます」

「わしもそう惟《おも》いたい。だから、ここでこうして話している」

「はい」

「だが、土方はこよう。わしを驚かしにな。土方は山岳の族であり、狩猟の民である。容易にその居はさぐれまい。くるとすれば奇襲であるが、邑の外にはたれもいないとわかって、がっかりするであろうよ。ただしそれで引き揚げてくれればよいが……」

　ああ、それで一旬も祭りをすると仰せになったのか。長子は父のとほうもない提言の意味にようやく想到した。邑外の民に不安を与えず、かれらを邑内に納め、たとえ土方の襲来がなくとも、祭りに満足したかれらを里落にかえせばよいことである。

箕子はほとんどねむらずに家子のあつまるのを須《ま》ち、緊張して入堂した四人に面命して、

——わかっているであろうが、ここを出てから、なんじらの宅へ立ち寄ってはならぬ。

と、かれらを西方の侯伯《こうはく》の国へむけていっせいに放った。

——ただし、箕邑が異方の師旅《しりょ》にかこまれたときいたならば、使いするさきの邑《ゆう》主《しゅ》に援《たす》けをたのめ。ま、これはつかうことはあるまいが……。

と、四人のなかでもっとも箕邑に近い邑へ使いする者だけに、援師を依頼する漆《しっ》書《しょ》をわたした。

かれらが朝の陽を背にうけたとき、顧みたその眼には、すでに箕邑は遠影であった。

その日からつぎの日にかけて、里長（村長）と里胥《りしょ》（村役人）は、汗をかきながら、各居をまわらなければならない。

——なんと、病人や生まれたばかりの乳呑児までも、つれてこいとのおふれじゃ。われらが君はなにごとも徹底せねば気のすまぬお人じゃて。

そういわれると、かならず里人たちは眉をひそめて、

――十日も空《あ》けたら、居《いえ》は鳥や獣の棲《すみか》になってしまいますがな。

――いや、それは邑からお役人がきて、見まわってくれるそうじゃ。

そううながされて邑につめかけた里人たちは、邑人たちが総出で、太鼓の音にあわせて、堵《と》を修築しているのを見て、また眉をひそめた。里長たちにはあらかじめその説明はなされている。

――いや、いや、あれは、堵上で火祭りがおこなわれるので、神が降りてこられる場所の破損をなおし、お祓《はら》いをしておるのじゃ。どうじゃ、われらも手伝おうではないか。

里人たちは、そういうことなら、と割り当てられた舎に落ち着くまもなく、たれかれとなく堵へでかけていった。

修築が完了すると、箕邑はまるで天邑商《てんゆうしょう》の市のごときにぎわいになった。

箕子は生《いのち》の尊さを知る歳になっている。自国の人民はひとりとして、土方に殺害されたくないし、拉致《らっち》されたくもない。赴任してきたときは、箕国は植民地であり、まさに辺地であった。それがいまここにきて、おのれの軀幹《くかん》をいとおしむ以上の愛着をもって、北風を耐えてきた物類に接しうるのはなぜであろう。天邑商が、歩いてきた距離よりはるかに、心中では遠くなったせいであろうか。

生の尊さを知る歳になったのは土公もおなじである。ただしかれの場合は、箕子をとりかこんでいる文物よりは、もっと険しい自然との戦いがあり、自然の摂理のなかを生き抜いてゆくだけの烈しい闘争心と不老の直感力とを保持していなければ、族人を統率できないし、かれらの生活を保庇《ほひ》することもできないのである。

——箕子帰る。

と、きいたとき、かれのなかにある闘争心は弓のようにはりつめ、自身は箕邑へむかって矢のようにはしりだそうとしたが、直感力がその忽卒《こつそつ》さを掣曳《せいえい》した。かつて若盛《わかざか》りの土公は箕邑を襲ったことがある。周《しゅう》の季歴《きれき》が殺された翌年である。その年、怒りのしずまらない周人《しゅうひと》がついに商にむかって伐《う》ってでた。商はむしろそれを望んでいたため、すみやかに邀撃《ようげき》した。

土公はいわば漁父《ぎょほ》の利をねらった。商のかまえが西へかたむいている、その機をのがさず、かれは辺境の聚落をつぎつぎにあたって、めざす箕邑の門前までせまった。もしも箕邑が軟弱ならば、水がわずかなすきまから浸淫《しんいん》してどんな巨大な坡塘《はとう》でも破壊できるように、商の諸国を侵伐《しんばつ》できる。

——もとはといえば、箕邑のあたりもわが方の地ではないか。

商の族こそ侵略者である。土公の頭からそれは離れない。故地を奪回するのは、祖先の遺志を履行《りこう》するにすぎず、非難されるべきところはひとつもないはずである。

馬上の土公は、あるかぎりの罵譏《ばき》を邑内にむかって投げかけさせたが、憤々と伐ってでてくる気配がないばかりか、邑人みな聾者かと想われるほど、堵上の兵革には静默があった。かといって悚息《しょうそく》しているふうには感じられない。むしろ戦意で邑全体が沸騰しているようでもある。それだけの戦意がありながら、挑発に乗らないというのは、指導者の統制力がなみなみならぬ証拠である。

——まるで幽々とした森のようだ。

と、箕邑を観《み》る土公はひそかに感嘆した。あの尋常でない静謐さから想像するに、箕邑には援師があるにちがいない。援師が到着するまえに、退かねばなるまいが、これは退きどきが難しくなった。下手に退けば、後尾が喰われそうだ。退くとみせて逆襲するか、とかれが思いをめぐらせているうちに、邑の門がひらかれた。土公は喜笑した。決着をつけるとしたら、このときを措《お》いてほかにない。

——おお、きたれ。

土公の期待に反して、でてきたのは小さな輓車《ばんしゃ》を従卒にひかせた使者だけであった。使者は剛胆な男らしい。林のごとき弓馬のあいだを平然と歩いてくると、顔色ひとつかえず、

「遠路はるばるとおいでくださったのに、なんのおもてなしもできぬ、せめて帰路のなぐさみに、商の酒をお贈りいたす、との主人の口上でござる。毒でもはいって

いるとお疑いならば、ここに捨ておかれてもいっこうにかまいませぬ」

と、従卒に酒樽を車からおろさせ、では、これにて——、と土公に背をむけて、かえりはじめた。

土公はおもむろに石鏃《せきぞく》の矢をつがえ、しっかと張った弓弦を鳴らした。土公の手もとから飛去した矢は、使者の背に突き刺さったのではない。使者を射殺そうとしていた軽脱な麾《き》下《か》の弓矢を、はね飛ばしたのである。

——あれが箕子か。

堵上にひときわ壮麗な甲冑が見えた。剛胆では他人にひけはとらないつもりの土公は、酒を口にふくむと、いくさの最中《さなか》でも閑雅を失わない贈り主にむかって、高々と杓《しゃく》を揚げた、答礼のつもりである。また会おう、といったつもりでもある。

帰心に染まった土方の兵団に、

——遠方に旌旗《せいき》らしきものが見えまする。

と、急報がはいったとき、土公の叱嗟にもかかわらずかれらは惑乱した。その「旌旗らしきもの」とは、箕子が野人たちにつくらせ持たせた布片にすぎないが、そうした兵略ともよべぬ子供騙しのような擬装に、土方はころりとひっかかって潰走同様に退却した。

箕邑の主はよほど老練な武人かと想った土公は、箕子というのは自分とほとんど年齢に差のない若人である、とあとできかされて、敵愾心《てきがいしん》に燃えずにはいられなかった。

が、その敵愾心も、時という風雪に漂《さら》されて、その燃焼を弱め、

――わしの代では回天はできまい。

と、かれはかれなりに天命のようなものを知るようになってきた。むろんそんな内省をけぶりにも配下にはみせない。だが今回は、――箕邑を伐つ、とは直截《ちょくせつ》にいわずに、

「馬に乗れる者だけを聚《あつ》めよ。箕子がまっているはずだ。箕邑へ往く」

と、一種屈折したようないいかたをしたのは、記憶のなかで芳潤に薫っているあの酒の香が、予感のなかにも沁みこんできたからである。箕子はわしが往くのを予知していよう。

――もしも、そうでなかったならば。

土公がそういうまえに、往時の自身そのままのような息子の不満げな顔が眼前にあった。

「なんじの手で箕邑を取ることができよう」

箕邑での祭りもあと一日を残すだけになった。

この朝、すでに、――

「野人にかまうな」

と、土公に疾呼《しっこ》された騎兵は国境を越えて、駪々《しんしん》と箕邑をめざしていた。

「何人たりとも、この奇襲はわかりますまい。これがわかるのは、天しかいない」

と、土公の息子は眼を瞋《いか》らせていった。

――であろうか。

土公には懐疑がある。いくさは迷ったほうが負けである。だからかれは息子の気炎に水をかけるようなことはいわなかった。だがこやつが天といったのはまちがっていない。まことに箕邑に備えができておれば、箕子こそ天の子と呼んでよいであろう。この攻伐は賭射だな。そう思えば、この進入にはひとしお興趣がある。土公の頭のなかで箕子は、狩猟の目的である鳥に化したり、猪に変じたりした。

先駆していた者が返ってきた。

――野には人影がまったく見あたりません。鄙《ひ》にも、まったくです。

報告をきいた土公の嗣人《あとつぎ》は、その兵の乗っている馬のたてがみを掻きむしらんばかりに接近して、

「まったくとはどういうことだ」

「ひとりとして居残っていない、ということです」

「ひとりもか――」

「ひとりもです」

と、兵は口吻《こうふん》をとがらせて復答した。無人の居へはいり竈《かまど》のなかの燼余《じんよ》のぐあいまでみすまして、たしかめてきたそのままを報告しただけであるのに、なぜ叱呵《しっか》をあびねばならぬのか、とその兵は反撥したかったのだろう。

――なにかのまちがいではないか。

そういいたげな眼が、父の判断を俟《ま》とうとするように、土公にむいた。やはり箕子は禽獣《きんじゅう》とはちがうわい。雲や虹を射るようなものかもしれぬ。突然土公は腹に風がふきぬけたような感じで、

「まけた、まけた。戦いはここまでだ」

と、ことさら陽気に笑った。

戦ってみなければ勝負はわからぬようでは、いずれ土方は覆墜《ふくつい》してしまうだろう。やむをえずするいくさならとにかく、敢《あ》えてするいくさならば、かならず勝たねばならぬ。そのさいさきが宜《よ》くないのならば、ここはいさぎよく退くべきである。土公は、

「なんじは兵を率いて帰れ」

と、息子に兵の大半を委付《いふ》した。

「わしは箕子に会ってくる」

土公の息子は父の真意をはかりかねて一瞬呆然としたが、やにわに猛烈に反対した。

「一旦には商に服《したが》いながら、一夕には離れた諸方は多くございます。商人《しょうひと》は残暴不実、――往けば、おそらく拘殺《こうさつ》されましょう」

「わしが殺されたら、なんじが讎《あだ》をうて」

そんなすさまじいことまでいいおいて、なにゆえに箕子に会いたいのであろう。このときの土公をみた者の心の眼には、箕子が放った蠱惑《こわく》の糸にひきずられるあやうい君主の像がうつったことであろう。――あの酒には、毒ははいっていなかったものの、呪いでもはいっていたのではあるまいか。土公にひきいられた一団を見送る者たちの胸には、さりゆく馬群がたてた塵煙がきえたあとも、凶患《きょうかん》だけがしずまらずにあった。

土方にもかれらの神霊のことばをつたえる巫呪《ふじゅ》者はいる。土公の息子はその巫呪者に、どうだ、と問うた。どうだとは、父の安否がである。巫呪者はまったく無表情に、

――霊におなじことを何度も問うものではない。

と、冷厳な口調でいった。出動まえの霊気は吉祥であった。さて、土公はという

と、

――どうだ、このしずけさは。

まるで狩人が山森で迷ったときのような呟きが、土公の口からもれた。偵騎の報告にあったように、里落には家畜のなき声がこだましているばかりで、無人である。土公をはじめとして兵たちは下馬すると、集落のなかまで見まわった。

「もうだいぶんまえから里人はいませんな」

と、麾下のひとりがいうと、土公はにやりとして、

「いや、さきほどまで、すくなくともひとりはいた」

と、里門のあたりに落ちている馬糞を指した。

「その馬糞はやわらかそうだ」

「なるほど、こんなところに馬だけがとまっていたはずはない。これが箕邑の偵のそれだとすると、すでに箕子の耳には、こちらの動向がとどいているわけですか」

「ということになる。恐ろしいやつよ。箕邑のあるじは」

そういいながら土公は出発の合図をした。土方の一団は箕邑までまさに無人の野を駆けたことになる。

箕邑は一応防戦の態勢をとっていた。箕の人民は、いまさらながら君主の深慈を知って、その神色自若ぶりに尊信の念をつよめた。

箕子は箕子で、土方の兵団が二つにわかれ、小集団しかこちらにむかってこないとわかって、むろん安堵感はあったものの、——土公にうまくかわされた、という軽い失意がなくはない。むこうが本気に箕邑を潰しにくれば、援師をまって、土方の兵団を殲滅《せんめつ》できぬまでもその大半はたたいてみせようという、気概と非情とを秘めている男なのである。

——砂塵があがったらしゅうございます。

ときくと、すでに甲《よろい》を脱いでいた箕子は腰をあげて、土公を迎えにいってくるよ、と嗣子にいった。

土方の騎兵は門外で堵列《とれつ》している。門がひらかれひとりの礼装の男がでてきた。きりきりといっせいに弓弦が引かれる音がした。男は矢頃《やごろ》にはいった。飛ぶ鳥をも射おとすことのできるかれらの技量である。号令とともに土公の腕がふりおろされれば、その礼装の男は蝟《はりねずみ》のようになって、土に仆《たお》れ伏すはずである。

「まて——」

土公はかるい身のこなしで馬からおりた。男と土公との距離は、たがいにひきあうように、たちまち縮まった。

「箕子です」

といわれたとき、土公はひざまずいた。なぜそういう姿勢をとったのか、かれ自身にもわからない。

「いつぞやの酒樽を、おかえしにあがりました」

「であろうとおもっていました」

箕子はそういうほかはない。騎兵のなかに樽を背にくくりつけた者がいる。土公によばれてこちらにくるその兵のあゆみに、あるべつの重さを感じた箕子は、空《から》でよかったのです、というと土公は、わが手で獲た獣の肉です、商の酒にあいましょうや、まずはおためしあれ、と供《ささ》げた。

このときはじめて堵上から声が発せられた。歓声である。箕子と土公との話の内容がいかなるものであるにせよ、贄《にえ》をささげて見《まみ》えるは、臣事の礼以外なにものでもない。――土方が賓《したが》ったのだ。が、箕子はそう単純には喜べなかった。それだけにかえって当惑した。

――この男、どういう気だ。

と、箕子は土公の正気を疑った。土公という自尊でかたまったような男が、一戦もせずに、自分の足もとで跽いている光景は、異様でなくてなんであろう。

「土公どの、どうぞ立ってくだされよ。小子《わたし》は土方の天地の安寧《あんねい》を確保できるだけの力はない。それともこの箕子に入朝の仲介をせよとの意か」

するとと土公は眼をあげた。巨眼である。

「いや、商に入朝する気はござらぬ。箕子どのにのみ、従うつもりでござる」

土公の眼は北国の湖のように深く澄んでいる。そこには欺謾《ぎまん》の色は浮かんでいない。箕子はますます当惑して、

「これはむつかしいことを仰せある。ま、とにかく、邑内に宴席が設けてあります。危懼《きく》されるならば、刀を携えられよ。万一のときは、小子を刺されたらよい」

これがあの箕子か、と土公は神経を研ぎすますように視《み》た。身の丈はおのれのそれより低いかもしれぬ。逡巡をまじえて話すその声音には、穏和なものがあり、全体としては篤実な丰貌《ふうぼう》である。この男のどこからあのような神謀がうまれるのであろう。ただ、その眼光のつよさには、さすがの土公もひるんだ。この眼だな、宇内《うだい》ばかりでなく神路までをも見渡すことのできるのは。それならばむしろ視野のきかぬはずのかれ自身の懐に飛びこんでやろう、という気の土公は、

「また、あの美酒をいただけるとは、ありがたい」

と、小刀ばかりか弓衣まで投げすてて、豪快に笑った。

土方はいまの太原市から北京市にかけての広域を奄有《えんゆう》していたらしい。それほどの大族であり商にとって宿敵である土方が、箕のような小国に服属したと、もしも天子の側近が聞けば、腰を抜かさんばかりに愕き、――謀叛じゃ、背反じゃ、と箕子のことを誣告《ぶこく》せぬ者はないであろう。箕子には玉座の周囲で佞偽馳騁《ねいぎちてい》する群像は

ありありと見える。いくら怒らぬ帝乙《いつ》とはいえ、たとえば箕子を誹謗する声を三日も聴きつづければ、嚇怒《かくど》せずにはいられまい。

――天子とは哀しいものだ。

箕子は、太行《たいこう》の山脈をへだてて、かえって兄の孤影が見えるような気がしてきた。饗宴に目をもどせば、肖《に》たような孤影は觚《さかずき》をひきよせてますます盛壮な土公にもある。かれは土方のうちでおそらく「王」と呼ばれているにちがいない。あるいはかれは王であることの哀しさを自覚し、立場の近い自分に、指導者だけにしかわからない憂愁を抒《く》みあおうとして、ここまできたのかもしれぬ。その推察があたっていようといまいと、箕子はおのれのさびしさを知ることになった。

――わしにも衿契《きんけい》というものはなかった。

貪汚《たんお》とはえんのなさそうな土公の顔を、しみじみとみた箕子は、腹の底からはれあがってくるように、

「西北に沚《し》という国がある。商の属国だが、朔地《さくち》が氷雪で閉ざされるまえに、そちらへいってみたい。土公どのと途中まで同行したいが、いかが」

と、いった。

土公は目を輝かせ、つぎに欣動《きんどう》した。われらは冬になれば地に穴を掘ってこもるだけだ、それからでは箕子どのを饗《もてな》すわけにはゆかぬ、と、かれは熊が土中でねむ

っているようなかっこうをしてみせて、まわりを哂《わら》わせた。

むっくり起きあがった土公は、

「北といえば、北海のほとりに孤竹《こちく》国というのがあるのをごぞんじか」

箕子には初耳である。

「いや存ぜぬ」

「これは愉快だ。箕子どのでも識らぬことがあるとはな」

と、土公は手を打って、

「孤竹は羌《きょう》の国だ。商を恐れて、北へ流れた羌族が、そこに依《よ》って、しだいに大きくなっている」

はて、と箕子はかるく黙考してから、

「羌は遊牧の民族ゆえ、ひとところにとどまって邑なぞつくらぬはずじゃが……。まことに四嶽《しがく》の末であろうか」

羌族の祖神は四嶽である。ふつう四嶽といえば、中国の山のなかで、
東の岱《たい》山（泰山）

西の華《か》山
南の衡《こう》山
北の恒《こう》山

を指す。ところが『書』では、四嶽というのは、春夏秋冬を司る羲《ぎ》氏と和《か》氏との四人の息子のことで、かれらは四つの山に栖《す》む山岳民族を率いて帝堯《ぎょう》に仕えたことになっている。要は山岳信仰の民族であったのだろう。そういえば甲骨文字の岳の字は、羌族の象徴である「羊」と「山」との組み合わせでできている。

時を経るうちに、羌族の共同生活のなかでも、貧富の差、身分のちがいができてきたためであろうか、山を均等にあがめるのではなく、中国のなかでもっとも気高い霊山を、太嶽《たいがく》と定めて、崇祀《すうし》することになった。結局その山は、例の四嶽からは選ばれずに、四嶽の中央にあるもうひとつの山が、太嶽とされた。のちの、

嵩山《すうざん》

である。有名な山のひとつを他の山々の上位におくのは族類の不和のもとである。それよりも無名な山をあらたに最高位に据えれば遺恨はあるまい、という自然なはからいがあったのであろう。したがって羌族のいう太嶽とは、泰山ではなく、嵩山であり、かれらは四嶽の末とよばれるが、太嶽の末ともよばれるようになった。ただしこのころ、羌族の信仰の依りどころである太嶽嵩山は、商によってその祭礼を摂行《せっこう》されている。それほどの大族でありながら商に聖地をあけわたしてしまっている、羌族の最大の欠点は、結束力が弱いということである。傑出した指導者がいないこともある。

——羌とて、まとまればうるさい。

そう思うのは商人《しょうひと》のなかで箕子くらいのものであろう。あとの人々は羌の族人なんぞ群羊を見るとおなじ眼でしか見られない。

箕子の額《ひたい》のかすかな翳《かげ》りを見逃さず土公は、

「ご心配か――」

「いかにも」

いまさらかくしてもはじまらない。箕子は憂色をあらわした。

「わが土方が箕の干《たて》となりましょう」

「だが、商の干にはならぬ」

と、箕子がいうと土公は、そのとおり、とはいわなかったものの、それとおなじ意味の哄笑をした。箕子は沚のほうへ行くのはやめて、孤竹国のほうへ行ってみたい、と思いはじめた。孤竹国はいまの灤河《らんが》の下流、河北省の盧龍《ろりゅう》あたりにあったと伝述される国である。

このときから四十年ほどあとに、箕子はその孤竹国よりもっと北へ亡命することになるが、いかな箕子でもそこまでは自分の運命を推知できない。

土公の哄笑にはもうひとつの意味があった。というのは、孤竹国というのはさっぱり武装していない。防備なく存続するつもりらしい。

「あれは夢幻の国だ」

だから商のような大帝国はもとより、どんな小国も孤竹国を懼《おそ》れる必要はまったくない、と羌族の稚《ち》気《き》のような建国を土公は嗤《わら》ったのである。そう嗤っているのは土公ばかりではあるまい。異民族から嗤われながら、無抵抗の孤竹国は立派に存続しているらしい。そんな指でおせばたおれそうな国を滅亡させても不評をこうむるだけだ。それゆえどの異族も手をだしかねているのであろう。箕子は北海というくらやみのなかに曙光をみたように、かすかないぶかしさと怖慄《ふりつ》とをおぼえながら、

「土公どの、夢幻も人を危《あや》むということをご存じか」

と、真顔でいったが、すでに酔眼の土公にはその意味は通じなかったようだ。熟酔した土公はやがてかみなりのようないびきをかきはじめた。機をはかって箕邑の家老が、

――ここで土公を殺せば、北の安寧は永久になりましょう。

といったが、箕子はこわい顔で、

――愚劣なことをもうすな。周君を殺しても、周は衰亡したか。

とはげしくしりぞけた。

翌朝、土公はひとまず箕邑を去った。息子に無事な顔をみせてやらねばならない。そのおり、ぜひ、ぜひ、同道されよ、と土公にさそわれた箕子であったが、西へ

つかわした者がいましてなと、すぐには立てぬ事情をうちあけ、――ひとりは援師をつれてくるかもしれませぬよ、と箕子がいうと、――いやはや、あぶなかった、と土公は手で首をぴしゃぴしゃ叩いて、馬上で笑った。

静かになった箕邑に、土埃でむせんばかりになって使者が復《かえ》ってきた。西には異変とよべるほどのものはない、と三人はいった。が、さいごにかえってきた一人は、

――どうやら秦《しん》が滅んだようでございます。

と、いった。すかさず箕子の長子は、

「秦とは――」

と、父に問うた。

「地の果て、西垂《せいすい》の国だ。そこからさきは西海という海である」

と、箕子は教えた。古代の中国人の頭のなかにある全土というのは、東海、南海、西海、北海にかこまれている方形の大地である。もちろん古代でも中国の西方には海はなかった。秦のような小国の消長は大勢《たいせい》に影響はない。雲で占うのもあてにはならぬ、と箕子は王都の天空に蔓延《まんえん》した暗雲を想いだしたが、

――これでよし。

と、箕邑を立つことにした。

このころ——紀元前十一世紀——の中国の北方はいったいどうなっていたのであろう。

孤竹国は晦冥《かいめい》の国であるとはいえ、のちの地図からすれば長城以内にある。では、長城より外は——。端的にいえばアルタイ語族が奄有《えんゆう》していた。

アルタイ語族は、ツングース語族、朝鮮語族、モンゴル語族、チュルク語族と分類されるが、箕子とかかわりをもったかもしれぬのは、それらのなかでツングース語族または朝鮮語族である。

朝鮮語族は朝鮮半島だけに逼塞《ひっそく》していたわけではなく、現在の中国の東北地方の一部から日本海寄りのロシア領をもその延袤《えんぼう》のうちとしていた。その北西にツングース語族がいた。ツングース語族は南北にわかれ、南部のツングース族は、中華からは「粛慎《しゅくしん》」とよばれる。ついでながら、粛慎は時代がさがってゆくにつれて、靺鞨《まっかつ》、女真《じょしん》、満州《まんしゅう》と呼称がかわり、ついに清《しん》王朝を建てたというわけである。

ツングース語族と朝鮮語族とはまとめてツングース系とよばれ、そのなかに夫余《ふよ》族があり、さらにそのなかの小族が、紀元前一世紀ごろから伸展して、高句麗《こうくり》という国を建てるようになるが、その始祖は「朱蒙《しゅもう》」とよばれるところから、商王朝のころにはかれらは蒙夷《もうい》とでもよばれていたのかもしれない。箕子が行ったのは、「明夷《めいい》」

という族だが、蒙《くら》い、明るい、という比較からでは、蒙夷よりは明夷のほうが中華に近いところにいたと考えられる。ただし箕子が商周革命後、いきなり明夷へ亡命したのか、それともツングース系のいずれかの部族に、すでになんらかのつながりができていたのかは、よくわからない。

とにかく箕子は長期間の巡視をおえて箕邑にもどってきた。その箕子をまっていたのは、王子受《じゅ》についての怪聞である。

——子受《しじゅ》さまが猛獣を空手で格《う》ち斃《たお》されたそうでございます。

そうきかされた箕子は、旅装をとくのも忘れて、しばらくことばがでなかった。

流落の父子

流落の父子がいる。

父を嬴廉《えいれん》といい、子を嬴来《えいらい》という。嬴《えい》は姓である。

かれらは、旦《あした》には雲脚を追い、夕《よる》には汀《みぎわ》の水禽がねむるのを眄視《べんし》しつつ、草茅《そうぼう》をむすんでつくった蓐《しとね》に身を横たえるといった、走戸《そうし》行肉《こうにく》の毎日である。

廉《れん》は、つい一年ほどまえまでは、「秦国《しん》」の君主であった。

秦の西方には海はなく、層々と山脈があり、黄河（上流）がある。さらに西へゆけば砂漠がある。秦はいまでいうシルクロードの出入口にあった国のひとつといってよい。

秦には宿敵がいる。羌族《きょう》である。

羌族は商《しょう》の迫害をうけ、その大半は安穏の地を求めて、西へ西へと移動して、ようやくいまの陝西省《せんせい》から甘粛省《かんしゅく》、青海省《せいかい》にかけて随意にとどまった。羌族以外の族は、商が全盛のときは、羌族を迫害する側に加担すればよいことであった。ところが商の勢力範囲が縮小すると、各族は羌族への対応が外交上の重要な課題となった。

秦は羌族と折り合おうとした。廉の祖父である胥軒《しょけん》が、秦の東方にある酈《り》山（陝西省・臨潼《りんとう》）を本拠とする羌族——酈戎《りじゅう》——の女《むすめ》を娶《めと》ったのは、そのあらわれである。東はそれである程度よかったが、西の羌族とはどうもうまくいかなかった。

羌族の始末のわるいところは、たとえばこちらの一族と交盟しても、あちらの一族と和したことにはならぬところである。とくに秦より西の羌族は、他族の意向に唯々諾々《いいだくだく》とはしていない。羌族は全体にいくさのうまい民族ではないが、——羊にも角《つの》はあるのだ、とその自覚に凄みをましてきている部族はすくなからずいる。

そのなかでも最大の部族は義渠《ぎきょ》といって、ある日、秦はその義渠の族に掩襲《えんしゅう》され、惨敗した。このときの戦闘で、廉は嫡男の革《かく》を喪《うしな》い、革の女《むすめ》の防《ぼう》は行方不明になり、廉自身は息子の来《らい》と勝《しょう》とをつれて、東方へ落ちのびようとしたところ、たまたま出撃してきた周《しゅう》の師旅と遭《あ》って、三人とも俘獲《ふかく》されてしまった。

——周はいつ義渠と結んだのだ。

と、来は切歯してくやしがった。来の膂力《りょりょく》は人間ばなれしていて、百人ほどの兵ならばまとめて薙《な》ぎ倒すくらいわけはないが、父と弟とを見捨てて逃げるにしのび

ず、おとなしく縛についたというわけである。来はああいうが、

——そんなはずはない。

秦は義渠と周とに掎角《きかく》される形になったとはいえ、それは偶然にすぎぬ、と廉は思っている。というのは、かつて周の君主が季歴《きれき》であったころ、商の与国としての周は義渠に大捷《たいしょう》している。義渠の君主が捕虜になるという、義渠からすれば、屈辱的な大敗である。それから四十年以上たっているが、義渠はそのときの怨みを忘れているはずはない。それにいまの周は、

——羌とは結んでいない。結んでいるのは姒《じ》だ。

と、廉はいった。かれはいま周が姻戚関係にあるのは、昔日商に滅ぼされた夏王室《か》——姒《じ》姓——ゆかりの、莘《しん》国であることを識《し》っている。したがって身柄を義渠へわたされる気づかいはないものの、不安はあった。その不安が少年の勝の胸をしめつけたのか、

——みな斬首されるのですか。

と父に問うたが、この明眸《めいぼう》の少年はけなげにも、父上や兄上とともに死ぬなら恐ろしいことはありません、といって廉の瞼《まぶた》を熱くさせた。

三人は斬首にはならなかった。が、斬首のほうがよかったかもしれない。奴隷にされたのである。周が秦をその程度の国としか認めていない証拠である。こんなこ

となら義渠と戦ったときに死んだほうがましであった、と廉は慙痛《ざんつう》した。

かれらが雑色に加えられたとき、

――周よりわが室《いえ》のほうが尊貴だ。

と、来は吼《ほ》えた。あるいは来のいうとおりかもしれない。秦には、八代目の商王である大戊《たいぼ》の在位中に、先祖のひとりである中衍《ちゅうえん》は、車の改善を命じられて見事に完成した、という伝承があり、それ以前でも、先祖のまたひとりである費昌《ひしょう》は、夏の癸王《き》（桀王《けつ》）のとき、王があまりに暴戻《ぼうれい》であるので、夏を去って商に服し、あの偉大な湯王《とう》の御者として夏王を鳴條《めいじょう》の野《や》に破ったということである。それにくらべて周が顕名《けんめい》をえたのは、ようやっと前代の季歴からではないか。成り上がりの周め、いまにおもいしらせてくれよう、と来がいくらいきどおってもむだであろう。昔は昔、今は今である。秦の国力は周のそれにはるかにおよばないし、またすでに秦は商の諸侯の国のひとつではなくなっている。

――おやじ殿、逃げよう。

と、来はさっそく廉に耳うちした。廉もおなじことを考えていた。よほどの勲功をたてないと、奴隷の身分からは解放されない。たとえ解放されても、秦を再興できるという保証はどこにもない。ここにいれば老いて死ぬか疾病か戦争かで踣斃《ぼくへい》するばかりであろう。逃げるについては異見はない。

廉には異能がある。馬を御するのもうまいが、足そのものが速い。神足といってよい。

——馬が手に入らねば、わしが季勝《おとうと》を背負ってゆくわ。

と、意気ごむ来をなだめながら、廉は監視のゆるみをまった。

脱走の機会はおもいのほかにはやくやってきた。

——うぬらは程《てい》へうつることになった。

周国の東の邑を程といい、そこへの移動を他の奴隷たちといっしょに命ぜられたのである。来の大力をしらぬ周人《しゅうひと》はその点疎漏《そろう》があり、まるで逃げてくれといわんばかりの処置になってしまった。

——酈山が近くなる。

と、嬴の父子はよろこんだ。酈山は廉の祖母の生地である。そこへ逃げこめば、かならずや三人をかくまってくれるにちがいない。

程邑がちかくなったとき、来は突如虎のごとく発声すると、手足の自由をうばっている縲絏《るいせつ》をやすやすと破り、殺到する役人を空中たかく抛《ほう》りなげて、ほかの奴隷ともども逃走した。あたかも回風であった。

急報をきいて程邑から駆けつけた周の重臣である閎夭《こうよう》は、来によって地にたたきつけられたまま、いまだに海老《えび》のようにからだをまげてうめいている多くの役人を

みて、

——これでも人のしわざか。

と、いちどはひそかに舌をまきながらも、胆知のあるかれは、岸辺をさがせばよいと、恐れる色もなく逃亡者たちを追跡しはじめた。程邑は渭水《いすい》の北岸にあり、酈山はその南岸にある。

閎夭の推測どおりに、廉にしたがった者たちは、渭水を目前にして足ぶみしていた。

——やあ、いたいた。

閎夭がみつけた来は、どこで盗んできたのか、小舟をかかえてはしっている。

「やい、盗人の悪来《あくらい》よ。もう逃げられまいぞ」

嬴来を、できの悪い来《むぎ》よ、とからかいながら閎夭は矢を射かけさせた。来が目をあげると、むこうで指揮しているのは、毛むくじゃらな男だ。よくみても、どちらが前か後かわからないほどの毛深さである。

「なんだ。羆《ひぐま》のなりそこないめが」

と、来は小舟をふりまわして、飛矢をはねかえした。奴隷たちはおもいおもいの武器で奮戦したが、そのうちひとり搦《と》られ、ふたり搦られ、というふうに脱落し、ついに季勝までが乱闘のなかでその姿を消してしまった。

――ええい。やむをえぬ。

来は父の廉に目くばせするや、小舟を渭水に投げだし、そのあとを追うように、ふたりともに身を躍らせて水中に没した。やがてぽっかり浮いて泳ぎはじめ、たちまち流漂している小舟に凴《の》った。閎夭は遠ざかってゆく嬴の父子を瞰《み》て、

――干《たて》がわりにつかった舟だ。底に穴があいておろう。対岸まではもつまいよ。

と、ひきかえした。

舟は沈んだが、ふたりはどうにか渭水の南岸には着くことができた。季勝はふたたび周に捉《とら》えられたにちがいない。廉はわが子が死んだとは想いたくなかった。だがたとえ生きていたとしても、季勝については悲観的な想像しか湧いてこない。来と季勝との器量を親の目から見て、どちらかといえば季勝に期待するところが大きかっただけに、廉の落胆ははなはだしかった。

――かりに秦を再建できても、来が国主では、あの舟のように沈没してしまうであろう。

という懸念がある。が、廉は自分の子についてとやかく謂《い》える立場ではない。国を破滅させたのは、たれでもないおのれなのである。廉は虚耗の感じに襲われて足もとから地が消えたようだった。――これ以上、なんのために生きるのか。その疑問だけがかれの空虚な頭のなかで鳴りつづけた。

かれらが訪ねた酈戎の首長は、剛腹な男で、
「すきなだけ、おられよ」
と、いってくれたが、嬴の父子にとってそこでは新しい展望はひらけそうもなかった。

ふたりが酈山へ逃避したことは、周では察しがついていようから、いつなんどき、奴隷をひきわたしてもらいたい、という申しこみがあるかもわからない。酈戎がそれを拒絶すれば、周と酈戎とのあいだで戦端がひらかれるかもしれず、客観的にはふたりは酈山の羌族にとって迷惑の種にほかならない。

――はたしてどれだけの庇《かば》いだてをしてくれるか。

来には猜阻《さいそ》のほうがつよい。

――異姓の族はたよりにはならぬ。

そう来にいわれなくても、廉は酈戎をはじめからあてにはしていない。嬴の姓をもつ族は南方の淮水《わいすい》流域に多い。黄《こう》国、江《こう》国、などがそれである。周を脱出するときは、そうした同姓の族をたよって再起を画《はか》るつもりであったが、いまはむしょうに秦にかえりたい。廉の耳には鬼哭啾々《きこくしゅうしゅう》にもにたものがきこえてくる。

――男は死ぬべきときに死なぬと、恥辱《ちじょく》を天下に曝《さら》すことになる。

廉の精神はこのとき死地にあったといってよい。

ふたりは酈山をあとにすることになった。酈戎の首長は廉のあまりの憔悴《しょうすい》ぶりに驚き、なぐさめるように、

「あなたの話をきき、あなたを視《み》ていると、天を尊ぶ心、祖霊を敬う心、子を愛する心、民を慈しむ心、どれひとつとして非はなかったようだ。それでも国は滅ぶものかと空恐ろしい気がするが、不慮の凶変に遭《あ》われたとすれば、あなたほどの人なら、こんどは不慮の吉慶に遭われてもふしぎではない。西の空に、貴国の旗、皁游《そうりゆう》がひるがえる日もそう遠い先のことではありますまい。たとえそうなっても、あなたと敵対することはごめんこうむりたいものだ」

と、餞別した。

ここから嬴の父子の流浪落魄《るろうらくはく》がはじまった。

かれらは同姓の族を訪ねなかったわけではない。また入国を拒否されたわけでもない。かれらは厚遇されなかった。それはそうであろう。黄でも江でも、なん百年間も秦とは来往はなく、同姓の国が西辺にあるとしっている人々は、ほとんどいなかったからである。廉と来とは南国の人心と風土になじめず、たちまちそれらの国々をはなれた。

まさに一涯にまできたという感じで、廉は淮水のほとりにたたずみ、

――わしはここで入水する。なんじはすきに生きよ。

とまで、来にいった。ところが来は絶望をしらぬ男である。

——酈山の君主が別れ際になんといわれたか、おもいだしていただきたい。

かれは骸《むくろ》とかわりない父をひきずってゆくようなかっこうになった。

——あれは恤敗《じゅつぱい》の辞というものだ。

廉はさびしく哂《わら》っている。しかし来はそうは思わない。世辞であろうとなんであろうと、近い将来に秦の旗が立ちましょうと、他人《ひと》の口にそういわせるなにかが、父にはあったのだ、と信じたい気がある。そんな来でもやがて、

——明日はどこへゆくか。

と考えるのもおっくうになって、むっつりと木陰で一日をすごすことが多くなった。

ではあったが、かれらの疲れきった心身は、確実に運命の日に近づきつつあったことは、かれら自身にはむろんわからない。

なにかが喈々《かいかい》と啼いて、稠密《ちゅうみつ》な樹間に黄金の粉が撒《ま》かれたようにあかるんだ——

と来には見えた。

——鳳《ほう》ではないか。

かれは父を揺りおこしながらそういった。廉は自分の息子の正気を疑った。帰託

する処をもたぬ流人に、鳳凰のような王者の鳥が、眼にうつるはずはない。

「しかと見たのか」

「いや、――ではあるまいか、と想っただけだ」

「ふむ――」

錯覚にきまっている。廉はとりあわず、また眼をつむった。じっとしていても汗ばむような日だ。かれらは風潭《ふうたん》をもとめて偃仰《えんぎょう》している。廉はまた揺りおこされた。

「人だ。こんどはたしかだ」

来が卑枝《ひし》を払う音がした。廉ははねおきた。かれらにとってどこも他国といえる。勁悍《けいかん》な異族人に発見されれば殺戮《さつりく》される場合もありうるのである。廉は来のあとを追った。ものずきにも来はどうやら人のあとをつけているらしい。廉は来の目的となった人影を視界のうちにとらえた。

――ははあ、女だな。

その女はしばらく叢芳《そうほう》を摘み、また歩きつづけて、とある岩陰にはいった。それはたいした奥行のない岩洞ともいえる。そこに女はさきほど摘んだ香草を敷き詰めると、その上で祈りはじめた。ときどき奇声を発する。また哀しげに歌うようにつぶやく。

ふたりは女の隠秘すべき所作の逐一を岩洞の入口から窺《うかが》っている。廉は遠目ではわからなかったその女の妖しさと美しさとに息を呑むおもいがした。微かな芳気がかれの鼻孔をみたした。

女は髪をふり乱し絶叫した。その後喘ぎながら身を横たえていたが、なにかが不満らしく、たち罩《こ》めている薫気《けいき》をじかに肌体に浴びようとするかのように、着ているものを脱ぎはじめた。

——これはいい。

来はのそりと一歩踏みだした。

「おい、やめておけ。あれは巫女《ふじょ》だ。霊にたたられるぞ」

「なんで裸になる」

「呪文で霊を呼べぬときは、あれくらいのことはする。霊は若い女に憑《つ》くのだ。すでにわれらのあたりには、あの女に招かれた霊が、うようよしているのかもしれぬ。はやく退散したほうがよい」

かれらは早々に丘を奔《はし》りくだった。

——あれが巫女の修練か。

と、来にきかれたが、廉には確答はできない。他人《ひと》を呪っているようには見えなかったが……、と思いつつも、背中のあたりだけが妙にぞくぞくする。あとから想えば、あのとき女は秦の祖霊をも招いてくれたかもしれない。

涼しげな水声がきこえる。廉は水浴したくなった。その廉の足が痹《しび》れたようにとまった。馬が見えた。たれかが泳いでいる。廉はこのとき死んでいた者が生きかえったような眼をした。脱ぎおかれた狩衣は並の人のそれではない。馬も龍馬である。

——これはたいへんな貴人だ。

かれは動悸《どうき》した。どうする廉よ、とかれは自分自身に気ぜわしく問うた。が、問うまでもなかった。廉の焦りは突如恐怖にかわった。

——虎だ。虎がいる。

狙っているのはあの貴人か馬か——。まずいことに貴人は水からあがってくる。そう知るよりはやく、ふたりはまるで猛獣のように哮呷《こうこう》し、地を蹴った。馬がいないた。とほとんど同時に、虎は空を飛ばんばかりに、鋭い牙爪《がそう》をむけて、行手を遮ろうとする嬴の父子を襲った。咄嗟《とつさ》にひとふりした杖は折れ、衣類は爪に烈しく裂かれ、廉の膚肌にさっと血がにじんだ。が、軽傷だ。つぎの瞬間、虎はあとあしで立った。来の頭は虎の口に呑まれたのではないかと想われるほど、深々とまえあしのあいだにはいったと見るまに、地が震えるほど虎はもんどりうち、来の鉄拳で虎の顔が潰れ、つぎの一撃で内臓が破れた。

——みごと。

貴人から声がかかった。どうやら貴人はかれらが虎と格闘しているあいだに悠々と狩衣を身につけていたらしい。

貴人なればどうせ孱弱《せんじゃく》だろうと、廉は傷口を指で押えながら、冷笑ぎみに声の主を瞥《み》て愕《おどろ》いた。貴人はかなりの偉丈夫である。そればかりか、若いながら犯すべからざる威神がある。

——これこそまさしく雛鳳《すうほう》だ。

廉ははっと退き膝を地面についた。来は緩慢な動作でそれにならった。

「南人か」

と、貴人は立ったままいった。あたかも石器時代から蘇生してきたような、蓬髪《ほうはつ》敝衣《へいい》のふたりである。貴人にとってえたいがしれない。

廉は即答をためらった。侍者がいれば、そちらに申し上げるのが、ふつうである。それがこの貴人にはひとりもいないところがいぶかしい。

「いえ」

とだけ廉はいった。

「そうか、ならば近く寄れ」

これも廉はためらった。貴人は短気な性格らしく、せきたてるように、近く、近く、といった。廉が意を決して腰をあげたとき、人声がして、踏みだそうとした足のまえの地に、矢が突きささった。廉は身を伏せたが飛矢はそれだけだった。続々とやってきたのは、矢ではなく人である。廉はそれらの人数を無視するように、足もとの矢幹《やがら》をつかみ、ぬいてみた。

——金の矢鏃《しぞく》だ。

とするとこの貴人は商人《しょうひと》のなかでも王族かもしれぬ。廉の推理は的を射ていた。その貴人はほかならぬ王子受《じゅ》である。

廉は矢を射かけられてかえってほっとしていた。貴人が本物だとわかったからである。それにしても単身遠乗りをするとは、よほど奔放な人とみなければならない。すでにこのとき廉と来とは受の臣下に包囲されている。

受の臣下のあたまの中は多少昏乱していた。虎の死骸があり、猩々《しょうじょう》のような卑人がふたり、主人と対している。この事態はどう理解すべきか。

受はそれについて一切説明せず、かの者たちは南人ではない、控えておれ、と臣下に命じた。陪侍のひとりは居丈高にふたりにむかい、

「その方ら、何者ぞ」

と、問うた。廉は間髪をいれず、その陪侍に口吻《こうふん》をむけて、

「わたくしは天子さまの地をわずかながらおあずかりいたしておりました嬴廉、これは愚息の来でございます」

「して、その地とは」

「西方の秦でございます」

「秦の君主が、なにゆえかようなところにいる」

「わたくしの不徳により、亡国の憂目にあいました次第——」

と、いったとき、廉の瞼のうらに革と勝との二人の息子の容姿が浮かび、その像は流れて消えた。

——秦の嬴。

受は心中するどく発した。この記憶力のよい王子は、たちまち商王朝の歴史のなかからある名をつかみとった。

「費《ひ》侯中衍の裔《すえ》ではないのか」

「さようでございます」

それはあくまで近侍の臣を通した間接的なこたえである。

「そうか、では馬を御することにはすぐれていよう。予の馬に乗ってみよ。といいたいところだが、その馬が見あたらぬ」

「おそれながら……」

と、廉は膝をぐいとすすめて、

「お許しをたまわれば、たちどころにつれてまいるでありましょう」

と、自信ありげにいった。受はそれをやや軽忽《けいこつ》な印象として聴いたが、

「許す」

と、いった。そういいながら受は廉より来を視ていた。知能の程度はわからぬが来の大力には魅力がある。愚者には見えぬが……、と受は観察をやめない。いつのまにか廉は林間に消えたようだ。受が気にもとめないでいると、馬だけが駆けかえってきた。——嬴の父のほうは口ほどにもなかったな。受は残念におもいながら、再顧すると、手綱をとっているのは廉である。

——あの男、どこからきた。

神奇だった。ただし邪宗の妖術ならば赦《ゆる》さぬところである。

「とんでもございません」

廉が弁明するところによれば、馬に乗るのは惶《おそ》れおおいので、手綱をとって趨《はし》ってきたというのである。

——馬とおなじ脚力をもっているというのか。

受の臣下たちはしばらく噪《さわ》いだ。受も信じがたかった。受は並はずれた能力を愛するところがある。

「予はまだ商の王子にすぎぬが、予に仕えぬか」

と、受はいった。

廉は落涙した。まさかさきに貴人の口からそのことばがでようとは思っていなかった。来が虎を格殺《かくさつ》したことで、仕進の口がひらけばよいと願い、もしも賞されただけで追い払われるようであったならば、その賞とひきかえで、せめて来だけでも召しかかえてもらえるように嘆願するつもりであった。この懸命な心を汲んでくれたのだ、と思いながら、廉は土を嚙むほどの頭の低さで、敬諾した。

——生甲斐と死場所とを見つけた。

そんな感涙でもあった。のちこの嬴廉が、異邦人でありながらも、受の遺志を奉じて、周軍にたいして斃《たお》れてのち已《や》むといった壮烈な抵抗を試みるほどの、恪勤《かっきん》な臣になったことを想いあわせると、受の収恤《しゅうじゅつ》は、廉に九死に一生を得たおもいにさせたのであろう。

廉の安堵感はまだある。商の王子の配下になったことで、周から捜索される心配がなくなったことである。

受は嬴父子の背後にあるそうした複雑な事情を察したわけではあるまいが、さしあたりこのふたりについての緘口《かんこう》を臣下に命じた。あるいはまだこの時点では、受にはふたりの閲歴について疑点があったのかもしれない。さらに受は、

——予が虎を殺したのだ、よいな。

と、むしろ廉と来とにむかって念をいれるようにいった。廉にはそんなことはどうでもよくなっていたが、いつもならそこで不平のひとつでも鳴らすはずの来も、

ただ黙っていた。来は来で、

――この王子の気宇はどうか。

と、冷静に観察していたのである。ということは、この王子に従って、はたして祖国の旗を立てることができるのか、と判断しようとしていたことになる。王子受に率いられた師旅が商都に帰還したとき、来は生まれてはじめて見る天子の都に感動し、人が変ったように、

――文字を識りたい。

と、いって廉を愕かした。それは賤臣でおわりたくないという来の欲望をあらわしている。かれは、商都にはいってから、嗣王には自分が仕えている王子がもっとも有望であるとわかって、ますます商の文化への傾倒が激しくなった。

――わが君は無能な者はお憎みになる。

と、来はいった。それをきいた廉は嚙んで含めるように、

――だが、ご自身より有能な者は、さらにお憎みになるようだ。

と、注意しておいた。

受は商都で英雄になった。

かれには猛獣を格殺したと喧伝《けんでん》するつもりは毛頭なかったが、そのことはすでに

庶人にまでしられていた。流言のほうがさきに商都に着いていた。

――子受《しじゅ》へのわざわいは、その程度ですんだのか。

祖伊《そい》は胸を撫でおろした。

このとき嬴の父子の身分は低く、受に賀辞を述べにいった祖伊の目に留まるところに、ふたりはいなかった。

商の正規軍が進撃を予定している南方諸国とその進路とを、あらかじめ祓《はら》い清める責務を全うした子受の振旅《しんりょ》を迎えた帝乙《いつ》は、いざこれから南征というときに、気分がすぐれなくなった。

天子の側近は動揺し、くりかえし世子《せいし》決定を奏請したのであろう、ついに、

――王子受を世子とする。

という詔令を得て、ただちにそれを発表した。また朝廷が急がせたものに、陵墓の建設がある。このころ、

――死者は復活する。

と、信じられている。そのためには土葬でなければならない。ついでだが、火葬がないことはなかった。義渠の族がそうしたと『墨子《ぼくし》』にはある。古代の葬祭としては例外といってよい。

さて、王の陵墓をつくるということは、地中を十メートル以上も掘りすすんで、

もうひとつの王室を、衆目の及ばぬところに存在させるという作業である。それは日ごろ王が行動している空間を、地下の深部に、複製することにほかならない。王が崩御すれば、隧道《すいどう》を通って屍体はその部屋に移される。生前と死後とで環境の変化があってはならず、

――大いに其の生に象《かたど》りて以て其の死を送るなり。故に死せるが如く生けるが如く、亡きが如く存《いま》すが如く……。（『荀子《じゅんし》』）

というのが、商王朝ばかりでなく世界の古代王朝が共通してもった、喪礼の理念である。

箕子《きし》が都にきている。

病牀《びょうしょう》に就いた帝乙はまっさきに箕子を呼んだのである。

「土方《どほう》が窗《したが》ったそうだな」

と、帝乙は意外に張りのある声でいった。

箕子は帝乙の病状がさほど悪化していないことを悦《よろこ》びつつも、ひとごとのように、

「いえ、あれは偵察であったのでしょう。商につくべきか、どうか、土方も朔北《さくほく》の夷族とのかねあいがあり、国情としてはむつかしいところにきているのかもしれません」

「そうか――」

帝乙はそれ以上深く穿鑿《せんさく》する気はないらしく、

「こういうことになった」

と、いった。宗旨をぼかしたようないいかたである。こういうこととは、病気になり南征が不可能になったことが残念である、ともとれるし、受を世子と決定したがさきゆきどうであろう、ともとれる。南征の中止に関しては箕子はなんともいえない。それに受に関しても、

――主上はおまちがえになった。

とは、いまさらいえない。またもともと箕子は受に期待するところがなくはない。子啓《しけい》が世子になれなかったことで、干子《かんし》はさぞかし落胆していることであろう。干子ばかりでなく子啓を推していた人々の心情は、箕子にはよくわかる。が、それはそれ、これはこれである。箕子の頭は実務的に働きはじめた。いまは商の人心を王子受のもとに攏統《ろうとう》しておく必要がある。それには王子啓がこのまま都にいることは不都合であるし、啓もこのままではつらかろう。

「子啓さまをいかがなさいますか」

箕子は敢えてきいた。

「邑をひとつもたせようと思っている」

と、帝乙はいったが、なぜかことばにうつろなひびきしかなくなった。

「それがよろしいでしょう。できますなら西の方がよろしいかと――」

といいつつ、箕子は王子啓の境遇が既往の自分のそれにかさなるのを、ひそかな痛みとともに見たが、啓にとっては天子になるよりも、かえってそのほうが祚《さいわ》いが多いかもしれないと思いなおした。

帝乙は雑念に犯される自分からのがれるように、

「箕子よ、受は未熟だ。商の祭祀を委《まか》せられるのはなんじのほかはいない。どうか受を輔相《ほしょう》し、四方を敷佑《ふゆう》してくれるように、……。受にも遺言するつもりだが、いまのうちになんじにたのみおく」

と、いった。そのあとかれは肢幹をふるわせた。

箕子は眉を斂《おさ》めつつ、その詔旨にたいして、一意専心するつもりである、とこたえたが、

――まるで明日にでも殂落《そらく》するかのような。

帝乙が突然にみせたその気弱な言容はどうであろう。箕子の瞳人《どうじん》のなかにいる帝乙はいままで見たこともないような兄であった。

その後帝乙の病状は小康を得たので、箕子は天子にかわって王子啓を見送ってから、自国に帰ることになった。王子啓は微《び》国（不明だが、陝西省眉《び》県付近あるいは山西省潞城《ろじょう》県の東北など諸説ある）に封ぜられることになった。このときから王子

啓は、

「微子《びし》」

と、呼ばれることになる。

出立の日、啓の礼容はすがすがしく、なるほど干子のいったとおり王子は明允《めいいん》な性格らしい、と箕子は感心した。

啓は箕子に跪拝《きはい》して、

「国器にあらざる小子が、政事をおこなうなぞ駭汗《がいかん》にたえません。非器にして国を治定させるには、どうしたらよいのでありましょうか」

と、教喩を乞うた。その静虚に、箕子は往時啓にもった印象をぬぐわざるをえない。この王子にはくどくどと訓誥《くんこう》する必要はあるまいと思った箕子は、

「祖訓にのっとり、敬慎を忘れなければ、それでよろしいのです。庶衆を恤《あわれ》んでくださいよ。そうすれば民衆はかならずよくむくいてくれるものです」

といって、微子啓を送りだした。

そのあと箕子は、参列していた子受に、いきなり、

「虎を格殺したのはたれです」

と、低いがはっきりした声できいた。受は一瞬ぎょっとしたようだったが、たちまち笑謔《しょうぎゃく》するように、

「わたしである、と申し上げたら――」

「そうでないことくらいはわかる。森にいる虎は、昔は、商にとっては神であったのですぞ。王子ならばよくご存じのはずだ。したがって商人《しょうひと》ならば、虎を捕獲することはあっても、殺すというようなことはありえない」

これには資弁な受も反駁《はんばく》できない。

「ははあ、なるほど。では申し上げましょうか。かの者です」

と、儀衛の一員を指した。箕子はその指先を眼で追って、

――あの牡《おうし》のような男か。

と、認めると、それ以上はなにもいわずに歩き去った。今日の子受の態度には、どこか驕誇《きょうこ》な色があらわれていたようで、箕子には砂を嚙んだようなにがさが残った。

――わしにはこの都が性に合わぬのかもしれぬ。

と、かれはうそぶいた。

しかし性に合おうと合うまいと、天邑商《てんゆうしょう》のほうで箕子を要望する時は近づきつつあり、さらにその時というのは、箕子をふくめた商人の休戚《きゅうせき》をおし流すほどの激流に、しだいにかわろうとしている。

周への招請

帝乙《いつ》が崩御した。——唐突な死ではない。それだけに、帝乙の遺臭が、丕子《ひし》の受《じゅ》に染みる時間は、たっぷりあったといえよう。

帝乙の屍体は納棺され、一定の期間安置されてから、陵墓の隧道《すいどう》を通って槨室《かくしつ》——例の復活のための部屋——に移されることになるが、この王一人のために、じつに夥しい死者が必要とされるというのが、商《しょう》王室の斂葬《れんそう》である。

それまでに王の周辺に生息していた、側近から奴僕にいたるまでの人間すべてが、王に殉《したが》って地中に没するといってよい。

近衛の師旅も例外ではない。兵卒ばかりか馬車までが、王のありし日にあったとおなじ編列で、永遠の休息を忘れたかのように、冥土を走りつづけなければならない。

ただし兵卒については、現役の兵卒を殉死させるわけにはいかない。そこで奴隷をかれらの身代りにさせるというわけだが、前王のための犠牲は嗣王《しおう》が捕獲しにゆくのがならいである。二百人から三百人の異族人はどうしても犠牲として要るのであろう。

――狩りをしつづけにゆくようなものだ。

と、受は昂奮ぎみに左右親近に笑語し、麾鉞《きえつ》をとると、迅風のごとく商都を発《た》った。

「ひとりも捕れぬ者はおのれが死ぬのだ」

と、受は呼喝しつつ、水も漏らさぬ布陣で、人とはいわず獣とはいわず、目撃した動物はつぎつぎに捕獲していった。未聞の苛烈さである。危うく難をのがれた人々は、今代の商王が亡くなり、あれが嗣王であるとわかると、名は受王《ショウワン》というらしいが、

――紂王《チョウワン》のほうがふさわしい。

と、恐怖にふるえる黒ずんだ唇でささやきあった。

「紂《ちゅう》」

というのは、馬具の一種でしりがいをいい、馬のしりにかける組み緒のことであるから、それは綽名《しゃくめい》であったとしても、蔑称ではない。受の狩り好きは自他ともに

認めるところで、

「紂王」

の名の由来はそこにあるのであろう。

受に率いられた王師の進行は逃散した人々の噂よりも速い。そのため商師の襲来は、天子の死をしらずにいる異族人にとって、死霊そのものの到来になった。


ここにも天子の死をしらずにいる一族がいる。羌《きょう》の小部族である。

晴天にむかってひとすじの煙がたち昇り、水辺の集まりに歓笑が盈《み》ちている。羊たちはのんびり草をたべている。大人《おとな》たちが食事をしているときは、子供たちが羊の見張り番である。

車座になっている人々の近くに、一頭だけ仔羊がつながれている。部族の首長は、

——望《ぼう》がかわいがっている仔羊だが、ずいぶん大きくなったものよ。

と、その仔羊に、わが子である望の成長をかさねて、眼を細めながら見ている。

「あれをもうそろそろ群にもどしてやりたいが、望がはなさぬのよ」

と、かれがこまったようにいうと、みな仔羊のほうに目をやりながら笑った。

望はかしこさが表にでぬ子で、どこかとりとめがない。

——優しすぎるのかもしれぬ。

と、かれは思う。優しいことは悪いことではないが、それがこのさき望を柔惰にさせてはこまる。

かれは望によくいう。

「よいかね。岳というのは、昔、天帝から羌族にたまわったものだ。岳は地上の王の支配ではない。だから、岳があるかぎり羌族は自由にどこにでもゆけるのだ。岳がすべて崩れて地上からその容《すがた》を消さないかぎり、羌は滅びることはないのだよ」

山岳がある限り、羌族はどこにでもいて、たがいに通好を保たなければならないのはもちろん、自由を失ってはならないと説く。その平和と自由とを保有するには、強靭な精神がこれからはさらに要求されるというのである。というのは、農耕がそのふたつをさまたげつつあるからである。

農耕するということは、土地にしばられることであり、また族の内外をとわず、貧富の差をはなはだしくさせ、争いを生じさせる。農耕こそ平和と自由とをそこなうものだ、というのが、かれの信念である。

——まちがっても農耕なんぞするな。

ということである。かれがそういうと、望はこっくりうなずくだけで、なにも喋らない。素直すぎるというのもはなはだたよりないものだ。ところが望は、羊とたわむれているときは、別人のように活き活きしている。あの子は人の語よりも、

——羊の語のほうがよく解せるのではないか。

安心といえば安心であり、不安といえば不安である。そんなかれに、部族の長老は、

——ほうっておきなされ。羌人《きょうひと》の心は、天の気が養い、岳の霊が導いてくれるものじゃ。

と、忠告した。そのあと小声で、羊は岳の霊の使いじゃよ。もし望に羊の語が解せるとしたら、あの子は神童かもしれぬよ、と戯謔《ぎぎゃく》ともつかぬ口ぶりでいった。

——神童でなくてもよいが……。

望には心身に逞しさが欲しいとおもうかれは、半信半疑ながら長老の言に遵《したが》って、以後わが子の成長を寡黙に見守ってきた。そのせいであるのかないのか、最近望の眼にいままでにない光がでたようだ。すると、

——望はたいしたものだ。われらでも手におえぬ羊が、望にかかるとおとなしくなる。

という大人たちの褒詞《ほうし》を得た。うれしいことだが、それもかれには半信半疑である。そうした現場を自分の眼でまだ見たことがないからである。

——見えそうで見えぬ子だ。

その望がいる丘でかすかながら悲鳴のようなものがあがった。群羊が乱れ、子供

たちがころがるように、こちらにむかって走ってくる。

──たっとい羊を、なんということだ。

かれは逃げた羊をつれもどす劬労《くろう》を想うと、目がくらむほどに腹立たしくなった。先頭で走ってきた望は、大喝せんばかりの父親にむかって、

「商です──」

と、いった。望の父親はその瞬間、いきなり太陽を直視したように、視界がかあっと白く炟《かわ》いた。

緑の稜線に白いものが浮かんだ。まさしく商師の旌旗《せいき》である。恐ろしい数のそれらが、恐ろしい速さで近づいてくる。

商師は童児でも見のがすことはない。女どもは髪をつかまれ、曳きずられ、あらがう声を喪《うしな》うや、衣類は剝《は》がれ、白日の下に曝《さら》された体膚に、兵たちは蝟集《いしゅう》するであろう。血ののぼったかれの頭のなかに惨状がさきに展開した。

「あれへ、逃げよ」

かれは後方の叢林《そうりん》をみなに指示した。──望よ、童幼を守ってゆけ、とつづいて叫んだ。放たれた仔羊は望のあとを追った。

叢林を目前にして、これで逃げきれると思った首長の希望は、たちまち絶望にかわった。

――煙だ。

商師はすでに一族の位置をしっていて、羌の小集団の退路にあたる風上の林に、火を縦《はな》っておいたのである。商が狩りのときにつかう常套手段であるといえる。

火の舌が樹間からのぞいている。

――火を破るべきか、兵を破るべきか。

ふたつにひとつしかない。望の父には、商師が尋常な人の指揮下にないことがわかる。商師の編列は一糸乱れず切迫してくる感じである。かれの眼に煙がしみて、涙がとめどなく流れはじめた。

――望よ、父はこれから伐《う》ってでる。その混乱に乗じて、逃げよ。運よく逃げおおせたら、孤竹《こちく》国へゆけ。北海のほとりにあるそうだ。では、さらばだ。

首長を先頭に羌の男どもは、商師の包囲網のなかで最も脆弱《ぜいじゃく》な部分を狙って、突進した。が、商師に混乱は生じなかった。羌の男ひとりを十数人の商の兵で圧殺するような捕えかたであった。それを見た羌の女たちは狂乱したように火中へ飛びこんだ。残されたのは望をはじめとした子供たちと仔羊だけである。もはや逃げ場はない。であるのに、

――なぜすすんで俘虜《ふりょ》とならぬ。

受がこのとき、

「捕《と》れ」

と、命令すれば、万事かたづいたはずであった。が、受はそうしなかった。もしもそういえば、あのいたいけな童児らは、母親たちのあとを追って、焼死するのではあるまいか、という憐情が受の胸に湧いたからである。俘虜がすべて犠牲になるとは限らない。受は馬をすすめて、馬の鼻端が望の顔にふれんばかりのところでとまり、

「来《こ》よ」

と、さし招いた。

まばたきすることを忘れているように望はあとずさりした。ほかの子供たちもそれにならった。馬は望がさがっただけの距離をつめた。望はまたさがった。

受はここにきてようやく子供らの掩捕《えんぽ》を兵たちに命じようとした。

火は風をつくる。火の粉のまじった烈風が煙とともに受を襲ったのはそのときである。馬と仔羊とが同時に鳴いた。朦々《もうもう》たる煙のなかで、受は咳《せ》きこみながら馬を返した。

風むきがかわった。煙は去った。そのあとには人影はなく、火焔《かえん》の樹林しか兵たちの眼にはうつっていない。

——豎子《じゅし》め、消えた。

消えたのではなく、死んだのだ、と受は想った。灼爛《しやくらん》する小さな屍体の群をかれは虚空に描いた。

子供たちの統領になっていたあの少年が、のち商王朝の命運にとって、もっとも危険な男、

「太公望呂尚《たいこうぼうりよしよう》」

として再現することが、受にわかっていたならば、火の林に兵たちを余すことなく投入し、火をもみ消し林をすりつぶすほどの酷烈さで、子供たちを捜索させたことであろう。

とにかく望をふくんだ羌の子供たちは湮滅《いんめつ》した。それは受にとっては、数個の若芽を踏み潰したほどの感傷でしかなく、たちまちかれは狩りの多大な成果に酔うように、これでよし、いざ、と商都への帰途を、歌うように麾下《きか》に指命した。

帝乙は死んでも、受が即位するまでは、あいかわらず帝乙の御代である。

受が帰還してようやく、天子の崩御が、商の属国および与国に、通告されるという運びである。それにはさほど問題はない。問題があるとすれば、商に服属していない方国異族にまで天子の死を通告すべきかどうか、もしも通告するとしたら、どの方どの族にするかということである。

これはただ天子の死を知らせるというだけではなく、天子が代わるときにあらたに異民族を参朝させたい、また参朝するにふさわしい機会を与えてやっているのだぞ、という意味あいをもっている。簡単にいえば、

——新しい王を祝いにこい。

ということであり、裏がえせば、こぬ場合は痛い目にあうことを覚悟せよ、という強迫でもある。これを側面からみれば、朝廷としては、招待に応じやすいかあるいは強迫に屈しやすいかの国や族を選ぶ必要がある、ということであり、それ以外の選択は、商の空威張りにおわるだけで、世評を隕《お》としかねず、無意味である。

ところで喪中は、おもに大臣たちだけで、暫定的に王朝を運営しなければならない。箕子《きし》はすでに入閣している。が、干子《かんし》の入閣には、受は不快の色を露骨に示した。このあたりこそ帝乙が受を未熟だと危ぶんだところであろう。

——干子は東方の経略においては、なくてはならぬ人ですぞ。

という箕子の説得がなかったならば、干子の入閣はありえなかったであろう。この招来はすくなからず干子をおどろかした。感激させたといってよい。

——嗣王はわしを、うとまれていたのではなかったのか。

かれは身も心もかるくなって参内した。

箕子にすれば、いわば野党の領袖《りょうしゅう》である干子を参政させることで、嗣王である受

の大度《たいど》を諸侯にひろくしらしめたかった。さらに箕子は、受が干子を引見するにさいして、
「干子はなにごとも懸命にやる人です。王もそれなりの摯実《しじつ》をおしめしになれば、きっとかれは王朝のためにまごころをもってご奉行《ほうこう》いたすでありましょう」
と、くれぐれもおごりあなどることのないように、婉曲にさとしておかなければならなかった。

——これだから、王にはなりたくないといったのだ。

受ははじめからうんざりした。見たくもない顔を見、聴きたくもない話を聴かねばならない。

受が干子を引見しているあいだに、箕子は別室で、ある国の君主を引見していた。そのある国というのは「崇《すう》」であり、君主の名は「虎《こ》」という。

むしろ崇侯虎のほうから箕子への謁見を申しいれたのである。というのは、周《しゅう》の脅威にさらされている自国の実情を訴えんがためである。岐《き》山の南麓に首邑《しゅゆう》をもつ周は、渭水《いすい》にそってじりじり東へ伸長し、商王朝にとって最西の親藩である崇国に、まもなく近接するほどの勢いになっている。

——というより、すでにわが邑は、陸の孤島のようなものであります。
崇はぐるりと周および夷方の勢威に囲まれているというのだ。禁裏のやんごとな

い人々は、西方のこうした険しさを甘く視《み》すぎている、と崇侯にいわれて箕子は、もっともなことだ、と肯首せざるをえない。

——それにしても周は、神怪な国よ。

伐っても伐っても、不死鳥のように翼をはる周の底力は、商にとっては不吉である。

不吉なことはまだある。と崇侯はいう。周人《しゅうひと》は、虚説さえも自国の利となれば喜ぶような、あさましいたちゆえ、その真偽についてはわからぬが、かつて季歴《きれき》のあとを昌《しょう》が継いだときに、

——鳳《おおとり》が岐山に集まった。

というらしく、周の国民はひとりとしてその事実を疑う者はいないようで、商としてはそれを幻想妄誕《ぼうたん》として嗤《わら》ってすますだけでよいのか、と崇侯はいうのである。かの国が鳥のなかの王というべき鳳までもちだして、虚伝を国民の信仰につくりかえようとするかぎりは、

——周は天下を狙《うかが》う意志がある。

と、みなければならぬ。

「なんとかいたしましょう」

箕子はたちまち思案のついたような、きっぱりした口調でいった。が、王の聴《ゆる》し

を得られるかどうか……。

干子を接見しおわった受の表情と、崇侯を接見しおわった箕子のそれとは対蹠的で、雨上りと嵐の前ほどのちがいがある。

受は口蓋に愜《こころよ》さをひびかせるように、

「箕子よ、干子はさっそく朕《わし》に祝いをくれた。九夷《きゅうい》の参朝が実現しそうだ。これで南方の保《ほ》乂《がい》はなかば成った」

「九夷が賓《したが》う……。干子がそう申し上げたのですか」

「そうだ」

「それはおかしい」

と、箕子は喉《のど》まででかかって、そのことばを呑みこんだ。受の上機嫌から推測すると、干子はよほど自信のあることをいったのだろう。それではなぜ干子は、王朝が南征という危険な梁《はし》をわたろうとしていたときに、九夷の参朝をとりつがなかったのであろう。ひょっとするとこのことは、啓《けい》が王になったときの引出物として、干子の腹中にとっておかれたことなのかもしれぬ。箕子はやや明朗でないものを感じながら、

「それはよろしゅうございました」

「使者もすでにきまっておる」

「これはお手回しのよろしいことで――」

どうも箕子の応答に燻《くすぶ》りがある。受は箕子の様態に不審を懐き、いつもの箕子らしくない、なにかほかに深刻なことがあるのだなと思量し、

「存念を申してみよ」

と、声音を鎮《しず》めていった。こういうときの受の気分のきりかえははやい。箕子は口を切りやすくなった。

「これから申し上げますことは、明日の朝議にかけることになりますが、たとえ小子《わたくし》の提議どおりに議決されるようになりましても、ご聴許は王からいただかねばなりません」

「ふうむ、周がのう」

箕子は受の考案をあらかじめ願うように、西方の情勢を解説した。

そんなに大きくなったのか、と受は驚いたが、どうも実感がわかない。

「それで、周と一戦でもせよと申すのか」

と、受は軽い気持でいったところ、

「一戦どころか、商の国威を賭《と》して、かの国を劫灰《きょうかい》のなかに剪夷《せんい》し、玉体を敵の血で洗浄なさるほどの大戦になるやもしれません」

と、箕子が突如として人がかわったように、激烈なことをいいはじめたので、受

は毒癘《どくれい》にあてられたような顔をした。

――敬神徳恵《けいしんとっけい》が、箕子の信条ではなかったのか。

とでもいいたげな受にたいして、箕子は、

「おそれながら、開祖湯《とう》王が、どのような国から、ついに商王朝を樹立されましたのか」

「ずいぶん小さな国であったそうな」

「さようでございます。湯王ははじめ夏《か》王朝のめだたぬ諸侯のおひとりであり、邑とて、いまの周にとてもおよばぬ小ささでございました」

「うむ」

「にもかかわらず、夏のさいごの王は、天をあなどり、地をうとんじ、人をないがしろにしたため、それまでさげすんでいた湯王に敗れ、放逐《ほうちく》され、死にました。いわば自滅したのです。夏の命《めい》は、天と地と人とに棄てられ、その遺民は、玄黄《げんこう》のあいだを、さまよわなければならなくなりました」

箕子の厳粛な口調は哀愁をおびた。さらにかれはいう。

一度天と地と人とに棄てられた氏族は、ふたたび興《おこ》るということはない。商の人民はそう信じている。夏の遺民さえもおそらくそう考えている。かれらには、昔日をなつかしむ頑冥《がんめい》はあっても、明日を企望《きぼう》する気魄はない。したがって、うしろをむいて今日を生きているような小国は、放っておいても害はないが、このさき、もしも商に匹敵する勢力がうまれたとき、かれらがそちらに転化しうることを忘れてはならない、と強調した。

黄河をさかのぼって崇国へむかうあいだには、夏王朝の時代からある故国が多い。なかには商に順服しているものもあるが、おおむね独立している。

「現に、夏の遺民でできた莘《しん》国の女《むすめ》が、周の君主である昌のもとに嫁しているのです」

「ほう、すると、周が商に匹敵するというのか」

「夏の遺民はそうあってほしいと希《ねが》っているのでありましょう。中華はまた中夏ともよぶように、ながいあいだ夏が天下の主《あるじ》であったのです。往時うしなったかれらの盛栄を、周がかわって奪いかえしてくれることを望んでいるともいえましょう」

受は亡国の民の幻想を憫笑《びんしょう》せざるをえない。

「なさけないやつらだ」

といいながら、かれはふと、商王の威令の及ぶ範囲が案外に狭いことに想到し、王座が妙にみすぼらしいものに想われてきて、気分に翳《かげ》りがでた。

受にとって、商の版図は自分の気宇《きう》とくらべてみると、いかにも小さい。不満である。頭《こうべ》をめぐらせば、

「まるで商は四方敵ばかりではないか」

「とも申せません」

箕子は受のいぶかしげな顔にむけて、

「水です」

と、いった。水とは川のことだ。商都にとって、川ほどたのもしい与力はない、というのだ。川でも「河《か》」といえば「黄河」をいう。

受が政略的な質問をしたのに、箕子は軍略的な返答をしたのである。受は箕子が殺気だっているのをはじめて見た。血の気の多いのが商王室の血統かもしれない。

古代の黄河は、現代のそれとは、水道がだいぶんちがっている。

上流はさておき、下流はいまの鄭州《ていしゅう》あたりから東北へむかい、滑《かつ》県の西、安陽《あんよう》の東を経由して、威《い》県の西北にあった湖（司馬遷《しばせん》の『史記』では「大陸（沢）」と記述されている）にそそぎ、そこからさらに東北にむかい、天津《てんしん》を河口にして渤海《ぼっかい》にでていた。古代の黄河を線にしてみると、龍の象形になる。当然、下流はぴんとはねあげた尾にあたるが、水行が鄭州から済南《さいなん》へむかって東下している現代の地図からは、その形は想像しにくい。

商の首都がいまの安陽あたりにあったことはさきに書いた。黄河に近い国はたくさんあっても、黄河そのものを外濠がわりにした水城《すいじょう》はない。黄河は十年間で一メートル河床があがるといわれる。上流からはこばれてくる黄土の堆積が原因である。だから黄河の氾濫というのは、天から大水と黄土とが、いっしょに降ってくるようなもので、河水の傍らに建てた国など、一昼夜にして地上から消滅してしまう。それゆえ河水を難治とする古人は、黄河につかずはなれずといったところに、適当な丘をみつけて建国した。商の都もその例にもれない。

黄河はおそろしい。「害河」かもしれぬ。しかし商にとっては「愷河《がいか》」である、と箕子はいうのである。

「どうかお考えくだされよ」

たとえ、東方や南方から発した異民族の師旅《しりょ》が、商都を襲おうとしても、かならず黄河にはばまれる。河はむやみに渡れるものではなく、津涯《しんがい》（渡し場）というものはきまっており、商の軍は集中して待機することができる。敵があえて渉河してくるならば、そこをたたけばよい。

「ご先祖の高宗武丁王《こうそうぶてい》が、なにゆえ、あれほど鬼方《きほう》と土方《どほう》を悩《おそ》れられたか」

北からの敵は地形的に上からくることになる。かつて鬼方と土方とは、太行《たいこう》の山《さん》巒《らん》から発する漳水《しょうすい》に沿って降下し、王畿を急襲した。川上の国と川下の国とが戦えば、川下の国が不利であることは、いうまでもない。商都ちかくを流れる河川の源は、北と西とにある。

「もって、河が竭《つ》きぬかぎりは、東方と南方とは、いくら近くてもおそれることはなく、北方と西方とは、いくら遠くてもかろんじてはなりません」

箕子はまばたきもせずにいった。受は、

「一矢もつかわず土方を却《しりぞ》けたといわれる箕子が、周ごときをおそれるとは……」

「まことにおそろしゅうございます。たとえば霊は、霊をおそろしいとおもう者だけにみえるものでございます」

「では、周になにがみえる」

「復活でございます」

「ほう」

「ふつうなれば、周は二度死んでいるはずでございます。一度は高宗武丁王に伐たれたとき、いま一度は――」

「まて、――周は鬼方などの西方の族に伐たれて、邑をすてることになったのではなかったのか。たしかにそう干子にきかされたことがあるが」

「いえ、高宗武丁王でございます。いま一度は、文丁《ぶんてい》王がなさった誅罰《ちゅうばつ》でございます。奇怪であるとお思いになりませんか。周は商に伐たれるたびに、衰耗《すいこう》するどころか、肥え太ってきたのです」

「わかった。さらに一度伐って、周がまことに不死の国であるかどうか、ためしてみたいと申すのだな」

「さて、そこでございます」

周を征伐するについては、それを即座に実行できぬ王室内部の事情がある。「喪」である。受は来年正式に即位することになるが、即位の年を含めて三年間喪に服さねばならず、王がその期間に武をふるうということは、最も忌むべきことである。ところが三年間も商都に居ながらにして周の侵食をくいとめなければならない。したがって商都に居ながらにして周の侵食をくいとめなければならない。この難問を解決する方法は一つしかないと、箕子は崇侯を接見しているときに、思い定めた。それは、――

「召《しょう》を聘命《へいめい》なさってはいかがでございましょう」

ということであり、箕子がそれを進言したとき、受はにがりきった。

――あの独善の国が、いまさら商に与《くみ》するものか。

今日の箕子はやはり正常ではないと、受は惟《おも》わざるをえなかった。

天下広しといえども、昂然と商帝国に叛旗をひるがえしている国は、「召」ばかりである。

このころ召は、洛水《らくすい》の南、漢水《かんすい》の北に蟠拠《ばんきょ》していたようである。そのあたりは商帝国と、周を含めた西夷との、緩衝《かんしょう》地帯であったといってよい。

召は名門である。かつては商にとって有力な与国であった。つまり召は商の属国ではなく同盟国であったと想えばよかろう。それが高宗武丁王のときについに離背するにいたった。なにが原因でそうなったのかいまだに解明されていない。が、おそらくこういうことではなかったか、――。

そもそも商は遷都の多い王朝である。商王朝がひらかれる以前に、すなわち、

――契《せつ》より成湯《せいとう》に至るまで、八遷す。(『書』)

とあるように、商の始祖である契より王朝の開祖である成湯(湯王)までに八度首邑を遷《うつ》しており、さらに王朝がひらかれてから安陽に落ち着くまでに、すくなくとも四度は遷都している。商民族はさまよえる民族であったといえる。遷都の多さは王朝の基盤の脆弱さを表わしている。商は中原《ちゅうげん》を堅めるのがせいいっぱいで、とても西まで手がまわらない。そこで王室が最も信頼し、かつ威名のあった召の君主に、

――西方は随意にされよ。

と、宗主権を与えたのではなかったか。ところが商は、高宗武丁という不世出の

武勇の王を戴いて、四方を剪《き》り夷《たい》らげはじめると、いままで召に与えておいた西方の宗主権を、

——かえしていただこう。

と、掌をかえすような態度にでたのであろう。商王室としてはもはや召を通して間接的に西方を治める必要はなく、直接に支配できる自信ができたのである。おもうに、この西方の宗主権というのは、たいへんな権能がある。名目というのは、

——西方の国々の祭祀を掌統する。

ということだが、実質は天下四分の一を治めることができるわけである。召としてはそうやすやすと手離すわけにはいかない。商が朝廷ならば、召はいわば幕府である。おめおめと商の強迫にひきさがっていない。ばかりか、商へむかって伐ってでた。商は召をなんとかなだめようとしたのかもしれない。ために、この紛争は長期化して、結局武力でしか解決の道がないと朝廷が判断し、召の首邑を破壊するにいたったのは、箕子にとってそう遠い昔のことではない。

撃破された召は、黄河のあたりから南西へ屛《しりぞ》いたが、あいかわらず商とは同格だという意識があり、独立独歩の構えは崩していない。

西方の宗主権を認めなければ、召は復帰すまい、とたれしも考えるところを、箕子はそれほどのことをしなくても、いま召を招けば来るのではないか、という見込

みをもっている。

——商人《しょうひと》は敵をまちがっている。

のであり、敵は周であって召ではない。周が崇をとりかこむほどの勢いをしめしながら、崇に手をださないのは、商を刺激することを避けてのことであろう。すると周はこれから、崇を迂回して崇の南方から洛水の上流に伸びてくるはずである。さすればそこで、周と召とが衝突することは必定であり、その対策に頭を痛めているにちがいない召を、いま礼を尽して迎えれば、たがいに旧怨をすてて盟契《めいけい》をあらたにするに、さほど困難はあるまい、というのが、翌朝、議会にのぞんだ箕子の意見である。

が、かれの提議は否決された。

——それならば、むしろ商は周と結んで、召を圧迫すべきである。

これが大多数の意見である。その理由として、周はここしばらく商に敵対行為をとっていない、また周のいまの君主は商王室から出たも同然であり、血縁は活《い》きており、天子の崩御はまず周に通告すべきであり、そのあとで召を招けばよい、というわけである。

「下策だ」

と、箕子は反駁した。周が招きに応じなかった場合、周を攻撃せねばならないが、召との間が改善されないうちに、召を通り越して西方へ兵を出せるわけがない。また無理に出師《すいし》したとして、喪があけるとすぐさま武をひけらかすことは、王を瞻《み》る世人の心証を悪くする、これがもっともいけないことだ、と力説した。しかしそれも、

「周が来朝せぬときまったものではありますまい」

と、一蹴されてしまった。

結局、不本意ながら箕子は決議の内容を受王に奏上することになった。

「そうか、周へか、——ではそういたせ」

と、受は気乗りうすにいった。この速断がどれほど重要な決断として受自身にはねかえってくることになるか、国際の機微にいま一歩踏みこむように考えてみれば、頭脳の明晰な受のことである、わかるはずであった。

実際のところ、受には周と召との盛衰にはさほどの関心がない。どちらが来朝しどちらが滅亡しても、西方の国から得るものは、目の醒めるほどすばらしいものは期待できない。

さらにいえば、周召ともに来朝しなくても、受は自身ででかけていって二国くらいはひとひねりする自信があり、その自信の過剰がかれの頭脳の明晰さをくもらせはじめていた。心の歪みが、天性すぐれた頭脳からほとばしる煌《かがや》くばかりの思想を、

暗く塞いでしまうのである。この傾向は年月が経つにつれていちじるしくなり、かれが凡人でないだけに、いっそう始末のわるいものになった。

召は名誉だけを与えておけば満足する国であるとさえいえる。が、周はちがう。

――周が欲しがっているのは土だ。

なぜそれがおわかりにならぬのか、といいたいところを、箕子はこらえながら拝礼しただけでひきさがった。

箕子の退廷を心配して須《ま》っていた男がいる。干子である。ふたりは多忙で、再会をしみじみ悦《よろこ》びあっているひまがなかった。干子は今朝の会では箕子の意見に同調した数すくない一人である。干子が声をかけるまえに、箕子は眼ですずしく笑いかけるように、

「いけませんでしたよ」

と、いった。干子は箕子の心中を察して、

「嗣王は、ことの重大さを、おわかりになっていらっしゃらないのではないか。ご再考をお願いしたらいかがであろう」

「いや、ご綸旨《りんし》はすでにご勅令につくりかえられているころでありましょう。日をおかず周へむかって使者が発つことになります」

綸言汗のごとしというわけである。朝令暮改がもっとも王室の権威をそこなうも

のだというくらい、干子にもわかっている。

箕子はぐちをいいたくないが、相手が気のおけない干子とあって、

「周への通告は、形としてはととのっているようでも、商としてはとりえのない決定となりました。会でも決議したことでもあり、詮方《せんかた》ありますまい」

と、肩をおとしながらいった。王朝もながくなるとどうしても形式主義になる。

「もしもですよ、周君が来朝して諸侯のひとりになれば、まるで商は周の領土拡張のあとおしをするようなことになりかねませんな」

干子のいうとおりである。周と結べば、召との和睦の機会は永遠に去ることになる。また受王は、外貌もそうだが性格も、父の帝乙に肖《に》ず祖父の文丁王に肖ているところから、あの季歴のときの情況に酷似してゆきそうである。箕子はああいう陰湿な手段によって周の湮滅を計ることは好まない。

「姫昌《きしょう》はぬけめのなさそうな男だから、父の覆轍《ふくてつ》は履《ふ》むまいよ」

「箕子どのは、周君は来ないといわれるか。――だがもし来たら、いかが」

「たいした胆力だと誉めざるをえまい。そのときは、姫昌は大欲の男か無欲の男か、どちらかだな」

「箕子どのが姫昌ならば、どうなされる」

「わたしが……、周をあずかっているとすれば、……、はは、いま干子どのの胸の

中にあるお考えどおりにするであろうよ。とすれば、わたしは大欲か、無欲か、どちらでしょうかな」

箕子と干子とは顔を見合わせて哄笑した。

黄河の北岸を堅めるという箕子の献言は大筋では尊重された。

天子の死はなんらかの形で商の与国と属国とに報じられるとともに、異国異族へも使者は飛んだ。九夷、周のほかに、

蘇《そ》（有蘇氏《ゆうそ》）

鄂《がく》

などへである。この蘇と鄂とが黄河の北岸の要衝を占めていた。

とくに「蘇」は河南の温《おん》県あたりにあったわけだから、まるで大道を巨岩が障《ふさ》いでいるように、大邑商《たいゆうしょう》（天邑商）と西国との往来に邪魔な存在であった。商としては、やがて西方が緊張する場合も考えられるので、出師に障害になりそうなその二国を、あらかじめ掌のうちにいれておくか、除いておくかしておきたかった。

ところで「鄂」は、その国名を司馬遷の『史記』にしたがって書いたわけだが、『竹書紀年《ちくしょきねん》』では、「邘《う》」になっていて、字形がにていることもあり（『説文解字《せつもんかいじ》』という東〔後〕漢の字典では、邘は邪）、邘はすなわち鄂であろうと想われる。邘は

いまの河南省沁陽《しんよう》県あたりにあった。ところがこの沁陽県のあたりは「盂《う》」とも呼ばれ、盂は邘かもしれず、とすれば盂は鄂かもしれず、まことにややこしい。

とにかく鄂と書くよりは邘と書いたほうがより正確だとは思われるが、ここでは耳目になじみのあるであろう鄂という字をあてておく。

異国へむかう使者はいのちがけである。むこうが商に反感をもっていれば、最悪の場合は、拘殺されて、商都に帰ってこないことも考えられる。ために箕子は出発まえの使者を呼んで、

「天子の崩御を伝えるだけのことだ。くれぐれも倨傲《きよごう》のふるまいのないよう」

と、いいふくめた。そんな箕子が、周へとむかう使者だけには、いきなり、

「なんじの生《いのち》をわしにくれぬか」

と、いった。わしへでは不服とあらば王へ奉《たてまつ》ってはくれぬか、と衷情《ちゆうじよう》を相手の眼にそそぎこむようにいった。箕子はかれに他の使者とは逆のことをしてくれとたのむつもりである。周を怒らせるために、

――うんと威張ってこい。

ということである。が、そのために使者の一身は害されるかもしれない。かなりの身分の人が使者としてゆくのである。

――なぜ周のような辺地で死なねばならぬのか。

と、当然いいたいところであろうが、使者はそうは問い返さなかった。箕子の議会での主張を使者はすでに知っていた。

「わたくしが死ねばどうなりますか」

「商がたすかりましょう」

「そうですか」

それだけいって使者は一礼すると立ち去った。どこかで聴き耳をたてていたらしい干子が、すっと箕子へ寄って、

「あの男、まことにわかっているのであろうか」

「人物は選んだつもりです。わたしにみなまでいわせなかったのは、わたしが使嗾《しそう》したという事実があきらかになることを、避けたからでしょう」

「ふうむ」

と、干子はうなずき、

「ところで箕子どの、微子《びし》さまに廷議に参加していただく、というのはいかがであろう」

「ああ、それですか。いつかはそうなりましょう。しかしいまはいけません。いまかれは、天の下、地の上で、庶民とともに汗をながすべきときです。そうしてこそはじめて国を造るということがどういうことか、おわかりになる。高宗武丁王は、

若いころ、邑さえもたせてもらえず、荒野に遯《の》がれ、放浪なさったということはご存じであろう。それゆえ庶人の喜びや悲しみを治体に反映するすべをこころえていらっしゃった。おまけに放浪のあいだにしりあわれた傅説《ふえつ》という下賤の者をひろわれて、良弼《りょうひつ》となさった」

「無名の土木人夫が、一夜明ければ首相というわけか。ただし、傅説をえたのは夢のお告げであったときくが……」

「まさか、干子どのがそれを信じておられるわけではありますまい」

「なるほど、それはそうだ。賤民を王の御座ちかくにまねくのだから、霊か夢かのお告げとでもしなければ、ほかの内臣がだまってはいますまいからな」

「受王には、残念ながら、傅説のごとき良き輔佐がいない」

「箕子どのがおられるではないか」

「それはちがいましょう。われわれが祭事《まつりごと》をおこなうのは、三祀《し》（年）だけです。そのあいだに前の御代の神明《しんめい》を王にお伝えし、紊乱《びんらん》があれば正しておく。三祀すぎれば祭事は王におかえしする。わたしのような者が、いつまでも王の頭上をおおっていては、王のご成長のさまたげになろうというものです」

「といわれて、箕子どのに身を退かれたら、宮廷には人がいなくなってしまう」

「そんなことはありますまい。またそうあってはならぬようにするのが、われわれの役《つと》めです。所詮われわれは前代の者です。今代の王朝には与聞《よぶん》せぬほうがよい、とは思われませんか」

「それは、そうだが……」

と、ことばを濁した干子には、箕子ほどの思い切りはない。というよりむしろかれは箕子の真意をはかりかねた。

――箕子どのは、子受《しじゅ》さまが嗣王になられて、悦んでおられたほうのお人ではなかったか。

はやく帝都から去りたいような箕子の変調が、干子には意外であった。干子は受という嗣王を見直していた。周へ使いをだしたのはいただけぬが、それも廷議によって決定されたことを、王はそのまま尊重したといえなくはない。つまり受王が独断専行したような命令はひとつもないのである。王が臣下の献言に恭敏《きょうびん》に耳をかたむけているという態度に、干子は感動さえしている。この厳粛な昂奮はひとり干子にとどまっていたわけではない。受の勇敢はつとに識られていたが、それに恭容が加わって、拝謁した人々に理想的な王の出現を予感させた。商の人心が一体となって新しい時代を開拓しようとするときに、独りそれに背をむけようとする箕子に、

――いつもの、わがままか。

と、干子は気むつかしい後姿を見た。

　箕子は干子とわかれたあとに、玄天を仰ぎつつ、

「帝号がいかぬさ」

　と、つぶやいた。もしもこれを干子がきいたならば大笑したであろう。前王の羨《えん》乙《いつ》が帝乙となったとき惶怖《こうふ》した人々も、いまは帝ときかされても感覚は麻痺したようにさわがない。受は帝をうけつぐつもりである。

「帝辛《しん》」

　それが即位する受の本名になるわけである。このことは帝乙の在世中に決まっていたことであり、箕子ではどうにもならない。残る懸念は、周がどうでるか、である。

　――彝《い》よ、吉《よ》き音で吹け。

　西から来る風を彝というのである。

西方の人

西方の雄長にのしあがった周《しゅう》ではあるが、かつては沙磧《させき》の闇を流漂する小国にすぎなかった。季歴《きれき》の父にあたる古公亶父《ここうたんぽ》（尊号は太《たい》王）のときに、この小舟のような国は、岐《き》山の南麓に漂着した。周の隆盛はここからはじまった。

周の君主は西方の諸族を照らす新しい光源になった。——が、商《しょう》からすれば太陽は十個あればよく、十一個目の太陽が西から昇られてはこまるのである。

古公亶父の息子は三人いた。太伯《たいはく》、虞仲《ぐちゅう》、季歴がそれである。太伯と虞仲とは、父の古公亶父が末弟の季歴にあとを継がせたがっていることを知って、周を出奔して南方へ去った。太伯はのち江水《こうすい》（長江）より南にできた国のひとつ「呉《ご》」の始祖となったと伝承される。

古公亶父の見込みどおり、季歴（尊号は王季《おうき》）の代になって、周はめざましい発展をとげた。

――季歴を殺せば、周は消える。

消えないまでも衰弱する。結果からみて、そうした文丁《ぶんてい》王のころの商側の観測は、あまかったといわざるをえない。

周は不思議な国で明君が続出した。なかでも最高の君主であるといわれるのが、季歴のあとを継いだ、

「昌《しょう》」

である。それはのち周が天下を制してから、昌は「文《ぶん》王」と尊称されたことからでもわかる。周では「文」より上の尊号はないのである。皮肉にも商の処方は、この稀代《きたい》の人格者の、歴史への登場をはやめさせることになった。

周の国民は法を嫌い徳を愛した。徳によって国が治められることを欲した。徳治ということは、つきつめてゆくと、指導者の一個の人格に国民が万能をもとめることになるが、昌はよくその期待と要求とにこたえたのであろう。

かれはどのような政治をおこなったか。――『孟子《もうし》』のなかに、昌の為政について賛述した箇所がある。

農民の租税を九分の一におさえた。

役人の俸禄は世襲にした。

刑罰は妻子にまでおよぼすことなく、当事者だけにとどめた。

関所の通行税はとらなかった。

などである。とくに後世農民への課税が苛烈になると、昌のころの九分の一という租税の率は、心ある人によってかならずひきあいにだされる数字になった。が、考えるまでもなく、その租税の率は商の「助法《じょほう》」の率である。したがって昌の善政の証左とされる、そうした規範は、かならずしも昌の新案ではなかったろう。商では一般におこなわれていたことかもしれない。

昌の魅力はなんといっても慈仁あふれた人間性にあった。老人を敬い、年少者をいつくしみ、賢者には謙虚に交わり、臣下を厚遇し、政務に熱心で夜明けから正午まで食事をするひまがないほどであった。

「周では人が政治をしている」

なんでもないことのようだが、この風評は当時の人々には鮮烈であったはずだ。中華の芯である商王朝でさえ「国は神が治めるべきものだ」という宗教的な国体《こく》から脱していないのである。ましてや商より後進の諸国が、商より一歩先んじた国是《ぜ》をもっていたとは思われない。その点でも周は不思議な国であった。

商と周とでは、政治の体温に差があったといえる。

近隣の国々ばかりでなく遠方からも、昌の名声をしたって帰服する諸族がしだいにふえた。周とおなじような農耕民族はあっさりと土地をすてるというふうにはいかなかっただろうが、商に反感をもっている遊牧民族にとっては、住みやすいところに移動してゆくことにさしさわりはなかった。それゆえ昌は、
太顚《たいてん》（泰顚《たいてん》とも書かれる）、閎夭《こうよう》、散宜生《さんぎせい》
といった名臣を、つぎつぎに得ることができた。昌の股肱心膂《ここうしんりょ》ともいうべきかれらは、おそらく小国の君主であり、『墨子《ぼくし》』に、

――文王（昌）は閎夭、泰顚を罝罔《しゃぼう》（獣を捕える網）の中に挙《あ》ぐ。

と、あるから、かれらの族は漁猟がうまかったのであろう。また散宜生の「散」は国名で、散国は陝西《せんせい》省宝鶏《ほうけい》県のあたりにあった。

散宜生が周邑に風を切って駛《は》せこんできた。

朝廷からの使者がすでに程邑《ていゆう》へ到着したことを、荒々しい息づかいで報告したのである。荒々しい息づかいにはもうひとつわけがある。商の使者はたいへんに高慢で、程では上から下まで、腫物《はれもの》にさわるようなあつかいでございます、というかれ自身の口吻《こうふん》に慍《いか》りがある。

――商人《しょうひと》は昔から高慢である。

ということは、たれよりも昌がよくしっている。散宜生のような温厚というか冷静な男のめずらしい昂《たか》ぶりのなかに、昌は商人の意識の増長を瞥《み》ただけである。気にもとめなかった。

昌はすでに天子の死を知っていた。かれはふだんは程邑にいるが、商の使者の先触れをうけて、御使者を丁重にお迎え申せ、といいおくと自身は周邑へうつった。君主は宗廟《そうびょう》で使者を迎えるのが礼儀である。

――来るべきものが来た。

この感懐は複雑である。国が大きくなればなるほど商との接触は避けられない。わかりきったことであるとはいえ、周は昌の予想よりも大きくなりすぎたといえる。また荒辺の国々からは、中原《ちゅうげん》というのは夜陰《やいん》にきらめく光のようなもので、周という国自体がまるでその光に魅せられたように東へ東へ――商都のある方角へ――のびてゆく勢いは、君主といえどもとめることはできない。それゆえ、商のねむっていたようなにぶい目を、ついにさまさせてしまった。朝廷からの使者はそのさめた目のなによりのあらわれである。これからは商の干渉をなんらかのかたちでうけねばなるまい。それがいやならば、いくさである。商はあいてが大きければ大きいほど総力をあげて討伐にくるであろう。

――四祀《し》(年)さきか、五祀さきか。

それまでに商の大軍をむこうにまわして一歩も退かぬほどの国力を蓄えておかねばならない。が、まにあうか。くやしいが時がたりない、というのが正直なところだ。またたとえ伯仲《はくちゅう》した兵力をもったとしても、商は王の軍である、征戦の理由はいくらでも正当化できるが、周は人より下の夷虜《いりょ》の軍である、兵出《い》づるに名無しでは、苦戦は必至である。

ただし、このとき昌の頭のなかにある「大軍」というのは、兵の数として二万人を越していない。かつて商がくりだした最多の兵員は一万三千人である。のち昌は商都を訪れて、常備されている兵員だけでも四万人近いことを識《し》り、自分の想像力の根底にあるものが前代のものであることに気づいて、駭汗《がいかん》した。

それにしても、周はわが子をいつくしむように大きく育ててきた国である。それを携えていまさら商に服すのも、昌にとってはくやしいことである。

すなわち商に服すには、商王の死はおそすぎ、商と争うには、商王の死ははやすぎた、といえる。

とにかく商の使者がいるあいだは、恐慎をもって自己をまっとうするほかないであろう。さてその使者についてだが、

——よほど心に癖のあるお人らしい。

ということが、ひきつづいて昌の耳にもたらされてくる情報によってわかった。

たとえばである。――

ある日周邑へむかっている行列がぴたりととまった。使者が動かなくなったからである。使者は道祖神を指し、あれはなんだ、ときいた。応接の役人は、わかりきったことをきくものだ、と思いながら説明すると、使者は、どの国も他国から侵入してくる者を想定して道路に呪いを埋伏《まいふく》させておくものである、さだめしあれはそのためのものであろう、早々にあれに覆いをし、呪いをとけ、といい、それがおわるまでは動かぬという気構えをみせたという。

じつは使者は清められた木の枝をもっていて、それで邪霊を払ってゆけばよいのである。使者のやったことはいやがらせにほかならない。またそんなことがわからぬ昌ではない。

周は商にたいして旧怨がある。商から使者がきたときいただけでも、昌の家族は茹魚《じょぎょ》の臭いをかいだように、いやな顔をした。使者は、周の国民全体にそういう鼻をつまむような感情でむかえられているとわからぬはずはないのに、なぜ悪感情を熾《さか》んに蒸し返すようなことをするのであろう。昌は朝廷の意図を測りかねた。

昌に従って周邑に従《うつ》っている太顚も、うわさをきいて憤悱《ふんぴ》し、

――犬にでも食わせてやりたい男ですな。

と、昌のほうをみないで、いった。独言のつもりである。

——会わずにかえすか。

という迷いが昌にではじめている。

周邑は高さ二メートルほどの城壁で囲まれた邑である。その門をすぎたとき、使者は白く乾きそうな唇をなめた。かれは程邑にはいるまえから、

——威張れ、威張れ。

と、自己に暗示をかけつづけている。そうせよと箕子《きし》にいわれたせいでもあるが、そのようにみずからをはげまさないかぎり、自分に集中する憎悪の視線に屈しそうであったからである。

かれは商人《しょうひと》としては、君主になってからの昌をはじめて見るわけである。人間を判断する目を支える気持に、昂ぶりがあっても萎《な》えがあってもだめで、

——会えば、すべてがわかる。

という精神状態を保っておく必要があった。威張るのは自己防衛にすぎない。周の君主に会って、商にとって有害なほどの器量の大きさを感じれば、多少の無理をいうつもりである。無害だと感じれば態度を謙虚にあらためるつもりである。後者の場合はよいとして、前者の状況におかれる自分を想像すると、首から上は乾燥し股が慄《ふる》えだしそうであった。

門外に君主の出迎えはない。これはかれに不安をあたえた。周君は礼を知らぬだけか、それとも会われぬつもりか。

この日の饗礼に君主の出席はなかった。

「どうしたことぞ」

と、使者は不満を表明した。周の答えとしては、寡君《かくん》は気分がすぐれず、明日にでもおめにかかるでありましょう、ということであった。

使者の不満はまだあった。――酒が足りぬ。それであった。

その夕《よる》、使者とその従者たちは、舎外に破鐘《われがね》の響くような声をきいた。

「ここか、商からきた酒飲みめがいるところは。明日またごたごたぬかそうものなら、うぬらをまるごと焼いて、残った骨を堵《と》の中に埋め、邑の守りにしてくれん」

外には熊のような男が、――おい、柴でも草でもどんどんもってこいと、全身の毛を逆立てんばかりに怒鳴っている。閎夭である。かれを見ただけでも舎内の従者たちは、その異容に肝《きも》を縮めたが、あたりにたちのぼった赫炎《かくえん》に、ふるえ上がってしまった。素朴だが迫力のあるおどしである。

使者は応接の役人に苦情をいいたかったがたれもこない。閎夭は夜明けまでそこにいるつもりらしい。そのため使者とその従者たちは睡眠不足になった。

朝、目尻に血の色を残した使者は、殺気だって舎をでた。

「昨夕は風がなくて、よくおやすみになられたであろう。今夕の風向きはいかがでござろう」

と、閎夭は薄笑いをうかべて立ち去った。今夕もやるぞ、というわけである。肚《はら》にすえかねた使者は、腹心の者に、

「これほどの侮りをうけて黙っているわけにはいかぬ。今日はぜひとも周君に会う。会って周君を叱責するつもりだ。まさかとはおもうが、周君のまわりにはああいう男もいることだ、もしもわしが害されるようなことになったら、なんじはかならず脱出して、ことの次第を箕子さまに申し上げよ」

と、小刀を掻きよせた。ことの切迫に顔色をかえた配下は、思案にあまって、またその下の者にうちあけたため、たちまち話はひろがって従者たちは躁狂《そうきよう》しそうになった。

――上使が討たれたら、われらも皆殺されるであろう。

たれの胸のなかにあるのもその恐怖である。周人《しゆうひと》の耳目のあるところで相談するのは工合がわるい。かれらは圃《はたけ》へでて、適当な場所を捜したところ、ちょっとした果樹園があった。その茂樹の下で首を寄せあった。

この朝、昌は葛衣《かつい》を着て耒《すき》を手に圃にでていた。かれは商の使者に会うことがどういう意味をもっているのかわかっているだけに、迷いが深かった。この篤農家《とくのうか》は、

こういうときには室に籠《こも》らず、土の上で考え、土に訊《き》くのである。

雑草とりに汗をながしたあと、果樹園にさしかかった昌は、

——おや、商の話しぶりのようだが……。

と、足をとめた。みなまできかなくても、むこうは逃げるための密語だとわかった。上使を置きざりにするとはひどいやつらだと思いつつ、そのままかれは耳を澄ましていると、ひそひそと流れてくる声音に歎きがみちて、

「箕子さまがおっしゃったそうではないか。周なんぞと結ぶのは下の下だと。それをあさはかな貴族どもが大勢で反対したばかりに、われらが生贄《いけにえ》になってしまった」

「いいかげんにしないか」

と、気骨を感じさせる声がして、

「あれほどお情深い御使者をそのままにして、われらだけが逃げだすのは、はずかしいことではないか。たとえばおまえだ。おまえのような者でも、趾《あし》をくじいて歩けなくなったとき、あのお人は手ずから、おまえのはれた踝《くるぶし》のあたりに、熱さましの草を巻いて、祈ってくれたではないか。御使者とはそういうお人だ。わしはなにがあっても残る。去りたい者は去れ。あのお人に万一のことがあるようなら、粗暴な周は、商が滅ぼさなくてもいずれ滅ぶ。わしは骨となっても、土の中からそれを

見とどけてやるわい」

そのことばに一同は水を打たれたようにしんとなった。そのため昌の存在が気配としてかれらに伝わったらしく、

「たれだ」

と、二、三人飛びだしてきた。むろんかれらは、目の前に立っている農夫が、周の君主だとはしらない。

こういうときは機先を制するのが肝要である。——いまの話、きいたな、とむこうが切りだすまえに、昌は、

「わしはここを周の君からおあずかりしている者で、ここはどなたも立ち入ることのできない園圃でございます。あなたがたは商からいらっしゃったお人でしょう。きまりをご存じないのは無理もありませんが、たとえ御使者でも、このことがわかれば、罰せられます。さいわい知っているのはわしひとり、ここは見て見ぬふりをしますから、たれもこぬうちに、さ、はやく、おひきとりください」

と、かれらの背を押さんばかりにいった。

昌という人は、自分の菜園に庶人がまよいこんできても罰すような人ではないが、ことを荒だてないように、適宜としていったのである。

商の従者たちにとってこれほど愕《おどろ》いたことはない。いままでは、いわば仮の被害

におびえていたものが、実際に周の禁を犯したとあっては、この異地に拘留されることはまぎれもない現実となるのである。使者の意気に殉じて周に踏みとどまることとはわけがちがってくる。このときかれらは、

——この男の口をふさいでしまおう。

というほどの度胸は消しとんでいる。またちょうど、どこかで人の呼び声がしたものだから、見るのも気の毒なほど、かれらは血の気をなくし、足をもつれさせながら奔《はし》り去った。

——土が教えてくれた。

と、昌は思った。見通しが少々よくなった感じだ。

商は、「キシ」という貴族をのぞいて、おおむね周との友誼《ゆうぎ》を望んでおり、また外から見る使者と内から見る使者とでは、とても同一の人物とはおもわれない、ということである。

昌はさっそく「キシ」について識るべく、かつて母の来儀《らいぎ》に、侍女として商からやってきていまだに健在な老女に、その人物について問うた。

「それはおそらく箕子さまでございましょう。文丁王の御子で、ご幼少のころから聰明のお噂の高い王子でございました。お若いうちに箕の邑《くに》に封ぜられました。たいへん下の者に敬慕され、ためにあのわきまえのない北の諸族でさえも、箕子さま

のご仁勇をおそれ、よう手だしができなかったそうでございます。それで……、箕子さまが天子になられたのでしょうか」

天子に……。それほどの器量人が周の入朝に反対しているのかと、昌は驚きながら、

「いや、このたび天子になられるのは、受《じゅ》と申される王子らしい」

「はあて、箕子さまでないのなら、啓《けい》とおっしゃる王子ではございませんのか」

老女は王子受についてはしらなかった。

商についてはわからないことばかりだが、昌は一応使者に会ってみよう、という気にはなった。その使者だが、

——たいそうなお怒りでございます。

と、報告にあったように、やまいではないかとおもわれるほど赤い顔をしていた。逆上していた。使者はこれまで自分をいましめてきたのに、肝心なところで昌という人物を観察する冷静さを欠いてしまったといえる。したがって恐慎を表わして、せぐくまるような所作の昌に、かれは上から物を投げ隕《お》とすようなもののいいかたをした。感情のなかで「許せぬ」とためていたものを、ことばで果たそうとしたのである。

昌はいいわけせず、さからいもしなかった。ひたすら、ご寛恕《かんじょ》をもちまして……、

とわびた。のちに、

「龍顔虎肩」

といわれたほどの昌だが、使者にはそれほどの英偉を、眼下で恐縮している男からは感じなかった。小心翼々として土くさい君主を見たにすぎない。

——こんな男か。

と、思うと、かれは周を問題にすること自体、ひどく愚昧《ぐまい》なことだという気がしてきた。その気軽さが、熱っぽくまわりはじめた舌を、さらになめらかにさせた。

「帝《てい》をお敬いなされ」

と、使者がいったとき、昌をはじめとして周の首脳は昏惑した。周は「帝」という抽象概念をもっていない。

周が祀《まつ》っているのは「山川」であり、商においても帝乙《いつ》よりまえの一時期はそうであった。周はそれを忠実に見習っていまにいたっているわけである。帝乙の宗教改革（復古）についてはしらない。そのほか周はとくに、

「社稷《しゃしょく》」

を敬信している。「社」は土地の神、「稷」は穀物の神である。周の民族は「帝」のような実体のないものを想像する力は貧弱であった。

——帝も知らぬのか。

使者はあきれ顔に露骨なあなどりを加えて、帝のたたりとめぐみを説明したあと、今代でいうその帝とは、商王そのものであると言明したので、周の要人は驚愕と顰《ひん》蹙《しゅく》とが、ないまぜになったような表情をした。さらに使者は調子にのって、

「入朝したくば人質をご帯同されたい」

と、思いつきを勅令らしく付益《ふえき》した。

昌は蒼い顔でうなずいただけであった。商と周とのこれまでのいきさつから、入朝するとしたら、そうするくらいのことはあたりまえであろう、とこの朴実な君主は、使者にいわれるまでもなく思っていたが、臣下のほうはおさまらなかった。そのうちの何人かは、

――商がいままでに周に福をもたらしたことがあるか。

といい、商は災妖《さいよう》である、いまのうちに除凶しておくべきだ、と下々の者にまで説きまわって、商の使者の帰路を襲撃する計画を実行にうつそうとしているという。それをしった昌は、

――ここで、ことをおこされたら、あとあとやりにくい。

と考えて、沈毅《ちんき》な散宜生に命じ、商の使者の一行を迅速に国外へ送り出した。無事に復命した散宜生は、

「閎夭が川で待っていたときは、これは難儀だとおもいました」

昌はかるく笑って、

「閎夭には舟のしたくをいいつけておいたのだが、いやいやながらも、うまくやってくれたようだ」

「それはそうですが、ついに一言も口をききませんでした」

閎夭がもっとも商の使者を憎んでいたことは、周邑ではしらぬ者がないくらいだ。

「そうであろう。予にも口をきいてくれなかったよ」

と、昌はいった。そういう閎夭の表裏のなさこそ愛すべきだとおもっている。

とにかく使者は去った。つぎに、――嗣王《しおう》の受とはいったいどんな人物なのか、昌は可能なかぎり識る必要があった。

周の入貢

すでに帝乙《いつ》の奉安《ほうあん》をおえていた箕子《きし》は、周《しゅう》から都にもどってきた使者に、

——それだけのことをいって、よくも害されずに帰ってこれたものだ。

と、賀詞をつらね、おおいに奨慰《しょうい》した。

使者の報告のなかでも、とくに箕子を喜ばせたのは、昌《しょう》について、

——あの君主は土龍《もぐら》ですな。

というところであった。ただただ実直で、自分の巣づくりには熱心だが、陽のあたる天下には関心はなく、またそんな晴がましいところではとても胆略を発揮できそうにない器であるらしい。

——周の肥胖《ひはん》も所詮これまでか。

と思えば、西方への目くばりにそれほど重きをおかなくてもよくなる。周君が人

質を帯同してまで来朝することは考えられないから、これから三祀《し》（年）のあいだに召《しょう》を懐柔し、喪があけたらころあいをみはからって、周を攻伐し西海へ駆逐してしまおう。ことは頭緒から思わくどおりに運びそうである。これで内政に専心できる、と箕子は心が軽くなった。

箕子は王室の倉府をひらいて、その窮迫を目のあたりにすると、

――まず祀典《してん》を質素にせねばならぬ。

と思い、受《じゅ》王に倹約を説いた。

「朕《わし》はこれから黄泉の父乙《ちち》のことを想い、陵墓の室にいるとおなじような生活をこころがけ、贅とははなれるため、いっこうに苦にならぬ。それに祭祀のことは箕子に委せよと、父乙よりいわれている。ご存分にされるがよい」

と、受はものわかりのよいところを示した。が、王室の倉府がからっぽであるときかされて、内心おだやかではなかった。

従前、商《しょう》の貴族たちは行政の上での甘旨《かんし》から王を敬遠しておいて、祭祀にしばりつけておいたふしがある。あるいは巫祝《ふしゅく》としての王の生活は、貴族たちの豪奢にはるかにおよばなかったかもしれない。それがまもなく受の自尊心を傷つけることになる。

受は少年のころから、商王室の貧困にうすうす気づいていた。かれはそのことを

生母に問いただしたことがあった。

帝乙の正妃である母親は、わが子につよい目をむけたが、やがて、

「王というものは、商の人民のための尸《かたしろ》であればよろしいのですよ」

と、しずまった微笑をみせた。

尸というのは、形式上の祭主のことで、ある人が死んで、これを祭る場合、死者の子が尸になるのではなく、孫がそれになる、というのが正式である。

――尸というと、祭りのとき、すわっているだけのたいくつな役か。あんなことが死ぬまでつづくなら、王にはなりたくない。

受はそのなりたくない王になった。はたして箕子のいうように倹約だけで倉府は充ちてくるものか。受には喪のあいだに考えなければならぬことが多い。

王の権益についてもそうである。

――王位は尸位《しい》であってはならない。

商王とは不自由なものである。なにをするにも、天神や祖霊に告げなければならない。卜《ぼく》して「吉」の回答を待たなければならない。「不吉」ならば、修祓《しゅうふつ》してから行動をおこさねばならない。

煩瑣《はんさ》この上もない。

歴代の商王は、そうしたわずらわしさを耐えたがゆえに、王でありえたかもしれ

ない。帝乙だけはこれをきらい、卜問《ぼくもん》を近侍の貞人《ていじん》にあまりまかせず、自分で占い自分で吉の回答をだすようにした。じつはこれは、王として自分のつごうのよい答をだせばよいわけだから、占いとはほど遠いものだが、そうすることによって、「王は神の代理」であるという立場を守りながら、実際は「王は神そのものとかわりない」という、絶対の一人を現出させることができる。

神の名を隠蓑《かくれみの》にした専政である。

受もそのやりかたを踏襲するつもりである。王の政治行動が祭祀によってさまたげられないようにするには、それしかない。

たびたびいうようだが、商は大きな宗教団体のようなものだから、祭祀そのものをやめるわけにはいかない。やめれば、たちまち商帝国は分解し、王朝は消滅してしまうであろう。神への感情だけで寄りあっているこの集団は、当然のことながら主従関係というたて糸が弱い。そこへ信仰だけでははねかえすことのできぬ利害がからんでくると、ますますその結合は脆《もろ》くなる。帝乙はそこをあやぶんで、終極的には、

――王の手にすべての権柄《けんぺい》はにぎられるべきである。

と、考えたに相違ない。

王の命令ひとつで、なにごともたちどころにはかどらねばならない。わかりきっ

たことだ。そのわかりきったことを実行できずに、累代の王の多くは死んでいった。父乙《ちち》も専政を完成して逝ったわけではない、と受は思うのである。

　周が入朝する。――

　この報をうけた箕子は仰嘆した。

　人質までつれて周君自身が商都にくるということが、どうしても信じられなかった。周君が来庭すれば、やがて西方の政略は自分の手からはなれ、王と周君との共議にうつるであろう。あの使者が周でなにかを見落としてきたのでなければよいが、と箕子は念じるほかはない。

　このときすでに九夷《きゅうい》と鄂《がく》とから「入朝したい」との返答があり、正式に三十代目の商王になろうとしている受にとって、周の入朝は、かてくわえての吉慶になる。受の父の帝乙が即位するときには、これほどのにぎにぎしさはなかった。

　受はよほどうれしかったらしく、季歴《きれき》が来朝したときの古式をしらべておくように、と命ずる声もうわずっていた。

　商の庶人はこぞって受の徳の高さをほめたたえた。

　商の招きを拒否したのは「蘇《そ》」ばかりである。それだけに蘇君の不参は目立ち、不敬の国として、受の胸裡に深くその名が刻まれた。

さて、昌が周の国を出発するについては、たいへんな決断がいったことはいうまでもない。周人《しゅうひと》は商を嫌怨《けんえん》することはなはだしく、

——わが君は、商都に到着なさるまえに、待ち伏せに遭われ、暗殺されてしまうだろう。

という者さえいた。商のこれまでのやりかたから、そういう危懼《きく》はあながち妄想とはいえない。が、昌は「商王朝へ参ずる」といった。このときを措《お》いて商と和するときはない、という思いは痛切である。嗣王《しおう》受に関する情報はきわめてすくないが、

——道理のわからぬ王ではないらしい。

それが救いといえばいえる。逆にいえば、道理がわかりそうな王だけに、このまま周が立ちすくんでいることは、商の招致を無視したと判定されるであろう。切要な時を逸して、のこのこ商にでかけようものなら、それこそ暗殺されかねない。二回目に商からきた使者は、はじめの使者ほど高慢でも強引でもなく、淡々とした容止で、

——王の即位を祝いにまいられよ。

それだけいってかえろうとしたので、昌は、

——かならず嗣子ともども参朝いたすでありましょう。

と、約信してしまった。ここらあたりが昌の人のよさであろう。かれは生涯で十八人ほどの男子をもったようだ。子福者である。人質としてはたれをつれていってもよいようなものであったが、かれの義理がたさは、

──長子でなければ、商王は承知すまい。

と、考えるところにあった。

「伯邑考《はくゆうこう》」

それが昌の長男の名である。「伯」は長兄をあらわし、「考」は「亡き父」という意味もあるから、それは後世になって周の廟でかれが祀られるときに加えられたものかもしれない。したがって「邑《ゆう》」一字が名である可能性が高いが、ここでは便宜的に「伯邑考」の名のまま物語をすすめてゆくことにする。昌の息子は、伯邑考につづいて、

発《はつ》（のち「武《ぶ》王」）
鮮《せん》（のち「管《かん》」の君主）
旦《たん》（のち「周《しゅう》公」）
度《ど》（のち「蔡《さい》」の君主）
振鐸《しんたく》（のち「曹《そう》」の君主）
武《ぶ》（のち「成《せい》《郕《せい》》」の君主）

処《しよ》（のち「霍《かく》」の君主）
封《ほう》——金文《きんぶん》での名は「鄙《ひ》」（のち「衛《えい》」の君主）
載《さい》（のち「丹《たん》」の君主）

などがいて、悲劇の人・伯邑考の死後、これらの群季が周の社稷《しやしよく》を保ってゆくことになるのである。

昌が伯邑考をつれて商都へゆくと知った四男の旦は、——わたくしを身がわりに、と父に請願した。昌はその申し出をしりぞけつつも、

——あいかわらず旦は兄弟おもいよ。

と、感心したが、三男の鮮はそれをきいて不愉快そうに顔をゆがめた。

——旦の、さかしら口が。

鮮はそれを、父上のご決意がかたいと見澄ました上でおのれをよくみせようとする、いまいましき言動、とうけとめた。

旦は至情の人である。その至情を自己犠牲で表現することもいとわない、ある意味でいえば激しい性格の人である。自分のまごころを、もっとも尊敬する人のために捧げようとするときにみせる、直截《ちよくせつ》さと魂の純粋さを尊ぶ旦の姿勢は、反面、ひとの誤解と反感とを招きやすい言動をともなっていた。べつの見方をすれば、自分の魂こそもっとも純粋であり、その純粋さは神だけがご存じであり、ひとにけがさ

れてたまるものか、という排他的な自己陶酔が旦になかったとはいえない。たとえばこのたびのような場合は、鮮はそういう旦におこがましい気どりを見取った。まずあいだにいる兄にむかって、かれ自身の真情をうちあけ、相談し、それから兄弟そろって父に言上すべきなのである。鮮は旦の僭越《せんえつ》がにがにがしかった。しかしたとえ旦の言動についてすぐ上の兄に儆戒《けいかい》を説いても、

――発は旦に甘いから。

おそらく、

「旦はまだ若いのだ。まあ、まあ、そう目に角をたてずにゆるしてやれ」

と、なだめられるにきまっている。鮮はやるせなかった。それでついついおとなしい五男の度をつかまえては、ぐちっぽい話の聴き役にすえた。

のちに――商周革命後――鮮は、自由貿易都市として栄えていた鄭《てい》を封地としてさずかり、そこを管《かん》と名づけて、商の遺民を統監《とうかん》することになるが、周王朝の中枢にすわった弟の旦と反目し、ついに死に追いやられることになる。

ところで昌が周を出立するまえに、あるまじないを自身にほどこした、と想われる。おそらく胸に凶《わざわい》よけのいれずみをした。昌の胸をたれが見たのかはしらないが、昌は、

「胸に四乳あり」

といわれる。

商へ入朝することは、祝事にはちがいないが、それは容易に凶事にかわりうるものである、という自覚が昌にあったはずであるから、身からはなれてしまう護符の類をもってゆくより、みずからの皮膚を傷つけることによって、けっして消えることのない神霊のご加護を祈求したとしたら、このときがもっともふさわしい。

これ以後の昌の運命を概見すれば、かれが東土で九死に一生を得て、周に生還できたのも、また非命に斃《たお》れることなく生涯をまっとうできたのも、そのいれずみの神妙によるものかもしれない。

周を出発した昌の一行が日を重ねて、黄河の孟津《もうしん》の渡《わたし》を過ぎて河内《かだい》（河南省で黄河より北の地域をいう）にはいったころ、ひとりの見知らぬ若者が後続として歩いていることに昌は気づいた。

周から大邑商《たいゆうしょう》までの行程で、孟津をすぎれば、その三分の二をすぎたということになる。

昌が気づいたくらいだから、君主の近辺でおこたりなく眼を光らせている散宜生《さんぎせい》はとっくに気づいていた。かれは太顚《たいてん》に近づいて、

「おい、妙なやつが、ずっとついてくるぞ」

と、耳うちすると、太顚も気になっていたらしく、さきほど閎夭《こうよう》とそのことで話したばかりだ、といった。

じつは昌は周を発《た》つまえに閎夭を随員からのぞいておいた。商の使者の心証を悪くした閎夭のことだ、随行させれば、商都にはいってからどんなしかえしをされるかわからない。臣下おもいの昌はそれを心配したためである。

昌が臣下おもいなら、閎夭は主人おもいである。邑でじっと君主の帰りを待っていられるはずはなく、憂心悏《や》くごとく周を飛びだすと、ひそかに昌の一行を追行して、ここまでくればもう追いかえされることはあるまい、というところで、太顚と散宜生とをつかまえて、わびをいれてもらい、随従をゆるされた。

――予《わし》の従《とも》にはできぬが、伯邑考がよいというなら、いたしかたあるまい。

と、昌はふくみのあることをいった。そのため閎夭は伯邑考の随員のひとりということになった。

「あの青年がなに者であるか、わしが訊《き》いてくれよう」

と、太顚はみなにひとりおくれて、待ちかまえ、やがてやってきた若い官吏ふうの男に、すっと肩をならべた。

「わしはこのたび商へ入朝する周君の臣で、太顚と申す者だが、ここ二、三日、われらのあとをつけてこられたのは、なにゆえだ」

かれはいきなり肚《はら》からしぼりだすような声できいた。いいのがれはさせぬぞ、という口調と形相とである。相手にやましいところがあればそれで顔色をかえるところだが、その青年はあっけらかんとして、

「つけている……。ああ、そういうことになりますか。ゆっくり歩きすぎましたかなあ」

と、眼をあげて、

「よい天気ですね。寒くなると、大邑商はよく雨がふります。雨にたたられずに大邑商につけるとよろしいですね」

と、朗暢《ろうちょう》としたものである。

――なんだ、こやつ。にげ口上か。

太顛はかえって要心した。若いくせにいやに落ち着いていやがる、そこがどうも気色《きしょく》がわるい。が、その青年は逃げも隠れもしなかった。

「尹佚《いんいつ》」

と名乗ったその青年は、王のちかくで侍《はべ》っている、ともいった。良家の出らしい。

――こりゃ、まずいわい。

太顛は内心あわてた。その青年が従者をつれていなかったために、見損なってし

まったといえる。御座近くの人間を刺激して、意趣をもたれると、なにを王に告げられるかわかったものではない。太顚は、自分ながらいやらしいほど、態度をあらためた。


太顚がうってかわって下手にでても、尹佚はべつにえらぶるふうはなく、

「周君は都ではおおいに歓迎されましょう。商についてのおたずねがおありならば、わたしのしっているかぎりお教えします。また、わたしも周についてしりたいし、もうすこしお話ししながら歩きませんか」

と、にこやかに同行を求めた。

太顚は恐縮しつつそれに応じた。そのうちにかれは、

――素性というものはあらそえんな。

と、思うようになった。太顚からみた尹佚は若年だが相当な知識人であり、話しぶりはまっすぐである。商ぎらいは太顚にもあるが、かれはこのはっきりものをいう尹佚に好意をもった。尹佚が聖職についているらしいとわかって、これから商では作法やしきたりになやまされそうだと思っている太顚は、

「商の儀礼はうるさいでしょうなあ」

と、つい口をすべらせると、尹佚にさっそく、――うるさいとはきき捨てならぬ

いいかたです、とたしなめられた。尹佚によれば、

「なべて儀礼は、自分をあらしめてくれるものにたいする感謝の表現です。一個人がこの世にいるということは、じつに多くの恩恵によって生かされていることだとはお思いになりませんか。自らを知ることは、他を尊ぶことにほかならないでしょう。だから儀礼は与えられるものではなく、敬慎の心が産んでゆくものです」

というわけだ。

ことばではとてもこの若者にかなわぬ、と思う太顚は、周人《しゅうひと》のなかでは、教養のなさを自覚しそこに多少の不安を覚えている一人であるため、尹佚の話の内容はよく理解できないながら、

——この若者はわしのような者に本気になって喋っている。

というところに、くすぐったいようなうれしさがあった。太顚にかぎらず周人は、君主の昌から、

「文字なぞ知らなくてよい」

と、ひごろいわれており、当然周の国民は文字に関心がない。

さきに書いたように昌の生母は商の王室の出であるから、昌自身は文字を知っていたかもしれない。にもかかわらず、このころ周は文字をもっていない。ということは、——文字は卜占《ぼくせん》とともに発達してきたものであるから、神聖であり、大衆庶

人に知らしめる必要はない、と昌は考えたかもしれず、あるいは、文字を知ることは商のまねをすることであり、まねをすれば周人の純朴で剛直な気風がうしなわれる、と考えたのかもしれない。

それはともかく、尹佚の親切さは、

「周君がご存じの商は、おそらく文丁《ぶんてい》王のころの商でしょう。それから商はずいぶんかわりました。周君をはじめ、従《とも》の人々も、商で禁じられていることを巨細となく、しっておかれることが肝要でしょう。そのためには商都にはいられてから、まっさきに大臣を訪ねられるのがよいが、なかでも箕子さまがもっともよい。商の法をしらないために法を犯すことほどつまらないことはありませんから」

と、太顚に助言したことであった。

太顚は、もっともなことだと思い、尹佚に礼をいってわかれてから、その旨を昌に伝えたが、昌は、

「そうか――」

と、いっただけで、表情は動かさなかった。

昌にしてみれば、入朝してから自分の足もとをすくいそうなのは、その箕子ではないか、という予感があり、箕子こそ商の要人のなかではもっとも警戒すべきだという気がしているため、その助言を素直に聴く気持はなかった。

太顚は尹佚という青年に、うまくまるめこまれたのであり、

「あれは箕子のまわし者ではありますまいか」

というのが散宜生のかんぐりだが、昌も同意であった。ところが、昌の尹佚にたいする印象ががらりとかわる、小さな事件があった。

数日後、伯邑考がにわかな腹痛で動けなくなった。そのときうしろから追いついたかたちになった尹佚は、太顚から事情をしると、

――少々、心得がありますから。

と、昌にゆるしを求め、伯邑考の腹をもんで苦痛をやわらげた。

「他国では、水でも、飲むのではなく、噛《か》んでおめしあがりください」

と、尹佚はいった。

――水を噛むのか。……

昌はおどろきつつも、おおいに感謝し、

「なにかさしあげたい」

と、いったが、尹佚は黙礼しただけで、こんどは足ばやに大邑商へむかって歩き去ってしまった。昌の眼底にはこのときの尹佚の容止のよさがいつまでも残った。

――ひとの親切は無にするものではない。

と、考えのかわった昌は、大邑商にはいったら、まず箕子を訪ねてみようと思い

定めた。

昌や散宜生の推測はあたっていたといえる。

尹佚をつかわしたのは箕子である。

箕子は周君の到着をさまたげるつもりはない。ただ周君の進行にとどこおりがないか、さらに重要な一点は、

——周君の長子が本物かどうか。

そこがしりたかった。

「まぎれもございません」

と、尹佚は断言した。かれは、伯邑考が腹痛をおこした際の侍人《じじん》の狼狽ぶりと、平癒《へいゆ》したときの昌の喜ぶさまから、周の人質帯同に欺瞞《ぎまん》はないと判定して、かえってきたのである。

箕子は委細を尹佚からきかされて、とくに尹佚が伯邑考に治術をほどこしたことについては、

「それはよいことをなさった」

と、ほめながらも、これでもはや、

——周君は本気で商に従属するつもりだ。

としか考えられなくなった。鄂君と九君との受王への面謁はすでにすんでおり、周君の来朝がさいごとなる。箕子は、まるで夢のようだ、と思った。兄の帝乙が一生かかって、やっきとなってもできなかったことが、一朝にして成ろうとしている。

——うまくいきすぎるときが、もっともこわい。

この箕子のつぶやきを消すように、周君の到着で、大邑商は地鳴りがするほどの歓喜に充ちた。商王は異族の首長を邑の門まで出迎えることがあったらしいから、このときも、受王がそうしたか、あるいは大臣が代行したか、いずれにせよ周君の入府を熱烈に歓迎したであろう。

箕子がはじめて私的に周君・姫昌《きしょう》にあったとき、

——この男は食えぬ。

とは思わなかった。対座した昌は、まるで少年のように、感傷に染まったような表情をしていた。初対面の人間にこう茫惚《ぼうこつ》とされると、さすがの箕子もなんとあいさつをしてよいかわからない。そこで、

「いかがですか、ひさしぶりにごらんになる、大邑商は」

と、あたりさわりのないことをきいた。

「母の都ですから」

と、昌はいった。周に諸事情があったにせよ、昌の体内を流れている血の半分が

商のそれであることが、ここまでかれを運んできた最大の要因であったかもしれない。憎悪してもよいはずの商にたいして、心のどこかに憧れがあったといえなくはない。そうした自覚が昌にあったのか、なかったのか。あったとすれば、ここが、

——父が殺された都でもある。

と、昌はつとめて考えないようにしていたであろう。

昌の第一声をきいて、箕子は昌の心の置き場所に見当をつけながら、

「それにしても、よくおいでくだされた」

と、いくぶんの同情と皮肉とをこめていってから、緊張ぎみの周の主従をさかんにもてなした。

昌は、箕子には寸時も気をゆるせない、と思いこんできただけに、商帝国の頭脳とまで宗尚されているらしい箕子という男の、外貌の平凡さにとまどいながらも、旧怨を忘れたかのように、無邪気な陽気さをみせた。箕子に「肚のしれぬやつ」と陰険な印象をあたえないように、派手な身ぶりのできぬ昌にしては、うけこたえもかげのない微笑をまじえて、せいいっぱいのあかるさをふりまいたといえよう。

太顚は主人のこの常ならぬうわつきに当惑し、散宜生はにこりともせず箕子をにらみすえていた。どこか調子のととのわぬ会食になった。やがて、飲みつけぬ酒に陶然となりはじめた太顚は、箕子が席をはずしたときに、

「すばらしい金器ですな」

と、青銅の酒器に目を奪われたような嘆声を発したが、昌に、

「どこを見ている、これを見よ」

と、じっとり汗ばんだ掌《てのひら》をみせられて、いっぺんに酔いがさめたようだった。

箕子は周の主従がかえったあと、家老に、昌についての人物評をもとめた。

「とりとめのないお人のようで」

「そうさなあ。でなければ、よほど人が悪いよ」

と、箕子はいった。ときどきどこを見ているのかわからぬような目つきをする昌という人物の品定めに箕子は迷っていた。

——色黒で、長身で、眼は遠くを見るよう。

というのが、後世、孔子が想像した昌の風貌である。孔子という人は空想だけでものをいう人ではないから、それなりの文献があったのであろう。まず、信じてよい。

迷いは昌にもあった。箕子はどこからみても、寛宏な長者であり、こちらに罟擭《こか》陥阱《かんせい》を仕掛けてくるような悪意の持ち主とは思えない。自分でかってに作り上げた箕子の像にむやみにおびえていたとすれば、わらい話にもならぬ。

——とにかく、疲れた。

昌の心身はそう感じた。旅の疲れもある。溶けるようにねむりたかった。が、すんなりそうさせてはくれなかった。

伯邑考につき従っているはずの閎夭が、昌のかえりを、浮かない顔で待っていた。

「王のもとにかつて周から逃亡した嬴来《えいらい》がおります。それに、まだその姿を見かけませぬが、おそらく父の廉《れん》も王臣として仕えておりましょう」

「嬴、……というと、秦《しん》国のあれか」

と、昌は記憶をゆるゆるとさぐるようにいった。ただし昌は廉も来も直接に視《み》たことはない。程邑《ていゆう》にいたときは、かれらをみるまえに、脱走した、という報告をうけただけである。そのおり閎夭によってとらえられた少年を、

「これが嬴勝《えいしょう》であります」

とみせられ、——かしこそうな子だ、と思ったおぼえはある。

——あの少年の父と兄とがここにいるのか。

なにやら雲ゆきがあやしくなりそうだ、と周の主従は感じている。

閎夭にいわせれば、いったん奴隷としたかぎりはかれらを所有する権利は周にあり、王と交渉すれば譲渡してもらえるはずだ、というわけである。しかし昌は、

「そしらぬふりをしていよ」

と、いった。

「こちらがそういたしましても、むこうはすでにしっておりましょう。いまのうちに嬴の父子を王のあたりから除いておきませぬと、あとでどんな難儀がふりかかってくるかもしれませぬ」

「ふむ……」

閎天のいうとおりであろう。が、新参の君主が王にそれほど強いことがいえるはずはなく、ここはしばらく静観しているほかはない。

――すきをみせるな。

それだけである。とくに王の近辺に滞留することになるであろう伯邑考には粗漏があってはならない。それだけに細心の注意で伯邑考に奉侍しなければならない閎天の責任は、昌に従っている臣とはくらべものにならぬほど重いが、忠勇の倫《りん》を絶している閎天は、昌にみなまでいわせず、

――わがいのちにかえましても。

と身ぶるいするようにいいきった。

愁顔を寄せていたのは嬴の父子もおなじである。周君の来朝はかれらにとっては青天の霹靂《へきれき》にちかい。かれらは受王の寵臣のはしくれにはいっていたが、王に影響力をもつほどの重臣にまで陞進《しょうしん》していたわけではない。それゆえ、

――かの者どもは、わが奴僕でありましたゆえ、なにがしかの補償をいたします

から、おかえし願いたい。

と、周君に申し出られれば、

――よかろう。

と、受王が肯首することは充分にありうるのである。たとえそこまでいかなくても、廉がもっともおそれていることは、来歴をほとんどうちあけずに受に仕えたため、周君の口から過去の辱在《じょくざい》を暴露された場合、

「なにゆえ、黙っておった。朕《わし》をたばかったか」

と受王の勘気をうけることである。そうなれば、周へつれもどされなくても、商で立つ瀬がなくなる。

――まずいことになった。

廉は肝が冷えるような気分でいったが、来はどっしりすわった巨体の上のよく光る眼で、

――そのときは、そのときだ。

と、虚空を睚《にら》んでいる。

象牙の箸

受《じゅ》が即位した。

かれは父にならって、祖先の霊にむかい、帝号を名告《なの》った。

「帝辛《しん》」

がそれである。かれは商《しょう》王朝にさいごの栄華をもたらし、そして燼滅《じんめつ》する。帝辛（受王）と商王朝とをそこまで追いこんでゆく時代の主役が、やがて姫昌《きしょう》にまわってゆこうとは、この慶典に祝福の心で参列し、諸侯のひとりとして認定された姫昌自身にも、予知できない。それほど商は巨大であり、このころ商に服属していた国は、おそらく千国はくだらなかったと想われる。とても数十国で立ち向かってかなう相手ではない。

姫昌はこのときからはれて「周侯《しゅう》」と呼ばれ、九夷《きゅうい》の君主と鄂《がく》の君主は、それぞれ「九侯」「鄂侯」と呼ばれることになる。

——まるで夢のような……。

と、思ったのは箕子《きし》ばかりではない、受がそうであった。話が前後するが、受のこの感動は、九侯が来朝したときに披露された貢物《こうぶつ》を覧《み》たときが、もっとも激しかった。多量の大亀、子安貝《こやすがい》、金、赤金から猛獣、さらには女性の人口までが含まれているといった豪華なみやげである。

受はそのきらびやかさに息を呑むおもいであったが、やがて喜色とともに舞うように立ち、あたかも旧誼《きゅうぎ》があるかのように九侯の手をとらんばかりに招慰《しょうい》し、ふたりは長時間にわたって懇談した。受はそこで愕《おどろ》くべき事実をしらされた。干子《かんし》がかつて帝乙《いつ》のために単身同然で南方へ大亀を捜しにでかけたということである。受はしらなかった。というより、はじめて帝乙に大亀を献上したのは鄭《てい》侯であると、きかされていた。

——干子の、なんというみごとな胆気だ。

冒険譚のすきな受はききながらうなった。ますます干子が気にいったといってよい。

「忠烈ともいうべきお人でございます」

と、九侯は、商王への拝謁までに介添《かいぞえ》をしてくれた干子に礼をするつもりで、このときとばかりに旧功をもちあげた。九侯は昔自分がおくった大亀を、当然干子が王室に献上しただろうとおもいこんでいたこともある。

昂奮のさめぬ受は、九侯がひきさがったあと、気色がななめになり、

「費中《ひちゅう》をよべ——」

と、帳を裂くような声でいい、その件の証人というべき官人を接見した。九侯のいったことが正しければ、鄭侯は他人のてがらを横どりしたことになる。事件は昔日のこととはいえ、偽善のたぐいをもっとも嫌う受である、詰問せずにはいられなかった。

ふだん王に直答のできる身分ではない費中は、急の御召で、狼狽ぎみであったが、もともと肚《はら》の太い男である、

「いちいちおおせのとおりでございます」

と、沈着にこたえ、顔をあげてみれば、室内には王のほかに書記官しかいない。

——いまこそ……。

自分の存在を王に印象づける絶好の機会であると、費中は舌なめずりするように意を強めながら、

「ではございますが、それは干子さまから堅く口どめされましたこと。いったんお約束いたしました限り、口を裂かれようとも、余人には漏らさぬつもりでまいりま

した」

と、みずからの信義の篤《あつ》さをそれとなく誇り、

「したがって、鄭侯さまはいささかもご事情をご存じなく、大亀は鄭の邑人《くにびと》から献上されたものだとお信じになり、わたくしが仲介の労をとらせていただき、さっそく先王に奉るようになった次第でございます。鄭侯さまに辜《つみ》はございません」

「ひかえよ。鄭侯に辜があるかないかは、なんじが決めることではない」

「はい――」

費中は叩頭して考えるに、受王の倫理における潔癖さは度が過ぎており、また事実と相違したことをいおうものなら、たちまち首を刎《は》ねられそうである。おそらく受王の不快は、鄭侯が多量の大亀をいぶかることなく献上したことよりも、そのときあたえられた名誉をためらいもなくうけたという、人柄のあつかましさのほうを憎むところにあるのであろう。そのあたりの王の心の機微を洞察できる費中は、この王のまえでは、他人を称賛することも誹謗《ひぼう》することも、よほどこころしてからねばならぬ、と思い定めた。

ところが、この肥満しているだけでいっこうにみばえのしない官人は、すでに受王の意識から置きわすれられていた。

費中は必死である。そのため受王に、――なんだ、まだおったのか、という顔で、

「よい、さがれ」

と、いわれたとき、かれは声を揚げて泣きはじめた。このままさがっては千載一遇を失うことになる。その悲しさも涙にまじっている。受王はさすがにあやしみ、

「なにを泣く……」

「主上がおかわいそうでございます」

「朕《わし》がかわいそうだと、なんじは、朕をはずかしめるつもりかっ」

受は額に血管が浮きだしそうな形相《ぎょうそう》になった。費中は、王の御座近くにある鉞《まさかり》が飛んでこようとも、ここは涙をふるっていわねばならない。

「たとえば、鄭には各地の物産が雲のごとくあつまります。そうした物品をあつかっております賈人《こじん》が、かつてあの大亀をながめながら、これしきのものが王室にはなかったのか、とすれば王室とはいたいたしいほどまずしいものよ、と申したことがございます。いままた九侯の貢物を内府に納めましたところで、焼けた石に水を注いだようなものでございます。はっきり申しますならば、天の子たる王のくらしぶりは、諸侯のそれどころか、鄭の大賈《たいこ》にもおよばないのでございます」

受は王室の窮状に心痛していただけに、下官からそうあからさまに指摘されると、よけいに腹が立つ。

「ええ、黙らぬか」

「いえ、たとえ舌をぬかれましょうとも、申し上げずにはおられません」

費中は王を怒らせた恐怖をわすれてひらきなおった。というのは、費中には真実王をあわれむ気があり、王に具申する場合に、もしそうした真情がなければ、ことばは王の耳をそばだてる以前に空転し、虚辞を極端にきらう受王だけに、それこそ舌をぬきとられてしまうであろう。費中にとっての救いは、この王は、道理というものを聴きわけられる英明さがあり、人を詮衡《せんこう》する場合は、たとえ虫の好かぬ臣でも有能であるとわかれば、かならず抜擢《ばってき》するにちがいない、ということである。が、受は王としてはまだなにひとつ行動してはいない。にもかかわらず費中がそう確信していたということは、かれは頭のなかでつくりあげた受王の像に、賭《と》したといってよい。

受は本当に腸が煮え繰り返るおもいであったが、どこか冷めた部分で、懸命にも不敵な気色をみせる費中をおもしろがり、

――この男の申し分、気散じに聴いてくれよう。

と、思いはじめた。

「ふむ、……だが、これからなんじの申すことがもしも妖妄《ようぼう》であれば、たちどころにその舌はなくなるとおもえ」

費中は、あっ、と喜んだ。いままで抱懐してきた考えを、たれにはばかることな

く、王に訴えることができるのである。稀有《けう》の幸運といってよい。費中があたためてきた政見は、いまでいう商業重視であり、それはかつて帝乙が考えたことであるけれども、費中のそれは通貨の設定を試案としてふくんでいた。ために踏むべき道順は帝乙のものとはちがったけわしさがある。通貨の発行は王室の絶対の権威がなければ実行できないのである。

「では、おそれながら存念を申し上げます」

費中は滔々《とうとう》と喋りはじめた。

「近畿におられる諸侯は、どなたも古くは王室からわかれた、いわば身内同然の君主ばかりでございます。でありますのに、ちかごろは自国の富庶《ふしょ》を追いもとめるあまり、王室をないがしろになされること、はなはだしいものがございます」

と、封建のありかたを批難し、王室が驕怠《きょうたい》した諸侯をよう誚《せ》めることができないのは、王に天があっても地がないからだといった。つまり王は神そのものであると同時に天下でもっとも広い領地の主でなければならず、それには、

「主上は、できるかぎり広く多く、田《でん》（直轄地）をおもちになることでございます」

と、語気を強め、つづいて箕子の政策の非を打った。箕子は祭祀を質素にし、軍を縮小するらしい。倹約だけでは国は富まない、と費中はいうのである。

せっかく先王が整備した三軍である、おおいにそれを動かし、四夷の民を得、また田猟《でんりょう》によって祖先への犠牲を得ると同時に、王が田猟をおこなった地は王室の直属の地になるわけだから、その地に王の臣を派遣し、すでに得た異族の民をむやみに殺すことなく、王の臣につけてそこへ送りこみ、王の代人によって民と田とを監督させる。さらに、

「諸侯の封地がえをなさり、交通の要所は王室がおさえなければなりません」

とくに物品の集散地を直轄にすれば莫大な利益があがろうというものだ。それから、

「通貨」

である。——

いつのまにか受は膝をのりだし、

——おお、小気味よく、いうことよ。

と、目が眩《くら》むように、費中の献言を聴いていた。このころの物品の流通は、物々交換であるために、通貨の設定は、まさに画期的なことである。いくら頭脳明晰な受でも、そこはよくわからなかった。

費中は得たり顔で、説明にかかった。

「たとえば、象をたくさん養っている者がいるといたしましょう。その者は、一頭

の象を帛《きぬ》と易《か》えたがっていますが、それをあつかう者は遠方にいるため、象をつれてはるばる帛を求めにゆくことは、やっかいなことだとおもっています。ところがここに、掌の上にたやすくのるほどの、小さなあるものがございまして、そのものが五個あれば帛を得ることができるとし、またたれかが象を得るにはそれを十個要すといたします。さて、主上が象を養っておられるとしたら、いかがなさいます」

「わかりきったことだ。まずちかくで象を欲する者があれば、ゆずり、かわりにうけとったそのなにやらをもって、帛を求めにゆくであろう」

「でございましょう。とすれば、象と帛とを数であらわすことのできるなにかを、朝廷できめておけば、象と帛とを直接に交換しなくてもすむことになります」

「それはそうだ。だが、そのようなものがこの世にあるのか」

「はて……、あるのではなく、つくるのでございます。あるいは定めるのでございます。たとえば、小石がそれだ、と定めてしまうのです。小石をひろうことを万人にお禁じになれば、小石だとて珠玉とかわりなくなりましょう。しかし小石がそれほど貴いものだとわかれば、どんなに心のまっすぐな者でも、法を犯すつもりはなくとも、ついつい足もとの小石に手をのばしてしまうでしょう。それほど小石はありふれていて、やはりそれをもちいるには無理があります。かといって、珠玉のように、なかなか手にはいりにくいものは、その用をなしません」

気短な受は、費中のもってまわったいいかたに、いらいらしはじめ、――はよう申せ、と几《き》(脇息)をたたいた。

「貝でございます」

と、費中はいった。貝ならば、庶人の手のとどくところにはなく、しかも庶人の手もとにゆきわたるほどの数量を確保できそうである。費中のいう貝とは、九侯の貢物にもふくまれていた、子安貝をいう。東海か南海かの沿岸でなければとれない。

受はおもわず片膝立った。よき思案である、と褒めるつもりはなく、

――あの神聖な貝を、庶人の手でけがさせるつもりか。

という怒罵《どば》を、なんとかおさえた、そのあらわれである。

子安貝は、卵形をしているため、性的なもの、さらには生命の誕生への呪力をもつものとして、商王朝ではとくに尊重されていた。また、王室の行事において、なんらかの功績があった者が賜るのも、その子安貝である。

そんなことは費中はわかりすぎるほどわかっていて、さんざん智慧をしぼったすえに、――やはり貝しかない、と思い定めたわけである。しかしこのせっかくの献言も、

「貝は、ならぬ」

という受王の一言でしりぞけられた。

が、費中にすれば、うまれてはじめて王にむかって長舌をふるったわけであり、——うまくいった、というおもいのほうが強い。

「さようでしたか。ことは、はじめからこちらの狙いどおりにはこぶとはおもっていませんでしたが、そこまでたどりつけば、上々、上々」

と、底光りのする眼を柔和な笑いでほそめつつ、退廷してきた費中をねぎらったのは、ほかならぬ九侯である。

九侯は干子の仲介によって来朝したにはちがいないが、商にしたがう気になったのは、じつは費中の勧《すす》めによる。帝乙の死を九侯にしらせる使者の随員のなかに費中がはいっており、そのとき九侯は、まんざらしらぬ仲ではない費中に、貝を通貨にするという腹案をうちあけられて、

——商王朝を牛耳《ぎゆうじ》ることができるのなら、おもしろい。

と、重い腰をあげた。

貝をにぎっているのは、あまたいる諸侯のなかでも九侯ひとりであり、もしも貝が通貨になれば、そのまま天下の府《くら》をにぎることになる。それに、帝乙の死で中止された南征だが、おそかれはやかれ商が大軍を南に投入してくることは、費中にいわれなくてもわかっていた。

——ここが機運。

と、九侯は見定めてきたわけである。

いっぽう費中は貝のためには九侯と組まざるをえない。かれは、もしも貝のことがゆるされて自分が栄進したとしても、それは王のためになることだ、というわりきりかたをしている。いやむしろ自分が王の近くにまで陞《のぼ》らなければ、王室の富盛はありえない、とさえおもっている。ではあるが、

「いま、王のまわりにいるのは、先王をささえてきた古い頭ばかりですから、ここ三祀《し》（年）のあいだは、なにを具申してもむだでしょう。さて、そのあとでも、王はこの費中をおぼえていてくださるか……」

「そう心配されることもあるまい。あの王のことだ、そういつまでも老人たちのいいなりにはなっておられまいて」

九侯ははじめての面謁で受王に驕気《きょうき》のあることをみてとった。

——商人《しょうひと》はどいつもこいつも欲が深い。

と、おもいながら、

「余人はしらずおそらく干子だけは、これからますます朝廷では重きをなすであろうよ。せいぜいとりいっておくことだ」

と、九侯は費中にいった。九侯からすると、干子は気性がまっすぐなだけにくみしやすいという気はあるものの、ただ干子を利用してやろうというつもりはなく、

干子の商人にはめずらしい正直さにむしろ敬意をはらっているといったほうがよく、すなわち九侯は干子に最大級の好意をもっていた。

――ああいうお人を、聖人というのかもしれぬ。

とさえおもっている。九侯にとって干子は別格であった。

とはいえ、一生を夢と酒とでむなしくおえそうな官人の多いなかで、費中のように、栄達のためにぎらぎらしたものを発散しつづける活気のある男も、きらいではない。

――いやな男だが、存外いけるかもしれん。

九侯はこの時点ではまだひややかな傍観者にすぎなかった。

古代の人々は草がすきである。

草は秋や冬になればば枯れ死んで、地上からそのすがたを消してしまうのに、春になれば芽をふき、あたらしいいのちの青で、大地をおおう。かれらにとってこれほどわかりやすい復活はない。青は、

「復活」

の色である。若草をつみつつ死者の魂をよびかえそうとしたとしても、ふしぎではない。

赤もたいせつな色である。赤は——火のあかが赤《せき》であり、木のあかは朱《しゅ》であり、土のあかは丹《たん》であるが——心臓の色でもあり血の色でもある。すなわち赤は、

「いのち」

の色である。たとえば商の宮殿の柱が朱色でぬられていたことは意味のないことではない。

古代の人々がいのちを尊び復活にあこがれる気持は強烈である。そのおもいが、葬儀のてあつさと服喪《ふくも》のながさに、端的にあらわれていたといえよう。

受王にとって、喪に服している三年間は、冥想のときであり、沈黙の時間である。商の時代で、はたして三年ものながきにわたって親の喪に服すようなしきたりがあったかどうか、疑義とされているところだが、

——三年の喪はいかにもながすぎます、一年でじゅうぶんでしょう。

と、あるとき孔子の弟子の宰予《さいよ》が、先生に舌鋒をむけたところ、

——不仁なやつよ。

と、孔子にきらわれた話が『論語』にのっているように、儒教をまなぶ者でもそんなことをいいだすくらいだから、孔子の生きていた春秋時代より、もひとつあとの戦国時代には三年の喪なぞすっかりわすれられたようで、滕《とう》という小国の君主が孟子《もうし》にすすめられて三年の喪に服することを発表したところ、それはいったいどん

なふうにおこなわれるものかと、他国からものみだかい連中がおしよせてきたという。とすれば、時代がおそくなればなるほど服喪の期間はちぢまったことがわかり、かえって商のようなはやい時代では、それはしっかりおこなわれていたことかもしれない。

喪中には、仮小屋をたててそこに住み、そまつな喪服をきて、うすい粥《かゆ》をすすり、寝るについても、苫《とま》むしろをしき土塊をまくらにするという生活ぶりで、ついには自力では起きあがれなくなるほど衰弱して、死者をしのぶのである。

受王がそれほどのことをしたのかどうか、しるよしもないが、とにかく受王が質素な生活をしていたころのことであろう、事件ともよべぬささいな——あとからふりかえってみれば大きな——できごとがあった。それは受王のつかっている箸《はし》が、

「象牙《ぞうげ》の箸」

にかわったことである。

箕子がそれを知った。かれはまゆをひそめて嘆息した。そうした箕子をいぶかった者がいたとおもわれる。

「いかがなさいました」

「天子が象牙の箸をおつかいになっている。これが天下の禍《わざわい》のもとにならねばよいが、とおそれている」

「そんなことが、……どうしてでございます。鄭あたりではかんざしに象牙がつかわれているそうではございませんか」

「箸はちがうのだ。まして天子の箸となればな——」

といった箕子の蒼ざめたおもいは、箸というものが祭具の一種であるという認識からきている。

毎日の食事すらひとつの祭祀である。このことは商王室にかぎったことではなく、おそらく庶人にとってもそうであった。配列されたたべものやのみものは、じつは神霊にそなえられたものであり、神霊が食事の場に降りてくるのをまって、その神霊とともに飲み食いするのが食事というものなのである。このとき箸は、——

「神霊が降りてくるはしご」

にみたてられ、たぶん食事のまえに箸は——まっすぐにかななめにか——たてられたであろう。

——箸は素木《そぼく》でよい。いや、天子の箸はそうでなくてはならぬ。

と、箕子はおもっている。貴族から庶人までが、天子の宮室をのぞけるはずはないのに、いつのまにか天子のくらしぶりをしってまねをしようとするものなのである。このたびのように、天子の箸に、めったに手に入らぬ象牙がつかわれていることをしれば、万民はどう反応するであろう。それと同時に、受王の意識の変化も、こわい。

いまは箸だけのぜいたくである。が、物にはつりあいや調和というものがあり、象牙の箸が、土でできた食器にふさわしい、とはおもわれない。酒をのむにも、木を曲げてつくったようなさかずきではものたりなくなり、犀《さい》の角や玉でつくったさかずきをこのむようになろう。象牙の箸と犀玉のさかずきがそろえば、まめ類のすいものはやめて、かならず牛や象の肉や豹《ひょう》の胎児《はらのこ》の羹《あつもの》（スープ）ということになろう。食がかわれば衣と住ともかわらざるをえない。いまはそまつな短衣をきていても、やがて錦のきものをかさねてきることになるであろう。とすれば、茅《かや》ぶきの小屋に住んでいられるはずはなく、大広間のある高殿で食事をすることになろう。

箕子は象牙の箸ひとつから高層楼台を想像した。いやさらに、商王朝の滅亡さえも予見したかもしれない。戦国末期の書『韓非子《かんぴし》』では、そのときの箕子の心境は、

——われその卒《お》わりを畏《おそ》る、ゆえにその始めを怖る。

ということばであらわされている。

ついでながら、——象牙の箸のような小さなものを見て天下の大事を知ることを「明」というのだと、『韓非子』の著者である韓非《かんぴ》が、古人である箕子をほめたのは、韓非が韓《かん》の国の公子として生まれたことが箕子の境遇に似ており、ときに母国の韓は、天下統一をのぞむ秦《しん》の圧迫によって、衰亡の一途をたどろうとしている、それ

ゆえかれは箕子の名をかりて、自分の頭脳の非凡さをほこりながらも、憂国の情を表現したかったからであろう。

見えすぎる人のかなしさがそこにあるようである。

黎《れい》の蒐《しゅう》

受《じゅ》王の冥想はおわった。沈黙をやぶったのである。

「狩りをする」

といった。できるかぎり諸侯をあつめよ、ともいった。受が王になってから、みずからの意志で命令をくだしたのは、これがはじめてだといってよい。

箕子《きし》は胸さわぎがして、

「いずこでなさいますのか」

狩りが王族だけで催されるわけでないとすれば、ただごとではない。それは宗教的行為のはんいをこえて、どこかの地方を攻伐するための、おおがかりな軍事演習であることはあきらかである。

「黎《れい》でいたす」

と、受王がいったとき、箕子の背すじに悪寒がはしった。

黎という地は大邑商《たいゆうしょう》から百五十キロメートルほど東南方にいった平原にあり、近くに湖（大野沢《たいやたく》）があって、鳥や獣が多くすみ、狩り場にはふさわしい地である。

が、箕子にとってそんなことはどうでもよい。かれがおそれているのは、

――黎の地は、東方を攻めるにせよ南方を攻めるにせよ、足がかりにしておきたい場所だ。

ということである。その地に諸侯を翕合《きゅうごう》することは、東征または南征のためのさぐりであり、早晩、商軍を黎の地をこえておくりこむ王の意志表示とうけとれる。そううけとるのは、なにも箕子ばかりではなく、黎にちかい異族はなおさら痛切に感じとるであろう。

――受王は喪のあいだに帝乙《いつ》の霊に憑《つ》かれたのではないか。

とさえ箕子にはおもわれた。

受王は箕子の唇がふるえだすのを横目でみて、その貴要の口から反論があふれることをさまたげるように、

「狩りだけぞ。箕子にはこの邑を留守《りゅうしゅ》していてもらわねばならぬ」

と、早口にいった。

このとき、――受王の胸中で三年の間ねかされてきた費中《ひちゅう》の言説が、つよく魅惑

的なかおりで発酵しはじめ、ようやく受王の肢幹を、きたるべく壮図にむけて、熱っぽくうごかしはじめていたといえよう。

――箕子をわずらわすのはこのまぬが、いまはだまって見ていてもらうほかはあるまい。

そうおもう受は、王子のころから自分の能力を信ずることが過剰なほどであったが、箕子にたいする特別なやさしさもまたのこしていた。あるいは、ものしりである箕子を、いつかあっといわせてやろう、という子供じみた心根まで枯らさずにいたのかもしれない。

受王の決心が頑としてうごかぬとみた箕子は、ものをいう気をなくしながら、それでも、

「虎はお殺しにならぬよう。また旅先にても、ご祭祀《さいし》はけっしてお忘れなきよう」

とだけいった。

「おお、わかっておる。こんどは虎のような猛獣ばかりか、めずらしき獣をも、ことごとく生擒《いけど》りにしてこよう。たのしみにしておれ」

受王はそういったものの、むろんねらいは動物の捕獲なんぞにはない。かの地にいままでたれも見たことのない大兵を出現させることによって、東方や南方の諸族の反応をしるつもりである。威服できればそれにこしたことはない。商の貴族のな

かには、

「おそらく黎の地は、あまたの諸侯にひきいられた師衆《ししゅう》によって、草木がみえぬほどになろう。そこでまた天子の威容をみれば、商にしたがっていない族の十中八九は、あらそって入貢《にゅうこう》してくるであろう」

という者さえいたが、受王の観測はそれほどあまくない。東南方の経略はみじかい期間でかたづきそうになく、それがおわってはじめて天下の統治がかなうのであり、いつかそのことは商王のたれかがやらねばならず、そのための、

――これが第一歩だ。

と、おもっている。

受王は箕子の憮然《ぶぜん》たる容姿に背をむけて、大邑商をことさらにぎわしく発った。さきをいそがないかれは、旅途をたのしみながら、

――わしは運がよい。

と、つくづくおもう。父乙《ちち》とはちがい後顧のうれいなく南へ出発できたのである。それにはなんといっても周《しゅう》の来朝がおおきい。かれはすでに周へ使いをやり、いまは国もとにいる姫昌《きしょう》へ、

――このたびの黎にての蒐《しゅう》（狩り）には参加するにはおよばぬ。

と伝えた。さらに、

──召《しょう》がうごけば伐《う》て。

と、密命をくだしてある。おなじような命令は西国の諸侯へも通達してあり、

──万一、兵を出すようなことになれば、周侯の指揮にしたがうように、とつけくわえておいた。一時的だが周侯に西方における弓矢の権限をあたえたことは、受の祖父の文丁《ぶんてい》が昌の父の季歴《きれき》におこなったことを、いまひそかにわびるきもちからでたともいえよう。

──周ににらまれては召もうごけまい。

とはおもうが、受の眼から見た周侯昌は、おろかしいほど丁重にふるまう男で、そのなみはずれた長身を宮中での所作へきゅうくつげにあてはめていたように、ぎこちなくまたたよりなげであるところから、はたしてどれほど周のにらみがきくものか。それを想うと受には急に嗤《わら》いがわいてきた。

受は昌の父の季歴を見たことはないが、かれの胸裏には、季歴をたぐいまれな武人として尊敬する気があり、おそらく昌は父の勇猛にはとてもおよぶまい、とふたりを駑良《どりょう》になぞらえざるをえなかった。しかし昌とは血のつながりがあるときかされていただけに、親しみを感じ、人質としてあずかった伯邑考《はくゆうこう》の処遇にも、それなりの気くばりはしていた。今度の狩りにも伯邑考をつれてきている。

その伯邑考に閎夭《こうよう》が随身している。閎夭は商都をたつときに、

「なんだ、ありゃあ——」

と、頓狂な声をあげた。かれが見たのは、眼や耳のまわりにおどろおどろしく隈《くま》取《ど》りをほどこした、巫女《ふじょ》の集団である。道中はかの女たちが先頭を歩いてゆく。

——いやはや、うす気味わるいものよ。

あんな奇怪な眼でじっとにらまれたら、肌が粟《あわ》立ちそうである。人間あいてでは怖いものをしらぬ閎夭でも、なかば神霊界に生きている人種はにがてだ。——いったいなんのためにかの女たちは同行しているのか。その疑問はほどなくとけた。

「あの眼は光だとおもえばよろしいのです。天子のご威光がとどかぬ異地は闇であるわけですから、天子が異地に踏みこまれるばあいは、あの眼で照らしながらお進みになるというわけです。またあの耳は、風のことばをききわけるのです。風は吉凶をささやいてくれますから」

と、閎夭におしえてくれたのは、やはり天子に随従していた書記官のひとりの、尹佚《いんいつ》である。

このころの書記官は、ただ天子の言行を記録するばかりではなく、——文字を書くという行為は祭祀とのむすびつきがつよいわけだから——、神事や古式にもくわしく、占いにも通じている。

その尹佚を閎夭はおもいがけなく身近で発見した。というよりも、伯邑考の主従が比較的に天子に近いところで行動していたといえよう。

――おお、あのときは……。

商の人間を毛ぎらいしている閎夭にしては素直に礼をいった。

また、巫女たちについて、さらに尹佚から、

「呪いをもって異地をみることを望《ぼう》といいまして、かつて高宗武丁《こうそうぶてい》王は、北方の異族にむかって、あの巫女を三千人ならべ、望をおこなったときおよんでおります」

と、いわれたとき、閎夭は胸がわるくなりそうになった。

黄色い砂の上にあの妖異な顔が三千もならび、深い沼のようなあの六千の目から蠱毒《こどく》の光がはなたれている、それはおぞましくも容易に想像できる。

――商と戦うとすれば、まずあれと戦うことになるというわけか。

閎夭の想像が帰結するところはそこである。

尹佚という青年はどこまでも親切なようで、

「その後、おこまりになったことはありませんか。わたしにできますことなら、なんでもお手伝いいたしますが」

といった。尹佚に多少の恩を感じている閎夭は、主人にとりつがずこのままかれをかえしてしまってよいか、まよっていると、伯邑考のほうからめざとくその場に

やってきて、

「尹佚ではないか。過日は、まことによくいたしてくれた」

と、よくとおる声でいった。

――ほう、これほどの壮夫であったとは。

伯邑考の長身をあおいで尹佚は目をみはった。周人《しゅうひと》はたれもが大きい。これがあのとき腹痛で身をちぢめ脂汗《あぶらあせ》をながしていた男とはとてもおもえない。尹佚は、

「おそれいります」

といったが、じつのところかれは伯邑考におそれいらなければならぬほど身分は低くない。

「あれだけのことをしてくれながら、父君からなにもうけとらなかった、ときいた。そのかわりといってはなんだが……」

と、伯邑考は玉《ぎょく》をとりだし、

「これをうけとってくれ」

「それは……」

一目して尹佚はおどろき辞退した。このとき尹佚よりもさらにおどろいたのは閎天である。その玉は、昌が伯邑考の身の安全を祈ってさずけたものであることを、閎天はしっていた。

伯邑考は尹佚の手を執《と》って、

「いや、ぜひ、ぜひ、うけとってもらわねばこまるのだ」

と、強要しながら、すこしはにかみをみせて、

「というのは、これから尹佚どのにわたしの師になってもらいたいからなのだ」

といった。師に玉を奉るのならさしさわりはあるまいという理屈だ。なんの師か
というと、

——文字をまねびたい。

そのための師だという。周が商の配下にはいって祭祀も商をみならおうというわけである。

「商王をお祀《まつ》りせねばならぬが、さてどうしたらよいものか……」

と、商の祭祀をよくのみこめぬ父の昌が困惑していたことを伯邑考はしっている。

伯邑考はいまは商王室に寄寓しているけれど、いつなんどき周の嗣君《しくん》として国民を督率《とくそつ》する立場になるかもしれないのである。かれのしっているところでは、曾祖父である古公亶父《ここうたんぽ》が、岐《き》山の麓の周原《しゅうげん》に邑をつくらんとするときに、亀で卜《うらな》って吉とでて、

——茲《ここ》に室《いえ》を築くべし。

と、きめたという。古公亶父は文字をしっていたか、——とすればなおさら今の

時代の君主は、より多くの文字をしらなければならない、と伯邑考はかんがえていた。

その心情を伯邑考からうちあけられ、無理に玉をうけとらされたかんじの尹佚は、

「そういうことでしたら、よろこんでおてつだいいたしましょう。ただし、はじめますまえに、文字とはなにか、ここではっきりお心におきざみくださいますよう」

「うむ――」

「文字とは、鳥の足あとから思いつかれたものだといわれております。鳥とは、方伯《ほうはく》（風の神）のお使いでございます。であるとすれば、文字とは風のことばでありましょう。また風を吹かせるのが帝《てい》であるとすれば、すなわち、文字とは帝のおことばにほかなりません」

文字とは神聖なものである、と尹佚はいったのである。が、言外に、それは商民族の誇りでもあることをにおわせている。そこをかぎわけてか、伯邑考は、

「鳥ならば、わが室も尊んでおる。とすればわたしも文字をまねぶ資格はあろう」

と、いった。尹佚はそれをうけて、

「では、ものをかぞえる字から、お教えいたしましょう。一から十までは、書くよりは、まっすぐな茎をならべて字をつくったほうが、わかりやすうございましょう。茎は四本あればけっこうです」

と、閼夭にてごろな草の茎をとってきてもらい、茎をひとつとり地面において、「これが一」、つづいて茎をひとつくわえ、「これが二」、――と順序よく数字をつくってみせた。

(一)　(二)　(三)　(四)　(五)　(六)　(七)　(八)　(九)　(十)

右列が商王朝でつかわれた数字である。いまわれわれの眼から見れば、それはなにやらローマ数字に似ていることに気づく。古代ローマと商王朝とは類似点が多い。鳥を尊んだこともそのひとつであり、神霊のために人を犠牲にしたこともまたそのひとつである。

伯邑考が尹佚から文字を講授されているあいだ、閼夭は気色わるげに横をむいていた。――大殿が、文字をしらなくてよい、といわれたのなら、若殿としてしることはないのだ。そうした気分であったろう。商の文化にかぶれてゆく伯邑考を見ていると、閼夭は自分までが悪性の痒《かゆ》みに襲われそうな感じさえした。ところで、横をむいていた閼夭は、たまたま遠い影として、ひとりの男を認めた。その男はこちらを瞪視《とうし》しているようだ。

——牛めがこちらをうかがっておるわ。

閎夭に気づかれたとわかったらしく、男の影は揺れるようにあさみどりの草むらのなかに消えた。嬴来《えいらい》である。いずれどこかであの男とは雌雄《しゆう》を決せねばなるまい、と閎夭は陽炎《かげろう》のかなたまで突き刺すような目つきでみた。


黎の蒐——おそらく狩りをかねた大集会——が催されたのは、『竹書紀年《ちくしょきねん》』では、受王の四年（四祀《し》）ということになっている。

（この『竹書紀年』という史料は、『三国志』で有名な三国時代のあと、西晋《せいしん》の武《ぶ》帝の御代に、汲《きゅう》郡に住む不準《ふじゅん》という者が、古墳——戦国時代の魏《ぎ》の国王《襄《じょう》王か安《あん》釐《き》王》の墓——をあばいて手にいれたもののひとつで、竹簡《ちくかん》に小篆《しょうてん》の書体で書かれた史記であった。秦《しん》の始《し》皇帝《こうてい》の焚書《ふんしょ》のわざわいからまぬかれて、地下からよみがえった書だけに、先秦の史料としてはもっとも信憑《しんぴょう》性の高いもののひとつであった。が、おしいことにその後原書は失われ、いまここで参考にしている『竹書紀年』《今本》は、偽作である、とまでいわれているわけだが、中国の古代についてあながち妄語がつらねられているわけではなく、むしろ司馬遷《しばせん》の『史記』よりも、事件の編次においては正確であるようにおもわれる）

さて、黎の丘にあつまった諸侯は、そこではじめて天子たる受王の命をきいたといってよい。あるいはまたかれらは、壮年にさしかかろうとしている受王の、あまりの凜々《りり》しさに、まばゆいおもいがしたかもしれない。おそらくほとんどみな受王をほめそやして、

——天下一の姣美《こうび》にして傑におわす。

くらいのことをいって、商の前途をあかるく感じながら、さざめいたことであろう。それほど受は背が高く、きりっとひきしまった肉体をもち、秀麗な面立ちであった。

受王の南への道中はまことにゆるやかであったが、それでも日に日に陽光はその輝きをましてきたようで、ついに黎の地を踏んだかれは、めまいでもおこしそうな暉映《きえい》にとりまかれ、

——天に、より近づいた。

と、はしゃいでみたくなるほど、みわたすかぎり沸きたつような緑であった。

——南とはよいものだ、このままさらに南へのぼってゆけば、いつかあの日《じつ》（太陽）に至ることができよう、とおもうことが、このころでは自然な想像であった。

——ここで狩りができる。

とおもえば、受のからだのすみずみにまで流れている血も沸きたつようである。

さらに受をよろこばせたことは、東南方の諸侯を通じて、これまで商に順服して

いなかった異族からの入貢があいついだことであった。

——いまさらあわててやってくるくらいなら、なぜはじめから商に服さぬ。

といいたいところだが、それでも、この緩慢な示威運動にたいしてさっそく尾をふり首をたれてきた犬でも見たように、受はほくそえみ、ただちにそれらの異族を、諸侯の付庸《ふよう》（あずかり）にすることなく、王室直属とする旨を宣告した。王室が新参の異族を直接に管理しようというのである。

遠路はるばる黎の地へ駆けつけ、入貢をすませた使者たちは、あてがはずれた。かれらよりもあてがはずれたのは、入貢の仲立ちをした諸侯であったろう。

——これではなんのための骨折りであったのやら。

と、ひとしなみ表情に翳《かげ》がさした。

しかしかれらの心の奥深いところでは、かの遠隔の地と人とを、どうして王室が管理できようや、とふつふつ嗤《わら》う部分もあった。いずれ天子は音《ね》をおあげになり、それらを手に負えぬものとして、諸侯におさげわたしになるにきまっている、と考え、気をとりなおしたかもしれない。ここでのかれらは、受王を動かしている非凡な頭脳と陽気ではあるが熾烈《しれつ》な情念とを、まだよく理解できていないといえた。

受王は東方と南方とに網をうち、それをしぼるにふさわしい足場として、黎の地を想定している。黎のほかにも軍事と行政の両面をかねる拠点をいくつかつくっておき、東南方に異変があれば電光がはしるような速さでそれが都にとどくようにしてみたい。黄河や済水《せいすい》より南の辺地を直轄にするには、それくらいの周到さが必要であろう。ところが、それには肝心な王都が、

——いまの大邑商ではちと遠すぎはしないか。

もっと南に新邑《しんゆう》をつくるべきである、とおもいあたった受王だが、さしあたりは陽気な情熱を狩りにむけていればよかった。ひとつの地にこれほど多くの諸侯が会すのはめったにないことである、そうとおもえば、かれらをじかに指揮してみたくなり、

「明日は車だ」

と、受王は馬車の支度を命じた。

受王の近侍に、

「膠鬲《こうれき》」

という臣がいる。かれは忠臣として後世にまで名の残った人だ。——じつは筆者はこの膠鬲の鬲という名に自信がない。というのは、鬲《れき》も臣《しん》も身分をあらわし、鬲は臣よりも低い。したがって鬲は本名ではないかもしれない。が一方で、鬲は三本足のついた煮沸器《しゃふつ》であるかなえ」の名でもあるわけだから、身分をあらわすだけでなく、人名につかわれてもよさそうであり、やはり本名かな、と思いかえしたり

している。

受王の命をうけた膠鬲は、ただちに伯邑考の幕営をおとずれ、

「天子は、明日の狩りにて、あなたに御をおのぞみです」

と、つげた。

――わたしが天子の車をあやつるのか。

と、目をかがやかせた伯邑考は、当然のことながら、それを誉《ほまれ》としてうけとった。

ところが閎夭はそれを、

――危険なだけだ。

としかうけとらなかった。

両者ともに一理はある。御者の良し悪しで猟獲《りょうかく》の大小はきまるといわれ、狩りではなく実際の戦争ともなれば、統帥《とうすい》者をのせた車をあつかう御者は、いちはやく戦局をよみとるだけの戦術眼さえ要求される。いわば御者は陣行の眼である。ところで、疾走する車は宙に浮くがごとしで、その車の上で御者は腰かけているわけではなく、きわどい足場に立ったまま、馬を信じおのれの平衡感覚を杖《たの》みにするほかない。それは綱をわたるにひとしいあやうさである。――たとえ伯邑考が無事でも、車輪をおとしたはずみに、天子を顚落《てんらく》でもさせたら、どんなおとがめがあるかもしれない。

——損なおつとめよ。

と、閎夭は含愁《がんしゅう》するのである。だがそういう閎夭の心のなかでのつぶやきは、とても伯邑考にとどきそうになく、

「予が馬を御すことにすぐれていると、どうして天子にはおわかりになったのであろう。さすがのご眼力よ。そうはおもわぬか」

と、張り切った。

こういうときには、あの玉でもあれば、伯邑考の身を守ってくれるかもしれぬのに、とおもう閎夭は、

「なぜ尹佚に玉をおやりになったのです」

「ああ、あれか。なんじはかのお人をどうおもう。予はめずらしいほど心あたたかきけがれなきお人だとおもうが……」

「さようですな。商人《しょうひと》にしておくのはおしいほどで――」

「それさ。かのお人は大難に遭うよ」

「ほう、なぜおわかりになります」

「胸さわぎというやつさ。あまりにしずかなれば大風のまえかもしれず、あまりにすこやかなれば大患のまえかもしれぬ。かのお人から感じるものはそれだ」

「ですが、尹佚は占いもするのでしょう。将来の災厄《さいやく》はみずから避けることはでき

ましょう」

「それがな……」

と、伯邑考が声をひそめて語るところによると、尹佚自身が自分の名の「佚《いつ》」に不吉なものを感じているという。「佚」は「人たることを失う」ということで、また「にげはしる」という意味もある。

「名は宿命だ。それこそのがれられぬ」

と、伯邑考はいった。

――頭のいい者はつまらぬことで気苦労するものだ。

閎夭は心のなかでかるく唾《つば》を吐いた。

「たとえそのときがきても、大難が小難ですめばよいと、玉を贈ったのだ。かのお人にはなにかとよくしてもらった。玉なぞ周にかえればいくらでもあるではないか」

と、いいおいて、伯邑考は天子の車をひかせる馬の下検分にでかけた。

伯邑考はみごとに大任をはたした。馳車《ちしゃ》には自信があるといったとおりであった。受王の手足のごとく馬車は風をきって丘を軽駛《けいし》した。受王の颯爽《さっそう》とした勇姿はいやがうえにも衆目をひき、

「天子のことを、受王というより紂《ちゅう》王だといっている者もいるようだが、なるほど、紂（しりがい）のごとく人馬一体になっているわい」

と、たれかれとなく感心しきりであった。むろん伯邑考の御者ぶりも称賛の的になった。

——このような平坦な地で車をはしらせるなぞわけはない。

という伯邑考のおもいは、狩りがおわって受王からおおいに賞されたとき、それらしきことばが口をついてでた。周国の地勢はけわしく、そこを馬場としていた伯邑考にとって、ここ済水中流域の、丘といっても険路はなく、あとはみわたすかぎり平野というようなところで、駆馳《くち》することは、凍った湖面をすべってゆくようにたやすいことであった。

——西の者はよほど馬にはうぬぼれがあるらしい。

と、受王はかすかに口をゆがめて笑い、

「つぎはさらにたいらなところへうつるゆえ、ものたりなくあろうが、またなんじに御をしてもらわねばなるまい」

と、伯邑考の意気を煽《あお》った。

——埓《らち》のないことよ。

主人の伯邑考のあとを追って閎天はまた奔《はし》らねばならない。

天子にひきいられた大集団は、大野沢をめぐるように東へ移動して、狩りが再度催されたのである。こんどは王侯貴族で獲物の数をあらそうことになった。おびただしい猟犬が汀や草野を猋《はし》り吠え、車や弓についている鈴が鳴りつづける。

閎夭は、はしる。——

ふとわきをみると、もうひとりはしっている。嬴来である。かれの主人である受王は伯邑考とひとつの車に同乗しており、嬴来も閎夭もはしる方向はおなじである。ふたりとも車からかなりひきはなされた。天子の車がはやすぎて、自分の足をくりだすほかのないふたりは、これはしかたのないことといえる。

「あの車からはなれずに奔りつづけることができるのは、飛廉《ひれん》だけでしょう」

と、さきの狩りのあと膠鬲からきかされた閎夭は、

——飛ぶがごとし。

と、噂されるその趫健《きょうけん》のもちぬしが嬴廉《えいれん》であることをしって、あの逃亡者が商ではそんなに有名になっているのか、と意外であると同時にいやな気がした。閎夭は商にきてから来《らい》ばかり見てまだ廉《れん》を見たことがない。この狩りでもそうである。

ふたりはしばらく肩をならべるように無言ではしっていたが、閎夭のほうから、

「蜚廉《ひれん》はどうした」

と、きいた。蜚《ひ》はあぶら虫という意味で、飛《ひ》の音にひっかけて、とっさにあだ名

をつけたのである。嬴来はむっと口をむすんだままはしっている。そのうち、

「季勝《きしょう》はどうした」

と、こんどは嬴来のほうからきいた。

「たれだ、それは――」

閦天はしらばくれた。季勝については主君の昌から口どめされている。

「わしの弟よ」

と、嬴来は口をとがらせた。

「弟か、弟なぞしらん。そういえばあのとき、二、三の者を水中へ射おとしたから、そのなかにいたかもしれぬ。おそらく季勝はいまは水底でねむっていよう」

と、閦天がからかうと、嬴来は足をとめた。――こやつ怒ったな、と閦天がふりむくまもなく、嬴来はいきなり飛びかかってきた。組みあったままふたりは草棘《そうきょく》のなかにどうと倒れた。嬴来の眼からおちた涙が閦天の顔面をうった。閦天は、

「なにをするっ」

「季勝の仇《あだ》をうってやる」

と、嬴来は閦天の首をちからまかせに締めた。首の骨がくだけそうになった閦天は、

「まて、……あれはうそだ。……季勝は殺してはおらぬ」

と、嗄《か》れた声でいった。

一瞬、嬴来の指先から力がぬけた。

嬴来にまさるともおとらない筋膂《きんりょ》をもっている閎夭のことだ、自分をおさえつけている力の間隙を見逃すはずはなく、相手の腕をふりほどき、たちまち跳ね起きた。

抛《なげう》たれたかっこうの嬴来は膝をついたまま、

「騙《だま》したな」

「いいや、騙しはせぬ。季勝は生きている。が、それからのことはしらぬ」

「ならば、季勝をかえせ」

「それはできぬな。できぬどころか、いったん奴《ど》僕《ぼく》としたなんじをこのまま周へつれかえっても、王は口をはさむことはできまい。昔からそういうことになっているんだ。というより、これは商王がきめたことではなかったか」

「ふっ」

と、嬴来は一息し、

「そっちはそのつもりでも、こっちは周の奴僕などになったつもりはないわ」

閎夭は微笑をふくみ、

「そういうなんじは、商にきたとて、奴僕とたいしてかわらぬではないか。甲《よろい》もきれぬ戈《か》ももてぬ身分なら、わしとともに周にこい。悪いようにはせぬ。わが君に推挙して、奴僕を束《たば》ねる身分くらいにはしてやろう」

といった。戈はほこの一種だが、車戦用に開発された武器で、おもに車上でふるい敵の車上の戦士や地上の兵士をひき倒すように工夫されている。ただしこの武器をもち甲をつけることができるのは上級軍人だけである。嬴来をそうしたはれがましい身分に近づけてやろうと、閎夭はいったのである。弟のことで涙をながすようなやつだ、根は悪くない、と閎夭は嬴来の深情をのぞいた感じで、あえて勧誘する気になった。

嬴来はしずかに小刀をぬくや竜巻《たつまき》のように斬りこんできた。閎夭はあっと跳びのき、

「それがこたえか——」

「そうだ。わしも父もいちどは周にいた。だが、周侯からは無視された。いっぽう天子は、王子のご身分ながら、すでにわしらを認めてくださったのだ。天子は恩人といえる。その恩人のために死ぬことはできても、裏切ることはできぬ。また、たれの手をわずらわすことなく、おのれの道は、おのれできりひらく。いつか甲をつけ戈をにぎり車上の人となれたら、周を滅ぼして周侯を奴僕としてくれよう。わかったか」

と、嬴来はものを投げつけるように喋りながら、じりじりと足を動かし、いっき

に閎夭の喉笛を断たんばかりの殺気をみせた。

閎夭はやむをえず小刀をぬき身がまえて、

――もうすこしはやく、ご主君にこやつを見せるべきだったな。おしいやつよ。

閎夭の真意はそこにあったが、ここまでくれば、いまさらなにをいってもはじまらない。はじまるのは勝負のみである。

――これは、……どちらか死ぬな。

と、閎夭は直感した。このときかれは、いま自分がひどく困難な情況にあることに気がついた。それは、たとえ嬴来に勝ったとしても、王の配下を殺したことになり、商と周とにかかわりのある国々ではどこへも依帰《いき》するところがなくなるということである。――負ければ、むろん死ぬ。

閎夭は内心動揺した。それが嬴来につたわらないはずはない。この機をのがさず嬴来が一躍すれば、閎夭の軀幹《くかん》は血をふき、つめたい骸《むくろ》にかわって、沢畔《たくはん》に寄せるさざ波を枕に永遠のねむりについたことであろう。

が、このとき、……鈴の音が近づき、

「そこの、おろかものども」

と、大音声がした。閎夭はその声にすくわれた。さらに近づいてきた車の上に立っているのは干子《かんし》である。

「私闘が禁じられていることをしらぬはずはあるまい。このことが天子にしれれば、なんじらの首はたちまち胴とわかれねばならぬぞ。見ればひとりは天子の下人《かじん》らしいが、今日はみのがしてつかわすゆえ、早々にここを立ち去って、それぞれの主人に追いつくがよい」

と、干子がいいおわるがはやいか、心ここにあらずの閎夭は、車上の貴人に深く頭をさげて、飛び立つようにはしりだした。嬴来もそれにならおうとしたが、

「そこの者はすこしまて」

と、干子に呼びとめられて、中腰のまま仰視した。

「直答でかまわぬ。さきの者は何者だ」

「はっ。かれは周侯の臣にて閎夭と申し、いまは周侯の長子につき従っている者でございます」

「してなんじは――」

「申しおくれました。嬴来にございます。おおせのとおり、天子の下人でございます」

「なぜかの者を殺そうとした、とはあえて問わぬが、あれが西戎《せいじゆう》の臣なら、止めるではなかったか――。ま、よい。ゆけ」

と、干子はひとつうなずいてみせた。むかしから干子は周人《しゆうひと》を好きになれない。

そのことは嬴来にはすぐにわかったが、西戎とよばれる下等民族にはいるのは、周ばかりでなく秦もまたそうである。要するにあの貴人は西の者がお嫌いらしい、と嬴来は合点した。

——むずかしそうなお人だ。

という印象であった。

むずかしいといえば、のち問題になるひとつの山を、受はながめていた。

「梁山《りょう》」

である。山は中日《ちゅうじつ》の光を浴びて緑に輝き、大野沢にその影を映している。このさほど高くない山は、じつは、商王室にとって尊崇《そんすう》すべき意味あいのある山なのである。

——振古《しんこ》、商はそこから興《おこ》った。

と、いわれている。もっとも受は梁山とはいわずに、

「あれが夔《き》の社ではないか」

と、いったかもしれない。——夔とは商の遠い祖先のことで、古代の帝王・嚳《こく》のことであるといわれ、さらに帝舜《しゅん》と同一人であるともいわれている。このふしぎな帰一は、商人《しょうひと》が残してくれた甲骨文によるもので、甲骨学の発展は中国の古代史を研究する上で二十世紀最大の収穫といってよく、ある甲骨文に商の高祖の名がふく

まれていて、それはほとんど絵といってよいが、とにかくその名には「俊《しゅん》」または「夒」の字があてられ、すなわち「俊」は「舜」にちがいなく、「夒」は「嚳」であろうというわけである。余談をつづけると、司馬遷は古代の帝王の事績を書くについて、夒も嚳も舜も、別人としてあつかったため、その記述に撞着《どうちゃく》をもたらすことになった、ということはできる。

したがって、受王の問いかけにたいして、

「さようでございます。あれこそ高祖が祀られるべきところでございます」

と、近侍のひとりはこたえたことであろう。

梁山は商民族にとって聖地である。が、無人の山ではない。

「これ以上、お近づきにならないほうが、よろしゅうございます」

と、近侍が、血の気の多い受王をひきとめるようにいったわけは、梁山とその周囲はいま異族の占領下にある。その異族を、

「人方《じんぽう》」

と、商の人々は呼んでいる。

かれらの眼下で王が狩りをおこなっているというのに、いまだに人方からの入貢はない。おそらくかれらは山中にあって、このおおがかりな狩りの有様を、ひややかな目で見下しているであろう。あるいはすでにいくさ仕度をすませ、ぎらぎらし

た目で王の到来を待ちかまえているのか。

――憎きやつらよ。

受はその山の重要性をあらためて認識した。東南方を統制するとしたら、黎よりもそこ、梁山を基地としたほうがよい、という考えである。東へゆくにも南へゆくにも、梁山のあたりこそまさしく分岐点にあたる。

――これはぜひにも人方を駆逐《くちく》し、夔の社を回復せねばならぬ。

と、受はひそかに決意したものの、兵術的に梁山を見ると、その山裾には水がめぐって阻害《そがい》をなし、またこのあたりにはほかに山はないため、山頂からは四方の平原をみはるかすことができるはずで、人方を攻める側にすればどんな隠微な行動をも見破られてしまうにちがいない。敵地であるとはいえほれぼれするような天然の要塞である。それもそのはずで、はるか後世の物語『水滸伝《すいこでん》』の舞台になり難攻不落をほこった梁山泊《りょうざんぱく》の梁山こそ、この山である。

――時がかかりそうだ。

と、受はひとしれず嘆息をもらした。が、梁山をおとさなければ、かれの構想にのっとった東南方の経略は成就しない。

――箕子ならどうするであろう。

受は西北の天をふりあおいだ。その箕子からの伝言をもって嬴廉が狩り場へ到着した。

嬴廉は天賦《てんぷ》である足のはやさをみこまれて、受王が践修《せんしゅう》する地と大邑商とのあいだを往復し、双方の現状を、受王と箕子との言をいただいて、連絡するといった、いわば王の私信がわりの役目を仰せつかっていた。

受は小憩をとるため、馬車からおりて、木陰をえらんで嬴廉の報告をきいた。この時期、帝都はもとより北方も西方もいたって平穏である。嬴廉がつたえる箕子の言にはとくに留意するところはない。

「しかしながら、ひとつゆゆしきことがございました」

と、まじめな口ぶりで嬴廉が言上したことというのは——下々の噂ではあるが、兎に角が生えた、ということであった。なにごとであろうと身をのりだしていた受は一瞬あっけにとられた。つぎに、はじけるように笑い、

「箕子が、それを、ゆゆしきこと、と申したのか」

「さようでございます」

と、嬴廉がこたえると、受は笑いがとまらず苦しげに身をよじった。

「箕子のたわむれじゃ。うさぎにつのが生えたことが、天下の大事であるほど、世は平安であるという、箕子のたわむれよ」

受はそれを側近に披露して、またかれらといっしょになって笑った。その笑いの

渦のなかに伯邑考のくったくのない顔もあった。

が、うさぎにつのを生やさせたのが、自分自身であることを、受はしらない。「黎での蒐」は、じつは多方を響震させ、それだけに歴史的な催しになったわけだが、それはこれまでうさぎのようにくらしていたもろもろの小族を動揺させたばかりか、帰趨《きすう》に迷ったかれらにつのを生やさせることになったといえよう。

梁山とそのあたりに蟠拠《ばんきよ》している人方は、つのの生えたうさぎよりは、もっと強《きよう》悍《かん》な族であり、王軍がかれらを掃討しおえたのは、なんとこのときから十一祀(年)あとの、帝辛《しん》(受王)の十五祀のことである。

ぞんぶんに笑った受は、遠くからの呼び声に腰をあげ、手を額にかざして、

「おお、あれは干子ぞ。干子がなにかとくいげにわめいているわ。おそらく猟獲の上賞はわがものぞとでも叫んでいるのであろう。ものども、干の老体におくれをとるな」

と、受がいったときには、伯邑考は鞭《むち》をつかんで車に飛びのり、王の乗車にそなえた。

このとき、息せききって王の一団にようやく追いつこうとしていた閎夭は、にわかに動きはじめた王の車を見ると、

「ええいっ」

と、舌打ちして立ちどまったが、そのかれの脇を風が吹きすぎるようにすれちがった男がいた。その男はにやりと笑ったようであった。

——おや、いまのが蜚廉ではなかったか。

と、ふりかえった閼天の視界には、男の影はすでになかった。

炮烙《ほうらく》の刑

受《じゅ》という王はじっと坐ったまま思考を煮つめてゆく型の人間ではない。たえず肉体を動かし、その場その場でのひらめきを、すぐさま行動にうつしかえてゆく、いわば多忙を創造する天才であるといえた。

黎《れい》の地で捕獲したおびただしい動物をもひきつれて、大邑商《たいゆうしょう》にもどってきたかれには、さっそくとりかからねばならぬあまたの事項があった。そのまえに、

――これをやっておかねば、なにごともはじまらない。

ということがあり、受王は諸侯に戦慄すべきことを宣下した。

それは、あらたに入朝した諸侯はもとより、これから入朝する諸族は、すべて人質と玉《ぎょく》とを王室へさしだすべきこと、また累朝《るいちょう》に参内してきた諸侯もあらためて玉をさしだし、譜第《ふだい》といえどもこのことに関して例外を認めぬ、という徹底したもの

で、王を商王への忠誠のあかしとみなす、というものであった。

諸侯は当惑した。かつてかれらは歴代の商王から忠誠を強要されたことはない。かれらの信仰の対象は、当然神であり霊であり、これまで王の命令をつつしんでうけてきたのは、その命令が神霊のたちあいのもとに下されてきたものであると知っており、すなわちそれを王の意志というより神霊の意志としてきいてきたのであり、王の命令はかならず商帝国をうるおすものと信じて疑わず、ひいてはみずからの福となってかえってくるにちがいなかったからである。

信仰というのは、極言すれば、理論ではなく一種の好き嫌いであり、宗教というのは人間の感情の所産であるから、神霊につかえる王もまた諸侯の感情のなかに、むしろ実体のないきよらかさで、あるべきものであった。

もっとはっきりいえば、商王とは、王という名さえあればほかになにもいらず、透明な存在であってもよかった。

その王が、まぎれもなく筋骨たくましい軀幹《くかん》をもち、ある意味ではなまぐさみをもった存在として、にわかに「忠誠というたて糸をよこせ」といってきたことに、諸侯は不快感をおぼえた。諸侯または諸族の長がさしだすそのたて糸をにぎるのが唯一人であるかぎり、かれらはそれぞれ王と直接につながることになり、かれらの共通の支配者は王のみになり、すなわちかれらは自分たちの生殺与奪の権を王にあずけることになる。

これは従来、商王朝を成り立たせてきた制度とは、だいぶちがう。

かんたんにいえば、いままでは商都に近いところ——つまり近畿——は王が治め、商都から遠いところは有力な諸侯が王にかわってまとめてきたわけで、そうした諸侯がひとしくもっている意識は、商王に臣伏しているというより、商王を援助してやっているというものである。

そこで当然かれらには、公然と口にはできないことながら、

——黎での蒐《しゅう》といい、このたびの宣下といい、なんぞや、このさしでがましさは。

というひそかな反撥があり、同情の者にたいして、いっそこのいまいましい詔令《しょうれい》を拒否してみたらどうか、という根まわしがはじまった、とみなければならない。

が、さきに戦慄すべき——、と言ったわけは、受王は自分がだした命令を諸侯があっさりうけいれてくれるとはおもっておらず、かならずあるであろう反撥にたいして、高圧手段を用意していたことである。一種のおどしである。それは、

「炮烙《ほうらく》の刑」

といって、あとにもさきにもなく酷虐《こくぎゃく》ここにきわまるという、火刑の新設である。

ところで受王がこの刑を、罪ある者を焼き殺すためだけに創造したのか、どうかは、詮議の余地がありそうにおもえるが、とにかく商王朝で実行されていた肉刑は、

「刀で鼻を半分に割る刑」

「戈《か》で耳を切りとる刑」

「鋸《のこぎり》で足を断ち切る刑」

などが甲骨文字にみえ、ほかに火刑として、

「首につなをかけ足下から火でつつむ」

というものがあった。ただしこの火あぶりの刑は、いけにえの儀式というにおいが濃く、受王の独創による「炮烙の刑」も、それをより劇的に構成したものではあるまいか、と推測したほうが無難なような気がするが、どうであろう。

そうみれば受という王が、いかに想像力に富みひとの意表をつくことが好きであったか、わかろうというものだが、この稀代の創作家は同時に非凡な演出家でもあったわけで、そのおそろしさは、かれの実験劇場のなかで確実に人命がそこなわれてゆく、というところにあった。

いまでも「郊外」というように「郊」という字は「都からはなれた場所」の意味でつかわれているが、じつはそれは火祭りの場所で、その火をめがけて神が降り立つ聖地を指していたわけだから、「炮烙の刑」の発表会ともいうべき火の祭典がおこなわれたのも、商都の近郊であったろう。

参集の者は、これから眼前でなにがはじまるのか、予想もつかなかったにちがい

ない。

はじめに二つの櫓《やぐら》が距離をおいて組まれる。つぎに長く太い銅柱が運びこまれ、その銅柱にたんねんに油がぬられる。そうした作業が進行する一方で、櫓と櫓とのあいだの地面に炭がびっしりしかれ、炭はさらに厚く積みあげられてゆく。やがて下からの合図で両端に索《なわ》をかけられた銅柱がするすると櫓の上まであがってゆき固定される。これで櫓と櫓とのあいだに銅柱の梁《はし》が架かったことになる。

「火をつけよ」

と、受王が命じると、いっせいに炭に火が点じられる。炭にすっかり火がまわるまでには時がかかり、そのあいだに後ろ手にしばられた男たちが櫓の下にひきだされる。このときになってようやく、参集の者は、

――犬のかわりに、かの者どもを燎《や》くおつもりらしい。

と、おぼろげながら供犠《きょうぎ》の見通しがたってきた。

炭が赫々《かくかく》とした炎をはなちはじめると、王の合図で、拘引《こういん》されてきたその男たちは櫓にのぼらされることになるわけだが、そのまえにもしも受王が、

「かの者どもにいいきかせよ。よく銅の梁をわたりきったものは、その場でただちに解き放たれるであろう、と」

と、宣告したとすれば、これはやはり刑であろう。神霊に供げられるいけにえな

らば釈放されるということはありえない。微妙なところである。というのは、受王には銅の梁をわたる者たちをすべて火中に落下させる自信があったとおもわれるからである。

櫓の上に立たされたかれらにとって、鹿ならばひとと びで着けるかもしれない距離にあるもうひとつの櫓が、さしあたっていのちをながらえる場になるはずである。しかし銅柱にぬられている油が灼熱の深淵へかれらをみちびこうとしている。

「徂《ゆ》け」

と、役夫《えきふ》に肩を押しやられた最初の者は、素足を一歩踏みだし、二歩目をおろし、三歩目をおろすまえに絶叫し、あっけないほどのはやさで、火の池にまっさかさまに殞《お》ちた。火の粉がどっと舞いあがった。黒煙が天にのぼってゆく。肉の焼けるにおいがあたりにただよいはじめた。それを見ていた二番目の男は、銅柱に抱きつくようにして、蠕《は》いすすもうとした。しかしこれも銅柱のなかばまでいって、平衡をうしない、悲鳴とともに落下し、火炎にのみこまれた。

商王朝の人々は、神霊のためとおもえば、女を生き埋めにし、男の首を刎《は》ねるくらいのことはやってきたわけだが、さすがにこの火刑を正視できる者はすくなかった。ということはこのころ、かれらは無意識ながら、古い宗教人たるところから脱皮しようとしていたのかもしれない。それに反してもっとも犀利《さいり》で開明であるはずの受王だけが、王であるがゆえに——数多い祖先の霊の守役《もりやく》であるがゆえに——ひとり妄執《もうしゅう》にとりのこされようとしていたのかもしれない。

火の粉が、銅柱にぬられている油に飛びうつり、銅柱は火炎の梁となった。それでもいけにえとしての受刑者たちはわたらねばならない。かれらの肉体は、熱によって焼け爛《ただ》れ、炎によって殺《そ》げ落ち、いまにも骨のあらわれそうな胸と腕と足とで柱にしがみつこうとする。その必死に生きようとするかれらの努力を、

「みよ、みよ、あの滑稽さを」

と、受王が笑ったとしたら、かれはもはや正気を失っていたというほかない。

——これはむごすぎる。

と、うつむき、あるいは顔をそむけた者のなかに箕子《きし》がいた。大臣のなかでもっとも尊貴であり、受王におもいきった口のきける、この大老でさえ、

——天子よ、どうかそのあたりでやめていただきたい。

と、たちこめている異臭をはらうような声を発するわけにはいかない。

この処刑というか祭典の様式は、王の発想によるものであることはあきらかなから、おそらく火中に投じなくてはならぬ人数は王がきままに決めたわけではなく、卜《うらな》いによって神霊の意をうかがってでたもので、いわば神霊が天から要求してきた数であるかぎり、それに異見をとなえることは、神霊にそむくことにほかならない。

商人《しょうひと》であればとてもそんなことはできることではない。

さきに黎からかえってきた受王は、まっ先に箕子をねぎらい、

「朕《わし》がいなくても、箕の耆徳《きとく》にまかせておけば、この大邑商はびくともせぬというわけか。ところでめずらしい獣をたくさんとらえてきたぞ。これでご先祖の霊のご賞玩《しょうがん》に供すべきものがまたふえたといえよう。ぜひ、見ておいてくれ」

と、ひとなつっこい笑顔をみせたが、いまみせているおそろしい笑顔は、とても同一人のものとはおもわれない。

——王のなかには、もうひとりのたれかが棲《す》みつかれた。

としか箕子には解釈のしようがなかった。

炮烙の刑がおわると、受王はすっくと立って、

「不共《ふきょう》の者どもは、かくのごとしである」

と、いった。

このことばは諸侯のあいだに突風のようなはげしい速さでつたわった。

——不共ということは、恭《つつし》まざるということか。

であれば、天子の命令にしたがわぬ者は、すべて、きくもいまわしいその炮烙の刑とやらに処せられるということらしい、と、大小の国の君主たちはふるえる声でささやきあい、気がついたように臣下をあつめて、

「玉《ぎょく》じゃ。よき玉をさがせ」

と、あたふたと指使することになった。

ところで、「不共」にはまた「いけにえを供《ささ》げない」という意味もあり、

――商王朝に入貢しない族どもは、みなああなるのだ。

と、王がいったともとれる。商帝国の外にいる諸族のあいだでは、もっぱらその意味あいで、王のことばは恐怖の種として伝播《でんぱ》した。こんどの商王は寛容にかけることがあきらかである以上、かれらは、

――いまさら商都へでかけていっても、どうせ焼き殺されるだけだ。

と、いまいましげに語りあい、受王をまれにみる貪欲で凶悪な天子であると想定した。いや、商が天下を治めているとは認めていないかれらにとって、商王が天子であるはずはなかった。商王はひとつの勢力の頭首にすぎなかった。とはいえ、このころの中国では商が最大の勢力をもっていることはたれの目にもあきらかであり、おそかれはやかれ絶大な武威をきらめかせて商の大兵がおしよせてくるであろうと予想される地方にすんでいて、入貢しそびれた諸族は、商王の言動を片腹で笑ってばかりはいられない。もうひとつの腹のうちはよほど深刻である。かれらは商に対抗できる勢力をさがし、それの君主を盟主とあおがなければならぬ切実な時期にさしかかっているといえた。

その点、南方でも淮水《わいすい》よりはさらに西、漢水《かんすい》流域の諸族（盧《ろ》、濮《ぼく》、彭《ほう》、庸《よう》、蜀《しょく》など）は、

――商と張りあって一歩もゆずらぬのは、召《しょう》のほかにない。

と、はやくから召の実力を認め、召の君主である「召公」を盟主と奉戴して、ますます結束をかためたい意向を示した。

しばらく鳴りをひそめていた召だが、その要人たちは、商の内外の不穏な動向を、風でかぎわけ、

――これは商王の威望がおとろえるきざしかもしれぬ。

と、にわかに色めき、ひょっとして商への旧怨をはらせるかもしれぬ、と思い立って、各地に飛び、ひなどりを両翼でかかえこむように、ぬかりなく勢力拡張につとめた。ただしそれは少々あとの話になる。

いかに箕子が諸国の事情にさとくても、そうした外廷の活気までは見通すことはできなかったであろうが、炮烙の刑が万人に不評であり、王の失政をどこかでかならず喜んでいる者がいる、ということくらいはわかる。かれは、

――王になにかがあったにちがいない。

とおもい、尹佚《いんいつ》を呼んでたずねてみた。なにかかわったことと仰せられても、……と尹佚はしばらく首をかたむけていたが、おもいあたるふしはないらしく、そ

れでも、

「これはお耳にいれるようなことではないとおもわれますが……」

と、かれがいったことは、――王が黎の地へ出発する以前のこと、宮廷のかたすみで雀が烏《からす》をうんだことをしった王は、「どうしたことぞ」と、卜官《ぼくかん》に下問したところ、その卜官は「小さなものが巨《おお》きなものをうめば、国や家に祉《さいわい》があるといわれております。したがいまして、天子のご名声はいまにも倍《ま》してお高くなるでありましょう」とこたえて、王を大悦させたという。

うさぎに角がはえたという巷説《こうせつ》とおなじたぐいの話だな、と箕子はおもった。どちらも弱小なものが強大になるという話で、商がまだ王朝として脆弱《ぜいじゃく》であった昔ならばいざしらず、いまの商にとってそれはうれしい兆《きざし》ではない。おそらくその卜官はとっさに王に阿諛《あゆ》したのであろう。

――あれもこれも妖孽《ようげつ》というやつだ。

と、心痛した箕子は、これでまたとうぶん大臣の席を辞して封邑《ほうゆう》にひきこもる機会がうしなわれたことをさとった。わしはいつも心とはちがうところにいるようだ、いや、いさせられるようだ、と箕子は自分の運命をとらえながら、――ほかに宮室で異変がなかったとすれば、受は南からもどってくるたびにかわるということか、と色ちがいの糸をむすびつけるように思い合わせてみた。

「わざわざ呼びつけるようなことをして、すまなかった。ひきとってもらいたい」

と、ねんごろにいって、尹佚の顔を見たその眼が光った。

――やはり、あったか。

と、箕子はおもったが、だまって見守っていた。尹佚が無言で去ってゆくのなら、そのまま去らせるつもりであった。

「箕子さま――」

「しっ、もそっと、ひくい声で申せ」

これからいわんとすることが、あらかじめわかっているかのような箕子の敏慧《びんけい》に、内心おどろきつつ尹佚は、

「ひとつ口外を禁じられていることがございます。じつは先日天子は庖人《ほうじん》（料理人）を誅《ころ》されましてございます」

と、いった。受王は自分の命令を破る者があればたれでも容赦はしない。尹佚はそうとうな覚悟でうちあけたのである。

受王を怒らせたのは、ある庖人が火加減をあやまって、王の舌にのらぬ羹《あつもの》（スープ）をさしだしたことによるが、そのとき王は青火《あおび》がもえるような目つきをし、「熱いということが、どういうことか、ここでわからせてやろう」と、炭火をいっぱいに盛った熨斗《のし》で、わななき血泣するその庖人を焼き殺した。無能力者を憎むこ

とのはなはだしい受王にしてみれば、羹ひとつ満足につくれぬ庖人は、生きている資格はないといえた。

「天子はすでに炮烙の刑をおためしあったのか――」

箕子は酸鼻《さんび》の感にたえないここちがした。

箕子は黙っていなかった。

かつてかれの兄が帝を名告《なの》ったとき、狂われたか、とひとり気を吐いた箕子のことである、いまでも血は若人のそれさながらに熱い。ただちに炮烙の刑の廃止を奏上した。

受王は憑《つ》きものがおちたようなすがすがしい表情で箕子にむかい、

「今後いっさいおこなわない、ということはできぬが、そうまで申すなら、さしひかえよう」

と、ぞんがい柔軟なこたえで、老臣の強面をやわらげさせた。

「まったくやめる、というわけにはまいりませぬか」

箕子はもうひと押ししてみた。

「それは朕がきめるというより天がきめることだ。おそらく天が、もうよい、とつげてくれれば、それまでのことになろう」

「さようですか――」

箕子は胸のつかえがおりるというわけにはいかなかった。

受王は奇抜なことをいった。

「箕子にだけは朕の真情をつたえておきたい。もしも商王朝に、万寿の長命を、天がくだしおかれるのなら、朕があの炮烙の梁をわたり、天上にかけあがって、天帝のおそばにまいってもよいとさえおもっている」

「なんと、主上が御みずから犠牲に――」

「そうだ」

箕子は深いおどろきとともに、

「身が灰になれば、ふたたびこの地上によみがえることはできないのですぞ」

「それでもよい。まだ朕が王子であったころなんじにいったとおり、王にはなりたくなかった。したがってまた王としてうまれたくもない。いまは子孫の繁栄のためにおおいなる礎《いしずえ》になりたいだけだ」

「おお――」

箕子は感動した。受王がそれほどの決意で事に臨もうとしていることに目をみはるおもいであった。箕子には受王の微笑がしみてくるほど美しくみえた。

この日、受王はよほど気分がよかったのか、

「朕はこのとしになって、ひとつわかったことがあった。それはなにゆえ、父が後

継にまよわれていたか、ということだが……」

と、うるわしげにいった。

箕子はひやりとしたものにふれたように、

「はて、それは──」

「微《び》の兄のことではないわさ。父がまよったのは、箕子に継がそうかどうかということではなかったか」

「なんということを仰せられます」

箕子は汗がふきでそうになった。

「父はまちがったかもしれぬな。はは、これこそ、ゆゆしきことよ。そうならぬように、箕子よ、けっして職を辞して下邑《かゆう》へ帰るというようなことをいってくれるなよ」

こういういいかたが受王の箕子への愛というものであった。箕子はなにもいえなくなった。

「これからは、からだがいくつあってもたりぬわ」

受王は箕子の沈黙をやぶるようにはればれと哄笑した。

まさしく受王は多忙になった。

かれが狩りをおこなった黎丘《れいきゅう》に邑を営度し、人方《じんぼう》へのおさえにして、南方へ兵をおくりこまねばならぬ。そのためには黄河の南に軍事基地を設けなければならないが、それには鄭《てい》がもっともふさわしく、鄭を王室直轄にしてそのあたりに軍馬をあつめておきたい。また鄭と連絡のとりやすいところに副首都のような邑を建設するつもりだが、すでにかれの父の帝乙《いつ》もおなじ考えであったらしく、鄭と大邑商との中間に、

「朝歌《ちょうか》」(河南省・淇《き》県)

という妖美な名でよばれる邑を手がけており、かれもそれを踏襲し拡張して副首都にしようという腹づもりである。また近い将来、南方での戦果としてぞくぞくと俘虜《ふりょ》がおくられてくるにちがいなく、大規模な捕虜収容所の設置も必要にせまられるにちがいなく、その場所は朝歌と大邑商とのあいだにながれる羑水《ゆうすい》のあたりが適当であろう。さらに南からはこばれてくるのは人間ばかりでなく獣もあるわけで、それらを放し飼いにできるような囿苑《ゆうえん》(動物園)の構想をももっていた。

そのようにかれが目営心匠《もくえいしんしょう》したもののなかで、つぎの年(帝辛五祀《しんし》)に実行し完成させたのが、

「南単《なんせん》」

の建築であった。単《せん》というのは宗教的建造物で、土を方形につみあげてゆき盾《たて》の形にまとめた塔のようなものであり、もともと商は東単・南単・西単・北単と四つ

の単をもっていたわけだが、受王は南単だけをひときわ高いものにつくりかえた。その上に立って、

——南を望む。

ためである。このころ、望むことは征すること、にほかならない。この南単がのち発展して、中国版の「バベルの塔」というべき、空前の高層建築の、

「鹿台《ろくだい》」

になる。それは、後世の人が想像したところ、玉で飾られたうてなが十層あり（『天問』）、建てはじめてから七年を要し、広さは三里平方もあり、高さは千尺で、

——雲雨を臨望《りんぼう》す。（『新序』）

という壮大なものであった。ただしこのころ、金属の釘《くぎ》というものをおそらく宗教的理由でつかわなかったから、雲をつかんばかりの高層建築が可能であったか、疑義として興味のあるところである。

ついでながら、さきに書いた囿苑を受王は沙丘《さきゅう》というところに実現させることになるが、想像力のとぼしい周《しゅう》の姫昌《きしょう》は、それらをことごとくまねし、霊台《れいだい》、霊囿《れいゆう》といって商にあるものと同種のものをつくって、商文化をしらぬ周の国民にうやまわれよろこばれた。たしかに姫昌は商のよいところを周にとりいれようとした。文化の不毛国である周は商を手本とするほかない。かれは帝辛六祀の夏に、涇水《けいすい》が渭水《いすい》

に合流しようとするあたりの、畢《ひつ》（程邑《ていゆう》の西南。現在の陝西省《せんせい》咸陽市《かんよう》の北）で、

「籥《やく》」

という小規模な祭りをはじめておこなったが、それも祖霊を尊ぶ商の祭祀をなぞったものである。姫昌の為政にすぐれたところがあったとすれば、ひとつは、進出した地をひとにまかせず、

——周の政治とはこういうものだ。

ということをはやく庶民に肌でしってもらうために、みずからがそこにのりこんでゆき撫安《ぶあん》しようとしたことであろう。ためにこのころでは、君主が常住している程のほうが首邑《しゅゆう》といってよく、岐《き》山の麓の邑は行政上の比重としては軽くなっていた。

周は農業国であるにもかかわらず、国民は加工に巧みなところがあり、城壁を築く技術から馬車や武具をつくる技術まで、天下第一といわれる商のそれとくらべても遜色《そんしょく》はない。また玉の加工にも長じ、はじめて姫昌が商へ入朝したとき、周からの貢物をつらつらとながめた受王は、あとで、

——周のみやげはこれといってたいしたものはないが、玉だけはみごとである。

といった。姫昌はこのときすでに人質と玉とを王へ奉ってしまったというわけである。むしろ受王が諸侯から玉をあつめる気になったのは、周の玉をみたためかも

しれなかった。

さて、その受王は、もうひとつあらたな決意でしなければならぬことがある。いわば交換経済の確立である。

——いよいよ、あの男を呼ばねばなるまい。

受王が憶いだした男というのは、いうまでもなく費中《ひちゅう》である。

この日のくるのを一日千秋のおもいでまっていた費中は、さっそく、

「天下の粟《ぞく》をお集めくださいますよう」

と、建言した。

万民の主食とする穀物を制御することによって、貨の安定をはかろうというものである。その素地ができたうえで、貝をつらねてひとまとめにしたものを、

「朋《ほう》」

とよび、貨の単位とするというわけである。

「平明に申せば——」

と、費中が詮解《せんかい》したことは、いままである量の粟を朋ひとつで得ることができたのに、粟が不足すれば、おなじ量の粟を得るのに朋ふたつが要ることになり、そのときは倉をひらく。ぎゃくに下々に粟があまれば、あまった粟を倉におさめる。そうすれば貨の価値を一定に保つことができる、ということである。

「あいわかった。したが、天下の粟をあつめるとなると、その倉はよほど巨大なものになろう」

「が、ぜひとも、いそぎご着手ねがわしゅう存じます。これができませぬと、いくら貝ばかりあつめましても、無用のことになりまする」

「そうであろうな」

受王は二つの巨大な倉をつくることになった。

ひとつは粟のための倉、

「鉅橋《きょきょう》」

である。ほかのひとつは貨のための倉で、さきに書いた「鹿台」である。鉅橋がどこに建てられたのかはっきりわからないが、鹿台は朝歌の邑内に建てられたらしい（『水経注《すいけいちゅう》』）。また壮麗な鹿台には、貝ばかりでなく諸国諸族から献上された珠玉奇物なども、おさめられることになる。

貝が通貨とされることについては、各層によってそのうけとりかたはさまざまであり、市場関係者のように諸手をあげて賛同をしめすものもあれば、一方で、貝には呪力《じゅりょく》があり、貝は祭具にひとしいものゆえ、天子は、

――けがらわしきことをなさる。

と、むかし受王がもったとおなじような感情で反撥する階層があったとしても無

理はない。かれらは商はあくまで神政国家であると信じて商のもろもろの神へ旧苔《ふるごけ》のようにへばりついている聖職者たちで、一種のがんめいな保守派といえた。受王もまた聖職者にはちがいなかったが、かれは同時に為政者であり、貝を尊ぶきもちよりは王朝をいかに円滑に運営し帝国を繁富《はんぷ》させようかという意識のほうを優先させた。が、商王朝の組織のいたるところに付帯して暗い祈りをまもっているかれらにしてみればそうはいかない。このたびのような貝を通貨とする王の決定にかぎらず、王の一決によってすべての人が動きはじめてしまうしくみのなかでは、かれらの存在は浮きあがりつつあり、王ひとりに権力が集中することにより末端の祭祀や占卜が簡素化されることをよろこばず、

——天子は祭祀をおろそかになさろうとしている。

と、かれらは同職者の紐帯《ちゅうたい》をかたくして、しきりに警策《けいさく》をならした。

このころ人質をつれて参朝していた九侯《きゅう》は、

「だいぶ、貨のことでさわがしいようではないか」

と、費中にいった。

「なに、あれしきのことで、おとりやめになるような天子ではありませんよ。それより貝のほうはまちがいないでしょうな」

「ふむ、しかし天下に流通するだけのものを手にいれるとなると、な」

と、九侯はことばをしぶった。

「それはこまる。すでに九侯どののことは天子のお耳にいれてあるのです。ない、ではすまされぬ」

「さようか。ま、案ずるな。なんとかできよう。それより、天子に献ずるわが質だ。天子のお覚えはいかになろう。なんじにききたい」

と、鈴をふって人を呼んだ。

ひとりの娘が室に香りのようにはいってきた。

「や、これは――」

費中はその娘のあまりの美しさにつぎのことばをうしなった。

――これが質か。この美体を撫抱《ぶほう》できるとは、さても天子とはうらやましきものだ。

どちらかといえば好色の部類にはいる費中は、のどもとが渇くような感じで、娘を視た。娘のものごしは温舒《おんじょ》として、脰《うなじ》はぬけるように白く、膚理《ふり》にはつややかなうるおいがあり、かすかにみせた歯は珠をつらねたようである。

九侯は費中の愕《おどろ》きをさぐるように、

「わしの女《むすめ》だが、どうであろう。天子のお気先にかなうであろうか」

「かなうどころか、この美妙さなら、あるいは王婦になれるかもしれませぬ」

受王にはすでに妃妾《ひしょう》はたくさんいて、かの女たちの腹からうまれ大きくなってい
る王子もいるが、いまだに王婦《むすめ》つまり正妃はたれともきまっていない。
「それをきいて安心した。女は商室のしきたりをしらぬし、南のそだちゆえ北のこ
とばはよくわからぬ。こちらとしても後宮までは手をまわしかねるので、そこで心
細いおもいをさせるのは哀れでならぬのだ」
　そういうときの九侯はひとなみの父親にすぎなかった。娘は眉《まゆ》をおさめて父をみ
たが、そのとき眉宇《びう》に青いかげがさしたようで、それがかえってなまめかしく、費
中はただただ嘆息するばかりであった。
　こうして九侯から献上されたこの麗雅な娘は、費中の予想どおり、たちまち受王
の目にとまり寵愛された。というより受王の眼中からほかの女が消えうせたように、
溺愛《できあい》された。九侯の娘にしてみれば、受王からうける身を揉《も》むような忻《よろこ》びのなかで、
月日がすぎてゆくのはまたたくまであったろう。

盂《う》方《ほう》討伐

叛違《はんい》をつたえるうわさがある。

ある大国の君主が参朝しなくなった。むろんかれは受《じゅ》王に玉《ぎょく》を献ずることをせず、王室に人質もいれない。かれにしてみれば、

——いまさら臣従せよとは、王もたわけたことをのたまうことよ。

という気であったろう。かれが強頑《きょうがん》な姿勢をくずさないのは理由がある。

この君主は、

「盂方伯《うほうはく》」

とよばれ、ある地方を統治できる立場にある。いや、もはやあったというべきであろう。しかし本来「方伯《ほうはく》」というのは、その地方にあっては王にひとしく、その地方にある小国諸族をしたがえて商《しょう》と同盟をむすんでいる独立国の君主であり、な

にも商王に隷臣《れいしん》のごとくつくさねばならぬ義務はないのである。むしろこれまでは、かれのように異族でありながら商に心をよせる大国の君主に、商の朝廷は方伯の尊称をあたえて、きげんを損じないようにしてきたといったほうがよい。それが受王によって一変した。

当然盂方伯はおもしろくない。

商王は諸侯から玉をとりあげたばかりか、きけば狩りにうつつをぬかし、百姓《ひゃくせい》からは粟《ぞく》をかきあつめ、南方の諸族からは宝貝をさしださせているらしい。おまけに大層な倉府《そうふ》をつくり、広囿《こうゆう》をもうけ、王臣までも酒杯をあげぬ日はないという。すべてが唾棄《だき》すべきことであった。

――あんなところへゆけるか。

剛愎《ごうふく》なかれは嫌気がさした。この時代では受王の着想は外藩から見れば綺靡《きび》な妄想にすぎなかったであろう。やがてこの大国の沈黙は、

――盂方伯が叛《そむ》いた。

という流語にかわって、商の内廷を暗風のごとく吹きみだした。

「高宗武丁《こうそうぶてい》王のころには、王子の婦に女《むすめ》をおくりだした姻戚《いんせき》であった、あの盂方が――」

と、昔を識《し》る者たちのおどろきもある。流語は受王の耳にはいった。かれは眼底

で火を燃やすような目つきをして、

「来いといえ」

と、使者を盂方へつかわしたが、使者は盂方伯の言質《げんち》もとれずにむなしく復命した。

「来なければ、来させるまでだ」

と、受王は怒りを圧《お》し殺したような声でいい、軍旅をもよおすことを示唆《しさ》した。

これが帝辛《しん》九祀《し》（年）のことである。

じつのところ盂方の離叛は受王の計画をくるわせようとしている。かれは来年に東方を親征するつもりである。というのは南から納入される貝が予定の数量にみたないからで、

「九侯《きゆう》はいかがいたした」

と、催促しても、むこうからは、

「これでせいいっぱいでございます」

という返答しかない。

「口ほどにもなかったではないか」

と、受王は費中《ひちゆう》を叱責すると、費中は額に汗をうかべて、

「南海になければ、東海でございます。東方のことでしたらいちど干子《かんし》さまにご諮《し》

問《もん》あそばすべきでございましょう」

と、苦しげにいいのがれた。そのあとでいそぎことの経過を干子につげた。

干子は凝然として、

「それはなるまいよ。東方の民は天子のお求めに応じ、鹿台《ろくだい》や鉅橋《きょきょう》の築造にたずさわり、ながいあいだその使役によく耐え、いまや疲倦《ひけん》しはじめている。それに貝をとるとなると東海にまででなくてはならないが、あのあたりまでは天子のご威光はおよんでおらず、あえてでるとすれば、ひといくさも、ふたいくさもせずばなるまい。このうえそんな血なまぐさいことに庶民をまきぞえにするにはしのびぬ」

「おことわりになるのですか」

「それしかあるまい」

「天子のせっかくのご尊寵《そんちょう》を、そこなわれることになるとおもわれますが」

「なにをいうか。民あっての天子ぞ。そんなことがわからぬほど愚かな天子とおもってか――」

費中は干子のときならぬ怒気に顔色をうしなった。

そういいながらも干子は日ごろの鬱憤を吐きだすように、

「そもそも商室は東方から興《おこ》ったものだ。東方の諸族がもりたててくれたために、今日の商の栄耀《えいよう》があるのだ。それをなんぞや、ちかごろの天子のなさりようは。東方の民を狗彘《こうてい》のごとくないがしろになされておる。そうした疲乏した民をかかえてわしは、天子が万民の怨嗟《えんさ》のまとにならぬよう、夙夜《しゅくや》、身も心もくだけるおもいで勤行しているのだ。が、わしのことはよい。いまや天子は無情のくわだてをおすてになり、東方の民を恤《あわれ》むべきである。そのお心さえあれば、かえって東方の諸族は、異族であっても、よろこんで海水に潜って、貝を献上してくるであろうに」

受王に昵近《じっきん》しているせいか、干子はつい口がゆるんだ。が、このとき干子は、眼前に神妙な面もちでうなずいている費中が、もはや賤臣《せんしん》ではなく、受王の目となり耳となって、御座のまわりで重きをなしていることをわすれていた。さらに干子にとってまずいことには、費中は受王の感情の居場所をかえさせるほど弁舌の巧みさをもっていたということである。費中は折り返してすぐさま拝謁をねがいでた。

受王は蒼ざめるほど形色をかえて、

「なに、朕《わし》がやろうとしていることを、干子は愚計よばわりしたと申すのか」

「おそれながら」

「父乙《ちち》には大亀を献ずることはできても、朕には貝ひとつの労もとれぬとか」

「おそれながら」

「おのれ、干子め。どうしてくれよう。よし、ただちに干子を呼べ。じきじきにその存念を問いただしてくれよう」

費中はすこしあわてて、

「それはあとでよろしゅうございましょう」

「なぜだ」

「干子さまが主上の御内旨をおことわりになることはあきらかなのでございます。それに干子さまは、みずからいいだされたことは一言でも死守なさる狷介《けんかい》なところのあるお人で、かならずや主上とご争論におよびましょう。となればおそれながら、主上のいまの御気色では、干子さまをきつくおとがめになるは必至と推察つかまつりました」

「むろんのことだ」

「それでは東方の諸族とのあいだにみぞをつくるようなものになりまする。と申しますのは、東方の諸族のなかには干子さまを欽慕《きんぼ》するもの多く、いまここで干子さまに誚責《しょうせき》がおよべば、気の荒いかれらのことゆえ、たとえご宣命であっても黙受するはずはなく、東方は波だちましょう。いまは干子さまのことはすておかれるべきでございます」

「干子の気随をこのままにしておけとか」

「臣下は煽《おだ》てて使うにかぎります」

「ええい、わかったわ、それ以上申すな」

受王は横をむいていった。そのあとでかれはよほどくやしくなったのか、九侯といい干子といい頼りなきやつばらよ、とののしり、

「東方へは朕が親《みずか》ら征《ゆ》く」

と、決断した。

その矢先に盂方伯の離叛である。

ところでこの盂についてだが、――商時代のほとんどの地名がいまだに推測の域をでないように、これもどこにあったのかよくわからない。いつか書いたように、盂は邘《う》に通じ、邘の字はまた鄂《がく》に似ているところから、もしもこの盂方伯が鄂侯であると話はまことに煩雑になるが、ほかに盂にちなむ地名は商の首都のあった安陽《あんよう》をふくむ河南省内に三つほどあり、ほかに西へ大きくとんで山西省にもひとつある。さらに盂は周《しゅう》に国境を接するほど西にあった、ともいわれている。

いずれにせよ、盂は大国であり、受王が大邑商《たいゆうしょう》にいながら商軍を遠隔指揮できるほど、相手はあまくない。みずから斧鉞《ふえつ》をとって鎮圧しなければ、尻の浮きそうなほかの諸侯を威福させることはできまい。かりにそれがはかばかしくいかぬときは、盂方伯につづいて離叛する諸侯がでぬともかぎらないということだ。重大ないくさになりそうである。

はかばかしくいかぬといえば、対人方《じんぼう》戦略がそうである。人方は天阻《てんそ》をたのんで

なかなか降《くだ》らない。もっとも受王はそちらへつかわしてある小臣《しょうしん》（武将）へは、

――無謀な力攻めはするな。

と、伝えてあった。へたに総攻撃をかけて敗退でもすれば、

――天下無敵といわれる商の軍旅とは、こんなにもろいものであったのか。

と、わずかな過失を敵方に誇大に喧伝《けんでん》させることになってしまう。血気さかんな受王といえどもそのへんはわきまえていた。

――孤立させよ。たのむものが人ではなく、山や川のみになれば、人方はおのずとおちる。

受王はかねがねそういっていた。が、きたる年に東方に兵をいれるとなると、人方はどこかの異族と呼応してさわぎだすかもしれず、それだけはひとまず避けておきたい受王は、王子のひとりを呼んで、近いうちに東方へ親征することをつげ、

「なんじは、小子《しょうし》、小臣を率いて、朕が征く道を除払《じょふつ》し、東夷を望んでおくように」

と、ひとあしはやい宣撫工作を命じた。

ここで少し説明すると、「小臣」は武将くらいに考えてよいとおもうが、「小子」というのは、商に順服している諸族の首長の息子で、商都で文武を学び、いざいくさともなればいわば各族長の代理として、商軍の一簇《いっそう》をなして行動する貴族である。

東方を征するとなれば、その地方の小子をしたがえてゆくことが理であるくらい、たれにもわかる。さらに受王は、人方が神出鬼没であるため、わが子の若年であることをあやぶみ、

「かならず喜《き》侯に咨《はか》ってから、出づるように——」

と、いいそえた。

——干子が動かぬとすれば、かれだ。

と、すぐに喜侯のことをおもいうかべたほど、喜は開祖湯《とう》王以来たゆまず忠勤をはげんできた、東方の名門である。受王自身きたる東征には喜侯をしたがえてゆくつもりである。

このころ受王は瓊室《けいしつ》とよばれるまばゆいばかりの宮室にいて、九つの斧《おの》を画《か》かせた玉扆《ぎょくい》といわれる屏風《びょうぶ》のまえで、諸侯などを接見した。このときも受王はそこで、自分に似て清秀な王子に、

「いつ出づればよいかは、婦にきくがよい」

と、王妃の名を口にした。

出師《すいし》の日どりは王妃がきめるというふしぎさを、この王朝の組織はとどめていた。まかしこまって玉台からさがった王子は、父のいいつけどおり用意を周到にし、またかれは若年ながら輿望《よぼう》があったらしく、父が違叛者を討ちにやはり都からはなれ

なければならないといったむつかしい時局に、そのむつかしい任務をこの年のおわりにはまっとうしている。

いっぽう受王はまた箕子《きし》に留守《りゅうしゅ》をたのむつもりであった。しかし顔をみるなり、

「きたるべき狩りには随従させていただきますよ」

と、箕子に意味深長ないいかたをされた。受王はけげんながら、

「狩りではない。盂を討つのだ」

「ははあ、こんどは獣でなく魚ですかな。それにしても魚を、罟《あみ》ではなく戛《う》ってとるとは、至難なことですな」

箕子がなにをいおうとしているのかしばらく受王は理解できなかった。そのうちにこりとして、

「なるほど狩りだ。さすがに商の元老は、目のつけどころがちがう」

と、いってしまっただけに、受王の負けであった。結局、大邑商の祭政《まつりごと》は干子にあずけ、帷幄《いあく》に箕子を加えることにして、受王は盂方伯の討伐にむかった。

——これは狩りである。

と、受王は大邑商を出発するまえに各陣営にふれまわらせたが、これが盂方伯を討伐するための行動であることは、むろん従軍の一兵卒にいたるまでしっている。

ねらいは中ではなく外である。外、つまり世間がそう信じ、盂方伯に、

――受王、いや紂《ちゅう》王の、またぞろ遊畋《ゆうでん》か。

とおもわせ、盂国の鋭気がにぶれば、戦うまえに商軍は勝利を掌中におさめることになろう。箕子は盂方伯の尊大な身がまえから推して、それはじゅうぶんに成功のみこみがあると判断した。このおもわくが敏活な受王に通じた。

そのため行軍はのろい。しばらくするうちに、これでも討伐軍かと受王の麾下《きか》のなかでさえ疑う者がでるほど、みちみち受王は狩りをたのしんだ。

「巡狩《じゅんしゅ》ですよ」

と、箕子はいう。まえの黎《れい》での狩りが帝辛四祀におこなわれ、いまは帝辛九祀だから、五祀目ごとに天子は各地を、狩りをしながら巡《めぐ》るものなのです。

――そのときおこないが正しくない者がいれば、正す、ということが征すということなのです。

と、箕子はもっともらしいことを若い貴族たちにおしえて微笑している。

――なるほどそういうことか。

箕子の話をきいた者はわけなく信じてしまったが、

「いや、あれは狩りにきているのではない。はじめから討征のための進止《しんし》にちがいない」

と、ぎょろりとした眼で遠くから洞察している者がいる。重厚な気格をもったこの男は、黄河北岸のいまの河南省温《おん》県あたりに本拠をかまえて「蘇《そ》」の国を治めている、

「蘇忿生《そふんせい》」

という君主で、かれの室《いえ》は「己《き》」が姓だから「己忿生《きふんせい》」といういいかたも考えられるが、なにしろ名流の末で、かれの室はいわゆる有蘇《ゆうそ》氏とよばれて、商のまえの夏《か》の王朝からつづいている。かれは受王がほかでもない、

——わしを伐《う》ちにきた。

と、結論した。その推論はまんざらまちがっていなかった。というのはこのころ受王は幕舎のなかで、

——めざわりな国がひとつあるわ。

と、つぶやき、踏みつぶしてくれようと蘇を撃つ気になっていた。その理由として、さきに王が代替わりするとき、来朝するようにと蘇に使者をつかわしたにもかかわらず、国主はそれを拒絶したことがひとつある。不敬はたしなめなければならない。が、もっと大きな理由は、蘇が商に服さないと黄河北岸の道を通りにくいということである。蘇の西方に孟津《もうしん》という黄河をわたるに重要な渡し場があり、蘇にがんばっていられると、西方から商都へくるものは黄河の南岸へ迂回しなければな

らない。いままではそれでもよかったが、大邑商より南の朝歌《ちょうか》でも受王の執政がはじまるとなると、朝歌より南西方の黄河北岸はなおさら重視せざるをえず、独立不《ふ》羈《き》の蘇の国は受王の視界のなかでおおいにひっかかる存在になったといえた。

——一気に寄せて、抜く。

そのつもりで受王は偵諜をはなち、蘇の備禦《びぎょ》ぶりをさぐらせたところ、報告では、邑の門はすでに閉じ、弓旌《きゅうせい》は堵上《とじょう》に林立して、応戦の気がいまや熟そうとしているらしい。

——けどられたとなれば、しかたがない。

衆多にものをいわせて蘇邑の門にしゃにむに突っかけ三日で陥《おと》す、それでおちなければいったん全軍は盂へむかい、盂を降してから、帰る足で蘇を一蹴する。受王は軍議の席でそうした考えを披露した。

「それでは小魚をうつ音にめざめた大魚が逃げましょう」

と、箕子はおだやかに反対し、いったいここにおあつまりのかたがたは、どなたも蘇がまことに手向いする気であるかどうかをご自分でたしかめもしないで、ひたすら攻めることをお考えになっていらっしゃる、とつづけて、

「蘇には戦う気なぞありません」

と、箕子はなぜかはっきりいい、受王に問いかけるような眼で笑った。

これには幕僚はくってかかった。降伏を勧告する使者をすでに蘇邑におくりこみ、かれらはにべなくはねつけられて、かえってきているのである。

「それは、蘇の君主は獣ではありませんからな、狩人に降伏するわけにはまいらぬということです。蘇君は人ですよ」

箕子はすずしげに受王にむかって、どうかわたしを蘇におつかわしねがいたい、といった。箕子を軍使にするくらいわけないことだが、蘇邑にはいってから箕子の身分をさとられれば、むこうはかれを拘禁してこちらをぎゃくに脅迫してくるかもしれず、

――商の大臣を蘇の掌ににぎられてはまずい。

と、受王以下たれしも考えるところである。

「蘇は夏以来の高風を誇ってきたいえがらです。そんな卑劣な手段をとるほど融通がきくくらいなら、はじめから商王の履《はきもの》をなめたでありましょうよ」

と、箕子はかさねて軍使の役をせがみ、ついに受王のゆるしをえた。かれは幕僚をみわたし、目をとめて、

「そこの、周侯どのよ。ご着陣されたばかりで申しわけござらぬが、わたしとご同行くださらぬか」

こういうとき周侯・姫昌《きしょう》は、なぜでありますか、などと余計なことを問いかえさ

ない男である。かれは会釈し、二メートルをこす長身をまげるようにし、箕子にしたがって幕舎をでた。

「狩りではございませなんだか」

と、姫昌ははじめて事態をしっておどろいたような口ぶりでいった。

「いや、いや、狩りです。ところで周侯どのはものもちゆえ、さきの玉の奉献のときには、なにかと諸侯の相談にのっておあげになり、圭玉《けいぎょく》をご用だてなさったそうな」

箕子はなんでもよくしっている。姫昌は腋《わき》の下から汗がしたたりおちそうになった。

「わたしの箕《き》の邑《くに》では悪質な玉しか擥《と》れませんでな。ほとほとよわったしだいでして、いっそ周侯どのにご懇請《こんせい》すればよかったとおもっているわけです」

「とんでもないことです」

「ま、そうおっしゃるな。そこであらためておねがいするのだが、このわたしに、玉をひとつ用だててはもらえまいか」

姫昌は玉のもちあわせはあっても、箕子の深意をはかりかねて、返答にまよった。

箕子はたちどまり、

「天子の近くには風の語もききわける者もおるゆえ、風にここでの話をはこばれるとまずい、ちとお耳をおかしくだされよ」

と、姫昌になにごとかをささやいた。たちまち姫昌は眼をかがやかせ、

「そういうことでしたら、さっそく玉をおとどけいたしましょう」

「いやあ、ご快諾痛みいる。そこでもうひとつおねがいがあります。ここに天子より拝受いたしました正使のしるしがありまして、これをおもちになり周侯どのが正使、わたしが副使ということで、蘇君を説きにまいりましょう」

姫昌は悪ふざけがすぎるのではないかとおもったが、箕子は、こういう話は商のなかの者よりそとの者からでたほうが相手に信頼されるものです、いざとなればわたしの身分をおうちあけくださってかまいません、とかろやかなものであった。姫昌は以前から箕子という人間の底しれなさをおもっていたが、このときはなぜか人格のおもしろみのようなものを感じた。

――箕子とは、文化そのもののようなご仁だな。

と、姫昌はおもったがべつにうらやましくはない。かれは質朴を最高の美徳とおもい、また国民にもそうおしえてきている。

蘇邑の門をたたいたふたりは、「なんどきてもおなじだということがわからぬのか」というさげすみ顔の上士に、堂ちかくまでみちびかれ、箕子だけは、

――副使どのは堂下でお待ちあれ。

と、足をとめられてしまった。姫昌はふりむいて、

「説得したはよいが、天子にまみえた蘇君は、そのまま炮烙《ほうらく》の刑に処せられるというようなことはありますまいか」

「その儀なれば、この箕子におまかせあれ。せいぜい周侯どのは、商のうるわしきところを、蘇君に吹きまくってくれればよい」

箕子がそういうと姫昌はかるく一礼した。その光景を遠くからながめていた兵士たちは、正使が副使に頭をさげるとは奇妙な軍使もあったものよ、と哂《わら》った。

なかなか周侯は堂からでてこない。

——みこんだとおりじゃな。

と、おもいながら箕子は首をさすった。周侯が堂からでてこないということは交渉は「吉」のきざしである。これまでの使者はあっけなくはねつけられている。頑固らしい蘇忿生と実直な姫昌とは馬が合うのであろう。箕子としては自分の首がつながりそうだというおもいである。

ここまでの箕子はあえて困難な立場をもとめたといえる。というのは、受王の真の目的は盂方伯の討伐にあり、そのまえに蘇と開戦してしまえば、干戈《かんか》のひびきは盂にきこえて、盂方伯は国境をきびしくかためてしまうであろう。それではたとえ商軍が勝ったとして滞陣がかさみ、王のつぎの眼目である東方への出征に狂いが生

じょう。それよりもなによりも、盂方伯の討伐こそは受王が指揮するはじめてのいくさなのである。初陣というものは天下をあっといわせるほどみごとに勝たねばならぬということだ。やるかぎりは受王にそうさせてやりたい箕子の親心のようなものである。また蘇忿生の首を索《つな》でひっぱりだすようなやりかたも、盂方伯の耳にとどけば警戒心をおこさせるであろう。ここはどうしても蘇の君主がすすんで受王にまみえるていにしなければならない。

箕子は眼をあげた。一片の雲が北へむかって流れてゆく。

――土《ど》公はどうしているであろう。

いまごろ朔北《さくほく》はすっかり雪に埋もれていよう。冬には穴を掘ってこもるばかりだと土公がいっていたことをおもいだし、箕子は頬《ほお》がゆるんだ。

そのとき堂上に人があらわれ、

「おまたせいたしました。副使どのは、どうぞこちらへ」

と、箕子に堂へあがるようにいい、みずからは堂下に降りて、跪《き》拝《はい》した。これが蘇忿生であった。かれはつづいて軍使のふたりを廟にみちびいた。この間、しきりに人がはしり、干戈をなげだす音がきこえ、たちまち臣下のおもだった者たちが廟のまえに聚集《しゅうしゅう》した。箕子はわきをむいて、

「お手柄でした」

というと、姫昌は上気した顔でひとつうなずいたものの、表情は崩さなかった。

蘇忿生は跪坐《きざ》している臣下にむかって、のぶとい声で、

「これより商に順《したが》う」

と、いいはなち、あらためて軍使のふたりにむかって拝伏した。場裏からは声ひとつあがらなかった。

蘇忿生はそのままふたりにつき従い、受王に見参した。そのおりかれは、居ならぶ諸侯のなかではついさきほど副使であった男が、もっとも上席にいることに気づき、不意をつかれたようであった。あとで周侯にわけをきいた蘇忿生は、すべての智慧《ちえ》はかのご仁からでたのでござるよ、といわれ、

――あれが、箕子であったか。

と、啞然とした。

玉を奉呈した蘇忿生は、周侯にくどいほどいわれてきたのか、

「御田猟《でんりよう》のさなかに、拝謁できましたばかりか、諸侯のはしにお加えいただけるとは、末葉までの光栄に存じます。わが邑をご休息におつかいくださるよう、おまち申しあげております」

と、あくまで商軍が狩りのための集団であることを強調した。

――弓に矢をつがえ、矛先をみがいて、まっておったくせに。

と、受王は内心にが笑いしつつも、

「まずは慶福、蘇侯に卽《さけ》をとらせよ」

と、上機嫌にいった。それよりも受王は蘇忿生をみて、こやつ、岩石みたいな顔つきをしておるわ、とおもしろがった。また蘇忿生からうけとった玉をはじめみたとき、蘇にもこれほど佳《よ》き玉がでるのか、といぶかったが、その玉が周侯からでたことは受王はしらず、それ以上気にとめなかった。蘇忿生の異相のほうが王の興味をつよくひいたのかもしれない。

蘇忿生は人質として娘をひとりつれてきており、

――わが女《むすめ》の妲《だつ》でございます。百姓《ひゃくせい》にお備えくださいますよう。

と、天子に女を納《い》れるときの形式どおりの口上をのべた。娘は伏目がちのまま拝礼した。受王は一瞥《いちべつ》して、

――岩石の女《むすめ》にしては、さみしげなおもざしよ。

と、おもっただけで、このまま女を陣中におくわけにもいくまい、すぐに後宮へおくるように、と命じた。女たちの城ともいうべき後宮にいれられた蘇忿生の娘はそこで、

「妲己《だつき》」

と、よばれることになる。

玉ひとつ、娘ひとりで、蘇忿生は邑を救ったことになる。——箕子め、朕《わ》が足もとを見すかしおって……、と鼻をならしながら受王がおもったように、蘇忿生は箕子に感謝すべきであった。

が、蘇忿生は、はじめて堂内にはいってきた姫昌をみたとき、あまりの魁偉《かいい》におどろくとともに、これがわが夏王朝にゆかりのある諸侯のあいだで評判の高い周侯なるか、さても噂にたがわじ、と人知れぬおもいいれを姫昌にしたことを、堂下にいた箕子はもとより、当の姫昌さえしらなかった。その証拠に、蘇忿生のおめみえがおわって、自分の幕営にひきあげてきた姫昌は、

——まんまと箕子にのせられたわ。

と、めずらしくむっとした表情で左右にもらした。近くの散宜生《さんぎせい》がそのわけを問うと、

「そうであろう。蘇の君主を説き伏せられぬようでは、わしは、仁勇《じんゆう》のとぼしさを天下の人に嗤《わら》われることになり、説き伏せれば要らぬ注視を商人《しょうひと》からうけることになる。いずれにせよ益なきことであった」

と、姫昌は口をむすんだ。

まもなく帝辛九祀はおわろうとしていた。

このあと商軍は蘇をたち、狩りをかさね、また受王は道筋にあたるあたりに封地

をもつ各侯の治政ぶりを巡視して、野人にも声をかけ、善行ある者は表彰しつつ、ゆるゆると盂に近づいた。

——なにやら商王の狩田《しゅでん》に怪しげなうごきがございます。

という一報が盂方伯にとどいたときには、

「周侯は西からはいられよ」

と、すでに受王の命をうけて、周侯にひきいられた西方の諸侯の軍は、盂の背後にまわるように、国境を突破して盂国になだれこんでいた。

——おのれ、たばかられたか。

と、憤怒した盂方伯は、奇襲されたにもかかわらず相当手ごわい抵抗をしめし、まともに戦えば商軍は多大の損傷をこうむったであろうとおもわせた。しかし盂方伯が、商の大白《たいはく》旗の下に受王のもつ鉞《まさかり》を見たときこそ、盂の滅ぶときであった。

酒池肉林

桃花が散りはじめていた。盂《う》で戦った各国の兵は自国をめざして引き揚げた。大邑商《たいゆうしょう》にもどった受王《じゅ》はすぐさま嬴来《えいらい》を身近においた。大抜擢《ばってき》といってよい。もともと受王は嬴来には注目しており、機会があればひきあげてやりたいとおもっていたのだが、それには本人が衆評をかちえるほどの功をたてねばかなわぬことであった。嬴来はその機会を確実にとらえた。かれの進むところ盂の兵は消し飛んだ。

——あれをみよや。嬴来こそ天下一の武烈ときまったり。

と、受王は声を揚げ、巫女《ふじょ》に太鼓をうたせ、右手の鉞《まさかり》をかかげて誉めてやった。

嬴来の盂でのめざましいはたらきが衆口にのれば、それで充分であった。

嬴来は、天子を護衛するという大任を拝命したことを、父の廉《れん》につげると、

——ああ、淮水《わいすい》に身を投げていたら、この日はなかった。

と、廉はうっすらと涙をうかべた。

ほかにもうひとつ受王が拭目《しょくもく》したことがあった。それは、父の季歴《きれき》よりも武人としての資質は劣るとおもっていた子の昌《しょう》が、ぞんがい、いくさがうまいということであった。

——あれなら西方は周侯《しゅう》にまかせておけばよい。わが外兄だ、悪いようにはしまい。

受王は玉座をあたためるひまもなく東方遠征へ出発しなければならない。ときをおけば王子がせっかく成功させた宣撫工作が無になってしまう。とはいえ、天子とは身軽な唯一人《ゆいいつにん》ではない。滞留している諸事をかたづけるだけでも二、三月はうしなわれた。

——干子《かんし》はなにをしていたのだ。

と、受王は厭気をおこして、几《き》をたたいたが、その指弾は干子にとって酷というものであった。干子はべつに遊んでいたわけではない。このころ朝歌《ちょうか》の邑の整備は九分どおりおわっていたが、最後の仕上げのためにかれは、七十キロメートルほどはなれた二邑のあいだを往復して、履《くつ》のすりきれるほど奔命《ほんめい》になっていた。

東方への親征は九月ときまった。

——わしに一言もご諮詢《しじゅん》なしにか。

と、千子は頭に血がのぼった。憊《つか》れていたせいもある。かれはけわしげに参内し、拝謁をねがいでたが、

「主上はご不快にて、どなたにもおあいになられません」

と、伝奏の者にことわられた。千子はかっとして、

「わしも不快じゃ。貴殿では話にならぬ。そこをどけ。主上にぜひともおあいしなくてはならぬのだ」

と、にらみすえた。伝奏の者はふるえあがり、――千子さまのご非行でございまする、と叫んだが、千子は一顧だにせず、回廊をつきとおった。

壁がうごいたのではないかとおもわれたほど大きな影が、千子のゆくてをさえぎった。

「じゃまだ」

と、千子は一喝《いっかつ》したが、

「いえ、ここまででございます」

と、退かずにこたえたのは嬴来であった。千子は眼をすえ嬴来にまむかううちに、

「なんじにはみおぼえがある」

と、いった。

「黎《れい》でおめにかかりました」

「ふん、あの狩りでの下人《かじん》じゃな。あのときは私事で持ち場をはなれていたくせに、いまは殊勝に玉門を回護し、わしを衛《ふせ》がんとするつもりか」

「仰せのとおりでございます」

「ええい、めんどうな、通るぞ」

と、袂《たもと》で目前の大男を払いのけるように一歩踏みだした干子は、いきなり腕をかかえられた。

――無礼者、なにをするか。

と、干子は叱斥《しっせき》しようとしたが相手はびくともしない。干子の耳に嬴来はすり寄るように、

「主上の御気色はことのほかお悪うございます。いまおあいになれば、火に油をそそぐようなものでございましょう。干子さまにもしも不祥のことがおこれば、辜《つみ》はあなたさまのご一族ばかりでなく、ご親戚など九族におよび、せっかくあなたさまをお慕いしてきた東方の庶人を嘆かせることになりましょう。そこのところをご考慮くださって、今日はどうぞおひきとりを――」

と、親身《しんみ》のあることばでいった。

――わしが辜に……。この男は、わしが天子に憎まれている、といっているのか。いったいわしがなにをしたというのだ。

干子の頭は混乱した。うかつなことに、干子はこのときまで、自分にたいする受王の親狎《しんこう》の消長に気がついていなかった。肚《はら》につめたいものがさしこんでくるおもいであった。

――まさか。

と、おもいたいが、よくふりかえってみると、かつて黎からかえってきた受王はまっさきに箕子《きし》をねぎらったのに、さきに盂からかえってきたときは、なんのこともばも自分にはなかった。くわえて、東方遠征についての諮議《しぎ》からはずされている。なぜであろう。

――まさか。

費中《ひちゅう》が讒言《ざんげん》したのでは……。そうか、それにちがいない、と干子は思いあたった。保身にたくみな人間なら、ここでひたすらおそれるべきであった。もともと干子は懐疑的なものが根深くある人間なのである。が、いまのところかれは自分の才覚と力量とを恃《たの》むところ大であり、

――わしほど仕事のできる者が、この商のなかにひとりでもいるか。

という気概をうしなっていない。その気概のほうが、費中ごときの讒言に意気消沈するわしとおもってか、と自身にかかわる現況を楽観させた。自負心のつよい人間の思考回路はつねにそういうふうに、陰《かげ》を陽《ひかり》にかえてゆこうとする。

かれは嬴来の忠告を納《い》れてその日はひきさがったが、翌日また拝謁をねがいでた。伝奏の者は干子の顔をみるなり、

「干子さまには、しばらく天子へのおめどおりを、はからいかねます」

と、ぴしゃりといった。昨日のしかえしであろう。干子は容態をやわらげてたのみこんでもだめであった。ところがそれであきらめる干子ではなかった。つぎの日もまたあらわれ、

「天子のご命運にかかわることを、私情をまじえてはかったとあれば、あとでとりかえしのつかぬことになったとき、貴殿の落度となるが、それでもよろしいか」

と、やんわり強迫した。伝奏の者はややひるんで、

「主上にうかがってまいるゆえ、暫時そこでお待ちあれ」

と、せわしく席をたっていったが、やがて立ちもどり、

「おゆるしがでました、どうぞ——」

と、むっつりした表情をたもったままいった。

干子が予想していたより受王は不快そうではなく、

「朕《わし》の命運にかかわる大事とはなんのことであるか」

「かつて黎で蒐《しゅう》を催されました翌祀《し》（年）、亳《はく》に土が降りましたそうでございます」

干子は相手の耳の痛いことから話しはじめる癖がある。このあたりおなじ話をす

るにも、箕子のように比喩《ひゆ》や寓意《ぐうい》を利《き》かせる語りくちとはちがって、相手への印象は悪い。

受王はこめかみがふるえたが、堪忍《かんにん》し、

「それがいかがした」

「これはしたり。亳とは、開祖湯《とう》王がときの夏《か》王である桀《けつ》の無道を正すため、はじめて立たれた由緒の地でございます。そこが土に埋もれたことをどうおぼしめす。さらに不吉なことには、盂からおもどりになったあと、巷では、女が男になるという変異があり、また女の妖怪が宵《よい》にでるともっぱらのうわさでございます。きけば近々、東方へご親征なさるとのこと、このうえのご征討は、妖異をふやすばかりでございましょう。どうかおとりやめねがわしゅう存じます」

「そのことか。……そのことなら、なんじもしってのとおり、もはや朕にもどうにもならぬ」

と、受王がいった理由はつぎのとおりである。王の外征については、祖先の霊を祀《まつ》ってある廟《びょう》をまもる婦（妃）が、その良否をきめ、策戦《さくせん》は学（大学）が本営がわりになってとりしきることになっている。王の意志というのは、大事の予程では、わきにおかれているというわけである。

「それにこのたびの遠征は、討伐ではない。巡狩《じゅんしゅ》だ。いくさはせぬつもりゆえ、とやかく申すな」

「ではありましても、主上がやめると仰せになれば、中止させることはできましょうに――」

「くどいぞ、干子。朕にご先祖の霊にさからいたてまつれ、とでもいうつもりか」

と、受王にいわれては、臣下の立場として干子は、それ以上強く諫《いさ》めることはできない。かれはにがいものを嚙むような気で、

「ではそれにつきましてはこのうえ申しますまい。つぎに、ここで主上に、はっきりさせておいていただきたいことがございます」

なんだ、まだあるのか、と受王はいらいらして、

「はよう、申せ」

「盂をお征しになったあと、主上は西方のたばねを、周侯にお命じになったそうでございますが、周侯を方伯になさるおつもりでございましょうか」

「そのつもりはない」

「それならば安心いたしました。方伯をおとりやめになり、大小どの邑《くに》もひとしく王室とむすばれるためには、西方のたばねも周侯におまかせになることをおやめになったほうがよろしゅうございます。盂がほろびましたあと、西方の諸侯がかんちがいいたすもとになりまする。きくところによりますと、すでに周へ入朝している

諸侯もあるということでございますので」

いままでは方伯がその地方の諸侯諸族に、王室へ納める貢物をわりあてる義務と権利とをもっていた。方伯の機嫌をとっておかないと、あとでどんな難題をもちかけられるかわからないというのが、諸侯など地と人とをもつ者の古来からしみついた防衛意識である。

「根拠のないことを申すでない」

「いかにも、いまはうわさだけでございます。が、周は昔より虎狼《ころう》背信、なにをたくらんでいるか、わかったものではありません。それよりおそろしいのはさきに申しあげた、女が男にかわったという変異でございます」

うわさで祭政《まつりごと》がうごかされてたまるものか、と受王は怒鳴りたいところだが、風説というものは天の声だと考えられなくもない。もともとことばというものは、人間どうしが語りあうためにできたというよりは、神霊と対話するためにできたといったほうが、商の時代においてはふさわしい。

受王の応対が軽々しくなれば、干子はさらにいかめしく、

「男というのは一家のあるじなのです。女がそのあるじになったということは、宇《う》内《だい》の主《あるじ》たる商は、女という字がついている族にとってかわられるであろうということになりますまいか」

と、きわどいことをいってのけた。受王は耳がたつような感じがして、

――女偏《へん》がついている族とな……。

と、頭のなかで反復するまでもなく、

「姫《き》か、姞《きつ》か――」

と、それらの名がするどく口をついてでた。姞は召《しょう》室の姓である。

「さよう、姫、すなわち周こそ、そのおそるべき族になろうことを、天は商の人民にあらかじめさとし、いましめているのでございましょう」

「ふうむ……」

受王の眉間にたての皺《しわ》が深くはしった。

商には俗に三千諸侯が入朝しているといわれている。周の姫昌《きしょう》がいかに近隣の諸侯をてなずけても三十国にも達しまい。その寡兵をもって商の大兵をどうして破ることができよう。受王がそれをいうと、干子は、

「王が東方を巡狩なさっているあいだに、周が謀叛したらなんとなされます。商の兵の大半は都に残っていないのですぞ」

「姫昌は謀叛はせぬよ」

「どうしておわかりになります」

「あれは実直な男ゆえ、まず臣が上を冒《おか》すような妄動はしまい。それに姫昌の体内

の血の半分は商室からでたものだ、子が親の室《いえ》を伐《う》ったとあらば、天下のわらいものになろう」

いちおう道理である。

ところで受王には周侯よりも気がかりな君主がひとりいる。九侯《きゅう》である。九侯の保証人にあたるのは干子である。受王はそれを重んじ、

「九侯をどうおもうか」

と、意見をきいておく気になった。干子はなんのことかという表情で、

「篤実《とくじつ》な人柄であると存じますが……」

「その篤実な男が、朝謨《ちょうぼ》にそわぬ」

と、受王はいった。ひとつは貝を献納せぬようになったこと、ひとつは商がてこずっている人方《じんぽう》の攻伐に協力する意欲をみせぬことである。

さらに参朝したおりの九侯は、わが娘が王の寵妃《ちょうひ》であることを鼻にかけ、そのくらしぶりは豪奢《ごうしゃ》をきわめているという。

「むろん、いまはうわさにすぎぬが」

と、受王にいわれて、こんどは干子が愀然《しゅうぜん》とするばんであった。

「いまここではっきりさせることはできぬが、やがて真偽《しんぎ》がわかるように、手をうっておいた」

と、受王は皮肉とも謎ともつかぬことをいい、干子がしなくてはならぬ配意の遺《い》漏《ろう》をそれとなくなじった。

心の動揺をかくしきれずにひきさがろうとする干子にむかって、受王は追い撃ちをかけるように、

「淇邑《きゆう》（朝歌）はもうよい。沙丘《さきゆう》の苑台《えんだい》のほうがはかどらぬようだ。なんじが行って、わしが東から帰ってくるまでに完成させておけ」

と、動物園をもった離宮の竣工をいそがせる旨の命をくだした。

自宅にかえった干子はがっくりと肩をおとし、

――これでは民はつかれはてて、みな天子を怨んで死ぬことになろう。

と、やりきれなく、食も喉《のど》を通らなかった。主人のあまりの顔色の悪さにおどろいた近臣は、よく事情がのみこめぬながら、

「いちど箕子さまにご相談なさってはいかがでございましょう」

と、おそるおそるすすめたが、

「予は箕子ほどうまくたちまわれぬ」

と、干子はこたえにならぬことをいって、さみしげに笑っただけであった。

主人の異常な愁困《しゆうこん》ぶりに心を痛めた近臣のなかに、かつて干子のともをして亀さがしに行き車右《しやゆう》にひきたてられた、あの男がいる。いまは馬車から降りているのだ

が、あいかわらず「右《ゆう》よ」と干子によばれてかわいがられている。その右が、ひそかに屋敷からぬけでて、箕子を訪ねたことを、干子はしらない。

朝顔が道のべに咲きのこるころ、受王は東方めざして出発した。


東方親征は帝辛《しん》十祀《し》九月にはじまり、受王が商都に帰り立ったのは、つぎの年（帝辛十一祀）の七月である。この十月間の王の不在が歴史を大きく変転させるきっかけになった。渭水《いすい》の北岸にいた周が、渭水を南にわたり、東漸《とうぜん》し、ついに洛水《らくすい》上流にまでその勢力をおよぼそうとしていた。

受王は東征の成功を学（大学）へ報告しなければならない。そこで受王をまっていたのは、学で席をともにしたことのある祖伊《そい》である。かれは受王から黎邑《れいゆう》をまかされ、南方の行政を担当している。身分のちがいこそあれふたりは親友といえた。

「やあ、祖伊か」

日焼けした顔をほころばせて受王はなつかしそうに声をかけたが、祖伊は、

「お話があります。しかし、ここではちょっと――」

と、ふくみのあることをいい、話の内容がただごとでないことを暗示した。受王はそれを感じ、旅衣をぬぐまもなく、祖伊を召した。祖伊の話は受王の旅の余韻を吹き飛ばすものであった。それは、

——九侯がすでに商から離叛《りはん》している。

というものであった。

「まことか」

と、受王は立ちあがり、ええい、と拳で虚空を斬った。

話を順序だてるとこうなる。——九侯が怪しい、とはじめに受王の耳にいれたのは費中である。どんなに貝を催促しても生返事しかよこさない九侯に不審をいだき、かれは独自に内偵をはじめた。九侯が朝参のために都にいるあいだ、九侯につかわれている卑人《ひじん》に賄賂《まいない》して、手がかりを得ようとした。そこでわかったことは、九侯はさかんに諸侯を招待し、ときには奴隷どもに夜明けまで松明をもたせ、飲みさわいでいたこともあるという。それはまだよい。費中が気になったのは、九侯が周侯と鄂《がく》侯とを招き密語をこらしたらしいことである。周侯は途中で席を立ちそのまま帰ってしまったようだが、鄂侯はそれからたびたび九侯を訪ねるようになったという。費中からの情報はそれだけで、臣中のぜいたくをきらう受王はおもしろくなかったものの、密談のほうは気があえばたれでもすることだから、ことさら悪意で解釈することはなく、すておこうとした。が、そうはゆかなかった。受王を決定的に疑心暗鬼にさせたのは、人方攻伐を担当している武将の小臣餘《しょうしんゆ》からのしらせである。餘はわざわざ都にまでのぼってきて、

──商の武器が人方へながれているのではありますまいか。

と、容易ならざることをいった。

──ありうることだ。

と、受王は直感した。これまでの人方の戦いぶりをふりかえってみると、武器ばかりか情報までながれているのではないかとおもわれるほど、巧妙である。商軍はつねに裏をかかれ手痛い目にあっている。商のなかに敵がいるのではないかとおもわざるをえない。

「元兇《げんきょう》はたれぞ」

それが受王のもっともしりたいところである。が、艅は、この人ではないかとおもわれる君主はいますが、その名はだしかねます、とひとまず確答はさけた。確証なしで他人の非をあげつらねれば、讒言になる。そうしたたぐいのことを受王が烈しくきらっていることを、この武将はよくしっている。

「それならば、朕によき思案がある」

と、受王が艅にさずけた策とは、一種のわなである。鄭《てい》でつくらせている武器を、参戦している諸侯に分配し、それぞれ国べつ族べつにめだたぬしるしをつけておくことである。

「黎の祖伊とあいはかって、しるしは工夫せよ」

と、命じておいた結末が、

「九侯の離叛」

としてあきらかになったわけである。人方と九夷《きゆうい》とが結んでいるというと、これは一大勢力である。

――あのしたり顔で朕をあざむきおったのか。

受王は配下を信頼することの篤《あつ》い性分である。有能であれば、下人でもひきたて、邑のひとつでももたせるくらいのことはする。それだけに、自分のみこんだ男の裏切り行為は、絶対に赦《ゆる》さない。「殺してもあきたらぬやつ」と、このとき受王は九侯を憎悪したが、したり顔がもうひとりいることに気づいた。鄂侯である。このふたりはおそらく商を挟撃《きようげき》せんと共謀していたのであろう。費中の報告にあった密談とはそれでなくてはならない。鄂は商都に近い国である。九侯が人方と組んで南で叛乱をおこす、それに響応《きようおう》して鄂侯は商都を襲おうという肚であろう。受王の想像の図式はひろがった。そのなかには、九侯と鄂侯との殺戮《さつりく》の図も、すでにくみこまれていた。

「祖伊よ、沙丘の苑台が完成しそうだ。朕のともをして、見てゆけ」

「おことばながら、九侯の陰謀がはっきりいたしましたいま、いそぎ黎へたちかえりまする」

祖伊はどこまでも恪勤《かっきん》の臣であった。受王は満足げにうなずき、

——このこと決して漏らすなよ。

と、いった。

諸侯へむかっていっせいに使いがはしった。名目は沙丘の苑台の完成を祝って王がおのおのを招待するというものである。もっとも遠方に封地をもつ君主が商都へ着くのに二月ほどかかる。沙丘での宴は冬になる。

——九侯と鄂侯めは、くるか。

くれば受王の勝である。そのあとで諸侯にいままでに見たこともない商室の祀りというものをみせてやるつもりである。

沙丘に、動物たちを野ばなしにちかい状態で飼える苑囿《えんゆう》をつくった真の目的は、王自身が娯《たの》しむというより、祖先の霊がものめずらしさにあつまってきて娯しめるようにしたいということである。祖先を供養する心から発案されたものである。

——あの女《むすめ》はおろかな父をもったものよ。

受王の憎悪は九侯の娘にもむかった。いますぐ殺したいほどであった。が、それでは九侯はこなくなる。

受王は好色なたちではない。偏食する子供のように、好きなものはどれだけ食べてもなかなかあきないかわりに、いったん嫌いになったものはみむきもしない。そ

れでも親に、偏食はいけませんよ、とたしなめられたときのように、おもいの移らぬ妃妾と同衾《どうきん》することもある。いわばそれは王としての義務のようなものであり、男の生理にすぎなかった。

もうだいぶんまえから受王は九侯の娘にふれなくなった。かの女の肉体に狎《な》れすぎたということもあるが、最大の不満はかの女に、

——機知がたりない。

ということであった。かの女はたしかにしとやかで、うつくしく、そのなめらかな肢体は、男の力にたいして適度な反応をしめして、のびやかでもあった。が、それだけの女であった。

王の正妃になるためには、気品と気勇と気転との、いわば三点が要る。正妃は王の外征の決定権をにぎっている。これは商王室の慣例である。また正妃は巫女の頂点にいるといってよく、かの女たちを指揮してときには男にまじり出陣することさえあるのである。商の祭祀《さいし》にくわしくなくてはつとまらず、武将なみの度量さえ要求される。

後宮には女は掃いてすてるほどいるが、王室の心臓ともいうべき宗廟《そうびょう》の掃き清めをまかすことができるほどの、真にすぐれた婦（妃）はまだみつかっていない。

冬。――

九侯はきた。鄂侯もきた。

沙丘での宴がかれらにとってこの世で最後の宴になろうとしている。

九侯にとって商王朝は仮寝の宿にすぎなかった。が、この仮寝の宿はねごこちがわるかった。諸侯というのは王室への奉仕者にすぎないことがわかった。王室は下へはなんの利ももたらしてはくれない。――よくこれで他の諸侯は商王についてゆけるものだ、というのが、いままで他人に命令されたことのない九侯の実感だった。かれは商の神々なぞしらぬし、これからも信仰しようとはおもわない。おそろしいのは商の武力だが、なかからみてみるとさほどでもない。

――人方ひとつにあのいくさぶりとは。

とおもえば、商軍の天下無敵は誇張にすぎない。さらによく観察してみると、商にはいくさにおける対応のにぶさがある。なにしろ、石につまずいても祖先のたたりではないか、などと占うような国がらだ、出陣するまでにはかずかずの儀式《ぎしょく》をふまねばならない。また、いくさをするかしないかを妃がきめるというのだから、

――王宮にいる女に戦機がよみとれようか。

と、嘲笑したくもなろうというものである。しかし敵にまわったほうは商軍のその鈍重ぶりにたすかることであろう。あれならわしだけでも商軍を撃退してみせよ

う、と九侯に自信が芽生えはじめたころ、かれのもとへ保護をねがいでる小族がふえはじめた。かれらはすべて商をきらいおそれる者たちである。そのうえ苦境にたちはじめたあの人方からの密使もきた。九侯を南方の盟主とあおごうというわけである。

——そろそろ商からはなれるときかもしれぬ。

と、おもった九侯は都にのぼって諸侯にさぐりをいれた。ただ商からはなれるだけでは不安がのこる。同情の君主はいないか、ということであった。そのうちかれが、この人ならと推定した君主というのが、鄂侯と周侯とであった。九侯がそのふたりにおもわくをうちあけはじめると、

——しばらく、おまちを。いまのお話はきかなかったことにいたしましょう。

と、周侯は他言しないことを約束してかえってしまった。九侯は、しまった、と臍《ほぞ》をかんだが、その後の周侯のそぶりをうかがっていても、密告するふうにはみえず、ようやくおちついて鄂侯とうちあわせをすすめた。鄂侯は、

——後宮にご息女がおられよう。それをとりもどされてからではいかがだ。

という。九侯は自分の娘はすてたつもりになっていたが、そういわれると親心がよみがえり、おなじ親の立場にいる鄂侯に、

——貴殿のほうは、どうなさる。

と、きくと鄂侯は、あれはわしのほんとうの女《むすめ》ではない、といった。なるほどそういう手があったか、と九侯はくやんだが、

——よかろう、つぎがさいごの参朝だ。

と、きめた。

そのときがきた。沙丘にはいったふたりにはそれぞれべつの気がかりがあった。九侯はどのようにして女をつれかえろうかと気をもんでいた。鄂侯の不安は蘇《そ》侯の顔が参会にみえぬということであった。じつは離叛するについて鄂侯は近国の君主である蘇侯をさそい、同意をえていたのである。

——蘇侯はどうされたのであろう。

と、かれは係りの役人にきいても、要領をえた返答はえられない。九侯にそれをささやくと、そういうことなら費中にきくにかぎる、ということであった。

「蘇侯ですか。疾《やまい》が生じたとかで、ご帰邑になったようですな」

と、費中はつるりと顔をなでた。蘇侯のやまいというのはうそである。蘇侯には王からの密命がくだり、鄂侯が誅殺《ちゅうさつ》されたあとの近隣の動揺をおさえるために、国にかえされたのである。

そのことを蘇侯は鄂侯につげようとすればかんたんであった。ところが、かれは黙ったまま帰国してしまった。受王にねがえったわけではない。かれの真意はもう

ひとつ深いところにあった。

蘇侯の傾心は周侯にあった。かれは周侯が夏王朝にゆかりのある諸侯とつぎつぎに結んでいるということをしっている。蘇もそのひとつである。周とむすんだ族の君主たちはひとしく周侯に好感をいだいている。それは周侯の正妃が、

「太姒《たいじ》」

といって有莘氏《ゆうしん》（莘《しん》国）の女《むすめ》であるところからきている。有莘氏もまた夏にかかわる遺族であった。このころ、姒《じ》（夏の姓）と姫《き》（周の姓）とは連合しつつあったのである。

はじめ蘇侯は謀叛のはなしを鄂侯からもちかけられたとき、――これはおもしろい、とのってはみたものの、

「しょせんは叛乱にすぎぬ」

ということに気づいた。九侯がさきにそむき、王のいなくなった都をたとえ鄂侯が陥落させたとしても、鄂侯の天下は十日としてもつまい。商の諸侯が三千なら、各国各族から百人ずつ兵をだしても三十万の大兵になる。それをあの武勇抜群の受王がひきいてかえってくるのである。商をあまくみすぎてはいまいか。そのことをかれは周侯にいった。

「おっしゃるとおりです。それに鄂侯は身がわりの女《むすめ》を後宮におくりこんで上をあ

ざむいた。上をあざむく者が、どうして下からの信頼をかちえましょう」

と、周侯はいい、かるはずみはなさるまい、と蘇侯に注意をうながした。

周侯はまたこんなことをいった。

「わたしは商にきていろいろなことを教えてもらった。そのひとつに、商がかつて王朝を樹てたとき、いまだに名相とうたわれる仲虺《ちゅうき》が湯王にこういったそうです。——弱《じゃく》を兼ね、昧《まい》を攻め、乱を取り、亡《ぼう》を侮《あなど》る、亡を推《お》し、存《そん》を固《かた》くすれば、邦《くに》、それ昌《さかん》なり。けだし名言だとはお思いになりませんか。亡を推し……、すなわち亡びようとするものは、ささえてやるのではなく、推して亡ぼしてしまえ、そして存……、たしかに残るものだけを固めればよいということです」

——九侯と鄂侯とは亡というわけか。

そうおもった蘇侯は、鄂侯にはなにもつげなかったが、周侯には受王が例の二君を誅殺する意志のあることをしらせた。

「沙丘へでむかれるのは、おとりやめになったらいかがです」

「いや、不参すれば、かえってその二君の謀議にくわわったのではないかと、あらぬ嫌疑をかけられましょう」

周侯は蘇侯の厚情を謝して沙丘へむかった。

沙丘の苑囿には、虎もいれば犀《さい》もいる。インド象さえいる。そのほか熊、鹿、豚、猫など三千五百頭あまりが放し飼いにされている。このころの中国の気候は現代のそれとはだいぶんちがって、温暖であり、南方産とされる動物もじゅうぶん棲息できたことが、殷墟から発掘された動物の骨からも立証されている。

周侯というこのじみな男にとって、眼前に展開する広大な苑囿は、およそ幻覚の所産にちかいものであった。人為を超えたものは、

――いずれ滅ぶ。

と、みた。それでもかれは受王の発想を尊んだ。沙丘は祖霊をたのしませるものだが、もしもわしがおなじものをつくるとすれば、国民をもたのしませるためのものにしたい、ということであった。周侯の祭政《まつりごと》の師はほかならぬ受王であったといってもよい。ただし受王はすべてを抽象的な神霊にむかってすいあげたのにたいして、周侯はおなじことをしてもそれを国民に具体的にもどした。それだけの差が、後世の史筆では、ふたりをまれにみる暴君と明君とに峻別させた。

さすがに孔子の弟子の子貢《しこう》は、

「紂《ちゅう》（受）を不善というけれど、あんなにひどくはなかったにちがいない。天下でおこなわれた悪いことが、みなかれにおしつけられたのだ」

と、いったように、つぎにおこる九侯と鄂侯の誅殺も、そのやりかたはたとえば春秋戦国時代にもしばしばおこなわれたもので、受王だけがやったことではない。

宴のはじまるまえ、満を持していた捕り手が、磬《けい》のうち鳴らされるのを合図に、どっと九侯と鄂侯とにおそいかかった。ときならぬ磬の音に諸侯はおどろくとともに、その二君の捕縛の理由が謀叛であるとしって立ち譟《さわ》いだ。

たちまちふたりは受王をはじめずらりとそろった諸侯の面前にひきだされた。

「こざかしくも商を伐たんとする陰謀、すでに明白である。いまわのきわに申すことがあれば聴いてくれよう」

と、受王はいった。かれは鄂侯にむほん心があったのかどうか自信がない。かまをかけたのである。鄂侯の心のうちは九侯しかしらず、九侯がだまって死に、鄂侯がむほんを否認しつづければ、鄂侯の処分はむずかしくなる。ところがその鄂侯が高笑いし、

「なるほどわれらは商を伐たんとした。が、われらにそうさせた首謀者を、なぜ天子はとらえようとせぬ」

と、九侯よりさきにおもいがけないことをいった。それをきいて、周侯は首すじにつめたいものがながれた。

受王は自分の想像があたったこともさることながら、かれらをそそのかした人物がいるときいて、おもわず身をのりだし、

「たれだ、それは」

鄂侯はさらに大口あけて笑い、

「それがわからぬとはおろかな天子よ。かたがたに申そう、おみのまわりに天下の謀叛人がおりますぞ」

そういわれてあたりは墓場のようにしずまった。こんなとき鄂侯の口からでまかせに自分の名をよばれたら、それこそ身の破滅である、と諸侯はおそれた。鄂侯はおもむろに、

「その大悪人とは、……受王帝辛《しん》、すなわち天子のことだ」

周侯もそうだが諸侯はみなほっと息をついた。

「黙れっ――」

受王はかっとし、立ちあがった。

「いいや、だまらぬ。われらは好んで事をおこそうとしたのではない。天下万民がいまこうむっている難儀をとりのぞこうとしたのだ。われらをそうさせたのは貪婪《たんらん》な天子、その人である。みよこのおぞましい苑台を、さてまた鹿台《ろくだい》を鉅橋《きょきょう》を。どれもこれも遠方よりかきあつめられた庶民が血の汗をながしてつくったものだ。そのため各戸は人手をうしない畎畝《けんぽ》は荒れ、かえってくるとおもっていた家族の者は、都から帰る途中で飢えて死ぬ者あり、賊に殺される者あり、そのうえ、上《かみ》に粟《ぞく》をとられるとあっては、天子を呪いわが身を嘆く声は九野にまでみちておる。その下の

声もきかず、淫酒淫声にうつつをぬかしておるとは、天子こそ大悪人でなくてなんであろう」

と、鄂侯は滔々《とうとう》と弁じた。

興醒めした受王は、

「口のへらぬやつ。いいたいことはそれだけか。それほどしゃべりたければ脯《ほ》になるまでしゃべっておれ」

と、命じた。脯という酷刑は、人間を塩につけほし肉にするというものである。

鄂侯が引き立てられたあと、いまだ一言も発しない九侯に、

「これを見よ。この貝はなんじの宅の蔵を充たしていたものだ。貝は東海や南海にあるものとおもっていたが、朕《わ》が都にあったとはな」

と、受王は手にしていた貝を九侯めがけてなげつけ、

「この者を醢《かい》にせよ」

と、いった。醢も酷刑で、からだをきりきざみしおからにするというものである。脯も醢も屍体を地中にかえさないという意図をもった刑である。地とは復活のための温床であり、邪悪な魂が地にふれれば、地の栄養を吸い肉体をかりて、よみがえってくることを、古代の人々はおそれたのである。

諸侯はその刑のすさまじさにまたため息をついた。

九侯は役人に「立て」といわれたとき、ようやく口をひらき、

「われらは密告されたのか」

と、きいた。受王が、いやそうではない、というとかれは、ならばわが身のつたなさをわらって死ねよう、とつぶやき、また、

「わが女《むすめ》はどうなるのか」

と、きいた。

「なんじの女はすでに黄泉におり、父のこぬのをさみしがっていることであろう」

と、受王にいわれて、はじめて九侯は落涙し、

「わたしのかわりに天子が黄泉にみえられるのを、女はおまちしていることであろう」

と、いった。

九侯の姿が消えると、嵐が吹き通ったあとのようであった。複雑な静けさのなかに諸侯はいいた。

受王はすべてがすんだという顔で、

「宴だ」

と、叫ぶようにいうと、楽師はこころえて音楽をはじめた。宮廷楽師は、大師（楽長）以下八人ほどいて、王侯貴族が飲食しているあいだ、それぞれが楽団員を

指揮し、ある一定の時間をうけもって音楽をながす。ただしこのころの楽器は打楽器が多く、ながす、という表現は適切でないかもしれない。受王はその楽師の、「師延《しえん》」という者に作曲を命じ、新曲を諸侯のまえで披露させた。これが「靡々《びび》の楽」とよばれるもので、ねむたいようなクラシックばかりきかされている貴族たちには、その斬新な曲節をもった官能的な音楽はおおいによろこばれた。舞の手のついたものもある。「北鄙《ほくひ》の音」（または「北里《ほくり》の舞」）とよばれ、女性のかるい動きの群舞などがあったのであろう。だいたいそれまでの舞は動きの緩慢なものであった。

ところで楽師の師延については話のつづきがある。かれは商が周に敗れたあと南へ逃げたが、濮水《ぼくすい》のほとりまできて、ついに逃げきれぬと観念して投身自殺した。それから五百年ほどあとに、濮水にさしかかった君主（衛《えい》の霊《れい》公）がいた。かれは耳なれぬ琴の音をきき、臣下にたずねても「なにもきこえませぬ」といわれ、ふしぎにおもって自分の楽師である師涓《しけん》に「どうやら鬼神の奏する音楽らしい。よくきいて曲をうつしとってくれ」といった。師涓がうつしとった曲を訪問先の君主（晋《しん》の平《へい》公）に披露した。師涓が曲をひきおわらぬうちに、その国の楽師である師曠《しこう》が琴をおさえて、「これは亡国の音楽ですから、おわりまでかなでてはなりません。いちばんはじめにこれをきいたものは、その国がかならず削られる運命にあるといわれているからです」と、やめさせようとした。師延が曲をつくってからまもなく商がほろんだから、不吉だというわけだろう。師延の魂魄《こんぱく》がとどまった濮水はいまはない。

受王の奇抜ごのみはこの宴でも発揮された。かれは、――祖の霊を招かん、といって、日のあるうちに沙丘で獲《え》てきた動物の肉を吊るさせた。つぎに、

「灌《かん》せよ」

と、酒をやすみなく地にふらせた。それまでかわいていた地はうがたれやがて芳《ほう》醇《じゅん》な酒の池にかわった。ことわるまでもなく、これは遊びではなく祭祀である。ただしこれだけの規模でおこなったのは先にも後にも受王だけである。帝をはじめ天神地祇《ちぎ》を招待する準備ができたといえる。諸侯は貝のように口をあけて見ているばかりである。が、そのなかでひとりの君主だけが、ちがったところをみていた。かれは崇《すう》侯虎《こ》といい、かれのみていたのは周侯である。崇と周とは、周が程邑《ていゆう》まで進出してきた関係で、渭水をはさんでほぼむかいあったかたちになっていたが、いつのまにか周は川をわたり、渭水の南岸にある崇を迂回して東へ兵をいれはじめた。

「どういうことか」

と、崇侯が周に問いあわせると、天子のご命令で西方の治安を維持するためであ

る、という返答であった。崇侯は腑《ふ》におちぬまま見すごしたが、周がおこなってい
るのはどうやら政略らしいとわかり、はげしい疑念がわきあがってきた。この点、
周侯の正体をさいしょに洞察したのは崇侯であったろう。
——とんだくわせものだ。
ということであった。いったい周侯にどれだけの権限があたえられたのか、たし
かめようにも、そのころ王は東征にでかけて都にはいなかった。したがってそのこ
とを王の直答によって確認するために沙丘へきた崇侯であった。
かれは謀叛人の九侯が引き立てられてゆくとき、密告されたのかと受王にきいた
ことが、つよい印象として残った。
——謀叛にはまだほかに加わろうとした者がいたはずだ。
と、感じた。鄂侯や九侯ほどおろかでない大国のたれかだ。そのたれかが、
「周侯」
でないと、どうしていえよう。南方と中原とで乱がおこれば、朝廷の目は西へと
どかなくなる。周侯には商を攻める気はないかもしれないが、独立する気はじゅう
ぶんにある。それまでに取れるだけ取っておこうという周侯の肚だと崇侯はみた。それ
崇侯は受王の側近を見わたし、費中がもっとも寵栄《ちょうえい》をえていると判断した。それ
ゆえかれは費中が席を立つのを見はからって、近づき、委細を話した。費中がおど

ろくとおもいきやかえってよろこんで、

「あの男なら、やりそうなことです」

といって、崇侯と同意であることをしめした。費中は、あの男、すなわち周侯をとらえるには証拠が要り、いままでそれにくるしんできたが、洛水の西まで兵をいれたのなら、天子に無断で后土《こうど》をふやしたことになるため、そのことを崇侯から天子に申しあげていただければ、周侯の辠《つみ》はうごかしがたい、といった。

「政治むきのことはこの宴では禁口でして、おわってから拝謁をねがいでられたらよろしかろう。この費中がすべてをおはからいしておきます」

ふたりは目で笑いあい、その目を宴席にむけた。すでに乱酒し酔飽した君主たちが歌い舞いしているなかで、周侯は長子である伯邑考《はくゆうこう》とのひさしぶりの対面をたのしんでいた。

冬の長い夜、この沙丘の台だけは炬火にみちて、昼とかわらないあかるさであった。

宴は数日つづく。

王侯貴族たちは、昼は狩りにでかけ、また競馬などをおこなった。競馬は神事に付属することである。夜はまたしても盛宴である。そのうち酒糟《さけかす》で丘ができたといわれるほどになった。

周侯には諸侯の酔態がみぐるしくうつったらしく、のち国に帰ってから、人臣に酒をいましめた。

——飲酒に孚《まこと》あり。咎《とが》なし。その首《こうべ》を濡らすときは、孚あること、ここに失わる。

というのは『易《えき》』のなかにあることばだが、周侯姫昌がいったと考えてもおかしくないほど、それは商周革命前後の周の指導者が酒について考えそうなことである。祭祀に酒はつきものであり、飲むのはかまわないが、首（頭）がつかるまで飲んで自分を失うな、ということである。姫昌の子孫は、商をほろぼしてから、

——商は酒でほろんだ。

と、信じ喧伝《けんでん》もした。酒を発明したのは夏の禹《う》王の臣であった儀狄《ぎてき》で、かれがそれを禹王に献じると、王は「これはうまいものだ」と飲んだがやがて儀狄をしりぞけ、美酒を断って「後世かならず酒によって国を亡ぼす者あらん」といった話が『戦国策《せんごくさく》』に採取されている。いかにも周人《しゅうひと》が創《つく》りそうな話である。

さて、どこにも酒癖のわるい男はいるもので、連夜の宴で酒びたりになったある君主が、踉踉《そうろう》と立ち、酔眼をすえて庭をながめながら、

「今夕もまた霊が宿りたもうた肉をわけていただいたが、たれかその霊を見たものはいたのか。いちど神霊を見たいものよ。どうだ、かたがた、そうお思いにならぬか」

と、わめくようにいっている。それをきいた受王はかるく笑い、

「貞《てい》の者よ、あの者があぁ申しておる。商の神霊をみせてやるがよい」

難題であった。貞人《ていじん》など祭祀官はいそぎ額をよせあい対応策を協議した。すでに肉を供えたことにより神来したことになっているのである。いまさら、神霊をみせよ、といわれてもどうすることもできない。窮余の一策として、かれらは王に、

「女人を拝借できませぬか」

と、ねがいでた。受王は妃妾と女官とを沙丘へつれてきている。

「どうするのかはしらぬが、要るだけかしてやる」

といった受王は興をおぼえ、諸侯にむかって、――いまから神霊を招く、よく見ておけ、と言明した。

だらしなく横になっていた者までが、その声で起きあがり、目をこすった。炬火が消された。月も星ものぞいていない夜空である。あたりは闇同然になった。

炬火がふたたびともり、庭だけが燗《て》らしだされたとき、そこに燦列《さんれつ》しているものがなにか、受王にも一瞬わからなかった。ひとの意表をつくことの好きな受王が意表をつかれた。

――いや、これは。思いつきおったことよ。

と、受王は苦笑した。

酒池のほとり、肉林のあいだに見えたものは、妍粧《けんしょう》を脱いだ女人たちのあまたの裸形である。音楽が鳴り、羽根かざりを手にかの女たちは舞いはじめた。それはかの女たちを鳥にみたてたわけになる。くどいようだが鳥は商の神霊の使者である。諸侯はどっと囃《はや》した。それを見た即席の演出家たる祭祀官たちは胸をなでおろした。神霊を憑《つ》かせるつもりで美女ばかり裸にしたわけだが、たとえ神霊が降りてこなくても、あれだけ宴席が沸けば、この場はとりつくろった形になった、とおもった。かの女たちの動きにあわせて、台上で舞う者もいれば、身をのりだしすぎてきざはしから落ちる者もいる。そのうち、

「あの神女たちを所望じゃ」

と、庭に降りてゆこうとする者が続出した。かの女たちのなかには、諸侯の質としてあずかっている女性もふくまれているため、そのねがいを受王としてはゆるすわけにはいかなかったが、

「神来を祝《いの》るというのなら、ともに舞う嘉儀《かぎ》をゆるそう。だが、その者はかの女どもとおなじく衣裳をぬぐことだ」

という受王の提言が、かえって諸侯にうけてしまい、裸で庭へ飛びだした者が何人かいた。この闖入者《ちんにゅう》にかの女たちはおどろき、舞の手をみだして、さざめき逃げた。

——あれが神女にさそわれて降りてきた神霊か、さてもきたならしき神霊であることよ。

と、受王はむくつけき裸跣《らせん》を指しつつ、腹をかかえて笑った。

やがて雨が降ってきた。が、炬火を消すほどの雨下ではない。風もでてきた。庭でゆっくり旋回するような吹きかたである。女たちは三々五々、木の根もとにからだを寄せあって、雨をよけはじめた。

「もうよかろう。みな呼びもどせ」

と、受王が側近にいった声が消されるほど、急に激しい風が台上に吹きあがってきた。諸侯のなかには裸のまま庭でねむっている者もあり、かれらが介抱されて台上にもどったとき、滝のような雨になった。ところが、人影がすべて消えたはずの庭に、ひとつ白いものが残っていた。

「炬火を庭にむけよ」

と、受王は命じ、目をこらした。白いものとはひとりの女の裸身である。かの女は木の根もとに立ったまま動こうとはしない。

「あの女はなにをしておる。はやく台へもどるようにいえ」

かしこまって、近臣のひとりが雨中へ走りだそうとしたとき、天地が裂けるような音とともに火柱がその女の頭上に立った、と見えた。

――申《しん》だ。

と、受王は心中叫んだ。申《しん》とは神《しん》のことであり、また雷のことでもある。まさに神来したのである。

女は倒れた。受王は階段を飛ぶように降り、失神した近臣を跳びこえ、女の安否をたしかめようとした。女は火傷してはいなかった。息はあるのかないのか。受王はかの女をかき抱き、台上にかえると、

「たれの女《むすめ》だ」

と、問うた。受王には奇妙な感動がまだ体内で鳴っているようであった。

――神を招いたのは、この女ひとりでやったことだ。

という認識である。つぎに考えたことは、ご先祖はこの聖女を正妃にせよと、朕《わし》におしえてくれたのではないか、ということであった。それゆえ、

「女は、妲己《だっき》、すなわち蘇侯の女でございます」

というこたえをきくと、

「では、このこと蘇侯につたえよ。今夕、朕はこの女を婦としてもらいうけたとな」

と、側近にいいおき、気絶した妲己を抱きあげたまま、しずくを垂らしつつ、寝所へむかって歩きはじめた。このとき、――しばらくおまちを、と申したて、王を

追って、

「その女をご寝室へいれてはなりません」

と、王の行為をはばもうとした者がいた。史官の尹佚《いんいつ》である。

「なぜ、ならぬ」

「おそれながら、さきほど天子がごらんになった落雷は、商の神が降りてこられたのではありません。昆吾《こんご》氏の怨毒《えんどく》が、その女の霊肉《れいにく》にすみつこうとして降りてまいったのでございます」

と、尹佚は有識者らしい解釈をした。

かれのことばにでてきた「昆吾氏」というのは、夏王朝のころの名門で、また商にとって最大の敵でもあった。商の開祖・湯王はその昆吾氏を倒すことによって、夏王との決戦に勝利をおさめることができたといえる。妲己の室《いえ》である有蘇《ゆうそ》氏は、商を怨んでほろんだ昆吾氏のながれをくむものである。

――六百年もまえの族人が、いまごろになって、なにゆえ朕を怨敵とせねばならぬのか。

という気であったろう、受王は尹佚の言を背中でききながすように、寝室へはいってしまった。が、受王は尹佚の言こそ祖霊の言としてききわけるべきであったかもしれない。

たしかにこのときの尹佚は神に憑かれたように常軌を逸していた。かれは王の寝所の入口にすわったまま、――天子よ、なりませぬ、と執拗に叫び、王の近臣にかかえられるように退かされ、一夜あけてから、自分がなにをいったのかほとんど忘れていた。

ところが尹佚がいった内容を王のほかにおぼえていた者がいた。

妲己である。

気を失っていたはずのかの女は、そのとき意識をとりもどし、自分がどういう状況にいるのか、すぐさま理解した。

――このまま寝室へはいれば、いずれ王婦になれる。

ということである。ただしそれに反対している者がいる、ということである。せっかくの好機がこの男によって無にされるのか、とおもうと、かの女は目をつむったまま、

――憎い。

と、おもった。王のなさけがおよばぬ後宮の女なぞ市井《しせい》の賤妾《せんしょう》よりもみじめである。国主の娘としてなに不自由なく育ってきたかの女にとって、後宮は家畜を飼う檻《おり》にもひとしく感じられ、牛や豚のように自分はおわりたくない、という意気ごみが烈しかっただけに、くやしい毎日をつづけてきた。そのいまいましい檻がたった

いまひらかれようとしている。であるのに、寝室へはいってからも、あの男の声はきこえてくる。かの女は耳をふさぎたくなる衝動をこらえつつ、

――あの男はわたしの敵だ。

と、自覚した。

受王はかの女のつめたい裸身を牀褥《しょうじょく》の上におき、しばらくながめていた。そのうち女の素肌に赤いしみのようなものが浮かんできた。雪の上に紅花が舞い落ちたようなうつくしさに、目をみはったかれは、それが自分の指のあとであることをしって、おどろきはいっそう深くなった。

こうした時間はさほど長いものではなかったが、妲己にとって死ぬほど長く感じられた。――王はあの男の意見を納《い》れようか納れまいか迷っておられる、とふるえる胸でおもった。が、王の唇が自分のからだをひやしている雨滴を吸いとりつつある、と感じたとき、かの女は待ちに待った祥雲に身も心もつつまれたようであった。

かの女は綵雲《さいうん》のなかをただよってから、突然、雲が裂け、暉《かがや》く太陽に身を灼《や》かれたような感じがした。白熱の太陽は、たちまち大鵬に化し、女の体内にはいってははばたいた。

差《ゆう》里《り》

不幸がふたりの男を襲おうとしていた。

そのひとりは尹佚《いんいつ》である。

かれはわけもわからずいきなり執《とら》えられ、笞《むち》うたれるはめにおちいった。むろん沙丘《さきゅう》には刑吏はおらず、王の身辺を警護している者がそのかわりをつとめた。その長が嬴来《えいらい》である。

尹佚には辜《つみ》をおかした覚えがない。昨夜のことを今朝というはやさで、妲己《だっき》から復讎《ふくしゅう》されるとは夢にもおもわず、

「わたしがなにをしたというのだ」

と、声が嗄《か》れるほどきいた。しかしかえってくるのは笞ばかりである。

その笞刑《ちけい》を腕をくんで見守っている嬴来にも尹佚がなにをしたのかわかっていな

い。夜明けまえに王の寝所のあたりをひとまわりしたとき、室内からでた白い腕にまねかれ、——天子のご内旨です、といわれて尹佚を処刑することになった。そのとき室内の妃は、かれにそっと奇物をわたし、

——殺してもかまいませんよ。

と、ささやくようにいった。かの女の真意は「尹佚を殺せ」というところにあるとおもった嬴来だが、どうも尹佚という男が辜をおかしたふうにはみえない。笞をふるっている配下が、

「このままでは死んでしまいますが」

と、嬴来の判断をあらためて俟《ま》つようにふりかえったが、

「死んでもかまわぬそうだ。やるしかあるまい」

と、顎《あご》をしゃくった。嬴来の立場としては、尹佚が有罪であろうと無罪であろうと、命じられたとおりにするほかない。とくにご内旨が妃の口からでたというのがぶきみである。

——これだから宮室の女はこわい。

いわれた任務を完遂しなければ、あの妃は王になにをつけ口するかもしれず、この男の不運が明日のわが身にふりかかってくるかもしれないのである。

すなわち尹佚は生きてこの場からでられぬということであった。尹佚の口からも

れるのは、もはやことばではなくうめき声だけになった。

「おや」

と、配下は咨うつのをやめて、地上からひろいあげたものがあった。

「これはおそれいった。王侯のもちそうな玉《ぎょく》です。こんなみごとなものは、これまでに見たことがない」

と、かれはそれをもったいなさそうに嬴来に手渡した。

――王侯の玉だと。

嬴来は心が動き、尹佚の目のまえで玉をみせ、

「これはおまえのものか」

うつろな目でそれをみた尹佚は、かすれ声で、

「そうだ……」

「どうしてこれほどのものをおまえがもっている」

「周《しゅう》の、伯邑考《はくゆうこう》さまから、頂戴した……」

「ふうん」

嬴来が玉に目をもどしたとき、尹佚は、

「欲しくば、くれてやろう」

と、いった。嬴来の胸底に波が立った。このままゆけば尹佚は死ぬことになるが、

嬴来には死人のものを私物化するうすぎたなさはない。ひけ目なく王侯のもち物が手に入る、ということは、――国を建てられる、という吉兆ではないか、ということであった。秦《しん》国の再建は嬴来の宿願である。尹佚は目をとじて、

「ただし、ひとつ願いがある。このことを伯邑考さまに、お伝えしてくれ」

と、いったあと気絶した。

伝言の相手が憎い周侯の息子であるということは気にいらぬが、

――まあ、よいわ。

と、嬴来は約束をまもった。

伯邑考はおどろき、自分の力ではどうにもならぬことをしって、父に相談した。

「尹佚というと、いつか親切にしてくれた、あの仁か」

と、昌《しょう》は憶えていて、――生きたままもどしてもらえぬのなら、死んでもどしてもらうのだな、と伯邑考の耳になにごとかささやいた。伯邑考はさあっと顔をあかるくして、――おおせのとおりに、とこたえ、嬴来のもとへひそかに赴いた。

やがて立ち戻った伯邑考は、莞爾《かんじ》として、

「うまくはこびました」

「そうか、それはよかった。帰りの荷が重くなったが、いたしかたあるまい」

と、昌がつぶやいたころに、嬴来は妲己のもとに、

「尹佚が死にましてございます」

と、報告していた。

虚報である。このとき半死半生の尹佚は周侯の荷物のなかにひそんでいた。伯邑考が嬴来とその配下に賄賂《まいない》しようとしたとき、嬴来は、

「わしは要らぬ。やがてあなたの室《いえ》からこれとはくらべものにならぬものをいただくからな」

と、奇妙なことをいい、もらったものを全部配下にあたえて、

「尹佚がふたたび商人《しょうひと》の目にふれるところにあらわれないと約束していただけるなら、おひきわたしいたそう」

と、いった。

沙丘での饗宴《きょうえん》はおわった。周侯とかれの荷物は沙丘からはなれようとしていた。周侯には、九《きゅう》侯と鄂《がく》侯とが余分なことはなにもいわずに死んでくれた、とほっとするものがあった。ここからの周侯はできることなら飛ぶように帰国したかった。尹佚のためではない、自分自身のためである。九侯と鄂侯とが誅殺《ちゅうさつ》されたことで、つぎにおこりうることはなにか、自国にいて見澄ましたい。

――大乱になれ。

と、おもった。鄂の遺族が擾《さわ》げば、鄂に近いという理由で、蘇《そ》侯が商の鎮静軍の

先駆《せんく》を命じられよう。あるいは周侯自身も参戦することになるかもしれない。となればいくさのやりようによっては、鄂の遺族を周の与力として潜晦《せんかい》させておくことができるかもしれない。またたとえ鄂がだめでも、主君を殺された九夷《きゅうい》の憤発は必至とみたい。

――おもしろくなりそうだ。

周が独立する好機がめぐってこようとしている、という胸の昂《たか》ぶりを周侯はおさえきれない。が、その動悸《どうき》はかれ自身の背後にむけるべきであったろう。

不幸がひたひたとかれのあとを追ってきていたのである。

周侯の傍らを駛《は》せ過ぎていった馬上の者が、「周侯捕捉《ほそく》」を大邑商《たいゆうしょう》の捕吏《ほり》に命じる急使であったことは、周の君臣ともしるよしはない。

大邑商に到着した周侯は、荷物からでた尹佚の衰容のはなはだしさをあわれんで、

「お顔なじみの太顚《たいてん》を残しておきますゆえ、お心おきなくここでご養生されよ」

といい、太顚には、――尹佚どのがご回復なったら周におつれ申せ、といった。

ここ一両日が大邑商の見おさめになるかもしれぬ、とおもう周侯は、おもな家臣をすべて本国にひきあげさせるつもりであり、商室の人質になっている伯邑考にも、周が独立するおりにはそれ以前に使いをさしむけるゆえ、そのつもりでいまから脱出方法を考えておけ、といいきかせてある。伯邑考は日夜監視されているわけでは

なく、また伯邑考の下には剛勇ながら目端《めはし》のきく閎夭《こうよう》がいることから、

——蘇まで逃げきるのにさほどの苦労はあるまい。

というみこみである。

周侯ほどの慎重な男が大邑商にきて、すでに虎口からのがれた気でいた。そこへ朝廷からの使者である。周侯はべつに不審は懐《いだ》かず、

——すぐに退廷してくる。出立の支度を解かずに待っておれ。

と、臣下を残して、魅入られたように王宮へでかけていった。

周侯の姿は宮中にはいって消えた。

閎夭の到着は一足おそかった。かれは凶報とともに真っ赤になって飛びこんできた。

——伯邑考さまが執《と》えられた。

といいながら、かれはいちはやく周侯を目でさがした。その周侯がいない。

「すでに王宮へはいられたころであろう」

ときかされた閎夭は、床を烈しく蹴り、

「ああ、おくれたか」

と、嘆いた。みななんのことかわからず、まぬけたような顔をかれのまわりにあつめた。閎夭はいきりたって、——ええいっ、これをみよ、とはなばなしく裂開し

た衣をしめした。そういわれて閎夭をよくみれば、埃をかぶった髪は乱れ、毛深いからだながら血のにじんだ部分もある。闘争のあとを物語るものである。事実かれは嬴来がなげた捕獲の網をやぶり、馬をぬすんで駆けとおしてきた。

このときになって一同は騒然とし、一口《こう》に出づるがごとし、――どうしたらよかろう、とうろたえはじめた。それでもこの深刻な事態をよくのみこめず、

「辜は若君だけのことで、わが君にはかかわりのないことではあるまいか」

と、口走る者が多く、切要《せつよう》を見失って、混乱はとめどをしらなくなった。むりもなかった。なにゆえ伯邑考がとらえられたのか、閎夭でさえうまく説明できなかったからである。

「黙らっしゃい」

と、閎夭は大声を発し、床をひとつ大きく踏み鳴らすと、

「紂《ちゅう》王は――」

と、いった。このころ周人《しゅうひと》が受《じゅ》王を紂王とよぶことは一般的になっていた。

「子のつみは親のつみ、親のつみは子のつみにひとしく、君主のつみも臣下のつみと見なす、残忍な天子よ。われらもここにこうしていれば、滅びをまつだけだ。そこで、太顚どのは尹佚どのをお落とし申して、国もとへ変報をおつたえ願いたい。わが君と若君とのご安否は、わしが必ずさぐりだす。わしに力をかしてくれる者は、

わしにつづけ。あとの者は、太顚どののお指図に従い、しゃにむに周へ逸《はし》れ」

という声をまたず、腰の浮いた者とそうでない者とは、二派にわかれた。あらそうように外へでようとする者の愚侂《ぐちょう》を見て、閎夭は、

「なさけなや、それでも周人か」

と、罵倒《ばとう》したが、奔《はし》り去った人々は悲痛な叫びとともにひきかえしてきて、

——もう逃げられぬ。

と、抱きあってすくんでしまう者さえいた。すでにかれらは捕吏に包囲されていた。いまさらながらかれら全員が死地にいることをさとった。

「もはやきたのか。ここもまた一足おくれたわ」

と、閎夭はくやみながら、

——居ても死ぬ、立っても死ぬ。

ならば立て、立ってなんでも武器になるものを手にして、わしについて伐《う》ってでよ、と閎夭はいうがはやいか、はしりだしていた。この敏捷《びんしょう》な小集団にむかって捕り手が殺到した。このとき閎夭は、馬の轅《ながえ》を手にしていて、そのひとふりであっというまに行く手をさえぎる者を五、六人なぎ倒した。寄せ手がひるんだすきを突いて閎夭はまたはしった。

「死にたくなければ、そこをどけっ」

と、怒鳴ったかれの悪鬼のごとき形相《ぎょうそう》におそれをなし、人でできた堵《かべ》がやぶれた。

――やっ、これで助かる。

と、おもった閎夭の視界を大きな影がふさいだ。眼前に、嬴来が手で顎をなでながら立っている。

「また、おぬしか。こんなところまでお出張りとはご苦労なことだ」

といった閎夭は、さきの、伯邑考をとらえるときの、嬴来の指揮ぶりが妙であったことをおもいだした。あのときかれは、――わしひとりで閎夭をとらえてくれよう、と配下の手だしをひかえさせ、まるで馬のいる場所をおしえてくれるように、そちらへ移動しはじめたのである。あれが無言に、――逃げてこのことを周侯に知らせよ、ということであったなら、おそらく任務外のここに顔をだしたのはなぜか。

あっと閎夭はこころづいて、

――こいつめ、尹佚がつかまり、一件が暴露されると、自分の首がとぶことを畏《おそ》れたというわけか。

閎夭は目で尹佚のいる方向をおしえた。それでかえって尹佚が助かる、と賭けた。

「ゆくぞ」

閎夭は地を蹴った。予想どおり嬴来はかたちばかり立ち向かってきただけで、ついに脱走の道がひらけた。閎夭に従った者はひとりの重傷者も脱落者もなかった。

追手のおよばぬところまでくると、閎夭は腹から力がぬけたように地にすわりこみ、

「わが君が、若君が……」

といいつつ、九侯のように醢《かい》にされたふたりの主君を想ったのであろう、顔を掩《おお》って泣きはじめた。まわりの者も泣いた。もしも二君が殺されていれば、

——これで周はおわりだ。

と、口にこそださないが、うつろになった大樹をみるようなおもいは、みなおなじである。

泣くだけ泣いた閎夭は、気をとりなおし、

「二君はまだ亡くなられたときまったわけではありますまい。それに国もとにはご子婦もおわす。このなかのおひとりは、ただちに国もとへ奔っていただきたい。あとのかたがたは、どうかわたしにご一命をお与《あず》けねがいたい」

といって、立った。

夜になった。

受王の近侍である膠鬲《こうれき》は、異常な夜気に目をさまし、——これは邪気がわが宅を犯さんとするか、と木の枝を手に身構えた。邪気は刀で斬るより木の枝で払ったほうがよい。かれは思いきって窗《まど》をあけた。月光がさしこんであかるくなった室の隅に、ひとりの男が坐っていた。肚《はら》の太い膠鬲でも、この不意の影にはさすがにおど

ろき、あとずさって、

「たれだ。――あるいは、人の形をした妖怪か」

と、その侵入者に目を凝らした。

「閎夭でござる」

という声をきいた膠鬲はとっさに窗をとじた。――なんという大胆な男であろう、逋徒《ほと》の首領として自身が捜索の眼目にされているであろうことをしらぬはずはあるまいに、とあきれるおもいで、かれは姿容のみえない相手と対した。

「不明閎夭、ご迷惑を承知で、一生のお願いに参じました。どうかわが主君の生死をお明かしくださいますよう。もし生きておいでならば、いずこにおわすや、おきかせねがいとう存じます」

その声音には切々と訴えてくるものがある。閎夭ほどの周の重臣でさえ、こうしてうろついているということは、いかに王の処断が電光のごとくすばやかったかわかろうというものだが、それだけに膠鬲は迂闊《うかつ》なことはいえぬという気である。閎夭とは面識があり、二、三度ことばを交したこともあるが、それよりも膠鬲はまず王臣である。不憫《ふびん》だが、口を割るわけにはいかない。

「せめて、生きておいでか、そうでないのか、それだけでも、おねがい申す」

と、声をふるわせ、かき口説くようにいう閎夭という男を、かれは不思議な存在として感じていた。というよりこの男を、死をいとわず奔走させている不可思議な源がある、という感じである。伯邑考または周侯という君主のもっている徳というものが、それであろうか、ここで膠鬲は苦笑したくなった。このたびの処置は、九侯や鄂侯の謀叛の件とはきりはなされておこなわれ、王が都を空《あ》けていたのをよいことに、周侯が洛西《らくせい》の土を苟得《こうとく》した辜にたいしておこなわれたもので、

――非は周侯にある。

ことはあきらかであり、受難は周侯自身の満仮《まんか》が招いたものといえる。周侯とは、徳とはかけはなれたところにいる君主だ、と断定してもよい。であれば当然、この閎夭も周侯の欲の手先にすぎぬわけだが、どうしてか閎夭からは貪欲という臭いがしてこない。膠鬲はそういう上への盲目的な献身には好感を懐かざるをえないたちだ。主人を敬信する篤《あつ》さは、異教徒ながら、ふたりにかよいあうものがあった。

が、閎夭に関する膠鬲の観測はややちがっていたといわねばならない。閎夭を決死に動かしていたものは、個人への崇拝だけではなく、まだこのころでは概念になっていない、「国家」というあたらしいしくみであったといえる。「家」は血縁のない人と土地との小規模な私有であり、それを「国」が保庇《ほひ》し、かわりに国へ忠誠という抽象的なものを家がささげるという体制は、商にはない。

とにかく膠鬲は、この男にはなにかしてやりたい、という気になっていた。そこ

で、

「妖怪どのよ、これからとなえるのは呪文だ。それをきいたら、退散なさることだ」

と、さとすようにいった。その呪文というのは、

――ふたつの生あり。ひとつは邑《ゆう》にありて動かず、ひとつは昌《さか》んなりしも、羑《ゆう》にうつりて、滅す。

というものであった。

「かたじけない」

妖気ならぬ人気《ひとけ》はまたたくまにうせた。

膠鬲のいった羑とは、

「羑里《ゆうり》」

のことである。羑水《ゆうすい》とよばれる川のほとりにある捕虜収容所兼獄舎で、大邑商の南方二十キロメートルほどのところにあり、その位置は現在の河南省・湯陰《とういん》県の北にあたる。周侯はそこへ投獄されることになっていた。

閎夭は膠鬲の善意ある呪文を解き、二君ともの生存をしって、ひとまずほっとしたが、邑、つまり伯邑考が宮中の一室に監禁されているならば、それを救いだすことは不可能であり、のこる手段といえば、昌、つまり周侯が羑里へ送致《そうち》される道中

を襲撃して奪うことしかない。

——十人たらずで護送集団を破れるであろうか。

などと気弱なことを閎夭は考えなかった。羑里に送りこまれた者は、犠牲にされるか、または奴隷にされるはずであり、たとえそうならなくてもそこでの囚人は病を得やすく、十人中八人は死ぬであろう。それが、

「羑にうつりて、滅す」

という膠鬲の予言の内容である。羑里とは死の代名詞のようなものであった。主君が羑里に着くまでになんとかしなければならない、と閎夭をはじめ周の臣たちが悖狂《はいきょう》にちかい精神状態で、待ち伏せを考えたのは当然であった。

が、その当然を商側も想定していた。射手をそろえ、革車《かくしゃ》さえ付帯させた護送集団をつくりあげて、暴徒の襲来にそなえていた。

梏《てかせ》をはめられ牛のように曳《ひ》かれてくる主君をみて、閎夭は、

——おいたわしや。

と、涙をこぼしつつ、体軀《たいく》を怒張させて、わき目もふらずに突進した。二翼の鏃《やじり》をもった矢が雨のようにかれの急造の干《たて》につき刺さった。そのため前方を見通せなくなったかれの足がにぶった。そこへ革車は接近し、頭上から戈《か》が激しく伐ちこまれた。反射的にそれを干ではらったが、あいた脇へ矛《ほこ》がはいってきた。かれは軽い

痛みに飛び退き、身をたてなおして、くりだされる矛をかたっぱしからたたきおとした。

——車上のやつさえひきずりおろせば。

と、跳躍したとき、右肩に矢をうけ激痛を覚えてよろめいた。——えたり、と車上からふたたび戈が閎夭の首を狙ってふりだされ、干が割られた。

それからの閎夭は狂気そのものであった。が、いくら奮闘しても、主君の姿は視界から遠ざかる一方で、ついにかれの足もとから地が消えた。

と同時に、閎夭を追い詰めた者たちの眼からも手負いの熊のような姿が消えた。

——どこに消えたのか、とあえて捜す必要はない。周侯を姜里へ送りとどければかれらの役目はすむのである。かれらは路上にころがった周人《しゅうひと》の屍体を蹴とばし、

——こいつらの新手が襲ってくるかもしれぬ。急ごう。

と、隊列をととのえなおし、立ち去っていった。

路傍の深い窊《くぼみ》から人の顔が三つでた。肝《きも》をひやした、という顔である。もっともおどろいたことは、矢をうけて血まみれのからだが、かれらの頭上に降ってきたことである。かれらをおびやかした男は、

——重傷だが、息はある。

とわかれば、かれらはけが人を道義上みすてるわけにいかず、矢をぬき傷の手当

をした。そのあと、かくしてあった羊を曳きだし、

——こりゃ、このあたりで野宿もやむをえない。

と、顔を見合わせた。負傷者は動かせないとみたのである。

かれらは朝歌《ちょうか》の市へ羊をはこぶ連中である。三人とも若いが面構えからするとただ者ではない。意識のもどった閎夭はそれを感じたが、身動きできぬかれは、だまってその青年たちにすべてをあずけるほかはない。かれらは閎夭を生きかえらせ、三日目には歩くことができるまでにさせた。

閎夭が最初にきかれたのは、

「おまえさん、周のお人だろう。それも相当なご身分のおかただ」

ということであった。かれらの正体は不明だがいのちの恩人であることにはちがいない。そのためかくしだてすることもあるまいと閎夭はおもい、

「そうだ」

と、こたえた。——とすると、あのときの罪人は周侯だったのだ、とかれらはささやきあい、いきなり、

「羑里にいれられたご主君をおたすけしたくはないかい」

と、いった。閎夭は眼をむいた。——こやつら何者だ、とどうしても知りたくなるような、おもいがけないことばであった。

「智慧者《ちえしゃ》がいる」

と、かれらはいう。会ってみないか、ということであろう。いまごろ主君はさぞつらい目にあっているであろうと想う閎夭は、やるせなく、かれらの申し出は渡りに船であった。

「よし、きまった。だが、その身なりじゃ、市の役人にすぐ見破られてしまう」

かれらは自分たちの着替えを閎夭にあたえて、それから三日後に朝歌へはいった。

朝歌はまさに殷賑《いんしん》の邑である。つらなった肆《みせ》のなかで、ある屠肆《とし》にかれらははいっていった。

――なんだ肉屋か。

閎夭は気落ちした。まさかここにかれらがいう智慧者がいるわけではあるまい、とおもいたかった。

「望《ぼう》さん、おいでかい。羊と客人とをつれてきたよ」

望とよばれた肉屋の青年店主は昼寝をしていた。冬なのにびっしょり汗をかいている。かれは目をあけ、知った顔をみつけると、――ああ、あんたか、と顔の汗を指でぬぐい、

「また、あのときの火の夢をみていたよ」

「そうかい、その夢ならおれもよくみる。ところでこちらは周の閎夭さんだ。羑里

に囚《とら》われている周侯をたすけだすために、ひとつ力をかしてやってはくれないか」

「なに、周侯がぶちこまれたと」

望は閎夭へ目をむけた。その目つきのするどさに、まるで鷹のような男だな、と閎夭はおもった。が、こんな若い肉屋ふぜいになにができよう、とこのとき閎夭は失意をかくせなかった。むろんかれは、この望という男が太公望呂尚《たいこうぼうりょしょう》の名で、やがて周の君主を掖誘《えきゆう》して商を打倒し革命を成功させる元勲になろうとは、夢想だにできなかった。

これが太公望呂尚と周人との最初の接触になった。

他の三人も十二年まえに受王の狩りによって親を喪《うしな》った羌《きょう》族の遺児たちであり、羊にみちびかれ風にたすけられて猛火をかいくぐって逃げおおせたあのときの少年たちの後身である。

かれらは穏健な羌族の出にしてはめずらしい過激派を形成しており、商の主要都市に潜在して、反商のための地下組織を拡充しつつあった。その分子は羑里の奴隷のなかにも、羑里の警備員のなかにもいる。また商の軍隊のなかにもいる。羌族とはそれほど多いということである。その地下活動の指導者が二十歳なかばの望であると知って閎夭は驚嘆した。

したがってかれらは情報蒐集にすぐれ、

「宮中のことさえわかりますよ。九侯と鄂侯とが誅殺されたことはしっています。しかし周侯のことはわからなかった。でも、いまに恙里からしらせがありましょう」

と、望にいわれて、閎夭はあいた口がふさがらなかった。かれはようやく、

――ひょっとしたら、わが君をおすくいできるかもしれぬ。

という気になりはじめていた。

太公望の暗躍

望《ぼう》は激烈な意志の男である。

徹底的な武断派であり、革命後かれの思想は愚民政策となってあらわれた。

商《しょう》をほろぼしたのは昌《しょう》の子の発《はつ》（伯邑考《はくゆうこう》の弟）だが、そのとき敗戦国の商の人民をどうすべきかと問われた望は、——みな殺しになさったらいかがですか（『説《ぜい》苑《えん》』）、とこたえているし、また発が受《じゅ》王を伐《う》った挙兵が下克上であることを認め、こののち下克上の風潮がさかんになりはしないかと気に病んで望に問うたとき、かれは、——天下を久しく保とうとするなら、道義なぞまったく無用のことでして、煩擾《はんじょう》の教えで民をしばり、楽しみだけをあたえてその家財を貧しくさせ、族党を少数にしてしまうことです（『淮《え》南子《なんじ》』）、とこたえている。さらに望は封地としてさずかった斉《せい》国（山東省）で、自分にしたがわず自給自足を言明したふたりの賢者を誅殺《ちゅうさつ》している。発の弟の旦《たん》がおどろいてそのわけをたずねると、――いくら賢者でも法にしたがわなければ、君主にとって無用の者だから殺したのです、とかれはこたえた（『韓非子《かんぴし》』）。

おそるべき苛刻《かこく》さである。

が、その苛刻《しゅう》さは望だけがもっていたわけではないかもしれない。革命戦で勝利をにぎった周の指導者は多かれ少なかれもっていたのかもしれない。

さて太公望呂尚の名のうち「太公《たいこう》」は尊称で「尚《しょう》」は字《あざな》にちかいものらしいが、かれはふつう「呂望《りょぼう》」とよばれる。その姓にあたる「呂《りょ》」については、かれの先祖が夏《か》王朝のとき禹《う》王の治水事業をたすけてたいへん功労があったため、呂という地を封地としてたまわったところからきている、というようなことを司馬遷《しばせん》は書いている。しかしこれは望が周侯に臣属しついに斉国の開祖になるという快事をたたえて、かなりのちに羌《きょう》族のあいだで捏造《ねつぞう》された説の臨模《りんも》にすぎないであろう。呂は周の時代の国名だからである。羌がかれの本当の姓であるから、かれは、

「羌望《きょうぼう》」

と、よべばよいであろう。羌望が朝歌《ちょうか》で肉を売るようになるまえはなにをやっていたのかさっぱりわからない。かれは斉で妻帯していたがその妻にたたきだされ、子良《しりょう》という人に仕えたがこれまた逐《お》いだされ、とうとう困窮して棘津《きょくしん》というところ

で身まで売ろうとしたものの買い手がつかなかった、と『戦国策《せんごくさく》』にはかれの履歴らしきことが雑然とならべられている。どこまでが本当であったろうか。

とにかく羌の仲間は周侯の救助に動きはじめた。周侯をたすける義務はかれらにはない。が、周に恩をうっておけば損はない、と踏んだ。あくまで自分たちの活動を有利にみちびく打算からでた好意である。いやもっと考えれば、羌望らがやっている都市での活動はある限界をかれらに感じさせ、商を倒す気のある大勢力との結びつきを喫緊《きっきん》のこととして、活動の方針をかえようとしていたのではないだろうか。自力で羌族の威信を回復するつもりであったなら、それは主義として後退だが、周侯の投獄事件にかかわることによって、かれらはきれいごとの殻を脱ぎすて、羌族が商から積年うけてきた虐待の怨みをはらすという血なまぐさい現実の近道にはしりはじめたといえる。

ところで復讎《ふくしゅう》をもっともつよくおもいつめていたのは、羑里《ゆうり》での周侯であったろう。

かれが投げこまれた牢獄というのは、地を穿《うが》っただけでつくられた地下室で、地表にあたる部分に牖《まど》がはめられている。なかの湿気はすさまじく、

——これでは足が腐る。

と、かれは恐怖した。まして若い肉体ではない。はじめは当然死を覚悟したであ

ろう。

若くないといったのは、この年、帝辛《しん》十一祀《し》（年）には、昌は五十二歳（推定）になっていたからである。

また受王のほうでも最終的には周侯を殺すつもりであったろう。というより羑里にいれておけば十中八九死ぬはずであり、死ななければ食をとめるつもりである。年がかわり帝辛十二祀になった。

——まだ周侯は死なぬか。

と、受王はきかなかったが、周侯が羑里で生きのびていることがふしぎだった。羑里で生きのびようとすることは、苦しみをそれだけ長くあじわうことになるから、——陋劣《ろうれつ》なことをする者へのみせしめよ。

と、思いなおしてみた。が、いっこうに周侯の死は報告としてはいってこない。かれはますますいぶかり、

「周侯へはなにも食させるな」

と、ついに厳命した。——これで死ぬ、とかれはおもった。

たしかに周侯は飢えた。が、かれのいのちをつなぐほどの食物はひそかにかれの頭上の牖からなげこまれていた。

この獄中生活で昌はそれまで中国につたわっていた八卦《か》の占いかたを敷衍《ふえん》して六

十四卦にしたといわれる。むろん妄説《ぼうせつ》である。八卦は苗《びょう》族のような南方民族がもっていた占いのやり方らしく、それを商民族が苗族を駆逐しつつ水稲農業のやり方とともに摂取して、獣骨亀甲を灼《や》く卜《ぼく》に付随させた。つまり八卦は副次的な占いであるため、このころ単独では用をなさなかったはずである。

だがそんなことをしたとしてもおかしくないほど、周侯は絶望と希望とのあいだを浮沈し、自己の運命を読みとろうとしたがったかもしれない。

——この羑里に味方がいる。

それだけが、足から黴《かび》におかされつつある周侯のたしかな希望であった。

周侯の奇跡の延命についていう者がいた。

——聖人だからではないか。

これが受王の耳にはいった。かれは片頬をひきつらせ、——聖人とは何人《なんぴと》をいう、とわざと左右にきいた。

「神のもっとも近くにいる清貞なる者をいいまする」

「では、そんな聖人は、わが子を食べようか」

「そんなむごいことをできる者が、どうして聖人といえましょうや」

「しかとさようか」

と、ふくみ笑いをした受王は、

「鼎《かなえ》だ。——それに周侯の子息もひきだせ」

と、いった。受王が伯邑考を烹殺《にころ》すのだとわかって側近はさすがに蒼ざめた。受王は黙座した伯邑考にむかって、

「なんじはこれから、聖人といわれる貪食《たんしょく》な父の腹にはいるのだ。おもいのこすことはあるまい」

と、非情のいいかたをした。

これまで伯邑考には目をかけ貴族とかわらぬ処遇をしてきた受王である。周侯にたいしても気をつかってきたつもりである。そうした深情けのむくいが、上をもおそれぬ周の増長としてかえってきたかれの心中はいかばかりであったろう。——赦《ゆる》せぬ、といきどおったとしてもむりはないが、こういう点、かれは表面は非情をよそおいつつ情理の深い部分でどこか幼い正直さを残していた。

受王のことばがおわったとき、周侯の長子のからだは沸騰している湯のなかに沈んだ。

「この羹《あつもの》（スープ）を周侯にのましてやれ」

と、受王は酷薄なことをいい、周侯がその羹をのんだときくと、

「あれでも聖人か」

と、ののしった。つづいて、

「その子の羹を食して、なお知らざるなり」（『帝王世紀』）

と、いった。意固地《いこじ》になっている受王の心がよくわかる。その後も受王の意固地を冷笑するかのように周侯は生きつづけている。

この間、羌望の手足となって動いている者が、傷を負って隠伏していた太顚《たいてん》をひろってきた。太顚が周まで同道するはずであった尹佚《いんいつ》の行方はわからない。

周は国全体が顚倒《てんとう》せんばかりであり、一度に父と兄とを奪われた次男の発は、

——おふたりのご助命がなるなら国を傾けてもよい、と散宜生《さんぎせい》をいわば全権特使として朝歌に上らせた。が、すでに伯邑考は亡い。

太顚と散宜生とは、君主救出の謀主が思いもよらぬ肉屋の店主で、また若年であることをあやぶんだが、閎夭《こうよう》に、

——ありゃ尋常な男ではないわさ。

といわれて、ひとまず羌望の指図にしたがうことにした。

「羑里なぞいつでもわれらの手で破れます」

と、こともなげにいう羌望のことばに、よい歳《とし》をした周の重臣たちはそれぞれの耳をうたがった。

が、破獄では周侯の大義がたたない。羌望の苦心するところはそこである。周侯を脱走させてしまえば犯罪者の汚名をすすぐ機会は永遠に失われるのである。大義

がなければ諸侯はついてこない。かといって、周侯が殺されては元も子もない。そこで羌望の打とうとした手のひとつは、

――嬴廉《えいれん》と周の重臣とを会見させたらどうか。

ということであった。嬴廉の子は来《らい》であり、来は、いまや権臣の頂点に立とうとしている費中《ひちゅう》とは近しい。その糸をたぐってゆき、費中の口から、――王のなさったご処断は早急にすぎました、といってもらう。たとえそれがだめでも、せめて、――周侯が西方でおこなった策戦は審覈《しんかく》の余地がございます。

と、いわせることである。

「とても、かなうまい」

と、太顚はいった。だいたい嬴廉は賄賂などでころぶ男ではない。緒《しょ》に就くまえから成功の見込みはない。

「それが、あるのです」

と、羌望はいった。周は嬴廉の子の季勝《きしょう》をにぎっている。これを利用したらよい。そうきいた閎天はおもわず手を拍《う》ち、――悪来《あくらい》も季勝には弱い、やってみるだけのことはある、と乗り気になった。嬴来のことを周人《しゅうひと》は悪来と呼ぶ。これは周人の悪意からでた綽名《あだな》である。

それだけでは心もとないと考えた羌望は、

「散宜生どのには蘇《そ》へいっていただき、さらに諸国をめぐって、財を嗇《お》しまず、天下の美女、宝物、奇物をあつめていただきたい」

と、いった。蘇侯の女《むすめ》・妲己《だつき》が王の正妃になったことは羌望はしっており、その蘇と周とが親しいとわかれば、

「できることなら、わたしを蘇侯の臣下ということで王婦にお目にかかれるよう、蘇侯におねがいしてみてください」

と、大胆なことをいった。おなじことをいうにも、臣下の口からよりは正妃の口からでたほうが王への効き目がおおきい。その点、商王室の体質を羌望はよく理解していた。

散宜生が蘇へむかって出立したあと、閎夭は、

「自分の女が王の婦になったことで、蘇侯が商へ寝返っていたら、どうなさる」

と、羌望にきいた。羌望は眉ひとつ動かさず、

「そのときは、そのときです。散宜生どのには死んでいただくほかはありません。だが、あの散宜生というお人には弁智《べんち》があるとみました。おめおめと死にはすまい。かならず蘇侯を説得し吉報とともにかえってきますよ」

ついさきごろ遭ったばかりなのに、十年来つきあってきたような人物の識別眼をしめされて、閎夭は、

——なんと底しれぬ男か。

と、羌望を見なおさざるをえなかった。

もうすこし羌望について書いてみたい。

羌望ほど伝説に彩られていると、その実像へ接近することはなかなかむつかしい。

かれの出身について孟子《もうし》が、

——むかし太公は、紂《ちゅう》（王）を辟《さ》けて東海のほとりに居り。

と、述作したところがもっとも古い説のひとつだとおもわれるが、そのあとにでた『呂氏春秋《りょししゅんじゅう》』も『史記』も、ほぼ同様の説示である。あまり参考にはならないが、劉向《りゅうきょう》の著とされる『列仙伝《れっせんでん》』では「冀《き》州（河北省、山東省から河南省北部にかけての一帯、中国を九州にわけた一つ）の人」とある。

生国がわからないのは、かれが定住をもたない遊牧民族の出だからである。

後世「太公望」というと「釣人」の代名詞になったが、羊を追って山野を歩くはずの男が、魚とむすびついたことは、大変おもしろい。

太公望には『六韜《りくとう》』という兵法書があり、しかしこれがまったくのにせもので、戦国時代の能文家が商周革命のころ生きているつもりで書いたものである。とにかくこれが太公望を稀代の兵略家にしたてあげた。

そのなかに太公望が周侯昌に遭う有名なくだりがある。

昌がある日狩りにでかけようとすると、ひとりの史官が、――渭水《いすい》の北で田《かり》をなさると、大きなものが得られましょう。それは龍ではなく彲《みずち》でもなく虎でもなく羆《ひぐま》でもありません。亀卜《きぼく》の兆では、天はなんじに師を遺《おく》る、とございます、といった。はたして昌は太公望が茅《ちがや》の上に坐って漁をしている――おそらく釣糸を垂れている――ところにでくわし、話をするうちに卜辞《ぼくじ》どおり師にふさわしい傑人だとわかり、再拝して太公望を馬車に載せて帰ってきた、というのが大意である。

これが事実であったかどうかの詮解はさておき、ひとつわかることは、羌望を昌が召し抱えるのに障害があったことである。羌望が周に仕官したときはかなりの老齢であったことは定説のようになっているが、亀卜をもちだして神霊の力をかりなければならなかったことは、羌望を羌族の代表として処遇するにはかれがあまりに若く、周一門の反撥《はんぱつ》を懸念して昌がひねりだした窮余の一策であったと想ったらどうであろう。

また周には羌族と結ぶこと自体問題があったのかもしれない。羌族とうまくいっていたのは昌の祖父の古公亶父《ここうたんぽ》の時代で、父の季歴《きれき》のとき商室と姻戚関係となってからは、羌族とは気まずかったはずである。

また羌望がすぐに昌の師とされるほど優遇されたというのは怪しい。『捜神記《そうしんき》』

では、仕官後の羌望は灌壇令《かんたんれい》という祭祀官《さいし》にすぎず、昌が夢のなかで暴風雨の女神から羌望を偉人であると告げられ、はじめてかれを重用した、とある。ここでもまた昌は羌望をひきたてるために神霊の辞をかりている。

仕官まえの羌望のなりわいが、昌の我意を通すには不利であったのかもしれない。


まだ羌望は商にも周にも無名である。

が、すでにその若い魔手が嬴の父子におよんでいた。周からは会合に閎夭と太顚とが出席した。周側が嬴の父子に指示した条件というのは、季勝をかえすから周侯を釈放するよう費中に働きかけてほしい、ということである。

嬴来は周の二人をみて、――また大邑商《たいゆうしょう》にあらわれたのはよい度胸だ、と皮肉な称《ほ》めかたをし、

「お手前がたは、費中という人物を知らぬから、そんなことがいえるのだ。かのお人は、天子のためにならぬとおもえば、朋《ほう》の山、玉《ぎょく》の谷でも素通りなさる。賄賂では動かぬよ」

と、にべなくいった。嬴廉もそれにつづけて、

「そんなことを費中にもちかけただけでも、周とのかかりあいを嗅ぎわけられ、われらはたちどころに炮烙《ほうらく》の柱をのぼらねばなるまい」

と、あくまで拒絶の姿勢である。

さもあろうと、羌望から智慧をつけられてきている閎夭と太顚は、そのくらいではひきさがらず、

「この申し出が、費中どののご命運にかかわることであっても、無視なさるおつもりか」

と、強迫じみたことをいった。

――どうせ苦しまぎれの妄言よ、父上お気になさるな。

と、来はせせら笑ったが、廉は、

「どういうことです。お説き明かしねがいたい」

と、まじめに詰めよった。

「では、申し上げよう。たとえばでござるよ、王のお耳に婦がこうささやかれたらなんとなさる。――じつは、かつて費中は周侯に賄賂を強要し、それをことわられた腹いせに、周侯を誣《ぶ》告《こく》したのです、と」

「なんと――」

廉はさぐるように周の二人を視《み》た。もののいぐさに自信がありすぎる。

閎夭はもってまわったいいかたで、

「疑念をお覚えになった王は、ご自身で西方の諸侯に使者をおつかわしになったと

ころ、周侯が兵を動かしたのは、召《しょう》のよからぬ動向を抑えるためであったことがわかった。そのあかしに周侯はそのとき鎮定した洛水《らくすい》より西の地、方千里を王に献ずる用意があった。そこで王はこれまで欺罔《きぼう》されていたことをお知りになり……」

「待たれよ――」

といって、廉は眼をとじた。周は王と費中との離隔《りかく》をたくらんでいるらしい。が、なぜそのための最初の口を王婦が切ると周人《しゅうひと》にはわかっているのか。その疑惑は廉ばかりでなく来にもある。

――あの妲己という王婦は怖い。

と、いちばんよくしっているのは来である。いやな雲行きだ、とおもいながら来は父を見守っている。やがて眼をひらいた廉は、

「季勝は手もとに要り申さぬ」

と、いった。――まずい、とおもった太顚はあわてて、

「生涯、季勝どのを奴隷の身になさるご所存か」

「いや、手もとには要らぬと申したまでだ。周侯のご威光をもって、季勝に国を建てさせていただけるよう、おとりはからいねがいたい」

「それは、……即答できかねる」

「わかっております。いつまでもおこたえをお待ちしております」

「あいや、長くはお待たせするつもりはござらぬ。早ければ明日、遅くとも明後日までにはご返答いたす」

と、閎夭はいった。それをきいた来は、

「虚言もいいかげんにせよ。いったいたれの許可を得るというのだ。たとえ周侯の子息が都にきていたとしても、父が生きているあいだは独裁はできぬはずだ」

「むろんご許可をいただくのは、周の姫昌《きしょう》、すなわちわが君からでござる」

と、閎夭はけろりとした顔でいった。

閎夭のいったことは虚言ではなかった。つぎの日、羑里にいる周侯が嬴の季勝に封地をあたえることを許諾したあかしに、泥のついた布片が嬴廉のもとにとどけられた。それを見た来は、

——うそだ、にせ物だ。

と、頭から信じようとしなかった。ありうることではない。周の詐妄《さぼう》にひっかかってはなりません、とかれが声を大にして父をいさめたのは当然であった。

「たしかに周侯は腹黒いお人ゆえ、その言は信委《しんい》ならぬところがあるが、もしもこの布片が本物で、季勝に封地があたえられるのなら、われらとしては本望ではないか。季勝にばかりつらい目にあわせ、われらがここでよい目にあっていることを、天はお赦しになるはずはない」

と、廉はしみじみといい、周のつかいだとなのる小者に、――閎夭どのだけでよいからいま一度お目にかかりたい、わたしはひとりでゆく、と再会の場所を指定した。

　都の郊外に大樹があり、そこが誓言《せいげん》をかわす場になった。

　廉にはひとつ大きな不安が残っている。それはいつ王婦が例のことを王の耳にいれるのか、わからないことである。それがわからなければ費中へ話のもっていきようがない。早すぎれば自分たちが費中によって損《そこ》なわれ、遅すぎれば費中が王によって損なわれる。

「ご懸念にはおよばぬ。かならず王婦がいいだされる前におしらせいたす。われらは貴殿や費中どのをおとしいれるつもりのないことをご理解いただきたい」

　と、閎夭はうけあった。

「ふっ、よくも、かく卑劣なことを画策いたしたことだ。失礼ながら、これは貴殿や太顚どののからでたはかりごとではござるまい」

「さて、どうですか――」

「ま、それはどうでもよい。季勝のこと、かならずよしなに。ここでお誓いねがいたい」

「そちらも同様だ」

「われらの誓いを立証するものもござれば」

と、廉はいった。

「はて、どこに――」

「この大樹です。樹霊がいうなれば証人となる」

廉は携《たずさ》えてきた斤《おの》を樹皮に伐ちこみ、析《さ》けてできた木片を相手にわたし、閎夭にもおなじことをさせて、やはり木片をうけとった。

「約信を違《たが》えれば、おわかりとはおもうが、地中に斂葬《れんそう》されてから、樹霊にたたられつづけることになる」

「よし、わかった」

結局ここでのとりひきが、商を滅亡させ廉自身を斃死《へいし》させるひとつの原因になったが、べつの見かたをすれば、廉は自分の子を周と商とに配分することにより、嬴姓を存続させるという巧妙な永図《えいと》をたてたことになった。むろん意識的にではない。この時点では、よもや商が倒れるとはおもっていない。

ところで周に独り残された季勝についてだが、かれが小邑を有すことになったかどうかはさだかではなく、歴史にはっきりあらわれたのは、かれの曾孫の代で趙《ちょう》に封ぜられたということである。嬴廉――季勝――、とつづくこの系統はそのため趙氏ともいう。趙氏はのち戦国七雄にかぞえられる趙国のあるじとなった。また廉の嗣子《しし》は革《かく》といい若死にしたがかれには防《ぼう》という女《むすめ》がいたことはさきに書いた。この嬴廉――革――防――、という系統が秦《しん》の直系であり、野にかくれすんでいた防の子孫はやがて同姓の趙氏をたより、西方の羌族との死闘をへて秦国を隆盛させ、ついに始皇帝政《せい》の代で中国を統一することになった。かれらにとって嬴廉は神格的存在になった。

余談はこれまでにして、――

「ところで閎夭どの、これに見覚えがござろう」

と、廉にさしだされた手のなかのものをみて、

「や、これは若君の玉……」

「さよう、伯邑考どのの遺品が、どういうわけか愚息の手にめぐりきたった。これもなにかのご縁、どうぞお納めくだされよ」

閎夭はその玉を拝するようにうけとり、しばらく見いっていたが、くずれるように膝を地につくと、慟哭《どうこく》しはじめた。

周侯が羑里に囚《とら》えられていた期間は『春秋左氏伝《しゅんじゅうさしでん》』では七年とあり『竹書紀年《ちくしょきねん》』(今本)もそれを踏襲している。が、筆者の惟《おも》うに、それは長くて四年間、短ければ三年少々の間で、すなわち帝辛十一祀の末から十五祀のある月までである。

このあいだに要心深い嬴廉は、ひとりの賢そうな娘を見つけてきて、小婢《しょうひ》として中宮にいれ王婦の言動をさぐろうとした。ところがいつまで待っても中宮に異変はなく周人からの連絡もなかった。これは周国内の昏乱《こんらん》と散宜生が王の気にいりそうな絶品をかきあつめるのに諸国を奔走していたためだが、そんなこととはしらぬ嬴の父子は、しだいに気負いを失って、二祀（二年）がすぎてしまうと、

――やはり虚言であったか。

と、騙《だま》されたようなほっとしたような感じで苦笑しあった。

その虚を衝《つ》くように、王婦・妲己へ生家の蘇からご機嫌うかがいに参上した者がいた。蘇侯の臣下になりすました羌望である。

この日、嬴廉は廏舎《きゅうしゃ》にはいり馬を見廻っていたが、乾し草のかげから、地を匍《は》うような声で、

「嬴廉さまでございますね。いよいよでございます。周からお頼みいたしましたこと、今夕、どうぞお果たしくださいますよう」

と、いわれた。例の娘の声ではなかった。かれはぞっとし、来にあうべく外に飛びだしたところ、その来が容易ならぬ顔色でやってくるところであった。――蘇からの使者が王婦にお目通りしているらしい、あれとはこれではないか、と来は微妙ないいかたをした。まさにそのとおりであった。

「どうする――」

と、来はこの場にきて二の足を踏んだ。

「どうするはなかろう。費中どのは癖のあるお人だが、なんじにとっては、なくてはならぬお人であろう。まさか費中どのが天子のご勘気をこうむって消えてくれたほうがよいとおもっているわけではあるまいな」

「いや、それはないが……。費中どのにどうもってゆくかがむつかしい」

と、来は考えこんだ。廉ははっとおもいあたり、

「夢だ。――夢を見たこととして、閎夭らが話したことをそれらしく費中どのにおつたえすればよい」

「なるほど、それならばさしさわりがすくなくてすむ。では今夕費中どのを訪ねてみよう」

と、来は気が楽になった。

――夢は願望充足《じゆうそく》である。

と、いったのは、十九世紀のオーストリアの学者フロイトである。――人は、夢のなかで願望を充たそうとし、夢の内容は前日のできごととなんらかのかかわりがある、というふうに、かれによって夢は近代的なメスをいれられた。しかし古代における夢は、未来を予言する卜占《ぼくせん》とおなじ能力があるとされていた。夢のなかで告

げられたことばは何人たりとも反駁《はんばく》できない。ただその内容をいかに解釈するかだけである。

「不吉な夢を見ましてな――」

と、来が語るところをききおえた費中は、

「なにゆえ王婦がわしをうとまねばならぬ。それに周侯が西方の地を私《わたくし》せんとしたことは、崇《すう》侯がしっかり覈《しら》べられて、天子に言上したことだ」

「さようでしたか。それはよろしいのですが……、まさか費中どのは崇侯どのの言だけをもって、周侯処罰を奏請《そうせい》なさったのではございますまいな」

「なに――」

費中は顔色をかえた。来に痛いところをつかれたのである。費中は周侯の都での行動をしらべ、それが崇侯の話とうまく符合したため、このときとばかりに周侯を羑里へおくりこんだが、冷静にふりかえってみれば崇侯の証言のほかなにひとつ周侯を有罪ときめる証拠はなかったのである。

「蘇侯は曲ったことのお嫌いな性格らしい」

と、来がいった意味は、蘇侯には費中を王のおそばからしりぞけるつもりはなく、ただ周侯の件には不審があるという西方諸侯の意向を代表して、王婦を通じて、天子のお裁きの尽さざるところをご喚起なさったのではあるまいか、ということである。

「わしが天子からご譴責《けんせき》をうけることになることには、かわりないわ。あの天子のことだ、ご譴責だけではすまぬかもしれぬ」

「天子が諸侯に事情を訊《と》われるまえに、周侯が無実かそうでないかを、把握なさっておかれることが肝要かと存じます」

「さようさ、それで弱っておるのだ」

「それでしたら、父の廉にお命じくだされ」

「や、そうであった。飛廉《ひれん》なれば、他人《ひと》の十倍の速さで帰ってこれよう。これはさっそく発ってもらわねばなるまい。天子のほうへはわしからうまく申しておく」

つぎの日の早朝、嬴廉を見送ってから費中が参内すると、受王の表情はけわしく、
はたしてとおもうまもなく、

「費中、朕《わし》をたばかりおったか」

という雷のような声が頭上から落ちてきた。費中は内心、――来のやつ、よいときにきてくれたものだ、とおもいだしつつ、

「周侯のことでございましょうか」

「そうだ――」

「じつはそのことにつきまして不審ありて、いましらべさせているところでござい

ます」

「しらべるまでもないわ。あれは無実だと西方諸侯が口をそろえて蘇侯にいってきたそうな――。これで朕は不明の天子ということになったぞ。この始末、どうつける」

「ことは崇侯どのの言のみより発し、いままた蘇侯どのの言のみにより已《や》んだとありましては、天子のご威光に傷がつきまする。ここは天子御みずから事におあたりになってご裁断なさったことを天下に広くお示しあるために、いましばらくのご猶予をたまわりますよう」

費中は、西方へ嬴廉を奔《はし》らせて諸侯の回答を集めていることを、青い息で報告した。

「飛廉をか。――よかろう、立ち戻ったら朕がじきじきに訊うてくれよう」

これで費中はひとまず急場をしのいだが、それからの方策がたたない。復《かえ》ってきた嬴廉が王のもとへ直行させられてしまうと、回答の内容さえもわからないことになる。費中がじりじり焦《こ》げつくようなおもいで日を過ごしているころ、また嬴来がしのんできた。

「耳よりなことがございます」

と、来はしたり顔を費中に近づけた。たちまち費中は顔色をもとにもどし、

「これで祐《たす》かりそうだ」

と、小童のような声を揚げた。

嬴廉がもってかえってきた回答は、まるで口裏でも合わせたかのように、周侯にとっては有利なものばかりであった。かつて周侯が玉を王室へ献上しなければならなかったとき諸侯にほどこしておいた恩が、ここでかえってきたといえる。

――崇侯め、辜《つみ》を周侯に衣《き》せおったな。

と、受王は信じこんだ。受王が讒言《ざんげん》のたぐいを嫌うことは病的なほどで、自分が誑惑《きようわく》されるということは、万事を見通す力のある帝の神聖さを汚されることになる、という信念があり、いまその立場にあるかれは愧憤《きふん》によってふるえがとまらなかった。讒言の口添えをしたのが費中である。

――きやつを周侯のかわりに羑里へおくってくれよう。

と、心に決めた受王は、

「いそぎ周侯を羑里からだすのだ」

と、輿《こし》をさしむけた。翌日、周侯が宮廷に到着するまえにあらわれたのは費中である。受王は費中のうしろにあるものに目を奪われて、かれを叱嗟《しつさ》することを忘れてしまった。

「それらはどうしたことだ」

「はい、これらは周の臣がもってまいりました天下の珍怪の種々《くさぐさ》でございます。この費中めが献上の労をとらせていただきました。これをもって周の臣の心根をあわれとおぼしめしましたら、どうか周侯の訟《うった》えもお聴きいただけるよう、との口上でございました」

「その要はすでに聴いたことになったわ。もはや周侯は釈《ゆる》したゆえ、まもなくここに至ろう」

「あっ、これは」

と、費中は頓首《とんしゅ》して、

「これをつたえれば、さぞ周の臣は喜悦することでございましょう」

そういって費中がさがっていったことも気づかないほど、受王は目を据えて献上物をみた。

——なんと、めずらしきものだ。

伝説の獣と馬とがまぎれもなく目前にいるのである。それらは、

——散宜生すなわち千金をもって、(『淮南子』)

求め得たものである。獣は「騶虞《すうぐ》(または騶吾《すうご》)」といって、大きさは虎のようで五彩みなそなわり長い尾をもち、これに乗れば一日に千里はゆけようという瑞獣《ずいじゅう》、また馬は「雞斯《けいし》」といって、形は犬のようで白い縞の身に朱《あか》いたてがみをもち、目

は黄金色をしていて、これに乗れば寿命千年といわれる神馬である。ほかに黒玉百班《はん》、大貝百朋《ほう》、さらに玄豹《げんひょう》（黒豹）・黄羆《こうひ》・青犴《せいかん》（青い野犬）・白虎《びゃっこ》の美皮千枚が山と積まれている。

——どれをとっても、邑のひとつはできる。

と、ため息まじりに受王につぶやかせたほどの絶品ぞろいである。それらに添えて、周侯の婚戚にあたる莘国《しん》からの美女もひかえていたが、こちらのほうは受王の目にはいってこなかった。

やがて輿がつき、起きあがる力のない周侯の靡爛《びらん》しかかったような肉体を瞰《み》たとき、受王はさすがにことばにつまった。周侯の子、伯邑考を殺してしまったという慙愧《ざんき》もある。

このとき費中にみちびかれるように、ひとりの陪臣《ばいしん》が庭内にはいってきて、遠くで稽首《けいしゅ》した。

「これが献上物をもって参じました、周侯の臣、散宜生でございます」

という費中の声に、周侯のからだがかすかに動いた。

「散宜生というか。かほどの物をよくぞ集めた。主に尽さんとする情、みごとである。遠慮はいらぬ、近うまいれ」

受王のことばで膝をすすめた散宜生は、

「費中さまのおとりなしにより、天子のご寛容なる御意を得ましたこと、末葉までの誉れでございます」

「うむ。周侯の無辜《むこ》は明白になったゆえ、ここにおいて赦宥《しやゆう》いたす。よく養生させよ」

と、受王がいいおわると、散宜生は輿へ走り寄り、主君の顔を仰ぐと滂沱《ぼうだ》と涙をながした。

「周侯どのはよき臣下をお持ちだ」

と、受王はいって、さっと堂内に姿を消した。あとでかれは費中を呼びつけきつく叱ったが、費中の処分はそれだけにとどめ、――なんとか周侯の面目をたててやらずばなるまい、といった。

そうかれがいいだしたときが羌望のたてた謀計が完成したときであった。受王までが見えぬ糸にあやつられるようにその役目をはたすべく動いたといえる。ここでいつのまにかもっとも損な役割をおしつけられていたのは崇侯であったろう。西方の目付ともいうべきかれは、たんなる讒言者として、受王の信用を失墜させられてしまったからである。

夔《き》の社

周《しゅう》侯の回復をまって受《じゅ》王がたててやった面目というのは、

——周侯を西伯《せいはく》に任ず。

というものであった。西伯とは西の方伯《ほうはく》であり、さらに受王は周侯に弓矢斧《きゅうしふ》鉞《えつ》を賜与《しよ》して西方での軍事独裁権さえ認めた。特例であり殊遇であった。

腫《は》れ物にさわらんばかりの受王の心遣いがうかがわれる。

その御礼に周侯は洛西《らくせい》の地、方千里を地図をそえて王に献上した。これはかれの叛意のないことをあらわすと同時に、わたくしにお命じになれば王の御手をわずらわすこととなく異地を乂《か》りとってごらんにいれます、という自信にみちた意志表示だが、この殊勝さが偽態にすぎないことは、のちかれがとった行動をみればよくわかる。

このとき周侯は炮烙《ほうらく》の刑の廃止も願いでた。箕子《きし》からの献言もあってしばらくやめていた炮烙の刑だが、妲己《だっき》が王婦になってからかの女の要請でまたはじまり、そのままきている。宗廟《そうびょう》の管理者たる王婦に強いことはいえぬが、――この機会にやめるべきだ、と決意した受王は、周侯の奏請《そうせい》をあっさりうけいれた。このことを妲己につたえた受王は、相当きびしい反論を覚悟していたが、かの女の奇妙さは、――神霊も厭《あ》かれたそうでございます、と二度と炮烙の刑のことは口にしなくなったことであった。

――わが君のご懇請によってあのいまわしい炮烙の刑がのぞかれ、天下の民はみな喜んだのだ。

と、周人《しゅうひと》は信じ、のち商《しょう》に反逆するとき、これを周侯昌《しょう》の徳のたまものとして誇大に喧伝《けんでん》する材料につかった。

が、ここにいる周侯はかつての実直の人ではなく、眼底に怨みの燐火をもやす復《ふく》讎鬼《しゅうき》であったろう。長期の幽閉生活がかれの人格さえ変えたのではないか、とおもわれるほど、周にかえってからのかれは、王からたまわった斧鉞をふるいはじめたのである。

さいごに受王は言わでもよいことをいった。

――西伯を譖《そ》れる者は崇《すう》侯虎《こ》なり。

と、自己弁護をした。この一言によって受王は西方における最勝の味方を失った。周はその一言を、崇侯を討てと天子はお命じになったのだ、とつごうよく曲解した。周侯の新しい立場は、日本でいうと、朝廷から征夷大将軍に任ぜられて幕府をひらけるようになったようなものである。そのためいままでなりゆきを見守り鳴りをひそめていた西方の諸侯は、栄爵《えいしゃく》をいただいた周侯の帰還を祝賀して、かれの帰途を迎えにでて周の程邑《ていゆう》まで随行するという、異常なまでの盛り上りをみせた。

周侯を送りだした受王は、

——危うく祖父・文丁《ぶんてい》王とおなじ過《あやま》ちをおかすところであった。

と、人のよい感懐をもらしたが、周侯が釈放されたばかりか西伯にまで任ぜられたときいた干子《かんし》は、

——ああ、それはまるで鳳凰《おおとり》を天空に放ったようなものではないか。

と、なげいた。が、かれのことばは王まではとどかない。干子はこのころ王から疎《そ》隔《かく》され蟄居《ちっきょ》同然の身の上だった。主人の不遇を見るにしのびない近臣の右《ゆう》は、

——箕子さまはなにをなさっておられるのか。

と、かれはかれなりになげいた。

九侯《きゅう》と鄂《がく》侯との誅殺《ちゅうさつ》、さらに周侯の拘執《こうしゅう》と釈放といった一連の事件に、商の危機は胚胎《はいたい》したようにおもわれるが、ぎゃくに考えてみると、商がそれだけ強硬な姿勢

をとれたということは、この時期、箕子がかつて王子受に予感したような、「商王朝はじまって以来の繁栄」をむかえていたからであろう。商は政治の新機軸に財政を組みこんだ。この財政とこれまで商王朝をささえてきた祭祀《さいし》とをどう融《と》け合わすか、ということが箕子の腐心したところであった。財貨ばかりに目をむけると、農産のことは忘れられがちになる。これは以前、箕子が帝乙《いつ》にいったことであり、ここでもかれは農政を優先している。

のち、箕子は商の滅亡直後に、周の発《はつ》（武王《ぶ》）から政治の要諦《ようてい》をたずねられるが、

――一に食、二に貨、三に祀、……。

とこたえて、食（農政）を首位におき、祀（祭祀）よりも貨（経済）を上位においていることは注目される。

政治というものが、神によるものから人によるものへと推移しつつあることに対応して、箕子はこの新規な政治形態をうまくこなした。

箕子の本名が「胥余《しょよ》」または「余《よ》」らしいと冒頭のあたりで書いたが、朝廷の顕職についてからの箕子こそ、胥余とよばれていたのであろう。胥《しょ》とは、いまでも首相、外相などとつかわれる相《しょう》のことであり、相は王または君主を輔弼《ほひつ》する者をいう。ところが古代の記伝のあやふやさは、はじめから文字のように眼で確認されたもの

はすくなく、おもに音により——耳と口とにより——伝承されていったものを、後世の史家がその音にあった文字をあてはめてしまったため、胥は——相——商に通じ、余は——容——公などに通じて、胥余は「商容《しようよう》」と書かれる可能性があった。

商には箕子のほかに商容といって百姓《ひやくせい》に愛された賢明な政治家がいた、という意味の記事が司馬遷《しばせん》の『史記』にみえるが、ほかでもない、

——商容とは箕子のことである。

と、筆者は考える。したがって箕子は都では胥余（または商容）とよばれて庶人に人気があり、本国の箕《き》を治めていたかれの子が「箕侯」とよばれていたというのが事実により近いであろう。箕子と比《なら》んで王を輔《たす》けた干の国主が「比干《ひかん》」とよばれたのかもしれない。とすれば干子の比は本名または字《あざな》ではないかもしれないが、このあたりは推測の域をでない。

いま箕子に比ぶべき干子は貶斥《へんせき》されている。

箕子という人はこういうとき目立った動きはせず、干子を扶起《ふき》する機会をしずかに待っていた。この年、帝辛《しん》十五祀《し》（年）に、その機会がきた。受王が、

「人方《じんぽう》のこと、どうにかならぬか」

と、しびれをきらしたように箕子に諮《はか》ったのである。はじめに受王が梁山《りよう》を瞻《み》て、

——あれを取ろう、とおもってからすでに十祀はすぎてしまった。人方は商にとっ

て宿痾《しゅくあ》のようなものになった。

そのあいだ人方攻略に関して口を挟まずにきた箕子は、——人方を孤立させよ、という王の着眼はまちがっていないとおもっていた。ただ孤立のさせかたがいかにもまずい。まえの襟《えり》を扼《やく》しても、うしろの領《えり》が破れていることに気づかないようなものである。このうしろ領にあたるところに奄《えん》国がある。表向きは中立国だが内実は人方とつながっているかもしれず、かといって下手にここを攻めればあらたな敵をつくることになり、戦場を拡大することをきらう商としては、奄国のある人方の東に兵をいれることは避けてきた。その奄国へ、——御使者を送っていただきたい、と箕子はいった。

箕子の口から警抜ななにかが飛びだしてくることを期待していた受王は、いまさらという顔で、

「ずる賢い狐を追いかけまわしすぎて、睡《ね》ている狼の尾を踏むこともある」

と、婉曲に、奄国を刺激するな、といった。送った使者が不首尾で復《かえ》ってくれば、奄国をも相手にしなければならなくなる。奄は商へ順服もせず与力もしないと受王は見極めていた。

「奄が、商にとって狼なら、人方にとっても狼でありましょう」

と、箕子は人方の立場で考えてみた。

人方が交盟しようとしていた南の九夷《きゅうい》が、君主の九侯を失ったことによっていまは四分五裂しており、とても頼りにならない。とすればかれらは東の奄を依恃《いじ》するほかはない。が、奄は積極的に人方を支援しているふうにはみえない。

「奄は人方が早晩滅ぶとみているからです」

と、箕子は臆断した。奄の関心事は人方が滅んでから商がどう対処してくるかであろう。

「奄には害意のないことをお示しになり、安堵させるだけで、人方にとって奄はまさしく後門の狼になりましょう」

箕子の意見は非凡なものではなかったが剴切《がいせつ》であった。ひきこまれるように受王はその気になったが、

「奄のあるじというのは、人を食ってもなに食わぬ顔のできる男らしい。あの怪物に食われぬ者が商にいようか」

そのことばをまっていた箕子である、

「ひとりいますな。干子です。干子のほかに奄君と渡りあえる者はいますまい」

と、きっぱりいった。箕子は、往時干子が奄君に歓待されたことをかれの臣からきいてしっていた。

——干子か。

受王は難色をしめした。これがうまくゆけばまたあの男は自分ひとりの手柄として誇り顔になるであろう、そうした小憎らしさを感じさせるところが、受王のもっとも干子を嫌うところであった。

が、箕子の配慮の適切さは、そのあたりの王の心情さえ洞察し、

「正使は王子のどなたかがよろしいでしょう。干子は副使になさいませ」

と、いった。

奄との訂交《ていこう》がうまくはこんだ暁には、外からのおもな称賛は王子にあつまり、それを輔佐した干子の存在は、内から王だけが再認すればよいことである。これなら王と干子との両者に角が立つまいとみた。

受王には箕子の計図《けいと》がしだいにわかってきた。

「朕《わ》が子を奄の人質にせよというのだな」

「人方の東に兵を配備するあいだは、そうなりましょう。なにしろ奄君は要心がきびしいらしく、商兵がひるがえって奄を攻めぬとわかるまでは、使者は奄に留めおかれましょう」

道理であった。

もはや受王は、干子のほかに人はおらぬか、とはきかなかった。干子なら奄の怪物とはよい勝負だろう、と箕子の人選を納得した。

とにかく今度のいくさは短期で決せねばならない。

——いよいよ夔《き》の社を省《み》るか。

受王は自身で出陣する気である。のちに天子は六軍といわれるが、受王のころにその原型ができつつあったかもしれない。六軍とは兵の動員数、七万五千人である。それだけが王の麾下《きか》にあり、ほかに東南の諸侯が率いる師旅を加えれば三十万ちかい大兵で人方に討ちいることになる。

奄への正使は王子の彔《ろく》（のちに「祿《ろく》」と書かれる）と決まり、副使は干子である。その随員のなかに右の張《ゆう》りきった表情がみえたことはいうまでもない。かれらが奄国へむかって出発したあと、受王はおもむろに立って、鄭《てい》へむかった。鄭は商における最大の軍事都市である。受王はそこで奄からの返答をまって軍装をかためるつもりである。

奄君は商からの申し出をあっけないほどの速さで快諾した。それはそうであろう、商王の子と大臣とを握っていれば、万一にもまちがいはない。ただし王子彔は受王の実子ではなかったようである。結局使者は商軍が人方に捷《か》って引き揚げるまで奄邑に滞在させられた。

商軍の兵車は万雷にもにた音を轟《とどろ》かせて鄭を発し東方へ電馳《でんち》した。人方へは西と北とから討ちいり、梁山では草木が根こそぎ倒れるほどの人海戦術を受王はさしずした。やがて梁山を奪取した受王は、高祖・夔の社に参拝し、そこで戦功いちじるしい小臣餘《しょうしんゆ》に貝を下賜《かし》してかれの武勲を賞した。

よもやとおもっていた人方は、電撃的な商軍の襲来にはじめから苦戦を強いられたが、最強の禦《ふせ》ぎともいうべき梁山が落とされたときいても、むやみに守備を放棄せず、ねばっこい反撃をみせつつ、しだいに東へ退却する形をとった。が、奄への道が遮断されていることがわかって、はじめて潰走《かいそう》状態になった。さらに霧散状態になったが、不屈の残党は、人方の再起を期して東海へむかって逸出した。

受王は梁山を降り、声をはげまし鉞《えつ》を揚げ、やすまずかれらを追って、ついに奄国へ至った。そのときが宿敵である人方をひとまず掃蕩《そうとう》しおえたときであった。

このとき奄への正使になった王子彔は、商周革命戦のときなんらかの形で命を拾い、新王朝である周から、旧人方の支配圏を封地としてさずかったようだが、これは王子彔のもとに結集した反周勢力を周が暫定的に国として認めた宥和《ゆうわ》政策のあらわれかもしれない。そうした周の弱腰を見澄ましたのが奄君で、かれにさそわれるままに王子彔は商再興のために挙兵し、正統に商の遺民をあずかっていた受王の子・武庚《ぶこう》もそれに響応したため、一時は旧都を奪回するほどの勢いをみせたが、おしくも敗退した。この武庚と彔の乱をきっかけに周は武力を背景にした弾圧政策に転じるが、この物語とはなんの関係もない。

復職した干子は人がかわったように寡黙《かもく》になった。箕子にもめったに話しかけることなく、かといって政務に没頭しているふうでもない。どこか思いが濁っているようで、その濁りが顔を暗く沈ませている。

あるとき箕子は、めずらしく干子から声をかけられた。

「いつか箕子どのはいわれましたな。先王の服喪の三祀をすぎれば祭政《まつりごと》は王におかえしすべきだと。そのとおりでした。わたしは国へ帰ります。どうか空いた席には微子《びし》さまをお迎えねがいたい」

干子は致仕を思いつめているようである。

「それはありますまい。さきにそういった本人がいまだに老を告げることをためらっているのです」

「いや箕子どのにはとどまっていてもらわねばならぬ。あなたが抜ければ商は倒れる」

「これはおだやかならぬことを申される」

「わたしにはわかるのです。王朝は内と外とから老獪《ろうかい》なる者に蝕《むしば》まれ、日蝕のように光を失ってゆく」

その内と外との老獪なる者とは、たれとたれを指しているのか、箕子には見当が

つく。ただし内部の者についていうのはさしさわりがあるので、

「外からとは、周ですか。——ならば同意です。周とはおそらく一戦あるでしょう」

と、箕子は話の的をすこしずらした。

「そこまでおわかりになっていながら、なにゆえ周侯を釈《ゆる》された」

と、干子がいったとき、箕子はかれの精神状態を疑いたくなった。周侯の件にかぎらずああいう訟庭《しょうてい》にかかわることを、いくら首相でも劫制《きょうせい》できないくらい、わかっていてあたりまえである。どんな組織にあっても僭越《せんえつ》ということはもっとも忌まれる。また、

——周への懐柔は不要である。

というのが箕子の持論であり、そのことは受王即位のときすでに主張したことである。が、ひとりの大臣の意のままになるほど王朝とは単純なものではなく、それではすべてが王の意のままになっているのかといえば、そうでもない。人気《じんき》というものが寄り集まり王朝を一種の生き物のように活動させている。周侯の釈放はその眼に見えぬ力がなしたとしかいいようがない。つまり周侯を釈したのは王朝の総意なのである。

だが、あのまま羑里《ゆうり》で周侯を死なせても、周が衰亡するとはかぎらず、周侯を縦《はな》

ったからといって、周が強大になるともかぎらない、と箕子はおもう。ただし昔日、季歴《きれき》が殺されたあとに周が商を攻撃してきたように、やはり昌の意地として、商にむかってなんらかの復讎戦にでてくるであろうことはわかる。

「先王の御代とおなじ情勢になったと思えばよろしかろう」

と、箕子がいうと干子は烈しく首をふり、

「ちがいますな。人から死ぬほどの恥辱をうけた者が、なにを考えるか、わたしにはつたわってくるものがある。はっきり申せば、あの周侯は羑里で死んだのです。いま生きている周侯は商にたたらんとする悪霊だ」

そういう干子の眼に妖しげな色がでているのを見た箕子は不吉なものを感じた。悪霊といえば、死ぬまえの尹佚《いんいつ》が王婦の妲己を指して、同じことをいったそうだが……、と箕子はおもいだした。

――あれは若いが有能な史官であったのに。

そうおもうたびに箕子の胸に蕭颯《しょうさつ》と吹きぬけるものがある。

「干子どの、悪霊がいるのはこの都と西方ですぞ。東国へひきこもられては祓除《ふつじょ》できますまい。職を辞するときは、ともにいたそうではありませんか」

と、箕子は干子の気持をひきたてるようにいった。箕子の表情からなみなみならぬなにかを感得した干子は帰国をおもいとどまった。

老猾だとふたりが評した周侯は、つぎの年に、西伯へ任命された返礼として、西方の諸侯をひきつれて来朝し、あらためておびただしい貢物を王室へ献上した。受王はことのほか喜び牛を屠《ほふ》って周侯へだした。

羑里のことをすっかり忘れたようにふるまう周侯をみて、箕子と干子とは、

――礼譲にすぎるところが気にいらぬ。

という意味の目くばせをした。

さらにふたりにとって気にいらぬことは、周侯につき従ってきた西方の諸侯のなかに、崇侯がいない、ということであった。いつのまにか朝廷は崇侯について、朝廷に忠勤をはげむ周侯をおとしいれようとした極悪人という、かたよった感情でしか見られなくなっていた。

――崇侯は、周侯が王室へ献上しようとした地をわがものにしようと、たくらんだのだ。

と、いう者さえいたが、箕子はこれまで崇侯の治政ぶりを遠くから眺めていて、かれは他国の侵略を指図したことはいちどもなく、堅実に自国を守ろうとする、いわば防衛的で内政に熱心な型の君主だと想察していた。

――だがこのままでは崇侯は反逆者にされかねない。

朝廷全体が周侯の幻惑にのせられているのではないか、というのが箕子と干子と

の共通した見解であったが、肝心の崇侯が申しひらきにこないかぎり、手のうちようがない。受王のまわりにも、——崇侯のことを弁護する者は赦《ゆる》さぬ、というきわめて不公平な雰囲気があり、崇侯についての評判の劣勢を挽回するには、崇侯自身が周侯の非を鳴らす確実な証拠を持参せぬかぎり不可能であった。

いまごろ崇侯は周侯の瑕疵《かし》をさがして独り苦しんでいるであろうが、

「悪霊はこんどはしっぽをみせまいからな」

と、干子がいみじくもいったように、周侯は崇をきわめて警戒して、商が人方にかかりきりになっているあいだに、崇侯の目のとどかない渭水《いすい》の北岸での伸張に力を注いだ。その結果、周侯の威福はとうとう黄河にまでおよび、渭水が黄河に合流する地点にある芮《ぜい》国はもとよりさらにその東の虞《ぐ》国までが、周の支配圏にはいった。芮と虞とが周に順服したことをきいて、あらそうように周に帰した国が四十国あまりあったと伝えられる。

むろん周侯はそんなことはおくびにもださず、商が人方に大捷《たいしょう》したことを賀《いわ》い、受王の武運を祝って、自国にかえっていった。

この帝辛十六祀は、商では平穏無事であり記憶すべき年でもなんでもないが、周ではのちに、

「文《ぶん》王の受命元祀《げんし》」

として、周人《しゅうひと》の脳裡に永く刻銘される年になった。どういうことかというと、

――天は商にかわって王朝をひらいてよいと文王（昌）にお命じになった、すなわち周に天命がくだり周王朝が樹立した元年であったと、周の首脳は昌の薨《こう》じたあと考えた。ついでながら「祀」のかわりに「年」というようになったのは、商王朝が倒れてしばらくたってからである。

――天が意志をもつ。

とは、これまでになかった発想である。商では人の上に君臨するのは帝であり霊である。が、商人《しょうひと》の空想したその帝と霊とは、周が王朝をひらくことをけっして認めないであろう。とすれば周にとって帝や霊にかわる絶対的ななにかが必要であり、それが「天」であった。かれらは商への反逆行為を天意として正当化しようとした。

商都からかえった周侯は、そろりと足でさぐるように渭水を渉《わた》り、渭水の南岸を田猟地にした。周め、来た、とおもった崇侯は、墉《しろ》を高くすることだけをまずやった。受王の誤解を消去させないかぎり、いざというときに商からの援軍はのぞめない。いま崇は孤独の城である。

箕子は崇侯へ使いをおくり、

――来朝されよ。天子のご勘気はこの箕子がかならずお解きいたす。

という旨の誠意ある口上をつたえた。崇侯は感泣したが、
「いまはまだご厚情にあまえさせていただくわけにはまいりません」
と、かれは周の進撃を独自でもはばむという悲壮な決意を使者に述べた。箕子はそれを使者の口からきき、いよいよ崇侯の力になってやりたいとおもったが、崇侯からの返答はそれきりで崇国が沈黙してしまってからは、西方諸国の動向はまるで闇をみるようにつかめない。ましてその闇のなかを南北に奔走している梟悍《きょうかん》な男がいることはわかろうはずはなかった。

朝歌《ちょうか》の肆《みせ》を閉じた羌望《きょうぼう》は西方にうつり住み、商を打倒するために、周侯にある構想をもちかけていた。その構想というのは、

「周召連合」

である。周侯と召《しょう》公とが手をむすぶということは、ことばの上では簡単に成就しそうであっても、実際には不可能にちかかった。というのは周は季歴の代のとき召を侵伐《しんばつ》したことがあるし、ついさきごろ昌が商王室へ献上した洛西の地というのは、もとは召の地のようなものであった。召人《しょうひと》の周への怨みは深いわけである。それに召は自尊のつよい国柄で、べつに周と組まなくても商に一泡吹かせることくらいはできると召公はおもっているにちがいなく、周侯が平身低頭して請願しないかぎり、二国の同盟は成立しそうにない。もちろんすべてに主導権を握りたい周侯がそんな

譲歩をするはずはなく、かれは、

――召とのこと、まず無理であろう。

とおもい、近臣にそう漏らしていた。

羌望の狙いは一貫して商を滅ぼすことであり、そのためには周を革命戦に立たせるばかりでなく、召と召公を盟主と仰ぐ南西諸国の強大な軍事力が欲しかった。もしもそれを周軍の翼の下に納めることができたら、商と対等に戦えるということは周侯にもわかっていたが、召の君主が自分の下につくことをいさぎよしとしないこともわかっていた。したがって羌望の周旋は徒労におわるだろう、と期待うすであった。

羌望は二年ごしで両国間を往来している。その異臭を崇侯が嗅ぎつけた。

――周が召と結ぼうとしている。

これほど明白な裏切り行為はないであろう。崇侯はこれで汚名からのがれることができると沸き立つようなおもいで、箕子に使者をはしらせた。その使者を接見した箕子は一驚し、

――それがもしも実現したら、一戦ではすまず、周召と大会戦になる。

と、いそぎ参内して受王に、崇侯をお召しになってくわしくご下問あること、西への備えをかためること、召の君主をご招聘《しょうへい》あること、などをも具申した。

「崇のことはあれほど申すな、といっていることがわからぬのか」

と、受王はうけつけず、

「周侯は西伯になったのだ、召を討ち平らげることはあっても結ぶことはありえず、三、四祀もすれば、こんどは召の地を献上にくるであろう。朕《わし》は西伯を信任しているのだ。これをそねむ崇侯の妄言はききずてならぬ。これ以上崇の偽善者をかばいだてすると、いま坐っている席から去ってもらうことになる」

大臣を罷《ひ》免《めん》するというのである。箕子はそんなことで口吻《こうふん》が萎えるような男ではない。

「天子が西伯をお信じなさるように、わたくしも崇侯を信じているのです。西伯が羑里に囚われたことを怨んで反逆を企てているのは、おそらく事実でありましょう」

「なにを申す。朕に西伯をとらえさせたのは崇侯であり、ゆるしてやったのは朕だ」

「それは詭《き》弁《べん》と申すものです。天子は西伯の子を烹《に》殺《ころ》された。これはたれにそそのかされたわけではなく、ご自身でなさったことです」

「黙れ、あれははずみでそうなったことだ。西伯も諒承しておったわ」

「ほう。とすれば周侯とはまさしく聖人ですな。わが子を羹《あつもの》にして食わせた者を許すことができるのですから」

「ええい。たれかある」

と、受王は人を呼び、——箕子をさがらせよ、とにがにがしくいった。

「いえ、わたくしの申し上げたことをお聴きいれになるまでは、さがりませぬ」

ぴたりと坐って受王を仰視した箕子はいつものかれとはちがってすごみがあった。

このとき受王は激怒したが、かれの頭の中は激情一色にぬりつぶされたわけではなく、余白の冷えた部分で、箕子を憫《あわれ》んだ。

——崇侯めは費中《ひちゅう》ではかなわぬとみて、一転して箕子を口説きおとしたのだ。そんな口車に乗るとは、箕子も老廃《ろうはい》したことよ。

という観点のずれたおもいやりである。

——箕子を罷《や》めさせよう。

と、受王が決心したのは、そのためであり、一時の激情に駆られて首相の首をすげかえるほど、かれは愚佻《ぐちょう》ではない。ただここでわかることは、いかに西伯昌が受王の心を攫《と》るに巧みで、王の側近にも自分の行動に疑念を懐かせないように、手をうっておいたかということである。

挿話がある。

周に玉版といって玉製の簡札に文字の刻まれた宝器があるときいた受王は、近臣の膠鬲《こうれき》をやってそれを求めさせた。が、西伯昌にことわられたので、つぎに費中をやると、昌はすんなりかれに玉版を与えたという。昌は膠鬲が賢人であることをしっていて受王がかれに親しむことを怖れ、費中は無道だというので受王がかれに親しんでくれたほうが周にとってくみしやすくなる、と考えたためだといわれる。

費中は無道の臣ではなかったが、かれには門閥というものがなく、王の寵幸によってのしあがった男だけに、箕子のように争臣になれなかったことだけは確かであろう。

受王に呼ばれてきた者は、箕子の凄然《せいぜん》と坐っている容《すがた》にうたれたかのように、手をだしかねているので、受王のほうから奥に隠れようとした。そのとき箕子は席をおりて、

「天子よ、万人はなにを信じたらよいか、――どうかご熟思くださいますよう」

とだけいって、稽首した。

箕子は罷免された。それに憤慨した干子はただちに職を辞した。箕子と干子とが閣内から消えたということは、商の政治が好ましくない曲折をむかえようとしていることを、庶人のほうが鋭敏に感じた。それほどふたりは庶人に敬慕されていたということである。諸侯にも衝撃はあった。とくに崇侯は、――これでのこる希望も絶たれた、と天を仰いで慨嘆した。

受王は干子を帰国させたが、箕子にはべつの顕位《けんい》を用意していた。

「学の大師《たいし》」

の席である。箕子はさしずめ大学の学長に任ぜられたというわけである。受王の配慮にはひそかなあたたかさがまだ残っていた。

この年、西伯は程邑の東を流れる涇水《けいすい》の上流域に軍旅をすすめている。涇水の上流域には、共《きょう》国、阮《げん》国、密《みつ》国（蜜須《みっしゅ》国）などがあった。そのうち周の支配をきらう密国は師旅を発して隣国の阮を侵攻しさらに北の共へむかう勢いをみせたため、東へ伐ってでるには後顧の憂いをなくしておきたい周は阮と共とをすくう名目で出兵し、密の師旅の進撃を阻止したばかりか、密国にまで攻めこみついに滅ぼした。これで周は涇水上流からの脅威を一掃したことになり、商との臨戦態勢を確立した。

信じられないほど受王は西伯の動きには無関心である。西伯の伐つ国が多くなればなるほど、王朝は太ることになるはずだ、というのが受王の心計であったろう。かれは西伯に鉞《まさかり》をあたえ、その鉞が自分を襲ってこようとは夢にも想っていない。

そこにつけこむように、つぎの年、強引に商と決戦する気でいる西伯は、闇のなかの豹《ひょう》さながらに足音を殺して、軍を東北にめぐらせ耆《き》国（飢《き》国）を急襲した。この耆国が現在の山西省の黎城《れいじょう》のあたりにあったらしいので、大邑商《たいゆうしょう》からの距離は八十キロメートルほどであり、そのまま漳水《しょうすい》にそって東へ馳《は》せくだってゆけば、六、七日で商の首都にまで周軍はしのびよることができたはずであった。

おそらく大邑商は裸同然に無防備のはずである。寝ている受王の首を掻き切ることができるといってよいほど、奇襲には絶好な地点にまで来ながら、西伯は兵をかえした。謎の反転といってよいだろう。

『史記』では、のちに西伯の子・発が商を攻めるとき、孟津《もうしん》までできて、諸侯が「紂《ちゅう》を討つべし」といったのにたいして、かれは逡巡《しゅんじゅん》し、

——女《なんじ》、いまだ天命を知らず、いまだ可ならざるなり。

つまり商の余命のあるうちは不可能だといって、軍旅を還《かえ》したことになっているが、その文句は、耆国を滅ぼしたあとの西伯がいったとしてもけっしておかしくない。

このときもしも、——天下の元兇《げんきょう》は大邑商にあり、と鉞で東を西伯が指したら、かれの名は簒逆者《さんぎゃくしゃ》として中国の歴史に明記されることになったかもしれない。かれは現世に得るものと後世に得るものとを心のなかの秤《はかり》にかけ後者をえらんだ。それが耆国からの撤退であったと一応考えられる。が、この千載一遇ともいうべき好機をみずから棄てることによって西伯はついに在世中には商打倒の願望をはたすことができなくなった。

ともあれ商の首脳はここで西伯の清名の下にかくされた怨讎《えんしゅう》のすさまじさを思いしるべきであった。箕子と干子との去った商の首脳のなかにも、むろん西伯の意図を見破った者はいた。黎《れい》からかえってきた祖伊《そい》である。かれは内閣の権柄《けんぺい》が費中と嬴来《えいらい》とに、にぎられていることを不快に感じ、耆国滅亡の詳細が王の耳にとどくまえにうやむやにされたのではないか、と疑った。

——なぜ、耆国が滅んだか。

祖伊というこの英気の貴族は単身ででも耆国の滅亡状況を検分したいといいだした。周が滅ぼしたという流言がある。もしもそれが事実ならば恐るべきことである。朝廷のほとんどの人間は、まさか、と鼻先で笑い、どこかのたちの悪い異族に寇盗《こうとう》されたのであろう、とあくびをかみころしたような顔でいうばかりである。

祖伊は強腰で許可をとりつけ、耆国に至った。邑は灰燼《かいじん》に帰していた。その上でしばらく眉をひそめていたかれは灰土《かいど》のなかからひとつの戈《か》をひろいあげた。見なれぬ戈である。刃を柄にとりつける部分に工夫があり、かれがしっている諸侯の師旅ではこういう型の戈はつかわれていない。

——商の戈よりよほど鋭利だ。

ということはたれにでもわかる。あちこち歩きまわってからひきあげようとしたかれは人影を認めた。生存者がいたのである。戦火を避けて山森に隠れていた人々がはいだしてきた。祖伊は喜び、持っていた食をあたえながら顚末をたずねると、かれらは、「赤い旗がきた」といった。周の軍旗は赤である。

——やはり周であった。

千里の彼方から周軍はここまできた。そう想うと祖伊は地が揺れたのではないかと感じるほど衝撃をうけた。かれは大邑商に帰着するとさっそく受王に拝謁し、西伯が耆を滅亡させたことを報告し、暗に周への対策を迫った。

「西伯がなにゆえ朕を伐とうとするのか」

というのが、受王の素朴な疑問である。天子を伐ったとて天子にはなれず、大邑商を攻め落としたとて天下のあるじになれるわけではない。はやい話が、人は他人を殺したとてその人になれるわけではない、ということである。

「それほど朕を伐ちたがっている西伯なら、どうして耆からかえったのだ」

と、受王にいわれて、祖伊は返答につまった。祖伊としてもその事実は不可解であった。受王がいいたかったのは、

「朕と西伯とのつながりを断とうと画策している者があるやもしれず、祖伊よ、なんじまでがその罠にはまってはなるまい」

ということであった。

——天子は、こと西伯に関するかぎり、ものわかりがよすぎる。

それは費中と嬴来との悪智慧のせいだと祖伊はおもった。とくに嬴来について、――あの男はなんぞや、最近まで天子の乗る馬の糞《ふん》をひろってあるいていたような奴僕《どぼく》ではなかったか、と祖伊はおもしろくない。

――まてよ。

祖伊はむかし王子受が南へ征くまえにみせられた奇怪な亀兆のことをおもいだした。嬴来という男はそのころ父とともに王子にひろわれたらしいから、受の不運というのは嬴の父子を都へもたらしたことではないか。しかしあのときの亀兆は西北にかかわることであった。それがどうもわからぬ、と考えぬいた祖伊は、学へゆき箕子に晤《あ》ってそのことをいった。

箕子がいうには、

「嬴の姓は南方のものだが、嬴来のそれは、西垂《せいすい》の国、秦《しん》のそれであろうか。そういわれればあのころ秦が滅んだ。とすれば来の父の廉《れん》は秦の君主であったということになる。いままでそれとは気づかなんだ。だが祖伊よ、秦の祖先は代々わが王朝を佐《たす》けてきたのだ。あの二人は商に仇《あだ》する者たちではあるまいよ」

と、存外嬴の父子には好意的なものであった。

祖伊は内心、――あの兆が正しいか、箕子さまが仰せられたことが正しいか、と問われれば、わしは兆をとる、と嬴来にたいする警戒心を解こうとしなかった。

嬴来を警戒したのは祖伊ばかりでなく、費中もそうであった。周侯を羑里から出すについて、嬴来と周とのあいだでなんらかのしめしあわせがあったのではないか、と疑えば疑えるふしが多い。猜疑心の強いかれは嬴来の身辺を洗わせたが、なにひとつ周とのつながりはでてこなかった。むしろ嬴来は、——いずれ周を滅亡させてやる、と高言して、周へは強硬な姿勢をとっている。

——あれはやはりわしへの心配であったらしい。

と、費中は思わざるをえなかった。

その嬴来は、費中と王妃の妲己を攀援《はんえん》として入閣したが、かれも西伯の行動には憂慮し、王が西方に見むきもしないことについては、

——どうやら王婦が原因らしい。

と、にらんでいた。すなわち妲己の存在が王の目をふさいでしまっているということである。

ある日、嬴来は父の廉から、

「また、あの男が蘇《そ》からきた。女からしらせがあった」

と、いわれた。あの男というのは周がかつて仕立ててよこした偽の使者である。女とは中宮に間諜《かんちょう》としていれておいた婢女《ひじょ》だがいまでは妲己からかなりの信頼をえている。

「父上はまだあの女を使ってござるのか。いい加減に御役ご免にしてやったらどうですか」

「そうもなるまいて。王婦には目のはなせぬところがある。今度もそうだ」

「男が周のまわし者なら捕えさせましょう。もはや周への義理はすんだ」

「それがな……蘇侯の臣であるのは、どうも本当らしい」

「なんですと。では蘇侯はあるときから周に力をかしていたことになる」

「そういうことだが……」

といったものの廉は腑《ふ》におちない。が、つぎに女からきたしらせは廉を仰天させるようなものであった。

「わかったぞ。あの男は羌望といって、周の軍師だ。それがなんと、王婦をそそのかして、天子に再度の東征をすすめようとしている。その間に、周が中原《ちゅうげん》をあらしまわろうという肚《はら》だ」

「かっ」

周らしい卑劣なやりかただ、と嬴来は蒼ざめんばかりに怒り、羌望の帰途を襲って始末する、といった。

「周の臣を捕《と》ったとあっては、西伯からいいがかりをつけられる」

「いや、捕るのではなく、この世から黙って消えてもらう」

来は後難をおもいはかって独りで邪魔者を除こうとした。かれは高位に就いても、まだ衛士の気分がぬけていない。

来のみた羌望は軽装だった。従者は一人である。商都の郊外で待ち構えていた来は、二人をやりすごしておいて、いきなり従者のうしろから領《えり》をつかむと、吊りあげて、路傍のくさむらのなかに抛《ほう》りこんだ。従者はそこで気絶したようだった。

「羌望どのだな。貴殿にはとくに怨みはないが、商のためにここで死んでいただこう」

と、相手に有無をいわせず来は戈を一閃《いっせん》させた。それで羌望の首は虚空へ血飛沫《しぶき》とともに飛ぶはずであった。が、羌望は地を匍《は》うように身をかがめ、いつのまにか小刀を抜きはらって、もとの姿勢にもどっていた。飛んだのは来のもっている戈の先であった。

神化《しんか》ともいうべき身のこなしを披露した羌望は、

「手荒いご挨拶だ。ははあ、貴殿は嬴来どのか。いつぞやはご約信を守っていただき、無事に西伯を羑里からだすことができた、そのお礼を申すことを忘れておった。季勝《きしょう》どのは立派にご成人いたしましたぞ」

「なんだと。するとあのとき周の愚人どもをさしむけたのはなんじか」

羌望は微笑しているばかりである。

「ますます生かしてはかえせぬ。なんじが生きていては、天子は安心して眠れぬ」

「紂王には地下で安心して眠っていただき、地上ではやがて西伯が天子になりましょうな」

「謀叛人に天下の人心がしたがうとでもおもっているのか」

と、来はののしって、柄だけになった戈をすて、剣をぬいた。羌望という男に神秘的な強さを感じた来だが、周の陰謀がすべてこの男からでているとわかれば、どうしてもここでかたづけておきたかった。かれは肉を斬らせて骨を断つ覚悟になった。必死の一念を刃先にこめれば幽鬼でも斬れよう。この壮絶な気魄《きはく》が羌望の眼と口もとから微笑を消させた。

来はあとはなにも考えなかった。まっすぐ剣を突きだした。影がゆらいで右へはしった。その影を追うように剣を横殴りにはらった。相手の袂《たもと》がはなれて飛んだ。

「悪来《あくらい》、うしろをみよ。わしは先を急がねばならぬ。今度会うとしたら戦場になろう」

と、羌望にいわれ、おもわずふりかえった来は、屈強の若者が三人、弓に矢をつがえて自分を狙っているのを見た。来は縛られたように動けなくなった。

「なんだ、そいつらは」

あと一歩で羌望の暗殺に失敗して帰宅した来に、廉がきいた。

昂奮のさめぬ来だがそこは武人だけに、世情を昏乱させるために羌族のやからが都で跳梁《ちょうりょう》しはじめたのかもしれぬ、といい、それらが周の陰賊であることを看破し、

「やつらをあやつっているのも羌望だ」

と、いった。

「まるであの男一人に、宮中から巷衢《こうく》まで、掻き回されているようなものではないか」

廉はさすがに背すじが寒くなった。羌望の隠然たる実力をみせつけられたのはそればかりではなかった。つぎの日の払暁《ふつぎょう》、なき声ともうめき声ともつかぬ声に飛び起きた嬴の父子は、庭の樹枝にさかさ吊りにされている裸の女を見た。肌体におりた朝露が赤く光っている。女は妲己の言動をしらせてくれた小婢である。

嬴来への報復であろう。

樹から降ろされ縄を解かれた娘は、ようやく人心地がついたのか急にふるえだし、来に縋《すが》って泣いた。

——この女《むすめ》が来を慕っておったとは。

と、廉は胸をうたれた。娘は正体を見破られたとはいえ、殺されずにすんだことは、廉にとってひとつのすくいであった。

死と狂と

天子は妲己《だつき》のいうことならなんでもききいれている、と世間ではいいはじめた。

のちに姫発《きはつ》はそこを指弾し、妲己を牝雞《めんどり》にみたてて、

「牝雞は時をつげぬものであるのに、それが晨《あさ》に鳴くのはその家が亡ぶということだ」

と、受《じゅ》王の主体性のなさを宣明した。

——牝雞《ひんけい》の晨《あした》するは惟《こ》れ家の索《つ》きるなり。（『書』）

というわけで、女性が政権をにぎっていることを激しく非難したが、古代の貴族社会で女性の地位は低いものではない。とくに商《しょう》王朝ではそうであった。それくらいは充分承知しているはずの商の庶人までが王婦の存在を疑問視しはじめたとしたら、それはおそらく受王の第二次の東方親征からであったろう。

西では西伯昌《せいはくしょう》が小国をつぎつぎに併呑し、すきあらば商都を襲わんとしているし、商都では群盗が跋扈《ばっこ》して世相を険悪にさせている。こんなときに天子は、勢いを盛り返してきた人方《じんぽう》を討ちに、東方へでかけるという。まったく方向ちがいの討伐だ、とたれしもが思った。が、天子をいくさに出すのは、宗廟《そうびょう》の管理者、すなわち王婦であるということはよくしられていることで、

——婦の妲己が天子を謬《あやま》らせている。

と、庶人はきめつけた。そういう見かたをされる受王は商の庶人にはまだ人気のある王であった。商王朝の崩壊は、民意と神意とのずれを、周《しゅう》につけこまれたためであるともいえよう。

帝辛《しん》二十祀《し》（年）五月、受王は東方への征途にのぼった。この遠征は二年と一月にもおよぶ長期なもので、そのあいだ受王は人方を積極的に鎮定したようすもなく、まるでそれは一種の解放感をあじわうための巡狩《じゅんしゅ》であったともとれる。

干子《かんし》は自国にいて王を迎えたが、あえて苦言を呈することはしなかった。

周は諜報活動に力をいれ、受王が東国に腰をすえたまましばらく商都に帰還する意向がないと見てとると、西伯のほうが腰をあげた。

——崇《すう》を伐つ。

ということである。かれは崇侯と受王との絶縁状態はみせかけではないかと疑い

つつ、見えない罠を避けて通るように、隣国の崇には手をださずにきたが、ここでようやく崇へは商からの援軍はないと判断した。耆《き》国からひきかえしてから西伯は、受王をただ伐つだけでは天下はとれないと反省し、爪立っていた悁急《えんきゅう》さをやめて、足もとをかためるという方略にきりかえた。

かれにとって崇はすこしも恐ろしい敵ではない。崇を伐つという行為を世間がどう評するか、そうした万人の目、天の声のほうが恐ろしい。天下をとるということは、見えない目聴こえない声を、意識しつつ行動しなければならない。それができない者はおそらく弑逆《しいぎゃく》者でおわるだけである。

渭水《いすい》を渉《わた》り、崇の城門にとりついた周兵は強烈な抵抗をうけた。この日のくることを予測していた崇侯によって完全に防備のほどこされた城である。城壁もなみの高さではない。——わが君を瀕死《ひんし》の目にあわせた佞悪《ねいあく》なる者の巣ぞ、というおもいがあったのであろう周軍の攻撃は苛烈をきわめたが、十日たち、二十日たっても守勢に衰えはみられず、焦《じ》れた西伯であったけれど、三十日たったときかれは軍旅をいったん退却させ、

——この討伐が天子の命によるものであることを、崇の人民にわからせよ。

と、麾下《きか》の数人をやって、城内に、——われらは崇侯を伐つだけで庶人に害を加えるものではない、と呼びかけさせた。すると崇の庶人のなかにそれに内応する者

があり、ついに城門がひらかれた。城内に乱入してからの周兵は虐殺者とかわりなかった。

崇は滅亡した。商はみすみす西方の藩《かきね》を失ってしまったのである。

西伯は周の首邑を、

「豊《ほう》（酆《ほう》）」

に遷《うつ》した。それは灃水《ほうすい》（丰水《ほうすい》）の西岸にあったが、あんがい崇の城を改築したものであったかもしれない。豊邑は豊京ともよばれ、西安市の西にあった。崇もまたそのあたりにあったと伝承されるからである。ここまでくれば周は、あとは酈《り》山の羌《きょう》族との折り合いしだいで、商帝国の胸先にあたる孟津《もうしん》まで一挙千里である。が、西伯は予《たの》しまなかった。なぜならかれは崇の攻略を「天子の命」によるものであると宣言してしまった以上、西伯とはあいかわらず王臣の立場から脱却できていないものだと、自他ともに認めざるをえなくなったからである。

この西方の異変にもっともはげしく反応したのは、崇からいちばん遠くにいた干子である。

――あれほど箕子《きし》が崇の重要さを説いたのに、王は傾聴なさらなかった。

このまま商都を空曠《くうこう》同然にしておけば危険きわまりないと、かれは独断で東国の兵を翕合《きゅうごう》して上京する挙動をしめした。

それをしった受王はさすがに驚き、東国滞留をうちきって、干子に率いられすでに行進しはじめた師旅を使者に追わせ、——どういうことだ、と干子に釈明を求めた。

「どういうことだとは、こちらから天子におうかがいしたい。崇が落ちたいまでも天子がご帰還なさろうとせぬゆえ、われらがかわって商都の扞《ふせ》ぎに就くものである」

干子はもはや受王に諫言《かんげん》してもむだだと思い定め、東国の武力を背景に、朝廷の指導者を一新させるつもりである。この猛烈な示威行動に、

「干子め、不敬な」

と、受王は眉を吊り上げた。

東国の師旅がさきに商都に着き、干子はそれを郊外に布陣させた。大邑商《たいゆうしょう》は俄然騒がしくなり、庶人は受王と干子との対決を、戦々兢々《せんせんきょうきょう》と見守った。

干子はひそかに箕子の宅をおとずれ、

「こうなりましたのは、ひとえに憂国の情より発しましたこと、私心なきことをおわかりねがいたい」

と、いった。妲己を中宮から追放し、微子啓《びしけい》を首相とし、費中《ひちゅう》には罷《や》めてもらう。それ以外に国と民とを救う道はない、と干子は信じその要求を受王へつきつけてい

る。一種の強迫であり、軽挙妄動といえなくはない。箕子は干子の身を案じ、

「ここは費中だけの要求が通れば帰国されたほうがよい」

と、すすめた。武力行使で粛清した政界はいつかべつの武力によって汚されるものだ、と箕子は今度の一挙を干子のために惜しんだ。

ところが世論は干子を救世主のごとく熱烈に支持した。

——干子さまこそ聖人である。

と、庶人はいって、東国の兵へ食をはこぶ者は引きも切らぬありさまである。受王はそうした下々の声に屈したかのように、

——費中は貶降《へんこう》する。

と、宣下した。商の庶人は喜んで干子をたたえた。

「あとのことは合議いたしたい。宮廷へまいられよ」

と、参内をうながす使者がきたとき、干子の近くをはなれたことのない右《ゆう》は、

「これはわが君をおびきだすたくらみに相違ありませぬ。いまさらなんの合議が要りましょう。ゆかれてはなりません」

と、とめた。

「いや、宮廷には微子さまもおられるはずだ。大事ない。いよいよこれで宮廷の掃除ができる」

といって、干子は宮中にはいった。

受王には妲己を追放する気は毛頭なく、また微子啓を首相にすえる気もない。あるのは臣下の分際で祭政《まつりごと》とその人事を干渉しようとする干子への憎悪だけである。受王は費中がいままで坐っていた席を嬴来《えいらい》にあたえるつもりであり、それに当然反対して民衆を煽動《せんどう》するであろう干子と微子とを誅殺《ちゅうさつ》しようとしていた。そのために嬴来に命じ、衛士を宮室の近くに隠伏させ、二人のくるのをまっていた。

干子がさきにきた。

嬴来のほかに大臣が集まっていないのに、すでに王が御座に坐っていることにかれはおどろき、

「ほかの大臣はどうなされた」

と、嬴来にきいた。

嬴来は黙ったまま蒼白い顔をしている。

――変だ。

と、干子はすぐに感じ、

「失礼ながら、かえらせていただく」

「干子よ、なんじのかえるところはもはやない。その大逆、赦《ゆる》しがたい。おのが身の辜《つみ》をこの剣によって清めよ」

と、受王は干子に剣をなげあたえた。自刎《じふん》せよということである。

干子はその剣をじっと見ていたが、やがて静かに笑い、

「天子よ、なぜご自身を欺かれる。受王とは凡庸な王であったと後世にいわれることを恐れてか、それとも暴戻《ぼうれい》な王であったといわれたいためか。この商王朝を滅ぼしたがっているのは西伯ではない、天子ご自身であるかのようだ。天子であることが、それほど苦痛でいらっしゃるなら、この干子が、先王にかわってその苦痛をとり除いてしんぜよう」

ということばが終るか終らぬうちに、干子は老体とはおもわれぬ敏捷《びんしょう》な動きで、剣を懐にかかえこむように構えると、受王にむかって跳躍した。それよりも一瞬はやく、嬴来の巨体が干子の側面にぶつかった。剣先は受王にとどかなかった。

「下等、どけ――」

と、干子は剣をふるって嬴来をすさらせ、身をたてなおして、逃げる王を追おうとした。この異様な物音に外の衛士はどっと室内に飛びこみ、干子めがけて矛《ほこ》を集中させた。矛先が干子の胸を突き通った。

干子はあっけなく絶命した。

受王はその屍体を鴟夷《しい》（皮の袋）にくるませ、黄河に抑沈《よくちん》させた。東海へまで流してしまうのである。これは重罪人の追放の刑であり、動物の皮にくるむのは、死

霊をはぐくむ大地に触れさせないためである。執拗なまでの要心深さである。あとで受王は、

「聖人の心には七つの竅《あな》があるときいていたが、まさしくそうであった」

と、皮肉っぽくいった。

主人のかえりのあまりの遅さに、——さては凶事、と胸をさわがせた右は、配下をひきつれて王宮へ押しだした。それが受王の命をうけて東国の兵の騒擾《そうじょう》をおさえるためにくりだされた近衛兵と遭遇した。

——干子はすでに誅殺されたぞ。東の兵はおとなしく帰途につけ。

と、近衛兵のなかに呼ばわる者がいた。それをきいた右は、

——はや、果てられたか。

と、おおいに落涙し、あのように王室に忠誠をささげられ、わしのような駑鈍《どどん》の者にまで終始かわらぬ憐みをかけてくださった聖なる君を誅すとは、天子の眼はどこについてござる、とかれの胸は張り裂けんばかりになり、

「亡くなられたのなら、ご遺体をおさげわたしねがいたい」

と、迫った。が、近衛の師長に、——干子は天下の大罪人だ、その屍体ならいまごろ河水《かすい》に漂流していることであろうよ、といわれて、——先王の叔君になんというむごいしうちだ、と右は狂号した。あとは乱闘になった。結局右は憤死したが、

かれは息をひきとるまえに、——わしも河へ……、と声にならぬつぶやきを唇に浮かべた。

干子の死によって商王朝はいわば右腕を失った。さらに受王は左腕さえ自分で断ち斬ろうとしている。

——微子を捜して討ちとれ。

と、受王は厳命した。微子は天子を暗殺しようとして未遂におわったかたわれ、ということである。

微子はその日、身の危険を感じて参内するのをとりやめ、自宅にいたが、干子が誅殺されたとしらせてくれた者がいて、思い余って学へ逃げこんだ。干子の一挙からはじまったこのたびの変事は、かれにとってはまったくふってわいたような災厄《さいやく》といってよい。

かれは入閣してから受王の為政の荒怠ぶりを憂えて、二、三度忠告したこともあり、干子の上京と言動とを弁護したこともあるが、王婦妲己を廃せよとか、首相になりたいなどと、表立って口にしたことはない。にもかかわらず、急転直下、干子がおこした大逆の共犯者にされてしまったというのが実情であった。

——こうなるのであったら、干子のように参内して、死をえらぶべきであったか。

かれは懊悩《おうのう》した。

学内の空気は干子に同情的であり受王に批判的であったため、微子はそこで一息つき、これからの身の処しかたについて大師（楽長）と小師（副楽長）とに相談した。

――学は霊場です。不浄の者をけっして立ち入らせるものではない。

と、盲目の大師はいってくれたが、微子をかくまったとあらば、大師や小師ばかりか、他の教官たちも事件に連座することになる。まもなく討手は学に踏みこんでくるであろう。

微子の迷いは、このまま宮中にゆき王を諫《いさ》めるという清名の下に死ぬか、このまま自国の微《び》まで逃げのびて大逆の汚名の下に死ぬか、どちらをとったらよいかということである。

「逃げても、汚名は残りますまい」

と、大師はいった。さらに、

「わたしだとて、死んで商が治まるのなら、いつでも死にましょう。が、干子さまがどのように誅殺されたか。――なんと天子は干子さまの胸を剖《さ》いて心の竅《あな》をかぞえられたとか。天子は常軌を逸しておられ、それをお諫めする者は、ことごとく殺されるのであれば、商が滅びるのはそんなにさきのことではありません」

と、いった。

父に過《あやま》ちがあれば子が三たび諫め、それでも聴きいれてもらえなければ、あとは号泣するだけで父に従わなければならないが、微子は受王の兄であり人臣でもあるわけだから、主君を三たび諫め、それでも聴きいれてもらえなければ、義において主君から離れてもよい、という見解をこのとき大師は示したと『史記』に書かれているものの、これにはいくぶん後世の儒教がかった潤色があるだろう。微子は受王（帝辛《しん》）の死後かれを、

――文父辛（亡き父である辛）。

と、よんだことは同時代史料の金文《きんぶん》にみえ、王に仕える王族にとって王はすべからく「父」とよぶべしというのが、この時代の通念である。

――商は滅ぶ。

と、大師はいった。商を滅ぼすのはおそらく周であろうがそれよりまえに受王が臣下のたれかに弑《しい》されるということも考えられる。となればその後、商をまとめてゆける者は、受王の子の庚《こう》か兄の微子しかいまい。ここは微子を逃がし、商の余命を絶やさぬことだ、と大師は決断した。

「逋《のが》れられよ。とはいえ……」

逃亡に安全な路はない。大師と小師とはともに見えぬ眼に涙を浮かべ、――先王

のご加護を祝《いの》るだけです、といった。

「大師も小師も、どうかご健在で」

と、微子は二人の手をにぎり、これで見納めになるかもしれぬ高雅な容《すがた》を瞼《まぶた》に灼《や》きつけてから、学をでた。

のちに大師も小師も祭祀用の楽器をもって周に亡命することになる。

国が滅びようとするとき音楽が逃げだす、という奇妙な現象は、洋の東西をとわずあるようで、記憶に新しいところでは、ヒトラー政権下のドイツから大指揮者フルトヴェングラーがアメリカへの亡命を企て、おなじく指揮者で、ムッソリーニの全体政治をきらった巨匠トスカニーニがイタリアから去った例からでもよくわかる。

微の家臣にかこまれて微子が学からでてくるのを待っていたように、粗衣の男が近づき、

「微子さまでございますね。王の討手からお逃しいたします」

と、いった。数名の臣下は、どこのたれともわからぬ下賤の者の申し出を、一様に疑い無視する態度にでたが、微子は、

「それはかたじけない。では、ご先導をおたのみしよう」

と、あっさりその男に自身を依託した。

この少数で討手の多勢を突破する自信はなく、身を隠しとおせる場所も心あたり

のない微子としては、どうせ死ぬなら、穴のあいた舟でも乗ってやろう、という気であった。

微子を商都から脱出させる手助けをした男は羌望《きょうぼう》——いや、もう太公望《たいこうぼう》とよんだほうがよかろう——の配下である。

太公望は神出鬼没であり、かれはきたるべき大会戦にそなえて、商国内に潜入して時勢と地勢とを読みとろうとしていた。『古史考』にあるように、かれが孟津で飯を売っていたのは、そのための一例であったろう。

——黄河をいかに無難に渉るか。

商都へ突き進むための西からの侵入口は孟津である。孟津での渡河作戦でつまずけば、周軍の勝利はおぼつかない。そのほかに「紂《ちゅう》王を討伐する」といえるだけの大義がどうしても要る。その大義が、微子を扶持《ふじ》することによって、おもいがけなく周にころがりこんできた。

——よくやった。

と、太公望は配下を褒《ほ》め、ただちに豊邑へ飛んだ。が、その豊邑にはすでに西伯・姫昌《きしょう》はいない。

姫昌が父の季歴《きれき》のあとを継いで周の国主になったのは、おそらくかれが十四歳のときであり、それから在位五十年、商王朝打倒を目前にしながら、六十四歳で没していた。姫昌の死は受王が商都に帰還するまえのことであったが、後継の発（昌の次子）が喪《も》を伏せたこともあって、内憂のつづく商の要人たちはそのことをしらないでいる。

――箕子が発狂した。

という奇怪な報告が受王の耳にはいった。

――うそだろう。

と、おもったのは受王ばかりではない。あの理知的な箕子が狂乱するはずはない。それとも頭がほんとうに老廃してしまったのか。

「いつわりではございません。箕子さまはなにやらわけのわからぬことを叫ばれ、街路を狂奔なさっておられました」

と、近臣のなかにいう者がいた。

「よし、朕《わし》がみてやろう。箕子をとらえよ」

と、受王は箕子の逮捕を即決した。どうせ箕子は捕らえねばならぬとおもっていた受王である。干子を指嗾《しそう》していたのは箕子であるという訴えもあり、このまま放置しておけば官憲によって箕子は抹殺されてしまうこともありうる。干子にかかわる件々《けんけん》が王の親裁にまでもちこまれれば、嫌疑のかけられた箕子はほかの者ではさばけなくなり、受王としては箕子の生命をすくってやることができる。

——箕子は大逆とは無関係だ。

受王ははじめから箕子を問題にしていない。が、いくら王がそう思っていても、朝廷にはいろいろなおもわくが飛び交い、箕子に難がおよぶことは必至であった。

——ああ、そうか。

と、受王はひとりで笑った。箕子らしい利巧さだ、と思った。——あれは難を避けるための佯狂《ようきよう》でなくてなんであろう、ということである。

そうした受王の推察ははずれていなかったが、箕子が狂乱をよそおったのは、もうすこし深い意味あいがあった。

「商を去られてはいかがですか」

と、箕子にすすめる者がいた。干子の誅殺、東国兵の鎮圧、微子の追討と受王のうってきた惨烈《さんれつ》な手が、干子と情誼《じようぎ》のあった箕子におよぶことはわかりきっていた。

それにたいして箕子は、天子を諫めても聴きいれられなかったからといって、商を去ってしまったら、これは天子の悪名を天下にあからさまにすることになり、また庶民に自分の亡命の理由を説明するようなものになる。したがってそういうことは、

——われは為すに忍びざるなり。

と、かれはこたえた。

箕子にとって受王は自分自身にひとしい。その王が狂っているのなら、自分も狂おう。口先だけの諫言ではなく、一身をもってかれは受王を儆戒《けいかい》しようと決意した。全身に漆《うるし》をぬり、白髪をふりみだして、かれは外へ奔《はし》りだした。

――天子よ、よく視《み》られよ。これが受王ぞ。

という気であったろう。

気の狂った男がわめきながら庶人に告げることばは、神のお告げにちかいもので、庶人はそれをおろそかにはきかない。狂人は市井のなかの巫祝《ふしゅく》である。箕子は人だかりのなかで奔りまわり、舞い謡《うた》った。

――天下平安。

と、その狂人はしきりにいう。いまが平安であるはずはない。庶人はあきれ、なんじゃ、ただの狂人じゃ、とみな見むきもしなくなったとき、

「この狂人はわしが貰うておこう」

と、箕子を拉致《らっち》していった者がいた。箕子の姿はわずかな時の差で捕吏《ほり》の眼からのがれた。

「微子も消え、箕子も消えたとは、――この大邑商は妖怪の巣か」

と、受王は叱呵《しっか》し、箕子の捜査を続行させた。

箕子はいた。奴隷になりはてていた。……とはいっても箕子をしっているたれかが、箕子をあわれんで人目のつかぬ奴隷としてかくまっていたというほうがより真相にちかいであろう。

箕子を引見した受王は、

「朕がわかるか」

と、狂人の眼をのぞきこんだ。

「わかりますとも、父よ」

と、箕子はなつかしそうに膝をすすめ、

「箕《き》は寒うございました。でもこうしてお目にかかったばかりなのに、すぐに発たねばなりません。弟どもも遠方へ旅立ったとか。わたしも北へ帰らねばなりますまい」

と、いった。

箕子はにせの狂人だと頭からきめていた受王だが、箕子はわしを実父の文丁《ぶんてい》王とまちがえている、とわかってぞっとした。奴隷になっているあいだに、本当に気が狂ってしまったのか、それともわしまでたばかろうという気か、と受王は箕子の眼を見直したが、箕子からただよってくる悪臭に顔をしかめ、

「もうよい。自宅にもどして、監視をつけておくように」

と、箕子の監禁を命じた。受王には箕子をさばくつもりはなく、時機をみて縦《はな》すつもりであり、監視の役人をつけたのは、箕子の逃亡を恐れるというより暴徒に襲われないようにという配慮のあらわれである。

しかしながら、以後商が敗れるまで、箕子の閉居の状態はつづけられ、かれの宅の門がひらかれたとき、箕子にとって愛すべき受王はこの世にいなかった。

獄舎にかわった箕子の宅から琴の音がながれてくることがあった。琴を鼓《こ》すことは、天下の平安を意味することであり、天子の為政のふくよかな正しさを美《ほ》めることである。ここでもまた箕子は琴の音によせて受王の悔悟《かいご》を切々と訴えつづけたというべきであろう。そうしたもの悲しい音色をきいた人々は、箕子の心情を察して、その曲を、

「箕子操《きしそう》」

と名づけ後世にまで伝えた。

干子の死亡、微子の亡命、箕子の幽囚《ゆうしゅう》といったうちつづく商の不幸ほど、周を喜ばせたことはない。とくに太公望は、箕子が商軍の陣中にいないと想っただけでも、心がうきたち、

——天佑とは、まさしくこのことだ。

と、日ごろのかれらしくなく譟《さわ》いだ。かれは少年のころ北の孤竹《こちく》国へ流れてゆき、

箕子の評判はきいていた。――箕子のうしろにはあの巨大な土方《どほう》がいる。土方の兵力は不可知だが当然あなどれないものであり、商都を攻めるのはよいが、土方がどうでてくるかに頭を痛めていた。そうした北国のぶきみな兵力を封じるために、かれは、

――商を攻伐なさるなら、冬がよろしい。

と、献策している。大邑商は天然の要塞で、前は黄河、後は山、左に孟門《もうもん》、右に漳水《しょうすい》、汗水《ふすい》がある。孟門というのは太行《たいこう》山脈の東にある狭道で、冬にはその道が雪で閉ざされる。雪をかきわけてまで北国の兵は商軍を援《たす》けにくることはできまい、というのが太公望の目算であったが、ここにきて商には北からの援兵はないと断言できるようになった。さらに干子が糾合《きゅうごう》してくるはずの東国の兵も考えにいれなくてもよくなった。商軍を飛動させる左右の翼は喪失したのである。

「先君の喪《も》をお発しなさいませ」

と、太公望は発に献言した。盛大に先君の葬祭をおこない、そのとき集まった諸侯をひきいて商都を急襲する。これが太公望の秘策である。

商攻略の万端は整っている。太公望の八面六臂《ぴ》の活躍で、召《しょう》との連合は成立していた。召公は周への臣属を嫌い、難色をしめしていたが、周君の代がかわったことによって、参戦を承知した。この点、発は父の昌とちがった魅力をもつ君主であっ

た。昌が表を閉じて内をみせない性格であったとしたら、発はあけっぴろげで、すきだらけである。はじめてかれが召公に会ったときも、——明君の誉れ高い召公とはこんなに若い君主であるとはしらなかった。それならばわたしの師となるばかりでなく、どうかわが子孫の師ともなって、周にも貴国のような明徳を植えつけてくだされ、とまるで召公の臣下にでもなったように再拝し、その恐るべき謙虚な正直さで、召公の好感をかちとった。召公は名を、

「奭《せき》」

という。文武に長じ、臣下にも恵まれ、のちに『詩《し》』に、

蔽芾《へいはい》たる甘棠《かんとう》
翦《き》ることなかれ伐《き》ることなかれ
召伯《しょうはく》のやどりしところ

と、庶民に歌い継がれるほど慕われた。召公は養蚕《ようさん》や耕種で庶民がいそがしく動きまわる季節に獄訟《ごくしょう》があれば、交通のさまたげにならないように場所をえらんで裁判をおこなった。その法廷が甘棠という果樹の下であり、かれはじつに公平な裁定をしたらしい。

召は周の同盟国であり、召公はべつに発の臣になったわけではないので、のちにできた周王朝の内実は周召連合政権である。召が周に臣従する形をはっきりとったのは、発の孫の釗《しょう》（康《こう》王）のときまで時代がさがる。召は武にもすぐれた国で、まもなくはじまる商周革命戦とそれにつづく反動鎮定での召軍の働きはめざましく、召公のすすむところ、

——日に国を辟《ひら》くこと百里なりき。

と、いわれ、ふつうの軍旅がとる行程の三倍以上の速さで、商の諸侯の国々を平定していった。そのとき召公の弟のひとりが建てた国が——いまの北京を中心とする——燕《えん》国である。

召公の姓は、

「姞《きつ》」

であり、周王朝では羌望が太公とよばれたように姞奭《きっせき》は「太保《たいほ》」という尊称でよばれ、周室がおこなう祭祀の最高責任者のひとりとなった。

太顚《たいてん》と閎夭《こうよう》とは召公の臣下を見わたして、

「あっ」

と、同時に声をあげた。そのなかに商都で行方不明になった尹佚《いんいつ》の容《すがた》を発見したのである。尹佚は周に亡命する途上でたおれたところを召公の臣にひろわれ、召公

に仕えるようになった。そしていま周召が連合することによって、尹佚はあの乱闘のなかで見失った周の重臣たちの顔をふたたび見ることができたというわけである。あとで三人は、——西伯の御霊《みたま》のお導きであろう、と手をとりあって喜んだ。

——悪来め、やはり尹佚どのを見のがしたな。

と、閎夭はおもいだしつつ、嬴来はみかけほど悪いやつではないが、その命もすぐにおわる、と商都攻略におもいをはせた。

しかし尹佚の喜びは半分である。商王に矛先を向けなければならぬということは、なんとしてもつらかった。そのへんの機微のわかる太顚は、

「たとえわが軍が捷《か》ったとしても、商は全滅するというわけではありますまい。これは極秘のことですが、わが国にはいま商王の庶兄であられる微子どのがおられる。どういうことかおわかりであろう」

「それでは、いまの西伯は、微子さまに商室の祭祀を継がせようという、御心づもりでありましょうか」

「でありましょうな」

太顚は尹佚の気重《きおも》をすこしでも軽くしてやろうと、そういったのだが、尹佚の反応はちがった。

「さて、それは、良識とはいえますまい」

「と、申されると」

「このことは周におきかえて考えられたらよろしいでしょう。いま周が商に攻め滅ぼされ、西伯が戦死なさったとしましょう。それ以前に商へ亡命されていた西伯の兄か弟かがいらっしゃったとして、その君に周の遺民はひきとられることになり、西伯に御子がいるのに無視されたとしたら、周人《しゅうひと》は喜んでその処置に従いましょうか。――室《いえ》の祭祀は子孫が守ってゆくのがよろしいのです」

「そういわれれば、そうですなあ」

「太顚どのも閎夭どのも、ご献言の機会がございましたら、微子さまは最後の手段としてとっておかれ、商王の御子の処分につき、ぜひとも西伯のご一考をお願いいたしてください」

といった尹佚は、召公にもおなじように請願するつもりである。

結局、この尹佚の切実な情意は姫発に通じ、また政略的にもそのほうがよいと周召の首脳に判断されたため、監督つきで商の遺民は受王の子の庚（武庚《ぶこう》）に託されることになった。が、さきにも書いたように、その王子が周に叛逆したため、国はいったん取り潰され、商の遺民も商丘《しょうきゅう》（河南省・商邱《しょうきゅう》県）への移住を命じられ、そこでかれらはあらたに微子を君主にむかえて国を建てさせてもらった。その国が、

「宋《そう》」

である。商は宋と国号をかえて戦国時代まで存続したが、紀元前二八六年ついに斉《せい》に滅ぼされた。商の祭祀が絶えたのはそのときである。

ついでながら、商の姓についてちょっと触れておきたい。商では箕子、干子、微《し》子というように王族の男子のことを「子」とよんだので、のちに商（宋）室は「子姓」であるといわれるようになったけれど、筆者は、

「キ姓」

ではないかと考える。そのキが虁《き》という字をあてるのか、姫《き》か己《き》かはわからないが、商室と周室との高祖が同じであるということから、それは充分にありうると思うのだが、どうであろう。

さて発は、「この人物は――」と見込んだ人間にはじつに素直にへりくだることができる特性というか美点をもち、尹佚を招いたときにも、

「尹佚どのは、わが亡兄・伯邑考《はくゆうこう》の師であられたそうな。だとすればわが師にもあたる」

と、拝礼してから商について教えを乞うた。

発はいわゆる聞き上手である。尹佚はいつのまにか話してしまったという感じで、あとで発の磊落《らいらく》さに気づき、

──途方もない大きな器だ。

と、感嘆し、昔の受王もそうであった、と思い起こした。かれは発を知ってはじめて、周の人臣がこれまでよりも活き活《い》きしているわけがわかった。

発は創造の才能にめぐまれていなかったが、人の話のなかに自分なりの着想を見出すことには秀でていた。かれは尹佚からたっぷり話をきいたあと太公望を呼び、

──喪は発せぬ、といった。さらに愕《おどろ》くべきことには、

「予は周の君主にもならぬ」

と、いった。なぜなら、喪を発せぬということは父の昌はまだ生きておられるということであり、生きておられるのなら当然君主は父であるから、わしは子にほかならない。ただし現今の事情から子のままでいることはゆるされず、かといって君主になるわけにはゆかないから、わしの身分は、商室から呼称をかりて、

「太子《たいし》」

ということにする、と奇妙な説明をした。

商で「大子《たいし》」といえば小子《しょうし》（王子）の師旅を統率する元帥《げんすい》である。わしはそれだ、と発はいったのである。周にはまだ文字はなかったはずであるから、おなじ意味でも後世の人が、商の「大」を周では「太」と使いわけたのであろう。

発が太子とよばれたので、のち国主の男子の後継者は太子とよばれるようになっ

たが、もともとは軍事用語にちかい。

いま周は軍事一色である。商を伐つのは西伯昌の意志であり命令であり、その意志と命令とを尊奉して太子発が諸侯を帥《ひき》いるのである。西伯昌の死を発表すれば、発は喪に服さねばならぬし、むろん軍旅を催すことはゆるされない。太子発がそうまでして商の攻伐に出発しなければならなかったのはなぜであろう。たぶんそれは西伯昌がこの年——帝辛二十二祀——に商を攻めるべく手配りをすすめていたためであろう。昌の死はそのさなかにきた。発としてはどうしても父の遺志を果たさねばならないと考え、決行したといえよう。

すでに冬である。

——いざ紂王を討伐するのだ。

と、威勢よく東上の途についた周軍だが、どこかにあせりがあり、無理があり、うしろめたさがある。発もそれは感じていたが、

——捷《か》てばすべてが消える。

と、みずからを鼓舞するほかはない。

ところが発はおもいがけないところでおもいがけない批判者と出遭うことになった。そのとき発に申奏された一家言が、のちのち周王朝の成立をさえ疑問視させる

重大さをもとうとは、周のたれもが考えなかったことである。

というのは、周軍が酈山のふもとにさしかかったとき、いきなり発の乗っている馬の手綱にとりついてきた二人の男がいた。かれらは酈山の羌族の客人であり、ひとりは、

「伯夷《はくい》」

といい、もうひとりは、

「叔斉《しゅくせい》」

といって、北海のほとりにある孤竹国の君主の、長男と三男とである。

かれらが孤竹国から万里もはなれているようなここにいるわけは、かれらの父が嗣子であるはずの伯夷を措《お》いて叔斉にあとを継がせるといいだしたためである。叔斉はこまり、父が死ぬとすぐに伯夷に位を譲ろうとした。しかし伯夷は、――父君のおいいつけにさからうことはできぬ、といって国を去った。叔斉もそんなことで国主になるのは筋がとおらぬとおもい、兄のあとを追って国を出奔した。結局、孤竹国の君主には次男がなった。その逃亡した二人が頼ったのが酈山の羌族である。

そこで二人は西伯が商王を伐つべく出師《すいし》したことを知ってはなはだしく失望した。西伯についての風評はすばらしいもので、どんな聖人であろう、と理想主義者の二人は、周へいって西伯にお目にかかりたいものだと道すがら話しあってきたもので

ある。

「いや、西伯はすでに亡く、実際は子の発が諸侯を率いてゆくのです」

と、解説した酈山の羌族の首長は、隣国の周のことはいやでも耳にはいってくる。

それをきくまでもなく伯夷と叔斉とは、

――なんのことはない、謀叛ではないか。

と、結論していた。

商ではすでに大道《たいどう》は荒廃し、いままた周が大道を踏みはずそうとするならば、天下は昏冥《こんめい》のうちに乱れるばかりである。二人はそれをかなしんだ。

「まだ、まにあうのではないか」

と、伯夷は立った。周の武力革命を中止させようというのである。叔斉もそれに応じて、――聖人の子なら太子は賢人であろう、きっとわれらの至願をききわけてくださるであろう、と奔《はし》りだした。動機は純粋であり、行動は直截《ちょくせつ》である。世の塵埃と醜悪とをしらぬ精神の汚れのなさと処世の幼さとが、この兄弟を、発をたじろがせるほどの激越な諫止者《かんししゃ》にさせた。

かれらは馬上の発にむかっていった。

「亡父を葬ることもなさらず、しかも干戈《かんか》をとっていくさをおこされるとは、孝といえましょうや。また周の君主とは商王の臣であり、その臣が君である商王を弑《しい》せんとするは、仁といえましょうや」

これほど発にこたえたことばはない。

発の麾下は激昂しこの二人を斬り伏せようとした。

——まずい。

と、おもったのは太公望である。かれだけがその二人を識《し》っていた。伯夷と叔斉とが殺害されれば、いま従っている羌族ですらやがて周から離背する。かれは、

「しばらく——」

と、声を発し、——これぞ義人であります、といいつつ二人をおしかかえて、配下につれてゆかせた。

「あの軍師はたしか、父母の生《いのち》を商に奪われたとかで、孤竹にきていた望ではなかったろうか」

と、二人が気づいたときには、すでに周の軍旅は東天の下に遠ざかっていた。理想は現実にぶつかって敗れたのである。のち発が天下を平定したときいた二人は道義を貫こうとして、

——周の粟《ぞく》など食べるものか。

と、首陽《しゆよう》山に隠れ、薇《ぜんまい》を採って食べた。山岳とは羌族にとって他族からの支配をこばめる地である。が、ついに食が尽き、二人は餓死した。『古史考』では、これ

は食が尽きたためではなく、ある婦人に「これもまた周の草木ですよ」といわれて二人は食を絶ったことになっているし、『繹史《えきし》』ではやはり同じようなことをいわれて、二人が薇を食べなくなってから七日たったとき、天がかれらをあわれみ白鹿を遣って乳を呑《の》ませたところ、二人が、――この鹿を食べたらうまかろうなあ、とひそかに念《おも》ったため、鹿はふたたびあらわれず、ついに餓えて死んだとある。

伯夷と叔斉との履義《りぎ》の死は武力で天下をもぎとった周への最大の批難になった。ということは、各地にいるおおかたの羌族は周の武力革命に否定的であったということであり、酈山の羌族の首長も、

「昔、国破れてここへ亡命してきた嬴廉《えいれん》どののご子息が、きけばいま商の大臣になっているそうだ。とすれば、ますます商とはいくさをしたくないものだ」

と、商周いずれにも順《したが》わず、中立の姿勢をとった。

牧野の戦

——周軍《しゅう》、来る。

ときいて、商《しょう》の官人のなかに他国へ亡命する者がふえはじめている。

事実そのころ、周召《しょう》連合軍と南西の諸侯の師旅とは、黄河の渡し場・孟津《もうしん》で合流し、誓盟《せいめい》をおこなっていた。集合した諸侯は八百いたといわれているがその数は誇張ではあるまい。それくらいいなければとても商軍とは勝負にならない。牛耳る、といまでもつかわれる用語は、この誓盟から発しているであろう。つまり犠牲《ぎゅうじ》にする牛の左耳を切り、血を器にとってすすりあうという誓いかたであり、そのとき盟主が牛耳を執《と》るというわけで、これは発《はっ》がやった。

商ではことばで誓い、周では血をすすって誓う、といわれる。

文字をしらぬ発としては、どうしたら誓言を諸侯に浸透させ離背する者がでないようにさせようかと、智慧《ちえ》をしぼった結果であったろう。この盟という誓いかたも発の着想である。ところで以後、孟津のことは周側からは、盟《ちか》いの津《みなと》、すなわち、「盟津《めいしん》」

と、よばれるようになった。

盟いをすませた諸侯は当然このまま黄河の北岸に沿って商都へ進撃するものだとおもっていた。が、発にはその意志はなかった。というより、はじめは商都まで攻略するつもりであったが気がかわった。かれをそうさせたのはなんといっても伯夷《はくい》と叔斉《しゅくせい》とのことばである。

——あれは天の声だ。

としかおもえなくなっていた。父を葬らずにいることはたしかに不孝であり、喪中であるはずのいま軍を動かすことは禁忌《きんき》である。ここは誓盟だけにして出直すべきだ、と決心した。ただし問題は、ここに集まった諸侯には西伯昌《せいはくしょう》の死を知らせていないため、このままなにもせずに引き返してしまったら、かれらの不審をまねき、かれらを欺いたことになる、ということである。

——よし、それなら。

と、発は、太公望《たいこうぼう》だけに腹案をうちあけ、全軍の発動を命じた。

周軍が攻め上ってくるであろう道筋に伏せている商の偵諜《ていちょう》は、いつまでたってもの軍旗を発見できない。

「そんなはずはあるまい。偵の者は裏をかかれたのだ」

と、膠鬲《こうれき》は受《じゅ》王の許しをえて、馬をすすめていったが、なるほどどこにも敵の軍旅の影は見られない。——われらをこちらに牽制《けんせい》しておいて、どこからか奇襲をかけてくるつもりか、と思いをめぐらせながら、ひとまず報告にかえった。

——西伯め、どこに消えた。

と、受王はなんとなくすっきりしないおもいで、朝歌《ちょうか》の南にある牧野《ぼくや》で滞陣していたところ、鄭《てい》からしらせがはいった。

周軍は済水《せいすい》に沿って東へ進み、黎《れい》のあたりからにわかに向きをかえて、まっすぐ大邑商《たいゆうしょう》を突くらしい、ということである。

「しゃっ、ご足労なことだ」

と、受王はおもむろに立って、牧野の陣を払い、北へ移動しはじめた。このいくさ、これで勝った、とかれはおもった。報告どおりだとすれば周軍はわざわざ迂路をとり、黄河の南岸から商都へ直進してくるわけで、当然かれらの進路は黄河にはばまれることになり、そこをかれらがあえて渉《わた》ってくるのなら、商軍としてはこれほど容易な戦法はない。対岸で待ちうけ矢の雨を降らせれば、黄河のなかにたちまち敵兵の死骸で洲ができよう。また黄河をはさんでにらみあう長期戦になれば、周軍の兵站《へいたん》はいずれ絶たれ、自滅同然に敗亡するであろう、と予想できる。

受王のもとに敗報がはいった。

黎邑《れいゆう》が周軍に攻め潰されたというのである。黎邑には祖伊《そい》がいる。

「あわれだが、いたしかたあるまい」

それもまたかれには予想できたことである。足もとから小石がひとつ消えた感じである。それよりもいよいよ周との決戦である。

しかし周軍の到来はなかった。かわりにきたのは黎の敗兵である。そのなかに祖伊がいた。かれは受王にくってかかるように、

「なにゆえ、こんなところで居すくんでおられるのか」

「居すくむとは、ことばが過ぎようぞ。戦法である」

「天子のその気弱な戦法で、河の南は周軍に蹂躙《じゅうりん》されてしまったのです。黎は燼滅《じんめつ》し、鄭の守備兵は逃亡して、いま鄭は庶人が捨て置かれた干戈《かんか》をとって自衛しているありさまですぞ」

たしかに受王が黄河の南の邑を見殺しにしたことによって、去就に迷っていた諸侯は周へ通じようとしはじめた。

「いまにわかる」

と、受王はそれでも豪語した。

「なにがおわかりになると仰せられるのか。亀卜《きぼく》をしたところで、その吉凶を読みとれる卜師《ぼくし》さえ逃げだして、いまはいないというではありませんか。ああ、天子よ、もっとはやく周を討たれるべきでした。すでに商室の王命は絶たれたのです」

「なにをいうか」

と、このとき受王は祖伊をはげしく斥《しりぞ》けるように、

——嗚呼《ああ》、我が生、命、天に在るにあらずや。(『書』)

と、有名な問難《もんなん》を吐いた、ことになっている。わしの生命とは天によってきめられているのではなかったか、というものだが、これは周人《しゅうひと》の好きな天をもちだしてきているところから、後世の偽作であり、受王のなまの声ではない。が、かれの気色は伝わってくるところがある。あとで祖伊は、

「もはや受王にはなにをいってもむだだ」

と、慨嘆した。

周ではすでに年がかわっている。周暦よりも商暦のほうが一月ほどおそく新年をむかえる。商暦での新年はいまの太陽暦の新年にちかく、商暦の内容は太陰太陽暦《たいいんたいようれき》であった。帝辛《しん》二十三祀《し》(年)はこのように騒然としたまま明け、周軍が商都を襲わず旋回して帰っていったため、商都は一安を得た。雨がぬるむころであった。

——西伯が死んだらしい。

と、受王にようやくわかった。おそろしいほどの情報不足である。

商周の合戦も一面で、諜報《ちようほう》合戦では周がだんぜん優位にあったために、兵の動員力では周よりはるかにまさる商が破れることになった、といえなくはない。極端なことをいえば、商の情報は人を動かして得るというより亀卜などで神霊から得るものであり、その正確さは、周にいて諜報の束《たば》ねをしている太公望のもとにあつまってくるそれとは、比較にならないほど劣っている。

西伯が死んだということは、以後三年間、周のほうから兵馬の音はきこえてこないということである。

「周を討伐なさるのは、このときではありませんか」

と、嬴来《えいらい》は受王にすすめた。

「いや、喪に服している国民を討つことはできぬ」

受王は周のことを忘れたいふうである。そのあたりの受王の周への遠慮は臣下にしてみれば不可解であった。——王婦の妲己《だつき》が西方への親征は凶だといっているのかもしれぬ、と嬴来は推定し、くやしがった。

——妲己とはいったいどういう女だ。

と、嬴来が考えこんでしまったように、かの女はほとんどたれの目にもとどかぬところで、王を魅了し迷罔《めいもう》させ、王朝の精気を吸いとってきたとしかおもわれない。

どうにもならぬ時運というものが、そういうふうにかの女をみせるのか、それともやはり故意であるのか。妲己が王婦になってから商王朝の命運が衰亡への途をたどりはじめたことはたしかであり、ふしぎな符合というべきであろう。

受王が遠征できない理由は、官廷の要人が亡命して、官理の収拾がつかなくなったというところにもある。

とくにまえまえから受王の酬労《しゅうろう》の薄さに不満をいだいていた祭祀官《さいし》たちは、――われらが不必要ならば王ご自身で卜占《ぼくせん》をなさったらよろしかろう、と商都からのがれ各地へ落ちていった。楽人たちもそうである。楽の大師や小師が楽器をかき抱いて周へ足をむけたのはこのころであろう。学の教官たちも、学の大師である箕子《きし》の釈放を訴えたが、かえって「微子《びし》をかくまい、のがした疑いあり」と弾圧されるや、受王にみきりをつけた。

――官廷がからになるほど亡命させてやろう。

と、考える太公望は、逃げたい者がいれば援救せよ、と商都の地下組織に命じてある。

人が去るとともに文献もなくなるわけで、これまでとどこおりなくおこなわれてきた祭祀は紊乱《びんらん》し、受王の生活は、

——上帝神祇《しんぎ》に事《つか》えず、宗廟《そうびょう》を遺《す》てて祀《まつ》らず。(『書』)

という状態になりつつあった。

いそぎ受王は穴のあいた組織をつくろわねばならない。またかれは嬴来に命じ、奴隷や捕虜だけで編成する軍隊をつくらせた。商に与力する諸侯の数がへったための創制である。

内憂のほかに外患もあった。東方でかなりの規模の叛乱がおこりつつあった。干《かん》子《し》を尊崇していた東方の諸侯が、干子の殺害されたことを怨み、干《かん》の遺族に同情して、商に畔《そむ》く動向を露骨にあらわしはじめたというわけである。商王朝の死命を制したのは、ほかならぬ干子ひとりの死によるものであったかもしれない。この東方の動揺が商王朝に立ち直りのきっかけを与えなかった。

受王は峻厓《しゅんがい》のうえに立たされているようなものであった。

かれのまわりから人が消えていった。孤独であった。その孤独さえ気づかないほどの絶望的な孤独が、受王に酒を呷《あお》らせ女体に耽《ふ》けらせた。かれは手あたりしだいに妃妾を抱き、女の無抵抗な肢体のうえで、

——なにひとつ物音のせぬとは、どういうことであろう。

と、急に狂酲《きょうてい》から醒《さ》めたように考えることがあった。かれはまるで真空のなかにいるようであり、そのぶきみさに耐えかねて、かならずゆくのは妲己のもとであっ

た。かの女にはことばがあった。かれはそこで沈黙の恐怖からのがれることができた。

そうした受王の精神の荒亡を理解し、

「どうして天子に、王室に、弓をひくというようなことがゆるされるのか」

と、なげいていたのは嬴廉《えいれん》である。たしかに受王に非はあったろう、が、干子にも西伯にも非はなかったというのか。王の非は臣下の非であるのに、自分の非はさて措《お》いて主上の非を匡《ただ》そうとする。あってよいことではない。

かれは来をつかまえて、

「王が臣に伐《う》たれては正義がすたれる。周とのいくさはどうしても勝たねばなるまいよ。それには北国の援助が要る。箕子さまのこと、どうにかならぬのか」

といったが、来は返答をしぶった。

じつは嬴来の評判は諸侯間でかんばしくない。あることないこと王にいいつけているといわれている。が、来にしてみれば、ないことを王にいいつけた憶えはない。かれは周に内通しているらしい君主の名を挙げたことがある。するとそれらの君主は血相を変え、ぎゃくに嬴来の悪口をいいはじめた。

「あやつらは、首鼠《しゅそ》両端だ」

と、嬴来はへこたれなかったが、受王はそうしたかまびすしさに厭気をおこし、臣下の言を信用しなくなっている。

「周に勝つことが第一、――しかし、負けることがあるやもしれぬ。そのとき天子をお落としするには、北しかあるまい。そのどちらにせよ、北方諸侯の援助がなくてはかなわぬことであり、すなわち天子の危殆《きたい》をおすくいできるのは、北方の頭首である箕子さましかおらぬ道理ではないか」

「わしはそうは思わぬ」

と、来は箕子の縦囚《しょうしゅう》に異見がある。

「箕子さまが北へかえられたら、二度と再び商都へはあらわれず、北方で自立なさるおつもりだ。坐して商都の滅びを待たれるおつもりよ。そうなればいまでも多い亡命の者は、あらそって北へむかい、王や王子のことはおろそかにされ、周と戦うまえから、商は二分されて力が半減してしまうことになる」

箕子の賢哲《けんてつ》は天下に鳴り響いている。商の諸侯も受王を危うしとみれば箕子のもとに奔《はし》り寄ることはありうるだろう。来のいうことにも一理あった。

廉はその名のとおり廉白《れんぱく》な男で、どこまでも受王がよかれと願い、王朝とともに命運をともにする覚悟はできている。ここまでかれを活かしてくれたのも、かれの息子をおもいがけず臣としてはこれ以上ない位に就けてくれたのも、受王である。かれにとって受王こそが神であった。

一年がすぎて、受王のなかに吹き荒れていた沈湎冒色《ちんめんぼうしょく》の風がやみはじめた。

「嬴来、よくやった」

受王は奴隷や捕虜でできた軍隊がさまになってきたことをしり、その訓練に顔をだして、称《ほ》めた。嬴来は自分がほめられたことよりも王の顔色が健康色にもどってきたことを悦《よろこ》んだ。このとき受王は、諸侯をあつめる必要があるため、来年東方へでかける、というようなことをいった。嬴来はおどろき、

「都をお空けになるのですか。それこそ周にとっては空宮を狙う絶好の時機となりましょう」

嬴来にいわれなくても、受王にはそれくらいとっくに察しがついていた。周軍が来るのはまた冬になろう。

幻の決戦におわった先年の場合は、周軍に奇襲をかけられたため、ほとんど諸侯の加勢を得られず、王軍だけで防禦《ぼうぎょ》の態勢をとらざるをえなかったが、こんどはちがう。

このまま商と周とが拮抗した状態でいることは受王にとって好ましくなく、一挙に周を葬り去りたかった。それには祖霊の祐《たす》けのある地、つまり商郊《しょうこう》で、開闢《かいびゃく》以来まだたれも見たことのない大兵によって、周の神もろとも周軍を包み殺してしまう

ことである。商郊でならば天も地も商の味方であり、そこでは万に一つも商軍が負ける気づかいはない。

――その商郊とは先年とおなじ牧野《ぼくや》になろう。

受王は巫祝《ふしゆく》に命じて朝歌の南の牧野に周軍を呪殺する呪文を埋めさせた。その禁呪《きんしゆう》に触れれば周兵の足は毒に犯されるように腐ってしまおう。

受王の予定はこうである。周を誘うためにまず自軍を商都の付近から遠ざける。それを王子と嬴来とに率いさせ、牛の歩みほどのゆるやかさで東へむかわせ、自身はそれよりはるかに先行して東方の諸侯をなだめ兵を集める。いつでも双方が合体して商都へひき返し周軍を邀撃《ようげき》できる態勢で行動するということである。

「嬴廉の足が勝利をはこんできてくれよう」

受王は嬴廉を西方へ偵察にだしておくことにした。――こちらは少なくみても五十万の兵、むこうは多くみても二十万の兵だ、これまた負けることはありえない、と受王は生気をとりもどしたようだった。

受王が来年――帝辛二十五祀――遠征または巡狩《じゆんしゆ》で旅途につくことは、太公望には耳目をふさいでいてもわかっていた。

「なぜなら、紂《ちゆう》王はこれまで、十祀に盂方《うほう》を討ち、十五祀に人方《じんぽう》を討ち、二十祀に東征にでかけている。すなわち五祀ごとに巡狩されているわけで、つぎの五祀目にある二十五祀だけ、紂王が都にとどまっておるということは考えられぬ」

と、太公望は帝辛二十五祀の冬に出師《すいし》すべきだと主張している。太子発も太公望の推理の正しさは認めたが、商暦の十二月（または十三月）は、周暦では翌年の一月にあたるため、

「また正月に軍事とは、どういうものか」

と、それだけが気がかりである。

——この月（正月）や、以《も》って兵を称《あ》ぐべからず、兵を称ぐれば必ず天殃《てんおう》（天のわざわい）あり。

と、『礼記《らいき》』に記されているように、年頭を干戈兵馬で穢《けが》すことは、周人《しゅうひと》の忌み嫌うところである。

太子発はすでに父を畢《ひつ》——はじめて周が禴《やく》という祭りをおこなった地——へ葬り、太公望をつかわして、中立を表明していた酈《り》山の羌《きょう》族の参共《さんきょう》を求めた。ことばだけではかれらの同情をえられぬと知った発は、大胆にも、

——酈山の羌族からわが正室を迎えたい。

と、腰を低くして申し込んだ。政略結婚である。それによってかれらを強引に周に包裹《ほうか》しようとした。それほど発には酈山の羌族が冷静に光らせている道義の目がおそろしかった。みずからの奸悪《かんあく》さをできるだけ世間の印象として薄いものにして

おく必要があった。太公望はそのむずかしい婚約をついにまとめあげた。酈山の羌族から発のもとへ帰嫁した女《むすめ》は、のち——とくに発の死後——、「王姜《おうきょう》」とよばれ、自分の子の誦《しょう》（成《せい》王）がまだ幼少であるため、摂政となり、商の反抗がはじまるや男勝《まさ》りのかの女は軍旅を率い、いくさにでて、周王朝を倒壊の危機から救った。相当な烈女であったことはたしかである。

さらに余談だが、酈山の羌族の子孫はのちに「申《しん》」（河南省・南陽《なんよう》）に封ぜられ、申伯《しんぱく》と称されることになった。それはよいとして、皮肉なことに、その申伯の末裔が王位継承に介入して、ときの周王（幽《ゆう》王）を弑《しい》し、いったん周王朝（西周）を滅亡させてしまうことになる。

さて、周として見識のある酈山の羌族と姻戚となったことは、道義的に体面をよくしたばかりでなく、戦略的にも有利になった。豊邑《ほうゆう》からでは商都を速攻するのに遠すぎ、もっと東に軍事基地を設けておきたかった。豊邑の東に酈山がありさらに東に華《か》山があり、その華山の麓が周軍の駐屯地としてふさわしかった。周人《しゅうひと》は豊邑からそこまで、なんの気がねなく往来できるようになったのである。

西伯昌の死後、発はおとなしく喪に服しているわけにゆかず、本来は服喪の期間であるこの三年間ほどかれにとってあわただしいときはなかったであろう。

帝辛二十五祀、はたして受王は東方へ出向した。

この年、周は飢饉《ききん》である。

——このままでは国民すべてが枯死してしまう。

という危機感が、発から迷いとためらいとを吹き飛ばした。受王の無道を正すために伐ってでるということである。もっとひらたくいえば、商には山ほど食物があるから商を制圧して思う存分食べよう、ということである。むろん負けて帰ってこられるだけの食物の量はなく、周軍は片道の食だけをたずさえて、必勝にむかって邁進《まいしん》するのみである。

「太公よ、盟津だ」

と、発はいった。それだけいえば充分であった。

——発が出陣した。

と、嬴廉は知った。かれは一世一代の神足で、寒風を切って疾走し、受王に申報した。このとき受王はすでに商都ちかくまで帰ってきていたとおもわれる。

——王は東間にあり。……六月にあり、惟《こ》れ王の廿祀翌《よく》有五（二十五祀の翌《よく》という祭日）。

と、書かれた『宰椃角《さいこかく》』は同時代史料であり、そこにある紀年が、じつは商王朝の最後の紀年である。つまり受王は帝辛二十五祀の六月に東方にいたことはまちがいなく、商王朝はこのときまでは確実に存在していた。発の出陣は周暦の一月三日らしいが、商暦ではその月日はまだ二十五祀のうちである。

「飛廉《ひれん》よ、北に援師を命ずる」

と、受王はいった。廉はやすむひまなく箕邑《きゆう》へむかった。

――や、雪だ。

雪はかれの神足にまとわりつき、さすがの嬴廉も難渋した。――ああ、わしに翼があったら、とかれは何度おもったかしれない。それでも無事に太行《たいこう》を越え、箕邑へ辿りついた。さっそくかれは箕侯(箕子の子)に、

「上意です。いそぎ出陣なされよ」

と、かわいた声でいった。箕侯が口をひらくまえに、客席にいる老齢の男が、

「不承知――」

と、齢《とし》にになないはっきりした声でいった。

廉はむっとして、

「なんですか、この熊みたいな男は」

「土方《どほう》の君です」

と、箕侯はいった。廉は一瞬愕然とした。こんなところに土方の君主がいようとは、思いがけなかった。かれは、いいにくいな、とおもいつつも、

「商の危急存亡のときですぞ」

と、肚《はら》をすえて箕侯に出師をせまった。するとまた土公が、

「なぜ、箕子どのを縦《はな》たぬ。王が箕子どのを縦たぬかぎり、箕邑はもとより、北は一兵もお出しするわけにはゆかぬよ」

「天子は北国の兵が到着すれば箕子さまを釈放なさるおつもりです。そのことは、この嬴廉のいのちにかえても、お約束いたす」

箕侯は動揺したようだった。が、土方は上目づかいに廉をみて、

「嬴廉どのよ。わしは商人《しょうひと》ではない。だからかえって商のことはよくわかる。商王が干子どのを殺し、箕子どのを囚《とら》えたとき、すでに命脈はつきたのだ。箕侯どのは邑の人民を守ってゆかねばならないお立場だ、むざむざ殺されにゆくようないくさにはおでにならない。それに嬴廉どのがいくら約束してくれても、たとえそれであなたに死んでいただいたとしても、箕子どのはすくえまい。箕子どのをすくうのは、わしさ」

と、平然といった。

なぜ土公に箕子が救助できるのかという疑念は嬴廉にも箕侯にも同時におこった

が、箕侯の心は、嬴廉のことばと土公のことばとの間で、ゆれつづけているようだった。

廉はいらいらした。箕侯の確答を待ちつづけている時間はないのである。かれは
他の君主をあたるために箕邑をはなれた。

このころ周軍は孟津へ至ろうとしていた。発は父の位牌《いはい》を車に載せて中軍においていた。かれのいでたちは先年とおなじで、左手に黄金の鉞《まさかり》をもち、右手で旄牛《ぼうぎゅう》の白毛をつけた旗をかかげるといったもので、本来は右手にもつ鉞を左手にもちかえているということは、武克《ぶこく》を好まぬ発の徳の高さをあらわしていると、のちに儒家が賛美したところだが、鉞を右手にもとうが左手にもとうが、発が商王朝を倒そうとしたのは武力によるものであったことはかえようがない。ちなみにかれは死後「武《ぶ》王」とおくり名されているのである。

戊午《ぼご》——一月二十七日（周暦）——、周軍は孟津を渡った。この渡河のとき周軍は暴風雨にみまわれた。『淮南子《えなんじ》』の表現をかりれば、

——疾風晦冥《しっぷうかいめい》、人馬あい見えず。

というものすごさで、さしもの発も舟をだすのをみあわせ、夜をまって風雨のおさまった黄河を渡った。周軍はさらに牧野までの旅次は雨にたたられることになる。雨というのはこのころ不吉とされ、舟をだすまえに発が卜占をさせるとやはり大

凶とでた。このとき尻ごみする諸侯をみて太公望が、卦筮《かぜい》につかわれた蓍《めどき》を推《お》しのけ、亀卜につかわれた亀甲を踏みつけて、

「枯れた骨や死んだ草に、どうして吉凶が知れよう」

と、放胆にもいい、発をはじめ諸侯から恐怖心を除こうとした。この記事は『論《ろん》衡《こう》』にみられるもので、これを書いた王充《おうじゆう》という人は唯物論者であるから、自分の主義を太公望のことばとして表現したのかもしれない。発が卜占をさせては軍を進めていったことはたしかであろう。

一方、受王は軍を南に進めている。商軍は七十万の大兵である。山野は人馬で埋まり、先陣が朝歌の近くを流れる淇水《きすい》にさしかかるころ、まだ後陣は五十キロメートルほど北の洹水《えんすい》あたりにいるというありさまで、馬に水をのませると淇水は涸れ、洹水は流れがとまったとさえいわれている。

平野での戦闘は商軍の得意とするところである。商軍には天下最良といわれる兵車（戦車）があり、受王は自軍を展開させやすい、

「牧野」

に着陣した。予定どおりである。が、商の誇る造車技術は、すでに周に追いぬかれていた。周の兵車は駟《し》とよばれる四頭立ての馬車で、商のそれはあいかわらず二頭立てであるため、四馬力と二馬力とでは、商の兵車の劣勢はまぬかれなかった。

周軍は独自で三百乗（台）の兵車をもってきている。そのほか周に従う諸国の兵車は四千乗であった。このころ兵車一乗につき戦闘員および非戦闘員（たとえば巫女や卜師など）がどれだけ従属するかというと、百六十人くらいである。したがって周召および南西諸侯の連合軍は、六十万というこれまた大兵である。これは受王が周軍を多くて二十万と見積った兵員の三倍で、時望は周の太子発にあった、といわざるをえない。

受王は膠鬲を使者として発を譴責《けんせき》させた。——わしはすでに布陣をおえておる。奇襲はかなわぬぞ、という意味もある。膠鬲が発にあったとき、周軍は黄河が鮪水《ゆうすい》とよばれている地域にまできていた。発はすでに受王が商都に帰還していたことはしっていたが、まさかそれほど早く帰ってきたとは、というおどろきもあり、いつもとちがう商軍の機敏な動きは気にいらない。

「どこにゆかれます」

と、膠鬲はあえて発にきいた。発はきまり悪げに、

「薛《せつ》を攻めにゆこうとしているところだ」

「さようですか。が、薛は太子のご母堂さまゆかりの国、そこを攻めるなぞと、わたしを欺くようなことを仰せになるのはやめていただきたい」

「これは失礼した。周としては恩のあるあなたを欺くつもりはない。まさに商へゆ

くのです」

膠鬲は伯邑考《はくゆうこう》によくしてくれたばかりか、父の昌が羑里《ゆうり》にいることを閎夭《こうよう》に暗示してくれたことを、発はひそかに感謝していた。

膠鬲は顔色をかえず、

「商へは、いつ、ご到着になりますか」

「甲子《こうし》の日には必ず。王にはそうお報《つた》えくだされよ」

と、発はきっぱりいった。周軍は雨中を猛進しはじめた。その異常な速さに音をあげた麾下《きか》が、兵のなかには疲れて病む者さえではじめました。どうかしばしのご休息を、といさめたが、

「甲子の日に着くといったのだ。もしもそれをたがえれば、膠鬲は紂王に殺されよう」

と、きかなかった。

受王は復命した膠鬲のことばにあった周軍のおもいがけない大兵に慄然としていた。膠鬲ほどの剛の者の目が動顚《どうてん》して兵数を読みちがえたとはおもわれぬ、ということである。これだけのいくさはいままでになかったろうし、これからもあるまい、と思えば、――捷《か》てばわが名は振天しよう、と受王はようやく気持をきりかえ、もちまえの勇気で体軀《たいく》がふくらみはじめたようだった。

癸亥《きがい》――二月三日（周暦）――発は受王の須つ牧野《まきの》に至った。周をでてから二十九日目、孟津を渡ってから五日目のことである。発がおこなった布陣は、いわば鶴翼《かくよく》の陣である。左右に鶴が翼をひろげたような陣形で、この陣立ての長所は、敵陣を左右の翼で包みこみ全滅させることができることであり、短所は、鶴の首にあたる部分が弱いと左右の翼が分断されて機能を失い全軍の崩壊がはやいということである。

かたや受王の陣立てはわかっていないが、おそらく商軍の常例として、敵軍の左翼を兵車で集中的に攻撃し、ちょうど右のこぶしで相手の顔面を殴《う》つように、右から左へとまわるように移動しつつ、敵軍の左側面を突き破って中軍を圧迫しようとするものであったろう。

したがって周軍としては、鶴の首にあたる中軍、とくに旗下《きか》には、よりすぐった勇者（虎賁《こほん》とよばれる）を三千人配し、左軍は厚く、右軍は軽快に動けるようにした。

この時代のおもしろさは、こういう布陣を音楽でおこなったということである。発は黄鐘という音律をもった笛の音でおこなった。夜にはじめた陣立てだが、それが完成しないうちに、また雨になった。まっ黒な天から霏々《ひひ》としてふる雨をみて、

――この雨は、いったいなにを、わしに告げようとしているのであろう。

と、おもったのは、発ばかりでなく受王もそうであったろう。発が得ていた兆見は凶ばかりではない。周軍のなかに利《り》という者がおり、孟津を渡ってすぐにかれが占ったところ、――すみやかに商を有することができよう、と吉の占辞がでていた。一方、卜師をうしなっている受王はこのとき神霊の予言をはっきりきくことはできなかった。

つぎの日が、甲子――二月四日（周暦）――である。

霽《せい》後《ご》の野が、一面に朝の陽を浴びて、真珠がまき散らされたようにかがやいた。朝霧が流れ消えてゆくとともに、商軍はまるで白い林のようにその全貌をあきらかにしはじめた。

商軍のなかで、武将は二枚貝で飾った額帯を締め、上士は首に紅をぬっている。商軍から眺める周軍は、その旌旗《せいき》が赤であるため、炎の波がいまにも寄せてこようとしているかのようである。

――日が中天にかかるころには、わが軍の勝利だ。

と、受王は、自身が「辛《しん》」とよばれる太陽であるかぎり、今日が晴になったということが自軍の吉兆であると信じた。それにここには呪詛《じゆそ》が埋めてある。祖霊の祐《たす》けもあろう。

たしかに周兵には異地で戦うおびえがあった。が、発は「紂は祭祀をおこなっていないのだ。祖霊の祐けは商軍にあろうはずはない」と、さとして配下から危懼《きく》を払わせた。

「化物め、出たな」

と、閎夭がつぶやいたとき、商軍の先陣に巫女が立ち並んだ。こちらを呪い殺そうというのであろう。

洋々とした牧野に風が吹きわたってゆく。

「鼓せよ――」

と、いったのは発も受王も期せずしておなじときであったのか、攻撃命令の太鼓が両軍で鳴り、馬はいななき、兵車の車輪がきしみをあげてまわりはじめた。

このとき発はよほど陣容の崩れを気にしていたのか、

「今日のいくさは、六歩七歩をめどにして、そこで止まって陣容を斉《とと》のえよ。四、五回は突撃しようが、それも多くて六、七回で、それ以上は突撃をやめて陣容を斉えよ」

と、厳達した。

両軍は激突した。――

受王は嬴来に、まっすぐ敵の中軍に撃ちこんでゆき、発の首だけを狙え、と命じておいた。そのとおり、嬴来の乗った兵車のゆくところ、しぶきのごとく敵兵がはねとばされ、道はひらかれてゆくようである。が、周の兵車も商の左軍を突き崩しつつあり、はやくも商の中軍の背後にまわりこもうという勢いをみせはじめた。

「うしろを断たれそうです。右方にうつられたほうが賢明でございます」

と、膠鬲がすすめたとき、受王はほくそえみ、うしろの敵軍のまたうしろにわが軍が伏せていたらどうなる、といい、大白旗を振らせ、ふたたび太鼓をうたせた。埋伏していた商兵の新手が、それを合図に周の右軍を側面から襲った。周の右軍は受王のしくんだ小形の鶴翼の陣に没しそうになった。

それをみた太公望は、

——このままでは右翼が壊滅する。

と、わかり、旗下の兵車に鷹のごとくにかけ揚がり、

「虎賁を——」

と、発にいった。発はおどろき、よく見れば両軍ともに左右に兵が盛り上がり、かえって真ん中が手薄である。

「予が紂を伐ってくれよう」

と、発は御者に、——ゆくぞ、と命じて兵車をまっすぐはしらせた。それにつれて旗下も前進した。すばやくそれと知った嬴来は、

「あの白い甲《よろい》が周の太子ぞ。伐って手柄にせよ」

と、配下に指示した。

商兵は発の兵車にむらがっては、周の虎賁にけちらされた。

どれほど時がたったであろう。ついに嬴来の眼前に発の兵車があった。嬴来は汗ばむ手で戈《か》をにぎりしめ、――見参、と心中で吼《ほ》えて兵車を突き進ませた。二乗の兵車は馳せちがい、戈と鉞《えつ》(まさかり)とがはげしく鳴った。

――おそろしい力だ。

と、嬴来と発とはたがいに感じながら、ふたたび馳せちがった。発の兵車に同乗している閎夭は、たまらず、

「悪来《あくらい》ごときは、わたしにおまかせを」

と、発の耳もとで叫んだが、発は足場をかえようとせず、

――馬の数がちがうということは、どういうことか、いまにわかろう。

といった。そのとおりであった。鉞と戈の先が虚空で火花をちらし組みあわさったとき、同じ馬力で同じ膂力《りょりょく》なら両人とも車から落ちるということもあるが、この場合、周の兵車のほうが引く力は強い。発が車上に残り、嬴来が顚落した。

「見たか」

と、発は車上で笑い、――嬴来よ、それだけ奮戦すればもうよかろう、周へ来い、季勝《きしょう》が待っておる、と荒い息をしずめながらいった。

嬴来は臆せず、

「周の太子とはなんたる不遜であろう。わしが季勝の兄であるまえに王臣であることをお忘れか。そして太子もまた王臣である。この恐ろしい叛逆にわしを誘おうとなさるとはな。これだけは申し上げておこう。周は今日捷《か》っても、明日には滅びよう。なぜなら太子は今日のことによって、せっかくのご寿命を喪《うしな》われることになるからだ。天帝に史官がおれば、太子発は天子に大逆を犯せり、といまごろは書いていることであろうよ」

「ほざきおったな」

発は逆上ぎみに鉞をふりあげると、兵車を嬴来に馳せ寄せて、嬴来の首を刎《は》ねあげた。

この嬴来の戦死によって、商軍に異変がおこった。奴隷と捕虜とで編成されている商の部隊が、にわかに矛先《ほこさき》を自軍にむけ、商の左右の軍の脇腹にあたる部分を突き崩しにかかったのである。奴隷や捕虜のなかには太公望の息のかかっている者が多数いた。

——今だ。

と、発はみずから太鼓をうち、——降《くだ》る者をかまえて御《むか》え伐《う》つな、と疾呼《しっこ》しつつ、さらに旗下を前進させた。

これまでどちらかといえば優勢であった商軍が一転して劣勢になった。果実が鳥の嘴《くちばし》でつつかれるように、商軍に穴ができ、それがしだいに大きくなった。それでも商軍はよく距《ふせ》いだ。牧野は血の海になり、

——血流れて杵《しょ》を漂わす。

と、『書』に書かれたほど、両軍からおびただしい死者がでた。杵《しょ》とは大きな干《たて》のことであり、兵がもっている干が浮いてしまうほど大量の血が流された、ということである。

受王は自軍の敗退を見てわが眼を信ずることができなかった。巫女に鼓をうたせつづけているかれは、血管が浮きでるほど蒼白になり、ついに太陽をふり仰いだ。

——これは悪夢ではないのか。

と、太陽に問いかけたようだった。人は夢のなかで死ぬこともあろう。受王はふとそんな思いにふけって、気がついたときは、牧野を馳せているのは周軍の兵車ばかりになった。

「天子よ、ここは、われらが禦《ふせ》ぎまする。どうか大邑商へおひきとりを。おっつけ北から援兵がまいりましょう。さすれば発は滞陣をきらって、周へ引き揚げるでありましょう」

と、膠鬲はいいながら、受王の乗っている兵車の馬の鼻面を北へむけた。受王は

さみしげに微笑し、

「いや、箕子との約信を果たさねばならぬ」

と、いったが、その声は膠鬲にとどかなかった。御者は心得て一むちふるい、兵車をはしらせはじめた。

膠鬲はほっとし、津波のような周軍に立ち向かった。逃げまどう巫女たちは敵の戈にかかって惨殺され、かの女たちの屍体は踏みにじられた。膠鬲は矢尽き戈折れてとうとう俘獲《ふかく》されてしまった。が、のちかれは周までつれてゆかれ、そこで赦されたあと、発につかえるようになった。

この牧野の戦に参加した者をふくめて、商人《しょうひと》のなかで首を斬られて死んだ者は十七万七千七百七十九人あり、捕虜になった者の数は三十万二百三十人にものぼる。商軍の大敗であった。

受王は大邑商までゆかず近くの朝歌の邑に駆けこんだ。発に急追されたせいもある。かれは鹿台《ろくだい》に登って妲己を呼び、

「わしがこれから徂《ゆ》くのはあそこだ」

と、太陽を指し、甲《よろい》の上から宝玉の衣をきて、鹿台に火をかけさせた。最期もまたかれらしい奇抜さで自身を演出したといえよう。

妲己はかれのあとを追うように首を吊って死んだ。受王にはほかに愛妾がいて、

かの女も妲己とともに経死《けいし》した。

ところで妲己の父である蘇《そ》忿生《ふんせい》は、とうに周に通じていたため、のち本領安堵されたばかりか、周王朝の枢要である司寇《しこう》（警察の長官）に任命された。かれにいったいどれほどの勲功があったというのであろう。妲己にしろ蘇忿生にしろ、蘇の家には謎が多い。

さて、受王の死によって、永々六百年続いてきた商王朝は崩壊し、王命は周室にうつった。紀元前一〇二七年のことといわれる。が、これには諸説がある。

周雖旧邦（周は旧邦《きゅうほう》といえども）
其命維新（其《そ》の命《めい》、維《こ》れ新し）

と、『詩《し》』にうたわれる西伯昌の天命拝受が、子の発によって現実となったのである。

ついでながら、日本の明治政府は幕末の革命をこの商周革命に比し、「維新《いしん》」の呼称はここからかりた。が、その内容はちがいすぎる。

王者の国

受王《じゅ》は死んだが、鹿台《ろくだい》はよく燃えなかったらしい。発《はつ》が鹿台に踏みこんだとき受王の屍体を確認できた。

発は受王の屍体に三発矢を射こみ、さらに軽呂《けいろ》の剣で屍体をたたき、黄金の鉞《まさかり》をつかって首を斬りおとし、その首を赤い輪でくくり、小白の旗先に県《か》けた。これは征服者がおこなわねばならぬ儀式といってよい。

矢には浄化の効力があり、三は無限の数をあらわしている。屍体をうつことによって邪悪な霊を呼びさまし、そこで首を刎《は》ねたことは、受王を復活させないようにしたわけであり、その首を旗先にかけたのは、商室《しょう》を祐《たす》けようとする霊の侵入をふせぐためである。たとえば異族人の首を木にさかさまにかけることを「県《けん》」といい、そうすることによって異族の霊がはいりこむことをふせごうとすることは、古代ではよくおこなわれた。

ついで発は各室をみてまわり、受王の妃妾が経死しているのを発見すると、かの女たちの屍体にも、受王にしたとおなじ所作で臨んだ。ただし首を斬りおとしたのは、こんどは鉄の鉞であった。

玉《ぎょく》でうなっているような室があった。発は、

「これはたれの玉だ」

と、きくと左右の者が、諸侯のものでございます、とこたえたので、かれはそれらを諸侯にかえした。

女性でむせかえりそうな室があった。

「これはたれの女《むすめ》だ」

と、きくと左右の者は、諸侯の女でございます、とこたえたので、かれはかの女らを諸侯にかえした。

つづいてかれは鹿台の財貨を適当に分配し、鉅橋《きょきょう》を人民のために開いて粟《ぞく》をわかち与えた。それは宣撫《せんぶ》工作の常套手段であるとはいえ、往々にして武力による勝利者は、亡国の財貨を奪取し、女性を強姦するものであるから、そうした貪汚《たんお》がなかったことは、発の統率力が見事であったといわずばなるまい。大邑商《たいゆうしょう》へ攻め上ってゆかねが、発はここでぐずぐずしているわけにはゆかない。

ばならない。

大邑商には、すでに商軍の敗北と受王の焼死との凶報がはいっていて、続々と敗兵が邑内に逃げこんできており、人民は昏乱の極に達していたが、かれらのとるべき態度は、抗戦するか恭順するかの、いずれかしかなく、抗戦派の頂点には受王の子の庚《こう》がおり、恭順派の頂点にはさきに商都に潜入していた微子《びし》がいた。王子の庚にすれば、

——わが父を焼き殺すとは、周《しゅう》の太子は極悪非道である。

という怒りがある。

が、微子は、無事に開門すれば周軍は大邑商の人民に危害をおよぼさない、という約束を発とかわしてあり、さらに商の君主を諸侯のひとりに格下げにはするが、庚をもって後継とするという、発の意向さえきいているのである。

——せっかくの商の存続も、抗戦すれば、絶望である。

と、微子は人民に説明し、官人を納得させ、ようやく庚との会見にこぎつけたときには、大邑商から周軍の罕旗《かんき》が見えはじめていた。

「わしは発を信じられぬ」

と、庚はいい、そのまま姿をくらました。

微子はしかたなく大邑商を代表することになり、門をあけさせ、商の祭器をもっ

て、発の到来をまった。かれが周の軍門でおこなったことは、上半身を脱ぎ、両手を背後でしばり、口に璧《へき》を銜《ふく》み、左に羊をひき、右に茅《ちがや》をとって、膝ずりして進み、降伏を申し出たことであった。その恰好は発の奴隷になりましょうという意志表示である。このとき商の大臣は喪服をつけ、人民は棺を背負《ひつぎ》ってならんでいた。

発には微子を害するつもりはないから、かれの縛《ばく》をとき、口から璧をとって祓《はら》い清め、棺は焚《や》いた。そのあとで微子を手厚くあつかい、かれの封国へかえした。

微子がやったことは、本来庚がやらねばならぬことである。それができなかった商室の嗣子《しし》にものたりなさを感じながら、発は庚をさがしだして、商室の祭祀《さいし》をつがせることにした。発には、自分にむかって跪拝《きはい》してくれる商人《しょうひと》は、すべてゆるしてやろうという気宇《きう》のひろさがあった。にわかづくりの周王朝をはやく天下に知らしめるためにはそうするほかなかったともいえる。しかし、

――ここ、東土は、ゆくすえ不安だ。

と、感じないわけにはゆかず、かれはすぐ下の弟である鮮《せん》(管叔鮮《かんしゅくせん》)を、庚と商人との監督にすえることにした。むろんそれだけではこころもとなく、東土に大事がおこればすぐそれに対応できる場所に周の邑をつくっておく必要があり、その場所とは孟津《もうしん》のあたりがもっともふさわしい。が、新邑に関するかれの腹案はかれの生前でははたせなかった。かれの死後に建設されたその新邑は、のち洛邑《らくゆう》ともよば

れ、洛陽《らくよう》（洛水《らくすい》の北）に位置して、周の二大都市のひとつになった。もうひとつの都市とは、いまの西安の地に、発がつくった鎬京《こうけい》である。この位置は灃水《ほうすい》をはさんで豊邑《ほうゆう》の東対岸にあたり、かれはその鎬京をつくったあと病死することになる。

牧野《ぼくや》の戦は発の死の二年前ということになるのである。

さて商の庶人は、大邑商に入る周兵に、食物を箪《わりご》につめ飲物を壺にいれてさしだし、歓迎した。敗戦国民の悲しさは、いつも戦勝者をそういう明るくつくった顔で迎えなければならない、ということだ。

大邑商を占拠した発は、商の人心を攬《と》るために、湯《とう》王の廟《びょう》に参り、非命に倒れていまだに追慕されている干子《かんし》の墓を封じ、賢相の名の高い箕子《きし》の囚《しゅう》を解いた。といっても箕子を見張っていた役人たちはとっくに逃散してしまっていて、箕子が外にでようとすればいつでもでられる状態であったが、かれは発の使者がくるまでは一歩も外へでなかった。

受王が焼身自殺をしたときかされた箕子は、

――ああ、御自ら火柱へ登られたか。

と、なげき、受王のただならぬ死にざまから、魂魄《こんぱく》だけでも発にとりついて周を滅ぼそうという受王の執念のようなものを感じた。

このあと当然発と箕子とは会うはずであった。箕子と干子とが商王の左右の相で

あったら、こううまく勝てたかどうかと思う発は、父の昌《しょう》でさえ怕《おそ》れたといわれる箕子を見ることを楽しみにしていたが、

「箕子にはお会いにならぬほうがよろしゅうございます」

と、太公望《たいこうぼう》にいわれたため、なにもわけは訊《き》かず、――そうか、といっただけで沙丘《さきゅう》の苑台《えんだい》へむかってしまった。放し飼いになっている猛獣どもを狩りこまねばならない。

太公望は箕子をきわめて恐れていて、発と箕子とが会見するのはよいとして、その席で箕子が発に頭をさげるとはとてもおもわれず、ぎゃくに発が箕子に頭をさげては周の弱腰を見せることになり、かといって箕子を強制的に跪伏《きふく》させれば、せっかくなついてきた商の人心を隔てることになる。衆望のある名門の人間ほど扱いにくいものはない。ここは無理にいじらずそっとしておくにかぎる。そればかりではなく、箕子とは自分の災厄を佯狂《ようきょう》にまでなってかわしてきたしたたかな男だ、この際なにをたくらんでいるかわかったものではない、と警戒しておくべきであり、会見中に発が箕子の術中にはまってしまうことを、太公望は予防したつもりである。かれは大胆だが細心なところもあり、発のために、九仞《きゅうじん》の功《こう》を一簣《き》に虧《か》くおそれのあることは、避けて通るつもりであった。

あれほど箕子に会いたがっていた発が、未練がましいところはみせず、つぎの事《じ》

為《い》に出発していったことで、——さすがに王のご器量である、と太公望はあらためて感心させられたが、そのあとで、かわりにわたしが箕子にお晤《あ》いしたいと、昌の四男の旦《たん》（周公旦）にせまられて、

——このおかたは賢人ぶるのがお好きらしい。

と、内心にがい顔をした。

箕子は体《てい》のよい囚人になった。

颯々《さつさつ》と風の鳴る牧野《ぼくや》にひとりの男が立っている。

嬴廉《えいれん》である。かれの使命は不首尾におわり、自身は牧野での決戦にまにあわなかった。

費中《ひちゅう》はここで死に、息子の来《らい》もここで死んだときかされた。それにはくやしさはない。——愚息よ、よく戦ってくれた、と誉《ほ》めてやりたいくらいだ。くやしさは自分自身にあるのである。また死場所を失ったという運の悪さを感じないわけにはいかない。

かれはここにくるまえに、朝歌《ちょうか》に立ち寄り、なかば崩れたような鹿台をみたとき、受王の声をきいたような気がして、おもわず、

——天子よ。

と、叫ぼうとしたが喉《のど》がつまり声がでなかった。そのかわり涙があふれでた。

受王は門閥にこだわらず、有能である者はどんどん登用し、商へ亡命してきた者でも重用した。それが商の内外にあまたいる旧人の反撥《はんぱつ》をさそい、王は裏切られ、新時代をひらいた矢先に、よってたかって打ちのめされてしまった。

――お生まれになったのが、早すぎたのかもしれない。

と、廉はおもう。天才にはそうした悲運はつきものかもしれない。

大邑商の上も下も、新しい王者の発に犬のように尾をふって従った節操のなさを、廉は背で嗤《わら》い、死場所をさがして、東南へむかうことにした。潰走した商兵が梁《りょう》山に立てこもっているという噂をきいたからである。

――あそこなら十祀《し》（年）はもつ。

と、廉は希望が湧いてきた。

かれの姿は牧野から消えた。ふたたびかれの姿が商都ちかくで発見されたのは、このときから八年後の商の叛乱軍のなかにであり、その一挙も破れると、奄《えん》国へ趨《はし》り、さらに東国で同志を糾合《きゅうごう》してあくまで周に反抗し、ついに東海の水辺で斃《たお》れた。烈夫というべきであろう。

箕子の室を訪ねた者がいた。いまは周室の祭祀を掌管《しょうかん》している尹佚《いんいつ》である。

「生きておられたか」

と、箕子はよろこび、商室の祭祀が絶えなかったのは、さてはなんじの骨折りであったか、とさっそくするどい推察をした。

「おそれいります。が、なりゆきとは申せ、商王朝の滅びをはやめるようなことをいたし、心苦しくてなりませぬ。なにとぞお許しのほどを……」

と、尹佚はまるで王にでもするかのように稽首《けいしゅ》した。

「いや、商を滅ぼしたのは、……まことの帝《てい》であろうよ。周の太子はすでに王ではあるが、帝だけは名告られぬがよい。また万民に難儀がふりかかることになる」

「しかと――」

「ところが、よく考えてみれば、帝をはじめ神霊が商を滅ぼすことによって、神霊そのものも滅んでしまった。これからは人民と庶民とは、神霊に仕えるかわりに、人に仕えることになろう。これはいままでよりさらにむつかしいことだ。身分と位階とがきびしく定められ、商の時代ののびやかさはうしなわれるであろう。それゆえ後世は、王度《おうど》の明暗によって、国は一旦《いったん》にして興《おこ》ろうが、一夕にして亡ぶこともありうる」

そういう箕子の神々《こうごう》しさにうたれたかのように、尹佚は肝心なことがきりだせなかった。――周室に仕えてほしい、ということである。

とても箕子の出仕はみこみはないと尹佚からきかされた旦は、

「商からは学ばねばならぬことが沢山あるというのに、お目にかかれもせぬとは……」

と、嘆息した。

尹佚は旦にはだまっていたが、箕子からたのまれたことがあった。周室の者が箕子に逢うことは禁じられていた。

――わしのこれからの命運を占ってくれまいか。

と、いわれた。これで箕子は周にとどまる意志のないことを尹佚は察した。

明夷《めいい》、于《ゆ》き飛《と》びて、その翼を垂《た》る、君子于き行く、三日食せず、往くところあれば、主人言うことあり。

『易《えき》』にあるこの謎めいたことばは、箕子の逃亡をあらわすか、予言するか、したものらしい。たとえ鳥のように逃げても、やがてその翼は疲れて垂れて、食物はどこをさがしてもなく、人家にはいれば文句をいわれるばかりだ、というかなり厳しい内容である。

箕子の身柄は周国へ移された。

二年後、発は心身の疲労で、体調に異常を覚え、牀《とこ》に就《つ》くことが多くなった。が、まだ周の王事は端緒についたばかりである。おまけに嗣子の誦《しょう》は生まれてまもなく、このまま自分が逝《い》ってしまったら、周はどうなるのか、と想うと発は満足なねむりさえ得られず、ますます衰弱しはじめた。

なぜ国は興亡するのか、なにが政治の豊秕《ほうひ》なのか、どうしたら臣の良悪を見極められるのか、などと牀の上で思うことはかぎりがない。発は革命を成功させたのは、父の昌の高徳のせいであると信じ、世間にもそう宣伝した。しかし父に従い自分を輔《たす》けてくれた功臣たちはやがてこの世から去るであろう。そのとき自分も死んでおれば、周室の子孫はいったいなにを規範として王朝を堅持してゆくのであろう。天・地・人を治める要諦があればそれを知りたい、ということであった。

「万世にまで通じる洪謨《こうぼ》を知っているのは、この世では唯一人《ゆいいつにん》、すなわち、箕子しかおりません」

と、太公望はいった。かれはそういいながら、発の死のそう遠くないことをひそかに予感した。

「箕子を訪ねてよいであろうか」

と、発はいった。かれは病人である。また王でもある。箕子を呼びつければよさそうなのに、それをしない発という人間は、生来虔信《けんしん》の美徳をもっていたといえよう。

「いま王をお止めできる者は、なに者もございません」

と、太公望は顔を伏せた。そのことばの深い響きに、発はややおどろいたようだが、なにごともなかったように鬢毛《びんもう》を理《おさ》めつつ、軽くうなずいた。

——歯の大きい人だ。

と、箕子は発という人間を知るのに単純な印象からはいった。病だときいていたが、急にわざわざ訪ねてきたのはどういうわけであろう、と発をよく観《み》れば、元気そうな表情をつくっているが、皮膚の下にいいようのない暗さのあることに気づいた。

——死病だ。

と、箕子はおもった。ということはまもなく周に一波瀾あるということであり、発の逝去以前に北へ帰りたい、と箕子の胸は騒ぎだした。

初対面だが、これが最後の対面になろうことは、たがいに感じていた。

「箕子よ、わたしには天の常道というものが、わからないのだが……」

と、発はいいにくそうにいった。

この人はあまりにもたやすく天下を制したことをかえって恐れている、それにしても、なんという幸福な質問であろうか、と箕子は思った。

「常道とは、どこかにあるものではなく、努めて得るものです」

「さて、それがわからない。わたしは父の教えどおりに生きてきた。したがってわたしには道はみえ、その道を歩いてきたら、ここまできてしまったというわけだが、ここにきて道は消えようとしている。常道なら、人がかかわろうが、道そのものは消えることはあるまい」

「それはそうかもしれません。しかし道ばかりあっても、そこを歩こうとしなければ、それは道ではない。また太子は父君の歩くべき道を歩いてこられたといわれたが、はたしてそうでしょうか。じつは太子は父君とはちがう道を歩いてこられたのです」

発を王と呼ばないところに箕子の剛愎《ごうふく》さがあった。

「父とちがう……、いや、そんなはずはない」

「君主の人格がちがえばおのずと政治はちがってくるのです。ただしその人格とは本人でさえ私有できない人格です。人格とはもって生まれた位ではありません。野にも人格者はいます。もともと人格とは、人が神の、いや天の声をきける場所に格《いた》ろうとする不断の努めをいいます。君主の努めぶりをみて人民がまたそれぞれの場で努める。こうして国の上下が和して、常道がつくられるのです」

「それでは、上か下のどちらかが、その努力をおこたれば、常道は失われることになる。わしの想っている天の常道とは、そんな不安定なものではない」

と、発は息をはずませた。

――常道とは、神があっての常道である。

と、箕子はいいたい。その神を滅ぼした周は常道を踏みはずしたのであり、周の常道とは、そうした破壊行為を基礎にしてこれから周人《しゆうひと》によってつくられるべきものである。

箕子が黙ってしまったので、発は、

「さらにたずねたいのは、商が滅んだのは、なにが原因かということだ」

と、いった。数百年も栄えてきた大国の商でも倒れた。それは商を倒した本人がもっとも怪訝《けげん》とするところであった。商の老臣は自国の滅亡をどう分析しているのか、発はあえて問うた。

箕子の心に雷光のようなものがはしった。なにもいいたくなかった。が、発から死の足音をきいているかれは、そのまま心の戸を閉じることはせず、おもむろに口を開いた。商の滅亡のことにはふれず、人がまもらねばならぬ九つの疇《ともがら》を申諭《しんゆ》しはじめた。発にとりついた死霊こそ受王の霊であり、箕子はその霊にきかせるつもりであった。

これが有名な箕子の九疇《きゆうちゆう》といわれるものである。

一に五行（水火木金土のめぐり）

二に五事（五行の体現）
三に八政（政治とは）
四に五紀（時の定めかた）
五に皇極《こうぎょく》（王道について）
六に三徳（政治のしかた）
七に稽疑《けいぎ》（卜占のしかた）
八に庶徴《しょちょう》（吉凶のしるし）
九に五福（人間の幸福について）

が、それである。箕子は長時間話しつづけた。箕子の叙説をむさぼるように聴いていた発には、その時間はまるで一瞬のように短く感じられ、箕子が話しおわると、かれは呆然とした。

——箕子とは、これほど博雅《はくが》の人であったのか。

と、発は感動すると同時に、周はとても商にはおよばないことがわかり、みずからの足もとを支えるもののみすぼらしさがみえたようで、気の遠くなりそうな疲れを覚えた。

あとで太公望から、

「いかがでございました」

と、いわれた発は、牀上《しょうじょう》でぐったりしながら、

「予は、王であることの恐ろしさを、つくづく感じた」

と、いって瞼《まぶた》をとじた。

「箕子が逃亡いたしました」

ときいた太公望は、王にはおしらせするなと口どめし、伝令を発しかれの行方をさがさせた。——どうせ北へ逃げたのであろうが、よくここから脱けだせたものだ、たれか手引きした者がいるのであろう、と太公望は顎《あご》をなでながら、ひとりの老人が川を渉《わた》り、野に伏せ、山を登っている姿を想像した。

北方の諸侯はいまだに沈黙を守っている。おそらく箕子の帰りを待っているのであろう。周はまだ北方に手をつけていない。周としては箕子を質にとっておくことによって、戈矛《かぼう》をまじえず、北方諸国を獲得したかった。

——それも見込み薄だな。

と、太公望は急に寒々とした顔になり室内にひきとった。

このころ箕子は逸《はし》っていた。が、ひとりではない。かれには従う者がいた。箕邑《きゆう》からはるばる潜行してきた臣であり、かれは尹佚にひそかに当たり、尹佚が箕子をのがした。

——千里の遠路をよくぞ来てくれた。

と、箕子は家臣の手をとらんばかりによろこび、黄河にそってのぼり、汾水《ふんすい》のほうに路をとって、箕邑へかえろうとした。

「莘《しん》までが危険でございます」

と、家臣がいうように、黄河が汾水とわかれる手前にある莘国まで、周の同盟国がならんでいる。ところがかれらがまだ渭水《いすい》にそってくだっているうちに発見されてしまい、飛矢をかいくぐるように二人は逃げたが、箕の家臣はついに射貫《いぬ》かれて倒れた。箕子はかれの死を憫《あわ》れみ、死骸のそばに瞑坐《めいざ》した。

箕子をとりかこんだ周兵のなかに、

「このお人は箕子さまではあるまいか」

と、いった者がいた。箕子は眼をひらき、

「ならば、どうなさる」

と、仰視すると、兵たちはさざめき、いっせいに跪謝《きしゃ》して、

「われらは、もと商の師旅にいたものです。箕子さまとは存ぜず、ご無礼をいたし、ひらにご容赦のほどを」

かれらははじめて亡命者が箕子であることを知って、たちまち旧主を亡命させる助力者にかわった。が、かれらの助力にも限りがある。

かれらから離れてからの箕子はまさに翼の破れて垂れた鳥であった。たとえ莘国

をぬけたとしても、千里の路のなかばまでも達していないのである。その莘邑の近辺で、巡視の役人に見とがめられ、たくみにいいのがれたが、あとでかれらに怪しまれたらしく、はたして箕子の背後で砂塵があがり、人馬の影が近づいてきた。するとべつの方角からも砂塵があがり、やはり人馬の影がみえた。

――挟み撃たれては、ぜひもない。

と、さすがの箕子も天を仰いで観念した。

馬蹄の響きが大きくなってきた。が、異変がおこった。莘邑のほうから迫ってきた馬群にむかっておそろしい正確さで矢が射こまれたのである。かれらはまたたくまに馬から射落とされ、ほうほうの態《てい》でひきかえしていった。

きき覚えのある笑声がもう一方の馬群から流れてきた。

「箕子どのであろう。やれ、まにあったか」

その声の主を箕子は瞪視《とうし》した。

「わしじゃ、わしじゃ」

「おお、土《ど》公どの――」

信じられないことながら、白髪を雪のように頭に戴いた土公が、馬上で矍鑠《かくしゃく》としていた。

「ご子息のかわりに、わしがお迎えに参上したというわけよ。危ういところでござった」

「かたじけない」

と、いって箕子は砂上に膝をついた。これで箕へ帰れるとおもうと、かえってかれは体内から魂がふわりとでてゆきそうな感じがした。

土公は箕子が負傷したのではないかとおもい、あわてて下馬すると、はしり寄った。

箕子は静かに泣いていた。

「商は、滅びました」

と、箕子はいった。土公はもらい泣きしたが、箕子をはげまし立たせ、

「真の王が、いま、誕生したのではありませんか。その真の王とは、箕子どの、あなたのことだ」

と、いった。——周のやからなんぞ一歩も北へいれるものではない、と豪語する土公は、箕子を王と仰ぎ、命運をともにすることを誓って、馬首を北へ向けた。

さて、その後の箕子については、さきに触れたように、ツングース族へ亡命したようだが、またかれには朝鮮に理想の国をひらいたという伝説がある。ただしこれは中国における伝説で、朝鮮民族はそのことを否認し、

——われらの遠祖は箕子《キジャ》ではない。檀君《タングン》である。

と、いっているようだ。

『史記』では、朝鮮の国主になった箕子は、周に来朝し、廃墟となった商都をすぎようとしたとき、毀壊《きかい》した宮室のあとにいまや禾《あわ》や黍《きび》が生えているのをみて、いたく愁傷し、哭《な》くのをはばかって、かわりに麦秀《ばくしゅう》の詩をつくり、そこで詠《うた》ったことになっている。その詩とは、

麦秀《むぎひい》でて漸漸《ぜんぜん》たり
禾黍《かしょ》油油《ゆうゆう》たり
彼《か》の狡僮《こうどう》
我と好《よ》からず

というものであった。彼の狡僮とは受王のことであり、——あのいたずら小僧とはうまくいかなかったなあ、という内容だが、むしろわざと逆の表現をつかって、——あれほどうまくいっていた受王の住居がこんなあわれなありさまにかわるとは、……と箕子の受王への愛惜《あいせき》の情をそこから抒《く》みとってみたい。

だからこそ、箕子の詩をきいて、もとの商人《しょうひと》は涕《なみだ》を流さぬ者はなかったのである。

あとがき

私は若いころから漢字が好きで、川端康成流にいえば、「詞姿の美しさ」で、小説を構成しようと考えていたことがあった。

立原正秋氏のご厚意で、「早稲田文学」に小説を発表したとき、私はまだ二十四歳の雑誌記者であり、その小説を、私の担当であった藤原審爾《しんじ》氏にみてもらった。するど藤原氏は、

「君の小説は美しいが、ある糸口をみつけて、その糸を引くと、すべてが毀《こわ》れてしまう」

と、おっしゃった。慧眼というほかない。

私はある単語をみつけると、その単語を軸に物語を展開し、回転させることを考えた。その単語が多ければ、物語はそれだけ多くの回転扉をもつことになるが、軸にした単語とは、当然、漢字で、その漢字の意味が読み手にすっきりと伝わらない

場合、扉はうまく開かなかったり、回転しないことになる。

懇切にも、私の小説の原稿をしばしばみてくださった立原氏は、そこにあった漢字の多さに辟易《へきえき》なさったのか、

「漢字を使うには、必然性が要る」

と、私を叱った。そのときから、私のなかにある漢字への嗜好《しこう》は、どんどん失われてゆき、それと同時に、物語を構築できなくなった。私は自分のことばをさがしつづけ、そのことばの探索を、空間的に表現しようとした。もともと小説とは時間芸術の一種であるから、三次元的な構成は、小説の伝統の上になく、また私は立原氏から、

「こんなものを書いていてはいけない」

と、叱られた。が、私としては、自分のことばの探索をおえてから、新しく書き出すものをみてください、と、心のなかでつぶやきつづけていた。私の所属していた「朱羅《しゅら》」という文芸誌の同人であり先輩でもある岡松和夫氏が、芥川賞を受賞なさったので、その受賞パーティーで、ひさしぶりに立原氏にお目にかかり、

「おお、君はすこし大人になったな」

と、声をかけられた。それが私にとって立原氏のさいごの声であった。

恐ろしくて漢字を使えない時がつづいた。恐ろしい原因は、漢字を究《きわ》めていない

からである。とうとう私は、

——語源を知らなくてはだめだ。

と、おもうようになった。が、その究明はおもしろくなさそうであった。ところがである。白川静氏の漢字と古代文字についての著作を読みはじめると、寝食を忘れるほど、おもしろくなった。と同時に私は中国の古典や史書を読みはじめ、漢字の原形をつくった商（殷）民族について、どうしても書きたくなった。とくに箕子《きし》に惹《ひ》かれた。が、箕子を小説にするには、いかにも史料不足であった。

ある日、私は神田の神保町を歩いていた。はじめに三省堂書店に入り、文庫本の棚をなにげなくみていると、白川静氏の『中国古代の文化』と『中国古代の民俗』（いずれも講談社学術文庫）という本が、目に入った。おや、こんな本があったのか、とおもい、それらを買ってから外に出て、つぎに内山書店に入った。そこに郭沫若《かくまつじやく》氏の主編による『中国史稿地図集』があった。私は飛び上がった。これで小説が書ける、と直感した。その日とは、もう十年前になる。

私は本気になって史料を読みはじめた。愛知大学の図書館に電話をして、史料の閲覧の許可をいただいた。貴重な史料をみせていただけたことは、いまでも感謝している。毎日、私は愛知大学に通って必死にノートをとった。当時、私は極貧のなかにあったが、自分でもできるかぎり史料を集めた。

どうしても、甲骨文を読まなければならないと、わかったときは、目の前がまっくらになった。英文科出の私では、甲骨文はむりだ、と、しょげかえっているひまはなかった。すでに小説を書きはじめてしまったのである。書きながら、学び、学びながら、書くという生活が三年間つづいた。私の家にはコタツがなく、湯タンポで脚をあたためながら書いたという記憶がある。

用語上の困難もあった。日本でいまでも使われている漢字の熟語には、仏教色の濃いものが存外多く、そういうものを排除しなければ、正確に商の時代をみることができない、とおもった。他人《ひと》がなんといおうと、そうすることが私の作法であった。

また商の人々の像をゆがませないために、漢字の原義に近いものを使おうとした。文字をつくってくれた商民族の恩恵に、いまだに浴している者の一人として、それは欠くべからざる礼だとおもった。ただし現代人ではとても理解のとどきそうもない字は、あきらめて、使わなかった。ことさら難解な漢字をえらんで使っているわけではないことを、ご理解いただきたい。

小説を書きおわると、これが商民族への頌《しょう》になってくれたろうかと、そればかりおもった。

出版を頼みに、あちこちさまよった。これもつらかった。そんな私をみるにみかねたのであろう、かつて私が勤めていた社の編集長であった石田武夫氏が、本にしてくださったが、初版の部数はわずかであり、書店の依託販売にはしないということであったので、入手したくても入手できないというご迷惑を、好事家の読者におかけしたらしい。出版後すぐに、白川静氏や司馬遼太郎氏からお便りをいただいて、私は喜びで胸がふるえた。それから三年経った。

先の諸事情を海越出版社の天野作市氏にお話しすると、

「それでは、うちから出しましょう」

と、おっしゃってくれた。まさしく、俠気である。

それゆえ、この本は新装改版である。いちど死んだ本が、こうしてよみがえってきたのをみると、やはり本にも魂があるらしい。

一九九一年一月吉日

著　者

文庫版へのあとがき

この六百六十一枚からなる小説を書きおえたのが、いつであるのか、おもいだせない。

とにかくこの小説が本になるまで、かなりの時間が必要であった。

小説家として立ちたいと願いながら、三十歳をすぎても、わたしには一冊の本もなかった。作品をそこそこ発表しているのに、出版社からなんの声もかからないのは、自分の作品に魅力がないからだと心の底からおもえるようになったのは、やはり三十歳をすぎてからであった。

やがて、わたしが属している同人誌が終刊をむかえるとわかったとき、

――これからは、見知らぬ人に小説を読んでもらわなければならない。

と、はっきり自覚した。意識の点で、いちおう自立した。わたしは貧困のなかにいたから、そこからも脱したかった。「豊かな」にあたる英単語は wealthy, rich, well-to-doなどがあるが、ほどほどの生活のできるwell-to-doになりたい、とくりかえしおもったことはおぼえている。

そのためにはどうすればよいか。人に読まれる小説を書くことである。が、その問題をつきつめてゆくと、自分がなにをおもしろいと感じているか、というところに帰ってくる。読者のために書く、といえば嘘がまじる。自分は自分の読者としてもっとも甘く、もっとも厳しい、という二面性をもっている。その自分を信じて、小説を書くしかないのである。

そのころのわたしは、中国の歴史ほどおもしろいものはない、とおもっていた。それなら、それを書けばよい、ということに気づいた。もうひとつ、わたしをはげましてくれたものは、立原光代さん（立原正秋夫人）のお書きになった『追想』のなかで、立原正秋さんがデビューなさるまえに、二千枚の原稿のストックがあったという事実である。

——自分もそうすべきだ。

と、素直におもった。二千枚の原稿のさきに道はひらけるものだ、と信ずれば、これから書く歴史小説が駄作であろうとかまわない。

ずいぶん気が楽になった。

——一日一枚書く。

ということも決めた。が、百五十枚ほど書きすすんだところで、構成の失敗に気づいた。その書きなおしを夏のさなかにはじめ、汗が原稿にしたたり落ちて、字をにじませたというつらい記憶がある。

三年かかった。さいごは一か三のつく原稿枚数でおわらせたかった。一は二を生じ、二は三を生じ、三は万物を生ず、という『老子』の一文が頭にあったからであろう。

あまり時をおかずに『天空の舟』を書きはじめたようにおもう。その一方で、脱稿した小説が、どう読まれるかを知りたくて、原稿を東京に送った。原稿は東京にとどまったまま、二年がすぎた。

「この小説をわが社から出そう」

という声は、ついにきこえなかった。ふと、あわれになった。かつてわたしは東京で働いていたが、この原稿も小さな成功をおさめることなく帰郷したことが、自分の過去とかさなりあった。

――自分の手で、世に送り出してやろう。

と、急に決心した。が、わずかなたくわえしかないことはわかっており、本を出すとなると、借金をせざるをえない。自費出版のことを家内にいうと、家内は青い顔をしてうなずいた。

東京で印刷のことをなさっている佐野務さんに話をした。いくらかかるかをきいた。ところが、その話をすすめているうちに、

「その原稿を石田さんが読みたいそうです」

と、佐野さんから電話があった。石田武夫さんはわたしがつとめていた雑誌社の編集長であり、わたしの上司でもあった。

わたしはコピーを送った。すぐに石田さんから電話がはいり、自費出版ではもったいない、出版社をあたってやる、ということであった。数カ月後に石田さんは、

「どいつも、こいつも――」

と、いい、原稿がふたたび宙に浮いていることを暗示した。が、急転直下、この原稿は本になることが決まった。石田さんには休眠状態の出版社があり、それを起こせばよい、というのである。その社名を史料出版社という。

――わたしの原稿のために、そこまでしてくださるのか。

わたしはなんともいえない感動におそわれた。本はできた。部数は五百である。それがわたしにとって最初の本であった。

「あとは他社がやればよい」

石田さんはその社をふたたび休眠させたのである。のちにこの本は名古屋の海越出版社から、あらたな装幀で出された。そして文春文庫におさまることになった。

数奇な運命の本といえる。

一九九四年一月吉日

著　者

解説　「狂」の世界の物語

平尾隆弘

『王家の風日』は、作家・宮城谷昌光の誕生を告げる記念碑的な作品である。
「その作家の作品を理解するためには、初期の作品を読むのがもっともよいと信じている」——宮城谷氏は、藤沢周平作品（「黒い縄」）にふれてこう書いている。だとすれば、実質上のデビュー作『王家の風日』は、著者の全小説を理解する鍵だということになる。

主人公は箕子《きし》。作者は「滅亡にかたむいてゆこうとする商（殷）王朝をささえつづけたこの名臣の事績を知ったとき、自分の一生をたくしうるのはこの人しかいない、とおもった」（「漢字の風景」）と回想している。

なるほど箕子は、「象牙の箸」（本文二三六頁）の逸話でも知られ、教養も勇気もある人格者だった。おまけに、死屍累々のなかで、最後まで節を曲げずに生きぬいた。しかし中国古代史には、名臣・名君はもちろん、烈士、英雄、果ては暴君、妖婦にいたるまで、主人公に値する人物に事欠かない。にもかかわらず、なぜ箕子なのか？「小説読者は、小説のうちにいかにも在りそうな人間を探しているのではない、この人でなければならないという人間を求めている」（小林秀雄）。この言葉を座右の銘とする著者にとって、箕子でなければならぬ必然があったはずである。

なぜ箕子なのか？　答えは、「狂」のかたちにあると思える。

白川静『常用字解』によれば、漢字「狂」のつくり「王」は鉞《まさかり》の形象から来ている。「玉座（王の座席）の前に置かれた鉞にふれて異常な力が与えられるように、何らかの霊の力によって異常な力を得て『くるう』ことを狂という」。白川氏はさらに、「中国の人ほど狂の語を愛した民族は、他にないように思う」「正常とされるものの平凡さとひ弱さとに対して、それは形相の異常のうちに、強烈な意志と破壊力をもち、新しい創造への行動力にみちた、ある不合理なるものを意味した。そしてそれがつねに新しい思想を生み、文学を生み、芸術を生んだ」（「狂字論」）と指摘している。

「狂」の背後には絶対的な神の意志がある。この見方からすれば、『王家の風日』は、商（殷）・周革命の歴史の面白さと同時に、比類なき「狂」の物語として読める。人に巣食う「狂」、権力がふるう「狂」、時代にひそむ「狂」、さまざまな「狂」

の態様はあらゆる人の運命を左右する。いかにして「狂」が発現し、いかにして
「狂」と向き合うか。「狂」に憑かれた者は、いったいどのように生きればよいのか？
箕子が立ち現れるのはこの場所である。
孔子が革命に一生を賭した「狂」の人であるように、箕子は「狂」を内に抱える
人であった。が、「狂」でありながら「狂」を自己統御しうる稀有な人でもあった。
対比（コントラスト）として描かれる干子《かんし》（比干）、あるいは受王《じゅ》（紂王《ちゆう》）。彼らと
箕子とは、「狂」のあり方が違っている。
物語冒頭の「箕子と干子」。ここで早くも「狂」が姿を見せる。
忠なる家臣として、商の羨王《えんおう》（帝乙《いつ》）の要望に応え、遥か東南の地・九夷《きゆうい》までた
どりついた干子は、当地の領主・九公《きゆうこう》と対面する。
《「大亀が欲しい。ただそれだけだ」
九公は愕《おどろ》いた。亀だけのことで、王の叔《おとうと》ともあろうお人が、それも単身同然で他
郷を必死に奔走するなぞは、怪疑すべきことである。が、九公は干子を狡詐《こうさ》の人と
は観《み》ていない。
「あなたは狂だ――」
九公は思わずいってしまった。これが狂でなくてなんであろうか。》

「狂者は進みて取る」(『論語』)という。すなわち干子は、思想と行動が直結した「狂」、「狂にして直」をつらぬく自己貫徹の人なのだ。それゆえ必敗の悲劇を免れない。衷心から受王に諫言し、衝突し、受王に刃を向け、受王の眼前で誅殺《ちゅうさつ》された。

箕子には干子の「狂」が見えていた。干子に対してこう告げている。「上に仕えるに忠をもってし、人間《じんかん》におのれを処するに清をもってするも、忠は押しつければ傲《ごう》になり、清は過ぎれば狂になりましょう」と。箕子は干子の「狂」を愛しながら、「純粋な魂だが、早晩傷つく」ことを予見していたのである。

干子の横死を聞いたあと、箕子は「発狂」する。全身に漆《うるし》を塗り、白髪をふりみだし、路上で「天下平安」と叫ぶ。『史記』の司馬遷はこの挿話を引きながら、たとえば范雎《はんしょ》に「箕子や接輿《せつよ》は、身に漆して癩病《ママ》やみと見せ、髪ふりみだし狂人と言われ、主君には無益でござりました」(岩波文庫『史記列伝二』)と言わせている。本書においても太公望《たいこうぼう》は「箕子とは自分の災厄を佯狂《ようきょう》にまでなってかわしてきたしたたかな男だ」と評している。佯狂とは狂を装うことである。けれど、作者の解釈は違う。「箕子にとって受王は自分自身にひとしい。その王が狂っているのなら、自分も狂おう。口先だけの諫言ではなく、一身をもってかれは受王を儆戒《けいかい》しようと決意した」と書かれている。箕子の「狂」は決して自己保身ではない。「狂」に憑かれたわけでもない。いわば本気で発狂しているのだ。作者が描いているのは、演技を超えた真剣な演技であり、「狂を超えた狂」というべきものである。

いっぽう受王の「狂」は人口に膾炙《かいしゃ》している。「炮烙の刑」「酒池肉林」の挿話をはじめ、人質にとった周侯の長子を熱湯で煮殺し、その湯を羹《あつもの》（スープ）として周侯に飲ませた。まさに常人とは思えぬ「狂」であろう。だが作者は思いのほか受王に優しい。受王は「多忙を創造する天才」であり、彼の暴虐は「商王朝はじまって以来の繁栄」と結びついていた。政治が神から人へと移る時代、受王は集権化を押しすすめた。台頭する敵対勢力を阻止するには、自国への権力の集中は必須の課題であった。しかし地方の盟主は、弱体化を嫌って抵抗する。いきおい受王は権勢を誇示するために暴君とならざるをえない。

《周侯の祭政《まつりごと》の師はほかならぬ受王であったといってもよい。ただし受王はすべてを抽象的な神霊にむかってすいあげたのにたいして、周侯はおなじことをしてもそれを国民に具体的にもどした。それだけの差が、後世の史筆では、ふたりをまれにみる暴君と明君とに峻別させた。》

名君と暴君とは紙一重。「狂」と見えるものにも時代の必然がある。受王は時代が生んだ暴君だと言いたげである。商が滅び、受王が火炎に身を投じたあとも、箕子は受王への愛惜の情を失わない。彼は「狂」に親炙し、かつ「狂」を超えた人なのだから。「狂」のドラマを描ききるために、作者が箕子に見たのは、「狂」のありうべき着地点ではなかったろうか。

『王家の風日』には、難読漢語が多用されている。本書に続いて書かれた『天空の舟』は直木賞候補作になったが、選考委員の山口瞳は選評にこう書いている。

《初めは「かの女は股慓した」「衣服といえぬほど裂開している」「かれに課せられた孤苦」「拏を温見させる」「屈蟠としたものが胸の底で青く燃えていた」「首をすくめて遁竄した」（傍点山口）といった文章に辟易したが、次第にストーリーの面白さで読まされてしまった。固焼きの煎餅を食べているようで美味《うま》いのだが歯齦《はぐき》が痛いという感じだった。将棋で言えば「悪力《あくりき》がある」という趣きだ。》

山口瞳の指摘は、多くの読者が感じるものだろう。けれども、作者は批判を百も承知で、あえて「悪力」を用いている。そこには作家人生が懸かっていたからだ。おそらく難読漢語は、古代中国に魅かれた宮城谷氏の、甲骨文字との出会いを再体験する試みだと思う。甲骨文字の世界が開示する驚き、楽しさ、知的興奮。それは見知らぬ「他者」の発見に通じるからである。古代中国の歴史が、悠久の時間を超えて甦る契機を与えるからである。

短篇小説「沈黙の王」が、その経緯を何よりもよく語っている。

主人公は、商の高宗武丁、通称・子昭である。彼は商の王子であったが、生まれつきの言語障害を抱えていた。父王は夢に出た祖霊の声に従い、子昭に告げる。「汝はことばをさがしにゆかねばならぬ」「甘盤《かんばん》という賢者に就いて正しいことばを学ぶがよい」。子昭は「ことばをさがす旅」に出かけ、千里を踏破し、とうとう「わしはことばを得た」と叫ぶ。そして王となり、「象《かたち》を森羅万象から抽《ひ》き出せ」と命じる。このとき、中国ではじめて文字（甲骨文字）が創造されたのだった。

沈黙の王は、作者の自画像のように見えてくる。若年に作家を志し、心魅かれた象徴詩や現代小説とも別れ、文体を模索し続けた。その間、東京で雑誌編集、郷里・蒲郡で塾講師などを務め、『王家の風日』に到りついた。「初めて人に作品を読んでもらいたいと思いましたね」というこの小説は、二十余年に及ぶ「ことばをさがす旅」の終着点であり、その先にある豊饒な世界への始発点でもあった。

甲骨文字は、占いのために亀甲や牛骨に彫った文字であり、呪文もどきで即座に解読することなどできない。しかし、字形を丹念に読み解いていけば、その文字群には体系があり、次第に文字の形と意味とが浮かび上がってくる。これは、「他者」の存在と似ている。

漢字、仮名、アルファベット……あらゆる既成の文字をご破算にする。従来の「他者」とのかかわりを放棄することと同じである。それまでの自分を捨てる行為とも言える。内なる他者から外なる他者へ。甲骨文字は、新たに出会い直した全き

「他者」なのだ。まるで手がかりをつかめそうもない甲骨文字＝他者は、形姿・挙措を子細に追ってゆけば文字となる。つまり人となる。『他者が他者であること』という著書があるように、その体験は、宮城谷氏の他者との距離と相似形ではないだろうか。

次々に出現する難読漢語は、一度書かれれば再び登場しない。新たに別の漢語が用いられている。他者の相貌も自らの心意も、なべて刻々に変化する。たった一度現れる言葉は、一度きりの人生の瞬間を愛おしむかのようだ。

なお、脇役ながら私の好きな人物に「右《ゆう》」がいる。干子が大亀を探しに東南に向かう際、「冥府まで随行しそうな面魂」で従者を務める。彼は抜擢されて干子の車右（馬車の陪乗者）となり、常に干子に寄り添っていた。干子が弱音を吐けば笑ってとりあわず、干子が受王の不興を買えばひそかに箕子を訪ねて相談する。干子がついに受王に誅殺されたとき、「右」は狂号し憤死にいたる。影のように目立たぬ人物への、著者の温かな目。「雑草という名の草はない」という言葉を思い出した。

（評論家）

単行本　一九九一年二月　海越出版社刊
本書は一九九四年に刊行された文庫本の新装版です。
内容は「宮城谷昌光全集」第三巻を底本としています。

文春文庫

王《おう》家《け》の風《ふう》日《じつ》

定価はカバーに
表示してあります

2018年3月10日　新装版第1刷

著　者　宮《みや》城《ぎ》谷《たに》昌《まさ》光《みつ》
発行者　飯窪成幸
発行所　株式会社 文藝春秋

東京都千代田区紀尾井町 3-23　〒102-8008
TEL 03・3265・1211㈹
文藝春秋ホームページ　http://www.bunshun.co.jp

落丁、乱丁本は、お手数ですが小社製作部宛お送り下さい。送料小社負担でお取替致します。

印刷製本・凸版印刷

Printed in Japan
ISBN978-4-16-791037-2

（　）内は解説者。品切の節はご容赦下さい。

宮城谷昌光
天空の舟　小説・伊尹伝（上下）
中国古代王朝という、前人未踏の世界をロマンあふれる勁い文章で語り、広く読書界を震撼させたデビュー作。夏王朝、一介の料理人から身をおこした英傑伊尹の物語。（齋藤愼爾）
み-19-1

宮城谷昌光
中国古典の言行録
中国の歴史と文化に造詣の深い作家が、論語、詩経、孟子、老子、易経、韓非子などから人生の指針となる名言名句を選び抜き、平明な文章で詳細な解説をほどこした教養と実用の書。
み-19-7

宮城谷昌光
太公望　（全三冊）
遊牧の民の子として生まれながら、苦難の末に商王朝をほろぼした男・太公望。古代中国史の中で最も謎と伝説に彩られた人物の波瀾の生涯を、雄渾な筆で描きつくした感動の歴史叙事詩。
み-19-9

宮城谷昌光
春秋名臣列伝
斉を強国に育てた管仲、初の成文法を創った鄭の子産、呉王を覇者にした伍子胥——。無数の国が勃興する時代、国勢の変化と王室の動乱に揉まれつつ、国をたすけた名臣二十人の生涯。
み-19-18

宮城谷昌光
戦国名臣列伝
越王句践に呉を滅ぼさせた范蠡。祖国を失い、燕王に仕えて連合軍を組織した楽毅。人質だった異人を秦の王に育てた呂不韋。合従連衡、権謀術数が渦巻く中、自由な発想に命をかけた十六人。
み-19-19

宮城谷昌光
楚漢名臣列伝
秦の始皇帝の死後、勃興してきた楚の項羽と漢の劉邦。覇を競う彼らに仕え、乱世で活躍した異才・俊才たち。項羽の軍師・范増、前漢の右丞相となった周勃など十人の肖像。
み-19-28

宮城谷昌光
三国志　全十二巻
後漢王朝の衰亡から筆をおこし「演義」ではなく「正史三国志」の世界を再現する大作。曹操、劉備など英雄だけではなく、将、兵、そして庶民に至るまで、激動の時代を生きた群像を描く。
み-19-20

（　）内は解説者。品切の節はご容赦下さい。

中村彰彦
二つの山河
大正初め、徳島のドイツ人俘虜収容所で例のない寛容な処遇がなされ、日本人市民と俘虜との交歓が実現した。所長こそサムライと称えられた会津人の生涯を描く直木賞受賞作。（山内昌之）
な-29-3

中村彰彦
われに千里の思いあり 上
風雲児・前田利常
前田利家と洗濯女の間に生まれ、関ケ原の合戦では、西軍へ人質に送られた少年は、のちに加賀藩三代藩主となる。風雲児・利常の波乱の人生。前田家三代の華麗なる歴史絵巻の幕開け。
な-29-14

中村彰彦
われに千里の思いあり 中
快男児・前田光高
利常と、秀忠の姫君の間に待望の男子として生まれ、将軍の養女を娶った聡明な若年藩主に待っていた悲劇。三十年の短い生涯を駆け抜けた四代藩主・光高の知られざる実像。佳境の中巻。
な-29-15

中村彰彦
われに千里の思いあり 下
名君・前田綱紀
幼年から岳父・保科正之公に学び、江戸初期としては画期的な藩政改革に着手、のちに「政治は一に加賀」と評された名君・前田綱紀の生涯を描く、掉尾を飾る大団円の下巻。（本村凌二）
な-29-16

新田次郎
武田信玄
（全四冊）
父・信虎を追放し、甲斐の国主となった信玄は天下統一を夢みる（風の巻）。信州に出た信玄は上杉謙信と川中島で戦う（林の巻）。長男・義信の離反（火の巻）。上洛の途上に死す（山の巻）。
に-1-30

新田次郎
怒る富士
（上下）
宝永の大噴火で山の形が一変した富士山。噴火の被害は甚大で、被災農民たちの救済策こそ急がれた。奔走する関東郡代の前に立ちはだかる幕府官僚たち。歴史災害小説の白眉。（島内景二）
に-1-36

野村胡堂
銭形平次捕物控傑作選 1
金色《こんじき》の処女《おとめ》
投げ銭でおなじみ銭形平次。その推理力と反骨心、下手人をむやみに縛らぬ人情で難事件を鮮やかに解決。子分ガラッ八との軽妙な掛合いも楽しい名作を復刻。厳選八篇収録。注解付き。
の-19-1

（　）内は解説者。品切の節はご容赦下さい。

葉室　麟
山桜記
命の危険を顧みず、男は妻のため出兵先の朝鮮半島から日本へ還る（「汐の恋文」）。大名の座を捨て、男は妻と添い遂げた（「花の陰」）。戦国時代の秘められた情愛を描く珠玉の短編集。（澤田瞳子）
は-36-7

畠中《はたけなか》　恵
まんまこと
江戸は神田、玄関で揉め事の裁定をする町名主の跡取・麻之助。このお気楽ものが、支配町から上がってくる難問奇問に幼馴染の色男・清十郎、堅物・吉五郎と取り組むのだが……。（吉田伸子）
は-37-1

畠中　恵
こいしり
町名主名代ぶりは板についてきたものの、淡い想いの行方は皆目見当がつかない麻之助。両国の危ないおニイさんたちも活躍する、大好評「まんまこと」シリーズ第二弾。（細谷正充）
は-37-2

畠中　恵
こいわすれ
麻之助もついに人の親に?!　江戸町名主の跡取り息子高橋麻之助が、幼なじみの色男・清十郎、堅物・吉五郎とともに様々な謎と揉め事に立ち向かう好評シリーズ第三弾。（小谷真理）
は-37-3

平岩弓枝
花世の立春
新・御宿かわせみ3
「立春に結婚しましょう」——七日後に急に祝言を上げる決意をした花世と源太郎はてんてこ舞いだが、周囲の温かな支援で無事祝言を上げる。若き二人の門出を描く表題作ほか六篇。
ひ-1-237

平岩弓枝　画・蓬田やすひろ
御宿かわせみ傑作選4
長助の女房
深川・長寿庵の長助が、お上から褒賞を受けた——。お祭り騒ぎの中で事件が起きる表題作他、「大力お石」「千手観音の謎」など八篇を収録。カラー挿画入り愛蔵版、ついに完結！
ひ-1-255

火坂雅志
天地人
（上下）
主君・上杉景勝とともに、信長、秀吉、家康の世を泳ぎ抜いた名宰相直江兼続。〝義〟を貫いた清々しく鮮烈なる生涯を活写する長篇歴史小説。NHK大河ドラマの原作。（縄田一男）
ひ-15-6

（　）内は解説者。品切の節はご容赦下さい。

火坂雅志
真田三代（上下）
山間部の小土豪であった真田氏は幸村の代に及び「日本《ひのもと》一の兵《つわもの》」と称されるに至る。知恵と情報戦で大勢力に伍した、地方の、小さきものの誇りをかけた闘いの物語。（末國善己）
ひ-15-11

火坂雅志
常在戦場
行商人ワタリの情報力で仕えた鳥居元忠、「馬上の局」と呼ばれた阿茶の局、「利は義なり」の志で富をもたらした角倉了以など、家康を支えた異色の者たち七名を描く短篇集。（縄田一男）
ひ-15-13

藤沢周平
隠し剣孤影抄
剣客小説に新境地を開いた名品集〝隠し剣〟シリーズ。剣鬼と化し破牢した夫のため捨て身の行動に出る人妻、これに翻弄される男を描く「隠し剣鬼ノ爪」など八篇を収める。（阿部達二）
ふ-1-38

藤沢周平
海鳴り（上下）
心が通わない妻と放蕩息子の間で人生の空しさと焦りを感じる紙屋新兵衛は、薄幸の人妻おこうに想いを寄せ、闇に落ちていく。人生の陰影を描いた世話物の名品。（後藤正治）
ふ-1-57

藤沢周平
逆軍の旗
坐して滅ぶか、あるいは叛くか―戦国武将で一際異彩を放ち、今なお謎に包まれた明智光秀を描く表題作他、郷里の歴史に材をとった「上意改まる」「幻にあらず」等全四篇。（湯川　豊）
ふ-1-59

藤沢周平
回天の門（上下）
山師、策士と呼ばれ、いまなお誤解のなかにある清河八郎は、官途へ一片の野心ももたない草莽の志士でありつづけた。維新回天の夢を一途に追った清冽な男の生涯を描く。（関川夏央）
ふ-1-61

藤沢周平
蟬しぐれ（上下）
清流と木立にかこまれた城下組屋敷。淡い恋、友情、そして忍苦―苛烈な運命に翻弄されながら成長してゆく少年藩士・牧文四郎の姿を、ゆたかな光の中に描いた傑作長篇。（湯川　豊）
ふ-1-63

（　）内は解説者。品切の節はご容赦下さい。

たまゆらに
山本一力

青菜売りをする朋乃はある朝、仕入れに向かう途中で大金入りの財布を拾い、届け出るが――。若い女性の視線を通して、欲深い人間たち、正直の価値を描く傑作時代小説。（温水ゆかり）

や-29-22

朝の霧
山本一力

長宗我部元親の妹を娶った名将・波川玄蕃。幸せな日々はやがて元親の激しい嫉妬によって、悲劇へと大きく舵を切る。乱世に輝く夫婦の情愛が胸を打つ感涙長編傑作。（東　えりか）

や-29-23

火天《かてん》の城
山本兼一

天に聳える五重の天主を建てよ！　信長の夢は天下一の棟梁父子に託された。安土城築城の裏に秘められた想像を絶する創意工夫。第十一回松本清張賞受賞作。（秋山　駿）

や-38-1

いっしん虎徹
山本兼一

その刀を数多の大名、武士が競って所望し、現在もその名をとどろかせる不世出の刀鍛冶・長曽祢虎徹。三十を過ぎて刀鍛冶を志して江戸へと向かい、己の道を貫いた男の炎の生涯。（末國善己）

や-38-2

千両花嫁　とびきり屋見立て帖
山本兼一

道具屋「とびきり屋」には、新撰組や龍馬がやって来ては、無理を言い――。幕末の京を舞台に、〝見立て〟と〝度胸〟で難題を乗り切る若夫婦を描く「はんなり」系痛快時代小説。（中江有里）

や-38-3

ええもんひとつ　とびきり屋見立て帖
山本兼一

道具屋「とびきり屋」のゆずが坂本龍馬に道具の買い方の極意を伝える表題作ほか六篇。〝見立て力〟で幕末の京を生きる若き夫婦を描いた人気シリーズ第二弾！（杉本博司）

や-38-4

赤絵そうめん　とびきり屋見立て帖
山本兼一

坂本龍馬から持ちかけられた赤絵の鉢の商い。「とびきり屋」の主・真之介がとった秘策とは？　夫婦の智恵、激動の時代に生きる京商人の心意気に胸躍るシリーズ第三弾。（諸田玲子）

や-38-5

（　）内は解説者。品切の節はご容赦下さい。

山本兼一
利休の茶杓　とびきり屋見立て帖
幕末の京都。真之介とゆずの身辺もきな臭くなってくるが、古道具を守り続ける夫婦愛は今日も明日も変わらない。著者が最も愛着を抱いていたシリーズ第四弾にして最終巻。（重里徹也）
や-38-7

山本兼一
花鳥の夢
安土桃山時代。足利義輝、織田信長、豊臣秀吉と、権力者たちの要望に応え「洛中洛外図」「四季花鳥図」など時代を拓く絵を描いた狩野永徳。芸術家の苦悩と歓喜を描く。（澤田瞳子）
や-38-6

山本兼一
夢をまことに（上下）
近江国友の鉄炮鍛冶の一貫斎は旺盛な好奇心から、江戸に出て、失敗を重ねながらも万年筆や反射望遠鏡を日本で最初に作り上げる。江戸に生きた稀代の発明家の生涯。（田中光敏）
や-38-8

山口恵以子
邪剣始末
刀匠だった養父が妻の不貞に逆上して打った邪剣。災いをなす剣の始末を託されたおれんは、邪剣を追い凄絶な闘いを繰り広げる。話題の松本清張賞作家、幻のデビュー作。（細谷正充）
や-53-1

山口恵以子
小町殺し
錦絵「艶姿五人小町」に描かれた美女たちが、左手の小指を切り取られて続けざまに殺された。これは錦絵をめぐる連続猟奇殺人なのか？　女剣士・おれんは下手人を追う。（香山二三郎）
や-53-2

夢枕　獏
陰陽師《おんみょうじ》　醍醐《だいご》ノ巻
都のあちらこちらに現れては伽羅の匂いを残して消える不思議の女がいた。果して女の正体は？　晴明と博雅が怪事件を解決する〝陰陽師〟。「はるかなるもろこしまでも」他、全九篇。
ゆ-2-25

夢枕　獏
陰陽師《おんみょうじ》　酔月《すいげつ》ノ巻
我が子を食べようとする母、己れの詩才を恃むあまり虎になった男。都の怪異を鎮めるべく今日も安倍晴明がゆく。四季の花鳥風月の描写が日本人の琴線に触れる大人気シリーズ。
ゆ-2-27

（　）内は解説者。品切の節はご容赦下さい。

永畑道子
恋の華・白蓮事件
大正十年、柳原白蓮は、夫である九州の炭鉱王・伊藤伝右衛門の屋敷を出て、青年弁護士・宮崎竜介のもとへはしる。新聞界を二分し、世論を沸騰させた妖艶歌人の〝不倫〟の真実を描く。
な-22-1

西尾幹二
決定版　国民の歴史（上下）
歴史とはこれほどエキサイティングなものだったのか。従来の常識に率直な疑問をぶつけ、世界史的視野で日本の歴史を見直した国民的ベストセラー。書き下ろし論文を加えた決定版。
に-11-2

半藤一利　編著
日本史はこんなに面白い
聖徳太子から昭和天皇まで、その道の碩学16名がとっておきの話を披露。蝦夷は出雲出身？　ハル・ノートの解釈に誤解？　大胆仮説から面白エピソードまで縦横無尽に語り合う対談集。
は-8-18

半藤一利
ぶらり日本史散策
新発見・開戦直後の山本五十六の恋文から聖徳太子と温泉、坂本龍馬人気のうつりかわりの理由まで。日本史の一場面を訪ね、ユーモアたっぷりに解説したこぼれ話満載。
は-8-20

安野光雅・半藤一利
三国志談義
桃園の誓いから諸葛孔明の死まで――吉川英治で親しんで六十余年。「三国志」には一家言ある薀蓄過剰な二人が、名場面の舞台、登場人物、名句・名言についてくりひろげた放談録！
は-8-26

藤原正彦・藤原美子
藤原正彦、美子のぶらり歴史散歩
藤原正彦・美子夫妻と多磨霊園、番町、本郷、皇居周辺、護国寺、鎌倉、諏訪を散歩すると、普段は忙しく通り過ぎてしまう街角に近代日本の出来事や歴史上の人物が顔をのぞかせる。
ふ-26-4

（　）内は解説者。品切の節はご容赦下さい。

三浦佑之
古事記を旅する
国生み神話発祥の地からヤマトタケル終焉の地まで、『口語訳古事記』の著者が全国75カ所の神話のふるさとを紹介する決定版ガイドブック。出雲、伊勢、奈良の探訪ルート付き。

み-32-4

山内昌之
歴史という武器
ビジネスパーソンこそ、歴史に学べ！　変化の激しい21世紀を乗り切るのに有効なのは、「歴史的思考法」を身に付けることだ。日本を代表する歴史学者が実践的に徹底伝授する。

や-64-1

米窪明美
明治宮殿のさんざめき
「みやび」と「モダン」が無理なく同居する明治宮殿の十二ヶ月を絢爛豪華な宮廷絵巻として描き、天皇皇后から女官たちまでひとりひとりの息遣いを伝えてくれる一冊。（池田理代子）
よ-34-1

與那覇　潤
中国化する日本　増補版
日中「文明の衝突」一千年史
中国が既に千年も前に辿りついた境地に、日本は抗いつつも近づいている。まったく新しい枠組みによって描かれる興奮の新日本史！　宇野常寛氏との特別対談収録。
よ-35-1

文藝春秋　編
大戦国史
最強の武将は誰か？

信長・秀吉・家康から武田信玄、上杉謙信、真田一族など名将たちの戦いを津本陽、宮城谷昌光、半藤一利ら碩学が最新の知見と想像力で分析。この一冊で戦国時代のすべてが分かる！

編-6-17

文藝春秋　編
犯罪の大昭和史
戦前
昔はよかった、は大間違い!?　五・一五事件や二・二六事件などの歴史的大事件から、「八つ墓村」のモデルにもなった津山三十人殺し事件まで、今より残酷だった戦前の犯罪を一挙紹介。
編-6-18